"你把打比赛当成什么了？不想赢，那还有什么意义？"

U0781329

她们的未来也会像今天的阳光一样灿烂。

"一个忠告，轻视敌人会吃亏的。"

我们阅读
——WOMENYUEDU——

蝌丽文化 花火工作室

文／酒暖春深

广东旅游出版社
GUANGDONG TRAVEL & TOURISM PRESS
悦读书·悦旅行·悦享人生

中国·广州

图书在版编目（CIP）数据

流星 / 酒暖春深著. — 广州：广东旅游出版社，2023.5（2025.5 重印）
ISBN 978-7-5570-2977-7

Ⅰ．①流… Ⅱ．①酒… Ⅲ．①长篇小说－中国－当代Ⅳ．① I247.5

中国国家版本馆 CIP 数据核字（2023）第 040458 号

流星

LIU XING

出 版 人：刘志松
总 策 划：曾英姿
责任编辑：何　方 李　丽
责任校对：李瑞苑
责任技编：冼志良
选题策划：石　婷
特约编辑：肖云梦
封面设计：殷　舍
封面插图：奶黄煎饺

广东旅游出版社出版发行
地址：广州市荔湾区沙面北街 71 号首、二层
邮编：510130
电话：020-87347732（总编室）　020-87348887（销售热线）
投稿邮箱：2026542779@qq.com
印刷：湖南天闻新华印务有限公司
（地址：长沙市望城区星城镇星城大道湖南出版科技园　电话：0731-88387578）
开本：710 毫米 ×1000 毫米　1/16
字数：403 千字
印张：20
版次：2023 年 5 月第 1 版
印次：2025 年 5 月第 3 次印刷
定价：52.80 元

目 录
（CONTENTS）

目 录

(C O N T E N T S)

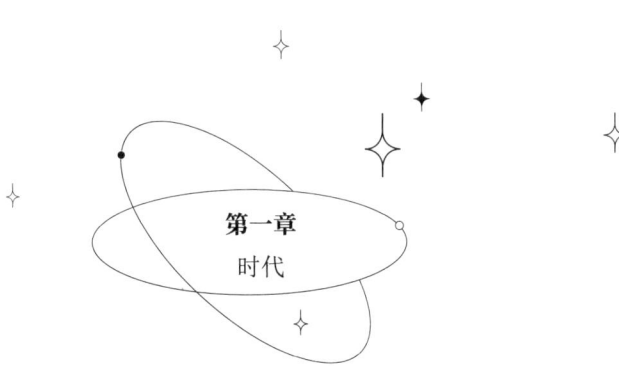

第一章

时代

东城新国立竞技场。

虽然已是午后，骄阳似火，但等候入场的观众仍然排起了长队。

扎着马尾的年轻女孩子举着两根冰棍从路边的便利店里跑了出来，冲过马路，径直塞给同行的伙伴。

"喏，给你，这大热天的，可晒死我了，怎么还不能入场啊？我好想看简常念打比赛！"

同伴笑笑，一手拿着冰棍，一手挥舞着小国旗，朝周围示意："我估计啊，今天下午大多数人是冲着她来的吧。"

东城华人不少，再加上简常念作为国家羽毛球队的头号种子选手，喜欢她的人不在少数。

这场比赛若能拿下，她将是全国首位获得大满贯的女性羽毛球职业选手了，自然是受万众瞩目。

旁边的几个年轻人听见她们的谈话，凑了过来："你们也是来看简常念比赛的啊？"

一开口就是地道的京片子，几个人笑成一团。

"对，没错，我从夷岛过来的，你呢？"

"我？我从国内飞过来的。"

几个人寒暄了几句，又聊起今天的比赛，最开始说话的那个女孩子看了看腕表。该进场了，她叹了口气。

"不过她今天的对手是金南智啊，四年前的里德奥运会上，简常念就曾惜败于她，就连当时世界排名第一的谢拾安，即如今的女队主教练谢队也……"

旁边的同伴捅了捅她的胳膊："想那么多干吗？观众可以进场了，无论输赢，这都是千载难逢的顶尖对决呢。"

体育场的大门徐徐打开，像打开了另一个令人热血澎湃的新世界。

肤色各异的人群冲向大门。

马路对面的年轻人在安静地等待红灯，等人散得差不多了，才慢慢地走过来。

女人二十来岁，穿着简单的运动T恤，戴着一顶白色的鸭舌帽，黑色口罩遮挡住了大部分容貌，只露出一双清俊的眼。

女人走到刚刚人群聚集的地方，微微弯腰捡起了地上遗落的小旗子，拂去了上面的灰尘，折好后塞进了裤兜里。

她弯腰的时候，手臂修长，背部的衣服上现出了清晰流畅的骨骼形状。

起身后，女人仰头看了看面前宏大的蛋形建筑，转身走向了另一侧的运动员专属通道。

奥运会比赛赛前的准备工作很烦琐，尤其是今天下午有两场决赛，分别是男单和女单，不光是对技术的考验，还是对运动员们心态的考验。

运动员们紧张地备战，教练组自然也不能闲着，开完战术研讨会后，谢拾安就被人叫住了："拾安留一下，其他人去准备吧。"

谢拾安转过身来，脖子上挂着工作牌，上面是明晃晃的"主教练"三个字。

说话的人是他们的领队万敬，如今已年过半百，来东城之前，特意把鬓角那两撮白头发染黑了，看起来倒是年轻不少。

谢拾安是他招进国家队的人才，又是他破格提拔的教练，两人不光是上下级关系，还有师徒之情。此时，他看着她的目光柔和，又难免有隐忧。

"常念来了吗？"

谢拾安看看表，倒是不怎么担心："算算时间，也该到了。"

按理说，简常念是要和大部队一起走的，但为了备战奥运会，几乎每天都加班加点地训练至深夜。

谢拾安想让她多睡会儿。

谢拾安这点心思还瞒不过万敬。

人是自己人，心疼归心疼。

万敬还是叹了口气道："你知道的，这场比赛，常念绝对不能输，那么多双眼睛看着，不光是为了荣誉，为了你，为了她自己，还为了……"

他的话没说完。

谢拾安敛下眸子，略点了点头。

"我知道，她今天的对手很强。"

谢拾安年少成名，一度被称为天才少女，十数年的职业生涯里不知道拿了多少个冠军。这样的经历造就了她的心高气傲，一般人压根儿入不了她的眼，能被她认为是很强的对手，自然不是省油的灯。

她话说得平淡，但万敬留意到她垂在身侧的手捏紧了掌心里的圆珠笔。

她是拿过很多冠军，参加过很多大大小小的赛事，奖杯、奖章、证书，林林总总快摆满一面墙。

但她还差一个奥运冠军就是大满贯。

四年前的里德奥运会上，她和简常念组成的女子双打组合一路过关斩将闯进决赛，却以1：2惜败给了金南智和她的搭档。

那场比赛，对于她们三个人来说，都是人生中的重要转折点。在那之后，谢拾安远走M国，金南智转了单打，简常念也紧随其后转去了单打。

好不容易又等到下一个第四年，简常念有她自己非胜不可的理由。

所以，此次为了备战东城奥运会，简常念在谢拾安的安排下进行了半年的封闭训练，为了战术保密，也为了不让对方摸透她的打法，其他国际赛事几乎就不参加了。她之前与金南智的交锋胜负为四六开。

简常念四，金南智六。

万敬跟谢拾安说这些，一来是担心她们，二来也是想探探口风，毕竟谢拾安是他推荐上去的人，简常念的胜负也间接影响着两个人的命运和前途。但看样子，他从她嘴里也挖不出什么东西来，只得长叹了一口气，挥手道："你去吧。"

谢拾安略微点头，便转身离去。她把门拉开了一条缝，让阳光洒进来些许，然后回过头来说了一句。

"老严说过，好的教练和运动员是互相成就的。这不光是常念的比赛，也是我的。我会让金南智知道，属于她的时代，已经过去了。"

她说这话的时候，向来平静的眸子里掠过了一抹令人心悸的战意。

有那么一瞬间，万敬觉得之前在赛场上所向披靡的谢拾安又回来了。

也不知道是因为她这句话，还是她的那个眼神，万敬也心潮澎湃了起来。

他悬着的心终于放下些许，含笑看着她："我相信你们，也相信老严的眼光。"

谢拾安嘴角微扬，回了一个淡淡的笑，拉开门走了出去。

更衣室。

滴答——

滴答——

简常念关掉水龙头，拿毛巾擦了擦脸，转身向储物柜走去。她拉开柜子的门，一张照片映入眼帘。

照片上笑得开怀的中年人一左一右揽着两个孩子，大一点那个满脸不高兴，嚣张得跟个二五八万似的是谢拾安，个子不高、瘦瘦小小的，则是她。

简常念拿出照片，笑了笑，眼神里有些怀念，把照片轻轻地放入上衣贴身的口袋里。

嘎吱一声轻响，更衣室的门被人推开了。

"比赛要开始了。"

简常念以为是工作人员来催促她的，谁知道谢拾安亲自来了。

柜门还大开着，谢拾安当然也看见了简常念把那张照片放进了口袋里。

她无论去哪儿比赛，都会带着"老严"。

谢拾安在心底悄悄叹了口气。

不等谢拾安再开口，简常念麻利地把柜门合上了，怕被她看见什么东西似的，动作有些急，发出了刺耳的声响。

"我知道了，我这就去。"

但此刻谢拾安的注意力都在比赛上，没有留意到简常念的异样，就算留意到了，多半也会以为她是紧张。

果然。

谢拾安开口了："不用太紧张，发挥出正常水平就好了。"

简常念一边搭话，一边从硕大的背包里取出了球拍，最后一次检查装备。

"你知道你和老严最像的一点是什么吗？"

"什么？"谢拾安挑眉。

"啰唆。"

喜怒不形于色的主教练疯狂地做着面部表情管理。

简常念"扑哧"一笑，背上背包起身："走吧，谢指导，比赛去。"

谢拾安被推着往前走，回头却看见她拿了一副旧球拍在手上。这球拍边上有点掉漆，虽然不影响发挥，但也不是很美观。

简常念这个级别的运动员，每年不知道有多少赞助商抢着想要她用自家公司的产品，但这样一场重大的国际比赛，甚至可以说是她职业生涯里的巅峰之战，她竟带了一副旧球拍过来。这个人在搞什么名堂？而且这球拍越看，谢拾安越觉得眼熟——不就是自己多年前送给她的那副吗？

谢拾安别过脸去："为什么不用新的？"

简常念笑笑："嗐，用称手了呗。"

谢拾安十分想揭穿她的谎言，她们进行了上千甚至上万场训练，模拟了各种赛时的突发状况，包括使用各种各样的球拍。

她无论用什么样的球拍，都能稳定地发挥出自己应有的水平，才有资格站在这里。

在这样一场关键性的比赛里，她拿一副旧球拍出来，只能说明这球拍和比赛的意义同样重大。

谢拾安不是不懂，但也只能装作不懂，淡淡道："你怎么还留着它？"

"你去 M 国之后，我一直在用它打球。"

简常念如今站在她旁边，已经比她高出一个头了，再加上一直揽着她的肩膀走路，她略一抬头，视线相撞，简常念眼里略有些揶揄，目光灼灼，笑得好看。

谢拾安用胳膊肘把人撞开："不就是一副球拍，赢了我再送你一副就是了。"

动作虽然毫不留情，但话有些温暖。

简常念揉着肚子愁眉苦脸："唉——等等，那我要是输了怎么办啊？"

"输了？输了就再练四年，全年无休的那种。"

简常念发出了惨绝人寰的哀号："谢拾安，你究竟还有没有人性？！"

言谈间，谢拾安走得很快，她走路的时候大步流星，背挺得很直，个子也不算矮，整个人像一柄干脆利落的剑。

几年过去，她也变了不少，因为不再打比赛，慢慢蓄起了长发，在脑后扎了一个低马尾，又干净又好看，露着的半截脖子修长又白皙。

简常念看得有些入神，摩挲着手里的球拍，低声道："喂，我要是赢了，能换个礼物吗？"

半晌没等到回应，简常念自嘲般地笑了笑，只好快步跟上，落后半步远的时候——

谢拾安突然顿住脚步，回头看向她："你想要什么礼物？"

风带着谢拾安的话飘过来，每一个字都落在简常念的心底。

她呼吸都停顿了一瞬，手紧张地握紧了裤兜里的绒布盒子。

她逆光，让人看不清她的表情。

谢拾安又耐心地问了一遍："问你呢，想要什么礼物，说起来，咱们认识这么多年了，我确实没怎么送过你礼物。"

是啊，她们年少相识，多年好友，但正因为彼此熟稔，有些话反而不好开口了。

简常念放松下来，一摊手："豪车、别墅、泳池、飞机，你选一样吧。"

谢拾安皮笑肉不笑："豪车、别墅、泳池、飞机没有，只有体能训练豪华四件套。"

两个人边走边闹，简常念惨叫一声："救命！怎么会有这种公报私仇的教练啊！"

"快看，是简常念，她出来了！"

离比赛正式开始还有五分钟，一行人出场的瞬间，偌大的场馆里爆发出了阵阵欢呼，左边的看台上几乎坐满了热情的观众，一片红色的海洋。

简常念抬起头，露出一个招牌式的笑容，冲着看台挥了挥手。没等她回过神来，另一道门打开了，迎面走来一支队伍。领头的女人穿着暗金色的 H 国国家队队服，身量与她相当，擦肩而过的时候，她对自己今天的对手视若无睹，反而在谢拾安身侧停下了脚步，略微偏头看着谢拾安。

"谢教练，好久不见。"

谢拾安懒得搭理金南智，抬脚就要走。

金南智不避不让，依旧是笑意盈盈的，只是话里话外分明是在讥讽她们。

"啊，真可惜，对手不是你，当初怎么说你也能和我打个有来有回的，换成了简常念，那可就说不准了，毕竟之前的比赛里，她可是经常被我以２：０横扫出局的。"

离得近，金南智的中文又说得非常地道，简常念听得一清二楚。

竞技体育中胜负乃是兵家常事，谁又能保证永远不败呢？

饶是如此，大赛在即，面对此番挑衅，简常念少年心性一上来，咬紧牙关，上前一步，死死盯着对方，正欲说些什么，被谢拾安一把揽住了肩膀。

在观众看来这只是运动员和教练之间的互动，可实际上只有谢拾安自己知道，用了多大的劲才摁住她。

谢拾安不动声色，自是比简常念那风风火火的性格沉稳多了："比赛要开始了，走吧。"

金南智目送她们离去，眼底似有遗憾，低声道："太可惜了，四年前的里德奥运会，竟是我们之间的最后一场比赛……"

谢拾安没理她，一直把简常念拖到教练席上才放开。

简常念略有些气闷地把背包扔在了座椅上，坐下来喝水，咕咚咕咚喝了半瓶，才一抹嘴角。

"你干吗拦着我？不能动手，我还不能骂她吗？！"

"比赛重要还是报私怨重要？更何况，你也知道，她就是那个性格，故意激怒你搞心态的。"

"我……"简常念一噎，看着自己昔日的搭档，慢慢垂下头来。

"她说得没错，我也很遗憾，没能和你……再打一场比赛。"

"简常念。"谢拾安罕见地叫了她的全名。

简常念抬起头来，谢拾安冲她伸出右拳，像往常无数个并肩作战的日夜曾做过的那样。

"虽然不能和你站在一起，但是我们……"她用左手轻轻点了一下自己的胸口，"心意相通。"

因为心意相通，所以场上站着的是谁，并没有那么重要。

十几年来形成的默契早就让她们心有灵犀，两个人就像一个人。

而正因为这心意相通，所以简常念绝对不能输。

简常念终于笑了，起身与她对拳："加油！"

简常念的这一声怒吼也点燃了现场观众的热情，一时之间加油声如山呼海啸，可震苍穹。

"女士们，先生们，接下来进行的是女子羽毛球单打决赛，让我们有请双方运动员入场……"

随着广播的声音响起，简常念拿起了球拍，走向了球场中央。

按照惯例，赛前两国运动员是要握手交流的，金南智含笑走到网前，冲她"友好"地伸出手，用只有两个人能听见的声音说道："我要是你，就退役，再也不打球了，免得出来丢人现眼。"

谢拾安的叮嘱仍然在耳边，因为那一句"心意相通"，她心情很好。

简常念露出一个明朗的笑容，轻轻握住对方的手，很快松了开来。

"我不仅不会退役，还会打败你，成为世界第一，属于金南智的时代，从现在起，落幕了。"

比赛一开始，简常念反手就是一个刁钻的网前球，但金南智也不是吃素的，游刃有余地把球挑了回来。

简常念后退了几步，紧盯着半空中的那抹白色尾羽，猛地一跃，长臂伸展，就是一个漂亮的跳杀。

场中顿时响起了一阵欢呼。

万敬坐在教练席上，微微偏过头去，低声道："今天状态不错啊。"

谢拾安目不转睛地看着赛场，金南智以过人的反应速度化解了一场危机，两个人打得有来有回，互不相让。

"光是状态不错，可赢不了她。"

万敬一边看比赛，一边还能分出心来和她闲话："那倒是，都这个时候了，你们有什么战术也就别藏着掖着了吧。"

场上的简常念因为一个失误而失掉了一分，金南智暂时领先。

背后的观众席略有些骚动，谢拾安嘴角却露出了一丝志在必得的笑。

"不急，先让她赢一局吧。"

果然。

简常念以大比分输掉了第一局的比赛，双方休息，简常念转动着球拍走向了一旁的休息区，拿起毛巾擦汗。

一心只顾着和谢拾安说话的她并没有留意到，观众席上有一双眼睛自始至终都在盯着自己。

"你觉得她如今的水平如何？"

说话的是个中年男子，看上去有些岁数了，黑发里掺杂着几根醒目的白头发，但西装革履，显得整个人很是精神。

坐在他旁边的女人沉思了片刻，道："和当初的拾安不相上下，如果她打败金南智的话。"

男人耸了耸肩："老实说，在找不到对手破绽的时候先输掉一局比赛，消耗对方的体力，确实是个不错的决策，可南智也不是省油的灯。"

先输掉一局，就意味着简常念提前来到她的赛点了。这一局要是再输，她就可以直接卷铺盖走人了，这对于参赛选手来说，心理压力非常大。

中场休息时间快结束了，谢拾安不能再多说什么了，她只是默默地递了一瓶电解质水给简常念。

简常念接过来慢慢地喝了一口，抹干净嘴角的水，把水瓶递回给她的时候，两个人对视了一眼，同时点了点头。

简常念深吸了一口气，大踏步走上了赛场。

第二局开始，如那个男人所说，金南智确实不是什么省油的灯，经过上一局的消耗，动作依旧不见迟缓，依旧迅捷而又灵活。

解说席上的解说员也深深皱起了眉头："金南智再得一分——10：5，形势对于简常念来说有些不利啊。"

另一位解说员也接话道："在过往的比赛中，双方共交手十五次，金南智赢了十一次，她输的那几场还都是双打。当时的谢拾安还不是教练员，在谢拾安退役后，国家队就再也没有人能赢过她，可以说是相当令人头痛的对手了！"

"看这一球，漂亮！简常念点杀得分，比分变成6：10。"

场上的导播给了简常念一个慢镜头，只见她高高跳起，动作干净利落，羽毛球以迅雷不及掩耳之势过网落到了金南智身前，从拍子和身体的空隙间落地。

也就是从这个点杀开始，简常念吹响了反攻的号角。

"漂亮！又是一个平推！球落地，得分！"

"金南智这边也不甘示弱，勾对角，接连进攻，但都被一一化解。"

"经过上一局的失利，简常念现在的手感火热，抓住了对手网前失误的机会，乘胜追击，接连得分！"

"金南智反击，漂亮的高球，球落地，可惜——出界了！"

"简常念再得一分！"

短短的几分钟内，双方互有胜负，打得难解难分，比分已经变成了20：19，简常念不仅追平了比分，还反超了对手，只要再赢下这关键性的一分，这局就胜券在握了。

教练席上的谢拾安捏紧了手中的圆珠笔，微微抿紧了唇，正襟危坐。

从观众席看台的角度望下去，正好能看见她清秀如玉的侧脸。

因为出席重大赛事，谢拾安今天特意化了淡妆，比从前不施粉黛的时候多了些昳丽，很难不吸引人的目光。

"难得见一次，赛后要不要去打个招呼啊？"

女人收回视线，苦笑了一下："不了，我想她……应该不太愿意见我。"

男人握住了她的手，低声道："怎么会，你们从前……"

女人止住了他的话头："看比赛吧。"

和简常念纠缠了这么久，金南智的耐心早就用尽了。她本以为可以速战速决，谁知道第二局一开始，简常念就步步紧逼，寸步不让，甚至比分还被反超。

金南智咬牙看了一眼电子记分牌，眸中的狠意一闪而过，高高跳起，看似是一个跳杀。

简常念脑中警铃大作，蓦地想起训练时谢拾安跟她提起的一句话："你要小心她的假动作，她是打快攻快杀的，但不代表打不了高球……"

也就是在这个时候，金南智突然变招，甚至没有人看清她做了什么动作，一尾鹅羽就在简常念的瞳孔里越放越大。

这个时候简常念再往后跑已经来不及了，金南智嘴角浮起了一丝得意的笑。

这个球如果金南智赢下，双方比分就会变为20∶20，就必须再打两个回合才能决出胜负了。

然而，就在下一秒，她嘴角的笑就僵住了。

不就是假动作，谁不会似的。

简常念嘴角微扬，意气风发，她半步未退，左手迅速往背后一挑，一个超高难度又角度刁钻的反手吊球迎面而来，金南智想补救已是来不及了。

导播不得不慢放了两遍镜头才看清简常念的这个动作，此时，羽毛球落地，全场欢呼。

21∶19。

简常念以微弱优势赢下了这局比赛。

谢拾安悄悄舒了一口气，松开了手中的圆珠笔。

看台上的女人由衷地感叹："想不到她已经这么厉害了，拾安的战术也很成功。"

利用金南智的心高气傲让简常念故意输掉第一局比赛，降低她的戒心，助长她的狂妄自大。

俗话说，骄兵必败。

而简常念的观察力、反应力、肢体协调能力、耐力、爆发力……甚至是心态，都数一数二，再也不是从前那个输了球就躲起来偷偷哭的豆芽菜了。

看着简常念扔下球拍跑过去抱住谢拾安欢呼的时候，女人的眼底似有一丝羡慕，又有一丝遗憾。

"更想不到拾安将自己的所学都教给了她。"

第三局，巅峰对决。

上场之前，金南智和自己的教练互换了一个眼神，对方点点头，示意她放心打。

金南智深吸了一口气，看了一眼对面教练席上的谢拾安，昂首阔步走上了赛场。

余光瞥到金南智已经过去了，简常念也准备上场，谢拾安动动唇，叫住她。

"不论输赢与否，我、严教练、周沐、国家队，还有滨海省队的所有兄弟姐妹，都为你骄傲。"

即使赢了第二局，还是在之前已大量消耗了对手的体力下赢的，简常念打得也并不轻松。

谢拾安知道，第三局才是真正的考验，没有人能帮到她，她得靠自己一分一分地赢回来。

所以，有些话，谢拾安想现在说，给简常念一点信心——即使输了也没关系，简常念和自己不一样，她还很年轻，所以未来可期。

谢拾安说这话的时候目光沉静，又暗含了温柔与笃定，嘴角挂着的浅淡笑意柔化了整个人冷冽的气质。

简常念没来由地鼻头一酸，是啊，她知道，虽然他们不能来现场看比赛，但一定都在遥远的某个地方，看着现在这里所发生的一切。

也请老严的在天之灵保佑，保佑她拿到这个世界冠军。

简常念在心底默默祈祷，伸出手像从前一样和她击掌。

"我知道，谢谢你。"

经过前两局的比拼，双方的体力、耐力都已经消耗得差不多了，对彼此的战术也能揣摩出一二。在非训练期，她有很多个日日夜夜都缩在宿舍里看金南智的比赛录像，回放最多的就是四年前里德奥运会的那一场——为的就是这一刻。

简常念挥舞着球拍，奋力击球，球落在网前得分，双方比分变成了 11：11，全场欢呼，休息一分钟，随后双方交换场地。

随着比赛进入决胜局，战况越发激烈，双方都铆足了劲儿想要赢，比分很是胶着。

"多拍！五十六、五十七、五十八……"解说员为她们数着回合数，声音也逐渐激动了起来。

"还在打！这一球，简常念接住了！"

金南智也没想到她居然会跟简常念纠缠这么久，她理想中的比赛应该早就以 2：0 结束了。

上　个能和她打得这么难舍难分的人还是……

一想到这里，金南智颇有些咬牙切齿，反手做了一个假动作，随即跳起来扣杀，誓要再拿下一分。

简常念目光一凛，捕捉到了她细微的动作，往后退了几步，一个完美的挑球就要给她送回去，谁知道脚下一滑，终是失了力道，球落在自己这边的网前。

金南智得分。

"精彩的多拍！双方足足鏖战了九十四个来回才分出这一球的胜负！"

坐在教练席上的谢拾安微微抿了下唇，留意到她这边的场地因为落下了汗水，地面有些潮湿。

这一球失利后，简常念也注意到了这个影响，举手示意裁判暂停比赛，清理场地。

裁判长看了看时间，又看了看双方比分，摇头拒绝了她的这个请求。

"十分钟前你们中场休息的时候，已经交换过场地并进行了清理，请继续比赛。"

此时比分已经到了 15 : 14，简常念落后一分，比赛进入白热化阶段，场内的气氛明显紧张了起来。

东城天气炎热，即使室内场地开着空调，运动员浑身上下也像在蒸桑拿。

简常念汗如雨下，汗水流进眼睛里，她一眨眼的工夫，金南智再次杀球得分。

简常念急红了眼，拿肩膀部位干净的衣服蹭了蹭脸，抬起头继续来比赛，但也许是越急越乱，她接连失误，又是一球被判过界。

很快，比分已经变成了 18 : 14。

对方发了一个刁钻的网前球，简常念飞身去救，摔倒在地。

教练席上的谢拾安眉头紧锁，不停地按着手中的圆珠笔，那是她紧张时的表现。

万敬也皱着眉头："回放出来了，那个球确实没过网，常念这个状态恐怕……"

"她被裁判以及场地影响了，刚刚我看她汗水都已经流进眼睛了，不然那个球能接住的。"

如果再这样下去，恐怕是……

谢拾安起身申请了暂停。

简常念回到休息区就一直坐在椅子上埋头喘气，发梢都是湿的，刚刚摔跤的膝盖也红肿起来。

队医在为她做紧急处理。

谢拾安递了一瓶电解质水过去，看着她的伤，眼底有些担忧："还能继续吗？"

简常念猛地抬头，从牙缝里蹦出一个"能"字。

对面的金南智也在休息，又是喝水又是让队友给她扇风的，还抽空冲简常念投来一个讥讽的眼神。

简常念怒上心头，把脖子上的毛巾扯下来一摔，就要去跟裁判理论："为什么不允许我们清理场地，地很滑，根本站不住！"

"常念！别跟裁判起冲突，你想被罚黄牌吗？！"谢拾安把人拦住，拽着她的胳膊，"申诉的事交给我，你还记得老严说过的话吗？竞技体育，能打败你的人只有自己。"

从 M 国回来执教之后，谢拾安为了避嫌，便鲜少在人前唤她的小名。

从前谢拾安都是"豆芽菜""豆芽菜"地叫，像"常念"这样亲昵的称呼，简常念已经很久没听到过了。

还有老严，想到老严，简常念的眼眶就湿了，她把毛巾从谢拾安手里扯过来擦了擦脸，知道自己冲动了。

"我知道，那我走了。"

她向赛场走去的背影颇有几分"不破楼兰终不还"的孤勇与决绝。

也不知道是谁带头喊了一句"简常念，加油"。

有第一个就有第二个，全场响起山呼海啸般的加油声。

在这滔天的呐喊声里，简常念转动着手里的球拍，昂首阔步地走上了赛场。

导播镜头一转，转到了观众席，只见有人拉着"简常念，世界第一"的红色横幅。

解说笑道："这位是我国羽毛球运动员张纯，虽然已经退役了，但简常念在滨海省队训练的时候，二人曾是队友，没想到今天她也来到了现场观赛。"

"不止张纯吧，你看，她的前队友们都来为她加油鼓劲了。"

镜头掠过了一张张熟悉的脸，最后给到了谢拾安身上。

解说员接着道："看样子，简常念的伤没有什么大碍，又拿下了一分，现在最紧张的人，应该是我们的谢教练吧。

"谢教练作为前世界羽坛名将，在她的职业生涯里曾多次交手金南智，曾一度让当时盛极一时的H国天才少女金南智背上了'收银员'的绰号，而她也在和金南智的交手中多次负伤，两个人可以说是不死不休的宿敌了。

"此次她作为中国代表队史上最年轻的教练来到这里，这也是她第一次带队出征奥运，简常念的这枚奖牌，对于两个人来说都很重要。"

随着解说的声音，比赛再次进行到了白热化阶段，无论是谁得分，现场都会爆发出一阵热烈的欢呼。

在这滔天的欢呼声里，简常念突然想起很久以前，她第一次参加全国大赛的时候。

作为新人，败北是常有的事，那个时候的她还只会偷偷躲起来哭鼻子。

是严教练找到了她。

彼时老人的身体还算康健，一跃就能跳上操场上的双杠。那个夜晚的星星也很亮。

严教练拍了拍旁边的位置，示意她也上来，月光把两个人的影子拉得很长很长。

那是她职业生涯里最重要的一天，所以她记得很清楚，老严说："常念啊，打球的时候你开心吗？"

年少时的简常念稚气未脱，愣愣地点头，泪水还挂在脸上，哭得一抽一抽的。

"开心，只有握着球拍的时候，我才什么都不用想，只是我好像……谁也赢不了。"

老人笑眯眯地看向她，摸了摸她的脑袋："去享受比赛吧，除了输赢以外，打球能让你感受到快乐，这就够了。"

"可是，我给您丢脸了……"

"怎么会，你是最让我骄傲的学生。"

简常念嘴角微扬，猛地跳起，左手伸直，调整身体方向，右手扣杀，力道之大，砰的一声，羽毛球与拍子碰撞的时候甚至激发出了微弱的火花。

"简常念杀球得分！"

全场欢呼，就连解说员也不由得为她鼓掌。

"这就是继谢拾安之后我国新生代球员的力量，即使被一些场外因素影响了发挥，但短暂调整之后还能打得这么漂亮，逆转了局势，即使她今天没有夺冠，她也是无冕之王！"

这一球落地，就连金南智也为之一震，明显感觉到她有什么不一样了——战意正在她的身上复苏。

金南智咬紧牙关，看了一眼电子记分牌。

18：16。

不能让她扳平比分，金南智深吸了一口气，反手发了一个网前球，打算来一轮快攻，一鼓作气拿下比赛。结果也不知道是撞了邪还是怎的，次次都被对手挡了回来，反倒是她越急越容易失误，接连被简常念抓住破绽，扳平了比分。

18：18。

赛事进入了胶着状态，场上场下的气氛都很凝重，金南智的教练申请了暂停。

"现在我们看到朴旻宪教练申请了暂停，他在跟金南智说些什么，应该是在安排战术。

"无论今天谁获胜，这都代表着世界羽坛上最高水平的竞技，是一场无与伦比的视觉盛宴。"

尽管简常念已经超水平发挥了，但金南智也不甘示弱，在被叫停之后，及时调整了心态，球风明显稳定了很多。

双方打得有来有回。

金南智发球，简常念飞身去接，完成了一个几乎不可能的扑救。

简常念吊球，金南智哪怕摔倒在地，也要把球给她打回去，就连解说也不由得感叹："双方球员已经不是在尽力比赛了，而是在用命拼啊！"

19：18。

19：19。

20：19。

场下的观众们大气都不敢喘，都在等着看这最后的关键时刻，金南智暂时领先，只要再拿下最后一分，她就是今年东城奥运会的女子羽毛球单打冠军了。

场上的两个人都停在网前喘着粗气，汗珠顺着脸颊往下淌，简常念的后背已经湿了一大片，金南智也好不到哪里去，疯狂地吞咽着口水，平复呼吸。

这是体力、耐力、技术、心态的巅峰对决，也是简常念代替谢拾安，与金南智进行的宿命之战。

四年前里德奥运会上的遗憾，就由她来亲自弥补。

简常念直起腰，该她发球了。

很奇怪，在最后的时间里，她竟然不怎么紧张了，仿佛又回到了当初在滨海省队训练的时候，重复着发球、挥拍、击球的机械性动作。

那时候的天就跟现在一样蓝，也是盛夏七月，骄阳似火，训练也很辛苦，但她觉得很快乐。

那个时候的她身边有谢拾安，有她最好的朋友周沐，还有老严，以及其他小伙伴。

尽管在名为岁月的这场漫长旅途中，大家都走散了，但在这个瞬间，她仿佛还能听见他们一起在耳边喊她的名字，要她加油。

简常念的脸上浮起了笑，动作越来越轻灵敏捷，甚至没有多少技术含量，用返璞归真来化解金南智的一次次进攻。

又是一个后场高远球。

解说员的声音越来越兴奋："简常念的这次反击实在是漂亮，只是我感觉这球怎么要出界的样子……"

白色的羽毛球飞过半空，如流星坠落。

众人都屏住了呼吸，导播慢镜头给了回放，球稳稳地落在线内，而金南智判断失误，没有及时回防。

"漂亮！简常念这一球没有出界！双方扳平比分，她还有机会！"

伴随着全场欢呼，电子显示屏亮起，20∶20。

谢拾安的眉头也稍稍舒展了些，紧绷的身子放松下来，才发觉掌心里都是汗。

轮到金南智发球，她看一眼对面的简常念，这个时候，彼此的眼底都是如出一辙的破釜沉舟。

金南智咬咬牙，高高跳起，打算用一个漂亮的跳杀来拉开决战的帷幕。

简常念留意到了她的动作，往后退了几步高高跳起，长臂伸展，架拍，准备接球，但也许是因为速度过快，她只听见鞋底踩在地上发出的轻响，还未来得及动作，就已失去了平衡。

谢拾安噌地站了起来，手里的圆珠笔因为太过用力而飞了出去。

圆珠笔落地，场上传来了沉闷的声响，简常念重重地倒了下去，后脑勺着地，球拍脱手，白色的羽毛球落在她身边，全场寂静。

有那么一个瞬间，谢拾安眼前一黑，里德奥运会赛场上发生的一幕幕又飞速地掠过了脑海。

这场景是多么似曾相识啊，只不过躺在地上闭着眼睛的是简常念，而在场边声嘶力竭地喊着她的名字的，是自己。

谢拾安终于听见了自己的声音。

"常念，简常念，醒醒，医生！医生！"谢拾安推开其他人的阻拦，一步越过休息区的栏杆，径直奔了过去。

坐在看台上的女人也愣了："怎么会这样，难道又要……"

坐在她另一边的是个年轻女孩子，看见这一幕，带着哭腔嘀咕："四年前的里德奥运会上，简常念和谢拾安组成的女子双打也是对战金南智和她的队友，到赛点的时候，谢拾安的腿伤发作突然摔倒，这才不得不终止了比赛，抱憾拿了银牌。"

观众席上一片寂静，很快拉着横幅的那块也不知道是谁带头喊了一句："简常念，站起来！"

身旁的女孩子也跟着一起声嘶力竭地喊："简常念，起来啊！"

女人看了一眼自己身侧的男人。

男人耸耸肩："老实说，我不觉得她还能继续比赛，膝盖已经受伤了，后脑勺着地，凶多吉少，运动员的身体才是最大的本钱，赢不了这次，还有下次。即使她真的站起来了，也不一定能……"

话音未落。

女人已把手拢成了喇叭状，时隔多年，再一次喊出了她的名字。

"简常念，站起来！"

"简常念，站起来！"

"简常念，起来啊！"

"简常念……"

常念。

常念……

时间倒回到 2011 年的夏天。

"常念，常念，你就帮帮我嘛，就当我求你好不好？大不了事成之后的奖金，咱们俩对半分？"

面对女孩子诚挚的恳求，简常念不为所动，拿肩膀部位干净的衣服擦了擦脸上的汗水，从地上搬起一个汽车轮胎架到了轮毂上。

"不帮，你没看见我正在上课吗？"

女孩子绕着她转来转去，有些气鼓鼓的。

"你这上的是哪门子课啊！老师也不在，同学都跑完了，就留你一个人在这脏活累活都干了！"

"老师请假了。"

简常念已经习惯了。

她来这里已经有半学期了，如果老师请假，那么基本没什么人来车间上实训课。

看着她一副无动于衷又灰头土脸的模样，周沐就更来气了："我说你怎么就突发奇想报了这么个学校，明明成绩那么好，和我一起上高中多好啊，还能有个伴！"

听她说起这个，简常念也有点烦，她和周沐虽然是同村，从小一起长大的，但周沐父母都在，能挣两份钱，家庭条件自然是比她家要好得多。

技校虽然环境不好，但两年之后学出来，她就能上班挣钱，给外婆补贴家用了。

"我说你烦不烦？重点高中不用上课啊？我这就去找我们老师……"

简常念把手上的工具一扔，转身就走。

周沐赶紧追上去拽住她的衣服，生怕她走了，说话就像连珠炮似的一气呵成："欸，别呀，我是真的、真的、真的想请你帮忙！

"这周五我们学校和江北二中有场羽毛球友谊比赛，市里一家体育用品公司赞助的，赢了有一千块钱奖金呢，还送球拍！本来我都和人说好了一起打双打，但是她昨天骑车回家，腿摔伤了，站都站不起来。我都已经报名了，明天就要开赛了，总不可能退赛吧……"

周沐摇着她的胳膊，可怜兮兮地看着她，硬是挤出了两滴泪花："算我求求你，和我一起去吧，你羽毛球打得那么好，我们组队一定能拿第一！"

周沐这个人虽说嘴有点碎，有时候还挺没心没肺的，不过从小到大对她倒是真心的好，她也是真的受不了女孩子撒娇那一套。

"得了，得了，眼泪收一收，肉麻死了。怎么，你像是缺钱的人吗？"

周家父母就这一个女儿，别说是一千块钱，就是要个十万八万，他们也会想办法给宝贝女儿弄来。

"我……"周沐一噎，脸色就有点红，跺了跺脚，撒开她的胳膊，"你就说你去不去嘛！"

"报名了也可以退赛，打不了双打，就打单打嘛，赢不了就友谊第一，比赛第二嘛，干吗非得拿冠军呢，你不说清楚，我就不去。"

反正这会儿车间没人，闲着也是闲着，简常念难得起了一点捉弄人的心思，好整以暇地看着她。

"你……"周沐气急败坏，径直扑上来挠她痒痒，她躲闪不及，被抓个正着，一时笑个不停，好不容易才把人推开。

"好了，好了，我去还不行吗？！"

得到了满意答复的周沐这才撒手。

"这还差不多。"

"不过，你还是得告诉我，你是有什么非去不可的理由吗？"

玩闹了一阵都有些累，两个人坐在地上靠着汽车休息，头顶上的大排气扇呼呼地转着，送来一阵阵清凉的风。

简常念是她的好朋友，她不想瞒着简常念。

周沐的脸色还是有些红，轻轻垂下眼帘，用很轻的声音道："学长也会去看比赛。"

"我懂了，你想引起他的注意。"

刚刚还有些脸红的周沐就差扑过来掐她的脖子了。

"好好的人，她怎么就长了张嘴呢？！"

"好了，好了，别闹了，热死了。"简常念好不容易才把人拉开。

"周五几点？"

"七点开始，在二中体育馆，我放学后就来找你一起过去。"

"我顶替你同学的位置不会被人发现吧？"简常念还是有些担心。

"你就放心吧！一场友谊赛而已，我都跟我们队的说好了。二中的羽毛球队和我们有些过节，我们队的队员们也很想赢的，而且去二中比赛，谁也不认识谁，怎么会知道你是冒名顶替的。"

"那就行，不过要是赢了，奖金可得对半分，还有球拍……"

"行、行、行，只要你愿意去，给，都给你！"说话间，周沐看了一眼手表，猛地惊叫起来，一溜烟就跑出了车间。

"完了，完了，体育课要下课了，我得赶紧回去了，周五见啊！"

不等简常念回话，人已跑得没影了。

简常念抚额，还好两所学校相邻，否则周沐再多来几回，恐怕还能练成个跑步健将来。

周五下午，因为有些离家远的同学要坐车回家，技校放学一般都比较早。

简常念上完课回到宿舍，几个舍友已经打扮得花枝招展的，准备出去玩了。见她还没有要收拾东西离校的打算，其中一个圆脸女生眼珠转了转，凑上前来。

"简常念啊，你这周不回家吗？"

简常念从柜子里取出自己唯一的羽毛球拍，拿干净的毛巾轻轻擦拭着上面蒙着的灰尘，头也没抬。

"明天回。"

"那你跟我们一块出去玩呗，反正闲着也是闲着，我约了外校的几个帅哥，一起去唱歌，说不定还能……"

女生眼波流转，撞了撞她的肩膀。

因为整个汽修专业就只有她一个女生，她只好和别的专业的女生住在一间宿舍。

简常念知道这个女生，是护理专业一班的班花。简常念有时候在车间干活，总能看见她和不同的男生站在一起，神态十分亲昵。

她口里的那些外校帅哥，不外乎就是一些染着花花绿绿头发的社会闲散人员。

每个人都有自己的活法，简常念不讨厌她，但也不想和这样的人交朋友。

"我今天有事，你们去吧。"

想到上周约会时，"大哥"给她布置的任务——让她再找几个年轻妹妹一起玩，圆脸女生眼珠一转，笑容更诚恳了些，扒着她的胳膊嘟嘴撒娇："哎呀，你就去嘛，我们宿舍里的其他人都去，你也一起去玩嘛！再说了，你都住进来这么久了，还没和我们一起出去玩过呢。"

简常念正在擦球拍，猝不及防地被人一扒拉，球拍一晃，磕到了桌沿上，顿时拍子的边框上磕出了一道痕迹。

她心里一紧，情急之下赶紧把人甩开，心疼地摸着球拍上掉漆的那块。

"说了不去就不去，你们自己玩吧，我有事。"

简常念心里急，下手没留意轻重，女孩倒退了两步，好不容易站稳，花容失色。

"简常念，你别给脸不要脸，让你跟我们一起玩是给你面子！"

其他几个人见势不好，也都围了上来。

"对啊，你这人怎么回事啊，让你跟我们一起玩是看得起你，你不去就不去，干吗动手推人啊？！"

"我没有！是她先动手拉我的胳膊，我的球拍磕到桌沿上了！我只是甩开她而已！"

简常念起身，大声反驳着。

见她也站了起来，那一伙里一个又高又壮的女生走近，动手推了她一下。

"干什么，吼什么！你跟谁说话呢！还不赶紧跟圆圆姐道歉！"

"我没错，道什么歉？"简常念梗着脖子，仰头看着高个子女生，分毫不让。

"你……"

高个子女生一噎，往常只是觉得简常念性格木讷，不怎么爱说话，没想到她竟然这么坚决，一直不肯道歉服软，看着她冷冰冰的眼神，一时被吓住了。

被称作"圆圆姐"的女生一声尖叫："不就是一支球拍，有什么了不起的！你这么喜欢，我还非要弄坏了，给我打！"

混乱中，她被人推来搡去，她弯下腰，死死地抱着羽毛球拍，不让她们抢走。

"放开我！别动我的球拍！这是我外婆送给我的……"

眼看球拍要被她们抢走，简常念也不管是谁，死死地咬住了对方的虎口，带着哭腔哽咽。

高个子女生吃痛，一拳砸在了她的太阳穴上，她眼前一黑，整个人脱力，摔倒在地，撞翻了椅子。

动静太大，这一层楼的宿管阿姨终于闻声赶来了，径直推开门，喝道：

"干吗？干吗呢？！我告诉你们班主任去！"

"没……没干吗，我们就是闹着玩呢。"

圆圆看简常念还在地上趴着，赶紧过去把人扶了起来，摆出一副委屈的神情。

"简同学，你没事吧，都怪我，太不小心了……"

宿管阿姨白了圆圆一眼，又看了一眼简常念，心里也大概知道是怎么回事，但她只是个宿管阿姨，又不是她们的班主任，多一事不如少一事。

"没事就好，周五了，要回家的就赶紧回家，别在宿舍里打打闹闹的！"

"是、是、是，阿姨，我们这就走。"

圆圆笑脸相迎，送走了宿管阿姨，看时间也不早了，拿起包，临出门的时候又狠狠地剜了一眼简常念："你给我等着！"

简常念出了校门，周沐已经在等着了，一见着她就大惊失色地跑了过去。

简常念脸上好大一片乌青。

"你这是怎么了？谁打你了？！是不是她们又欺负你了？我去……"

眼看着周沐有找人算账的打算，简常念一把将人拉了回来。

"唉，算了，都放学了，再说了，晚上不是还要打比赛吗？"

现下已经六点多了，再晚恐怕就要赶不上比赛了，周沐只得恨恨地跺脚，同她边走边说。

"那也不能让她们这么欺负啊！你平时给她们拿课本、买水、送零食、打饭、洗衣服还不够吗？这还动手打人了，就没人管管吗？！"

"我和她们又不同班。"简常念这会儿才觉得脸有些痛，说话时龇牙咧嘴的。

她话音刚落，肚子就咕噜了一声。

下午光顾着和她们打架了，她倒是没来得及去食堂吃饭。

周沐白了她一眼，挽住她的手臂继续走。

"那也不能老让人欺负呀，你还是得找个机会，跟你们班主任说说，实在不行就换间宿舍。对了，你应该还没吃饭吧，走、走、走，二中学校门口新开了一家卖炒饭的，一块去尝尝。"

简常念心底一暖，刚想拒绝，就被人连拖带拽地拉着走了。

"你快点，再晚就赶不上比赛了。"

"老板，两份火腿炒饭，加鸡蛋。"

"我……"简常念刚想开口，就被人堵了回来。

"行了，行了，我还不知道你，就算吃，恐怕在食堂也是两个馒头加咸菜，能吃饱吗？我还没吃呢，陪我再吃点。"

话音刚落，周沐又问老板要了一个煮熟的鸡蛋，剥了壳给她敷脸。

"你这伤，明天回家被你外婆看见，指不定多心疼，你老让人这么欺负也不是个事啊，要不然，我让我们学校高年级的学长过去警告警告她们……"

从小到大，她除了外婆，也就只有周沐是真心待她好了。

简常念眼眶一热，赶紧把周沐手里的鸡蛋抢了过来自己低头敷着。

"还是算了吧，多一事不如少一事，再说了，我看她们也不是好对付的。她们认识的人也多半是些社会上的人，我改天跟班主任提一下换宿舍的事就是了。"

"那她们要是再欺负你，你一定要跟我说啊。"

"好啦，好啦，知道了，快吃，吃完还得去比赛呢。"

江城区不大，学校大部分坐落在最热闹的一片地方，虽已放学，但周五的傍晚，学校门口仍然是摊贩云集，热闹非凡。

在离简常念她们不远处的刨冰摊子前停下了一辆自行车，男孩子伸出手递钱，笑容爽朗，声音清脆。

"阿姨，三份刨冰，多加点水果。"

也不知道是吹了什么风，把他的话送进耳朵里，隔着几米远，周沐唰地一下就回了头，手里勺子上的米饭掉完了都不知道。

"程……程学长……"

简常念抽空抬头瞟了一眼。

男生骑在车上，侧身对着她们，戴了一顶鸭舌帽，鬓角理得很短，看上去精神又清爽。他穿了一件白色短袖，同款运动短裤，脚上踩着一双她说不出是什么牌子的运动鞋，不过宿舍里的那个圆圆也有一双同样 LOGO（标志）的，应该不便宜。

"嗯，是不错。"

"什么不错啊，你不觉得他很帅吗？学习又好，游泳又厉害，已经入选省游泳队了，据说下个学期就不来了，专门去练游泳了。他在学校里人气特别高！"

一提到学长，周沐就像被按下了"夸奖开关"，满口溢美之词，听得简常念脑瓜疼，于是故意撺掇她："那你还不赶紧过去打个招呼。"

"我……我和他就是新生报到那天有过一面之缘。那天他看我东西多，就主动帮我把东西提到了宿舍楼下。那么多人，他应该不记得我了。"

"啧，新生那么多，怎么就只帮你提，不帮别人提啊？"

周沐听了她这话，脸色一红，就要扑过来挠她。

"吃饭还堵不上你的嘴！"

简常念刚把米饭送进嘴里，一边躲，一边说："嗯……你再不去打个招呼，人家可就走了啊。"

一听这话，周沐回头望了一眼，似是下定了决心一般，深吸了一口气，噌地站了起来。然而她刚抬脚，男生取了做好的刨冰，掉转了车头，看也没看她一眼就骑走了。

周沐就像被针扎了的气球一样瞬间泄了气，有些闷闷不乐地坐了回来。

简常念的目光循着男孩离去的方向望过去，只见校门口的树荫下，他正和两个女孩子说说笑笑的，买的刨冰也递给了她们。隔得远，她听不清他们在说什么，但能感觉到他们之间应该非常熟稔。

刚刚撺掇了周沐，有些于心不忍，简常念放下勺子："吃完了吗？吃完了我们就先进去吧。"

"难得休息两天，在家睡觉、打游戏、看电视剧不好吗？非要跑这来看什么比赛，这种比赛有什么好看的，小孩子过家家都比这个有趣。"

"哎呀，你训练那么辛苦，一放假就是在家里憋着，橙汁儿这不也是想让你出来散散心嘛。"

"散心？爬山、跑步、游泳、跳水、打游戏，哪样不能散心？非要跑这里来看什么比赛。他啊，指不定就是看上了哪个学妹，不好意思开口，来让我们给他当陪客的。"

绰号"橙汁儿"的男孩子四下看了两眼，连忙作揖求饶："姐，姐，我叫你声姐，求你了，小声一点。这比赛是我爸的公司办的，指不定有他的什么眼线，让他知道了我出来玩，回家又得挨打。"

眼看着前面三个人说说笑笑的，简常念就要快步越过他们，眼不见为净，又被周沐死死地拽了回来。两个人挤眉弄眼的，一个要"超车"，一个要"刹车"，互相角力，谁也不肯先撒手。

因她们这边动静不小，走在前面的程真回了下头，简常念发誓，她在周沐脸上从未见过如此温柔、和善、含情脉脉的笑，就像庙里塑的泥菩萨一样慈眉善目。

简常念使劲掐了一下自己，才忍住不发出任何笑声，等程真回过头去，她瞬间破功，哈哈大笑起来。

周沐扑上来捂住她的嘴："别笑了，别笑了！再笑，我死给你看！！"

"好了，好了，不笑了，话说，你认识他旁边那两个人吗？"

刚刚一路走来，周沐都在观察回想，此刻摇了摇头："好像没在学校里见过。"

简常念若有所思看着前面三个人，程真走在中间，左边那个女生个子稍微矮一点，长发及腰，穿了一条样式简约的连衣裙，从背影看，应该长得也不差。

据周沐所说，程真身高在一米八左右，而右边的那个女生只比他略矮一点，目测身高在一米七五上下，这在女生里算是非常引人注目的了。

高个女生扎了一个高马尾，上半身穿运动短袖，下面穿了同色系的运动短裙，手腕上戴了一个蓝色的护腕，身高腿长，肩窄腰细，很是酷飒、清爽。

她倒是鲜少见过这么高，这么有气质的女生，颇有些好奇地多看了几眼，谁知道对方似有所觉，回了一下头。

视线相撞，简常念突然像被什么东西扎了一下一样，心脏突突乱跳起来。

她慌忙垂下头，女生则转过脸去，拍了拍程真的肩膀，继续往前走。

"看来关注你的人还真不少。"

"说什么呢，我眼里可只有二中的那个学妹……"

人已经走远了。

简常念还沉浸在那一眼里久久回不过神来，高个女生发色乌黑，皮肤很白，侧颜如玉，眼睛很漂亮，整个人有一种冰雪般的气质。

"常念，常念。"周沐伸出手在她眼前晃了晃，"想什么呢？这么入神。"

"没，没什么。"简常念迅速回过神，推开周沐的手，岔开话题。

"你的队友呢，来了吗？"

"来了，来了，那可就是，李佳佳！"

"周沐，这里！"

远远地，一行人就挥起了手，周沐赶紧拉着简常念一溜烟跑进了体育馆里和大家集合。

赛前的准备工作。

李佳佳把周沐拉到一旁，小声道："这就是你找的人？能行吗？"她边说，边回头看了一眼简常念。

简常念个子不高，瘦瘦小小的，穿着一件灰色 T 恤，脚上的运动鞋还有补丁，看上去有些呆，有些土，不像是受过专业训练的样子。

简常念不是听不到，她习惯了，她只是坐在一旁拉开背包拉链，默默地给球拍手柄缠着手胶。

倒是周沐看上去比她激动多了。

"怎么不行了？她以前在我们镇上的中学可是打遍天下无敌手，就连我们体育老师都夸她有天赋呢！"

旁边有男队员过来阴阳怪气地说："什么？镇上的中学？我看要不还是退赛算了，你非得弄一个人过来一起打女双，咱们队缺这一个冠军吗？真是。"

周沐气得跺脚，转身跑了。

"等着看吧，你们！"

见她气冲冲地跑了回来，简常念停下手里的动作，低声道："沐沐……"

"没事，他们不相信你，我相信你。"周沐从书包里取出同学的校牌，别在了简常念的胸口。

"我们联手，肯定能拿冠军！到时候，你就有钱了，还能换一支新球拍……"

简常念心底暖洋洋的，笑了笑，冲她伸出手："好，我们加油。"

周沐干脆地和她击了个掌："加油！"

比赛开始，场馆内热火朝天，场外的操场上有两个中年人正悠闲地散着步。

"我说老严啊，回来都不打声招呼，还是我去问了老万才知道，不厚道，今晚可得你请客啊。"

"哦，又不是什么光彩的事，有什么好张扬的。"严新远负手踱着步，和好友宋威边走边聊。

比起前几年见他时意气风发的样子，严新远明显苍老了许多，头顶秃了，鬓角也有了白发，背也微微驼了起来。

"虽然……但你好歹也在国家队干了这么多年，怎么能让你说走就走。依我看，要不还是我给你托个关系，找个学校当体育老师，平时也就上上课，还有寒暑假，轻松，安心干到退休算了。"

"怎么，你这体育老师还没当够，还要再拉上我一个？"

严新远当初还在国家队打职业赛的时候，二人曾是队友，相交多年，无话不谈，只是后来宋威因伤退役后便回到了家乡当老师，一待便是这么多年。

聊起往事，两人哈哈大笑起来。

"我啊，就是喜欢和孩子们相处，看着他们，感觉自己也年轻了起来。"

严新远听到这里，目光变得有些悠远："我还是想当教练。"

"我知道你还有梦没完成……"宋威欲言又止。

不远处的体育馆里传来了阵阵欢呼声。

严新远岔开了话题："哟，这是打什么比赛呢？"

"嗐，这不是学校把场地租给了一家体育用品公司嘛，办了个羽毛球联谊赛，都是各个学校的校队来参加的。"

一听是羽毛球比赛，严新远来了兴致，拉着人就走。

"走、走、走，去看看，我说你也真是的，自己的校队参加比赛，你一个体育老师一点也不上心。"

"这有什么好上心的，说白了就是一帮孩子打着玩玩……"

"来了，来了，快看，怎么样，我说得没错吧，那个女孩子是不是很可爱！"

程真趴在二楼观众席边的栏杆上拼命地冲学妹挥着手，奈何人家压根没往这儿瞅一眼。

谢拾安背靠着栏杆吸着手里的冷饮："不用看，我都知道人家压根没理你。"

"嘿，我说，给自个儿积点口德成吗？我这不是要训练了吗？以后恐怕就得天天训练，再也见不到了。"

"岂止天天训练，还要严格控制饮食、作息，早上六点起来跑操，晚上十一点才能休息，熄灯前还要点名，可比高中管得严多了。"

一旁的女生扑哧一下笑出了声："拾安，看在橙汁儿请我们吃刨冰又喝饮料的分儿上，少说两句吧。"

谢拾安哼了一声，这才作罢："看在语初的分儿上，放你一马。"

"你从小就听她的话挤对我，咱俩从幼儿园起可就是同班同学了啊，也没见你听我的。"

"同班同学又怎么了，我和语初还是邻居兼队友呢。"谢拾安故意挤眉弄眼，这一句"语初"叫得那叫一个亲密无间。

三个人从小在一个小区里长大，乔语初家和谢拾安家是门对门的邻居，谢拾安因为和程真年纪相仿，从幼儿园起，两个人整整做了十二年的同班同学，直到程真搬家，高中去了附近的城南一中就读。而从小到大，谢拾安的一大兴趣爱好，就是挤对人，准确来说，是挤对他。

程真气得哆嗦："你……你、你、你这只跟屁虫！"

"你说什么？"谢拾安捏紧了手中的饮料瓶子。

"跟屁虫，跟屁虫……"程真一边说，一边往乔语初的身后躲。

谢拾安也不跟他啰唆，就要动手。

眼看着两个人就要扭打在一起，真是冤家路窄，见不得，也离不得。

乔语初抚额，左手拉过程真，右手把谢拾安拽进怀里，统统按在了栏杆上。

"好了，好了，看比赛哈，哟，不错，橙汁儿，小学妹得分了啊。"

一提到小学妹，程真什么都忘了，乐得脸上都开了花。

"学妹，加油！"

一旁的谢拾安直翻白眼："又不是一个学校的，叫什么学妹套近乎，也不嫌瘆得慌。"

"你懂什么？全天下漂亮又温顺的妹妹都是我学妹，当然，某人除外。"

谢拾安听了，又要踹他，却被乔语初拦住了。她指着场下左边一方，语气颇有些赞赏："不错啊，通过快速勾对角让对方疲于奔命露出了破绽，反手就是一个点杀压线得分，这操作有点水平啊。"

和程真一听到"学妹"两个字什么都忘了一样，谢拾安一听到与羽毛球相关的内容，什么都可以抛到脑后，此刻也聚精会神地看起了比赛。

场上进行的是女子双打的比赛，右边两位选手中穿粉色衣服、及肩中长发的，就是程真口中的学妹，江北二中校队的队员。

而左边的两个，胸口处佩戴的校徽和程真的一模一样，是城南一中校队的队员。

开局后，江北二中这边先得了几分，但很快就被追平，刚刚那个球落地，已经被反超了。

双方换边发球。

周沐和简常念互相击掌以示鼓励。周沐用余光悄悄瞥了一眼上面，小声道："常念，常念，我怎么感觉他在看我啊，我好紧张，手心里都是汗。"

简常念好久没打球了，转动着手里的球拍。在人多的地方，她也有点紧张，但此时此刻只得调整着呼吸，一心一意地盯着对面的动作。

既然站在了赛场上，她就还是很想赢的。

"都什么时候了，你还有工夫想别的，还想不想赢了？"

"想、想、想，发球，发球。"

站在门口观赛的严新远乐呵呵地指着场地中左边的一方："看见没，城南一中穿灰色衣服的那个女生，一个顶俩，可比你们二中的强太多了。"

宋威也纳闷了："嘿，往常也和他们打过比赛，没听说过一中还有这号人物啊。"

严新远边看比赛，边摇头晃脑地做着点评："身体协调性不错，但缺点爆发力，技术嘛，有一些模仿世界名将的影子，在同龄人中算不错的，但给我的感觉就是基础打得不好，步法不扎实，所以打出来的球欠点火候。说严重点，就是虚有其表，没有学到其中的精髓，可惜了。"

看台上的谢拾安也来了兴致，支起了脑袋，捅了捅程真的胳膊。

"欸，橙汁儿，左边，左边那个穿灰色衣服的女生，你们城南一中的，真是把你的小学妹打得毫无还手之力啊。"

眼看着学妹第一局就要输了，程真正烦着呢："去、去、去，不就是输了一局吗，第二局肯定能赢回来！"

话说完，他也多看了那灰衣女生几眼，心里直犯嘀咕："我怎么没在学校里见过那人啊，难不成是新生……"

乔语初和谢拾安对视一眼，一个耸肩，一个摊手，表示不知道。

程真是外行，看不出来场上实力悬殊，她们却知道，他关注的小学妹多半是要输了。

中场休息，程真跑下去给小学妹送水。

简常念也拧开了矿泉水瓶补充着体力，周沐手上拿着半瓶水，却不喝，而是频频往身后望。

程真正为他的小学妹忙前忙后，又是扇风又是递零食的。

周沐一使劲，矿泉水瓶都快让她捏扁了。

简常念看不下去，一把夺了过去："行了，行了，不喝也别浪费东西。"

"他……他到底还是不是城南一中的啊，怎么跑去那边帮人家跑前跑后的？！"

看着自己的对手和程真羞涩互动，周沐鼻子都要气歪了。

简常念咕嘟咕嘟喝完了半瓶水，拿手背抹了抹嘴角残留的水。

"你还看不出来吗？你这个学长啊……"

她话音未落，刚刚还怀疑她水平的李佳佳凑了过来，亲昵地拍了拍她的肩膀："行啊，看不出来你还蛮厉害的。"

简常念往旁边侧了侧身，神色如常："没有，对手也很强，是我和周沐配合得好。"

果然，李佳佳又去拉住了周沐的手："我就说嘛，一人成木，二人成林，看你们配合得这么好，我都想打双打了。"

打第一局的时候，程真就目不转睛地盯着这里。第一局刚结束，他就往下跑，虽然去的是二中校队那边，但也让李佳佳有些羡慕。

"我跟你们说，对面那个穿粉衣服的女生，也是很厉害的，第二局你们可千万别给机会，一鼓作气赢过她们。"

周沐摩拳擦掌："那可不，好让他们二中知道谁才是江城第一高中。"

李佳佳四下瞅了瞅，示意她们两人凑近些，压低了声音道："就那个穿粉衣服的，叫孙倩，认识不少朋友，有社会上的，也有学校里的，听说……"

李佳佳欲言又止，脸色有些红。

都是青春期，周沐腾地一下就红了脸，捂住了嘴，半天才回过神来，义愤填膺的。

"不是吧，那她还和学长走得那么近！"

"这事我也是听我在江北二中上学的表哥说的，学长是咱们学校的，肯定不知道内情啊！"

"不行，我得去……"周沐说着就要往那边走。

简常念一把将人拽了回来："我想上厕所，陪我上厕所。"

"我……"周沐还想说什么，简常念揽过她的肩头，把人半拖半拽着拉走了。

"快点，快点，来不及了。"

身后李佳佳的笑容越发灿烂起来，冲她们挥着手："周沐，第二局加油，你们可得给她点颜色看看啊。"

看着简常念和周沐离开了场地，江北二中穿粉色衣服的那个女生想了想，小声跟队友说了句什么，也放下球拍，朝那个方向过去了。

程真跟他的小学妹献完殷勤，又回到了看台上和好友们聊天，长吁短叹的。

"你们不知道，我是在校外的奶茶店遇见她的，她在那儿兼职。后来我跟他们店长打听了一下，才知道她在江北二中上学。她是单亲家庭，妈妈身体不好，每周要去医院做两次透析，此次参赛她恐怕也是冲着奖金来的。"

乔语初听了这话，看了一眼谢拾安，她的脸上倒是没什么表情，依旧懒懒地靠在栏杆上听着 MP3 里的歌。

她想了想，还是没把他的小学妹必输的事实告诉程真。

直到从洗手间出来，周沐还是有些愤愤不平的。

"你刚刚为什么要拦着我去找程学长啊？"

"你跟他说，他会信？再说了，李佳佳既然早就知道这些，为什么不自己去告诉程真，而且这种道听途说的事，未必是真的……"

也许是真的不能在背后说别人，简常念没走几步，一抬头，就撞上了话题女主。

女生见她们留意到了自己，慢慢走上前，揉搓着衣角，头埋得很低，声如蚊蚋："那个……我叫孙倩，是江北二中校队的成员……"

一见是她，周沐压根没什么好语气："我知道你叫孙倩，早就大名远扬了好吧。常念，我们走，不要理她。"

见她们要走，孙倩有些着急，上前一步拦住了她们的去路，也顾不得什么了，脱口而出："这场比赛，你们能不能输给我？"

"什么？！"周沐吃惊地瞪大了眼睛。

"你没病吧？我们凭什么输给你啊？！"

"我……我知道你们很强，我和我队友加在一块，也打不过你们。"

她说这话的时候看似是在跟周沐说的，实际上眼睛一直盯着简常念。在球场上全靠简常念的杀球得分，她知道这人才是胜负的关键所在。

再看简常念从刚刚起就一言不发，感觉是个比较好说话的人，她这才径直拉住了简常念的衣袖，恳求道："但是我有非赢不可的理由，算我求求你们了……"

"什么非赢不可的理由，你就是想在程学长面前出风头！"

被对手找上门来求着让球，再加上又听了李佳佳那番话，周沐肺都要气炸了，虽然不至于动手，但也不想再在这个地方多停留一秒。跟孙倩多说一句话，她都觉得晦气，拉着简常念就要走。

"你别想了！我们不可能让球的！赛场上见！"

"我真的有非赢不可的理由，我……我需要钱……可对于你们来说，这不就是一场无关痛痒的比赛吗？输给我又怎么了？"见她们又要走，孙倩又扑了上来拦住她们的去路，说前一句话时还带着低声下气的恳求，后一句话说得那叫一个理直气壮。

简常念看得那叫一个目瞪口呆。

还是周沐反应快，一把将人甩开："我看你不应该来打羽毛球，应该去当演员吧！"

因为今天江北二中举办这场比赛，体育馆里人还挺多的，洗手间外的走廊上人来人往，有不少学生的目光都被这一嗓子吸引了过来。

有人窃窃私语："这不是我们学校的孙倩吗？"

"对面的是城南一中羽毛球队的吧，刚刚不是还在打比赛吗？"

"嘻，我看城南一中的挺厉害的，多半是要赢了。"

"孙倩哭什么啊？不就是一场比赛吗，别不是被欺负了吧？"

眼看着周围的人越说越不像话，周沐涨红了脸，大声道："什么欺负？我们压根都没理她好吗？！是她主动扑上来缠着我和我朋友，让我们给她……"

她话音未落，孙倩又扑了上来，拉住她的胳膊，泪水涟涟。

"我知道，我打不过你们，但我还是想和你们交个朋友，你们不愿意就算了，何必冷嘲热讽……"

周沐被撞了个猝不及防，脚下一个趔趄，气急败坏地就要甩开这块"牛皮糖"："我说你这个人颠倒黑白有一套，不去演电影真是可惜了！"

不等她抬手，孙倩已自己坐在地上，哭得那叫一个梨花带雨，我见犹怜。

"干什么呢？孙倩，你没事吧！"

周沐话音刚落，一个白色的身影冲了过来——程真扒开人群，跑到了孙倩的身边蹲下，神色关切。

孙倩摇摇头，挤出了两滴眼泪。

"没……学长……我没事。"

程真自始至终都没看周沐她们一眼，而是把孙倩小心翼翼地扶了起来。

"没事就好，比赛要开始了，我扶你回去吧。"

"你……"周沐又急又气，还有几分委屈，就要开口辩解。

简常念使劲拽了一下她的胳膊，示意她噤声。

程真摆明了是相信那个女生的，无论她们说什么，都没有用——虽然她也有些不忿，但不是为这个。

简常念想了想，还是在他们即将离去的时候说了一句："你把打比赛当成什么了？不想赢的比赛，那还有什么意义？"

第二局开始，简常念再也没手下留情，频频得分，零封了对手，接着到了休息时间。

简常念出色的球技得到了不少掌声，相比她们这边的欢欣雀跃，孙倩那边可就是愁云惨雾了，就连自己的队友也在埋怨她。

"我早说打不过，投降算了，你非要打，这下可好，连我一块跟你丢人。"

孙倩默默地红了眼眶，咬着唇一言不发。

台上的程真看得那叫一个气啊，就差冲上去帮她打了。

"她……她们这不是欺负人吗？刚在洗手间门口，我还看她们拉拉扯扯的，孙倩都摔到地上了，为了一千块钱至于吗？！"

谢拾安不咸不淡地道："我看你是'饱汉子不知饿汉子饥'，再说了，技不如人，怎么能叫欺负？"

她话音刚落，程真嗖的一下看了过来，眼里亮起了光，好似找到了救星。

谢拾安依旧是那副淡淡的模样："别看我，我不去。"

程真抓住她的手，放软了声音，故意嗲声嗲气的："拾安，我的好拾安……"

谢拾安眉头一皱，像甩什么不干净的东西一样，连连甩手，想把人甩开。

"滚、滚、滚，别来恶心我。"

第二局开局后，严新远依旧站在体育馆门口看着这场比赛，乐呵呵的。

"可以说是没有悬念了。"

"没有悬念，你还看。"

"你是没听到那个穿灰衣服的女生在洗手间外的走廊上说了什么，她说，不想赢的比赛，那还有什么意义。就这一句话，就值得我看下去。"

好友琢磨着他话里的意思。

"你别是起了什么爱才之心了吧？"

本是一句戏言，严新远却皱着眉头想了一会儿，摇摇头："好的运动员都是从小开始培养的，她这个年纪，着实晚了一些。"

就在他们谈话时，场上传来了一阵骚动，因为0：15的比分太过悬殊，孙倩的搭档心态崩了，嫌丢人，撂挑子不干了。

"要打，你自己打吧，反正我不打了！"

裁判看着她们，欲言又止，只好说道："那个，要不，你……"

孙倩咬着唇，泪水在眼眶里打转。

"裁……裁判，我继续打。"

"啊，这……可是这不符合比赛规定啊……"

简常念转动着手里的球拍，在网前做着防守的姿势："你再打下去也没有意义。"

听简常念这么说，孙倩反倒把眼泪逼了回去，余光悄悄望了一眼看台上，从地上捡起球。

"裁判，我还没有认输，这场比赛就不能算是结束。"

"既然这样，周沐……"简常念看了一眼周沐，周沐懂她的意思——二打一对孙倩来说不公平。

"都什么时候了，你还跟她讲公平，你忘了刚刚她在洗手间门口说什么了吗？！"

话虽如此，周沐向来是个嘴硬心软的，在简常念的要求下，还是心不甘情不愿地准备下去。

"常念，你要加油啊，打败她。"

简常念和她击掌，点点头："放心吧。"

反正也只是一场娱乐赛，孙倩又哭得楚楚可怜的，输赢也不差这几个球了，再加上双方已经达成了共识。

裁判无奈地挥挥手："好吧，好吧，比赛继续。"

简常念最后勾的几个对角又快又狠，压根没给孙倩反攻的机会，即使她因为救球频频摔倒在地也于事无补。

简常念之所以打得这么激进，一来是想为自己的好朋友出口恶气，二来无论对手强弱，比赛就是比赛，自己就是要用尽全力。

她已经很久没打球了，血脉里仿佛压抑着什么东西，在不停地躁动着，苏醒着。

只有握着球拍的时候，她才可以什么事都不用想，脑海里只有"赢"这一个念头。

又是一个角度刁钻的网前球，擦着孙倩的球拍落地。

裁判摇摇头，又翻过一页记分牌。

比分变成了 0 : 19。

翻盘已经无望了，但孙倩仍是强撑着继续。

看台上的程真又急又气："你当真不去？你也是江北二中校队的啊！"

谢拾安淡淡地瞥他一眼："我早就休学了。"

按照少年的性格，这个时候他多半是气急败坏，又叫又跳，然后再低声下气地恳求她的。

谁知道程真深深地看她一眼，扔下两句话："谢拾安，你说饱汉子不知饿汉子饥，我以为你了解孙倩的境遇，会对她有所理解。千百块钱对现在的你来说，或许不算什么，但那是别人救命的钱！"

说完，他掉头就跑了。

谢拾安微微皱了一下眉头，抿紧了嘴。

乔语初轻轻拍了拍她的肩膀，柔声道："拾安，我还是第一次看橙汁儿这么在意一个女孩，他马上就要去省队集训了，以后出来的机会肯定少，而且，如果他说的是真的，那个女孩确实可怜，看在这么多年朋友的分儿上……"

谢拾安抬起头，目光笃定地看着场中的那个灰衣女生，嘴角微扬，眼底有一丝战意在酝酿。

"我去，不过可不是因为他的那番话。"

简常念瞅准时机，又是一个杀球，力道之大，以致羽毛球撞在球拍上时发出了很大的砰的一声。

孙倩飞身去救，脚下一滑，连人带球拍摔倒在地，下巴重重地磕在了地板上。

白色的羽毛球落在了她身边。

0：20。

这场比赛还有打下去的必要吗？

裁判张张嘴，正准备宣布比赛结束。

一个身影从已经跑到比赛场地边上的程真身边走过，抬手取下了他头顶的鸭舌帽扣在了自己的脑袋上："帽子借我用一下。"

谢拾安快步走到场中央，把人从地上扶了起来，程真也反应了过来，迅速跟了过去。

"孙倩，你没事吧？"

孙倩一副站都站不稳的模样，啜嚅着："没……没事，我还能打。"

谢拾安把她手里的球拍拿了过去，在手中转了一圈，虽然有点轻，但勉强能用。

"接下来的比赛，我替她打。"

眼看着就要赢的比赛，半路杀出个程咬金，周沐也急了，跑了上来："你是谁啊，凭什么替她打？"

谢拾安只是懒懒地抬了下眼皮："我叫谢拾安，江北二中羽毛球校队的队员。"

"你是二中校队的，那我以前怎么没见过你……"周沐一脸狐疑，上下打量着她。

"我高一就休学了，你没见过我，很正常。反正就一个球了，赢了，你们大赚，输了也不亏啊。而且她伤成这样，站都站不稳，也没法再继续比赛了，是吧，裁判？"

这时有江北二中的学生认出了她，纷纷围上前来。

"学姐，是谢学姐！她回来了！"

"学姐出马，肯定能赢！"

裁判挠挠脑袋："这个……"

程真在一旁帮腔，挤眉弄眼的。

"裁判，裁判，你说句话啊！"

说是请的专业的赛事裁判，其实恐怕也就是哪个俱乐部的半吊子，而且这裁判可以谁都不认识，但一定认识程真，也一定会因为程真的父亲给卖他一个面子。

"呃……这事得双方都同意才行。"

此话一出，江北二中的人互相对视一眼，眼底纷纷浮起了欣喜之色。

而反观城南一中这边，虽然也有想为简常念出头的，但都被李佳佳拉住了。

"欸，别去，反正又不是咱们队的，就当看个热闹了。"

只有周沐气得发抖："你……你们欺负人！"

"欺负？"谢拾安微微挑了一下眉头，"你们敢说，明知道对手很弱，却频频发一些角度刁钻的网前球不算欺负人？"

因为救球，孙倩的膝盖还有手肘处的皮肤都有不同程度的擦伤。

周沐心虚地望了一眼简常念，依旧梗着脖子道："那……那是她自己技术差，没本事，怨不得别人！"

谢拾安拖长声音"哦"了一声，目光落到了一旁一言不发的简常念身上，若有所思。

"也是，技不如人不怪谁，只是，我在城南一中校队也有一些朋友，却从来不知道队里什么时候多了这么一号人物。"

简常念咽了一下口水，攥紧了手里的球拍。

比起冒充他人参赛来说，今天场上所有的犯规加起来都没这一个大，一旦被发现，可能要被取消成绩，毕竟看得出来，裁判明显站在他们那边。

周沐还想说什么，被人一把拉住了。

简常念摇摇头，示意她别再说了。

谢拾安这个人看上去平静、淡漠，实际上绵里藏针，三言两语就能戳中她们的要害，而且她对城南一中校队也很熟悉的样子，刚刚还有回旋的余地，现在是不答应继续比赛也不行了。

见她们神色犹疑不定，谢拾安嘴角微微浮起了一丝志在必得的笑意。

她拿起球拍，指了指面前两个人。

"这样吧，为避免让人说我欺负新人，你们两个一起上，要是赢了的话，我再掏一份奖金给你们。"

此话一出，场馆内一片哗然。

"不是吧，二打一，这人好狂的口气。"

"我看她倒像是有几分真本事的，城南一中的选手危险了。"

"欸，你说城南的敢不敢接啊？都二打一了，这不是有手就行吗？"

周沐也揽紧了自己好友的胳膊，嘀咕："常念，这人是不是脑子坏了啊？即使技术再好，我们二打一，也只差一个球就赢了。"

谢拾安微微昂起头，看着对面的简常念，她未来强劲的对手，现在还只是一头羽翼未丰、獠牙尚未长完的小兽。

"怎么样，就一个球，这挑战你敢不敢接？"

好好的一场比赛，居然变成了擂台。

简常念微微咬着牙，接也不是，不接也不是。

一分之差，看上去是在让着她，实际上和刚才她让周沐下台、自己与孙倩一对一单挑一样，都有那么一丝看不起对方的意思。

只是这人真的狂傲至此吗？

要知道这人只要输一个球就满盘皆输了，而想赢则必须连续获得二十二分。

简常念对自己有信心，周沐在校队里也算是中上水平，更何况两个人从小玩到大，默契非同寻常，双打不比单打，更考验两个人的配合以及抓机会的能力。

在彼此沉默的几秒钟里，周围有人窃窃私语。

"怎么了，刚刚不是还很厉害吗？"

"这会儿倒吓得不敢说话了。"

"不就是一个球吗？尿什么，跟她打啊！"

听着周遭这些声音，周沐的脸色青一阵白一阵的，她的目光一一掠过这些人，落到了孙倩的脸上，胸腔剧烈起伏着，似在忍耐着什么。

孙倩见状，揩了揩眼泪，往程真身后躲了躲。

周沐兀自把眼神收了回来，拉了拉简常念的衣角，轻声道："常念，我们跟她打！"

从小到大，周沐都是村里的孩子王，带队爬树、捉鱼、摸虾，跳脱惯了，除了吃和玩，其他什么也不上心。这还是她第一次用这么坚定的语气和自己说话。

简常念一愣，两个人对视一眼，点了点头，攥紧了手中的球拍，昂首挺胸地回应谢拾安的挑战。

"来吧。"

既然已敲定，周围的人也就很有默契地给她们腾出了场地，围在场边看热闹。

双方换边发球。

周沐与简常念擦身而过的时候，干脆地击了下掌。

"加油！"

"加油。"

看着她们这么大张旗鼓，好似真的能赢一样，谢拾安轻轻扯了一下嘴角，嗤笑一声，从兜里取出耳机，一左一右地塞进了耳朵里。

她气定神闲，仿佛胸有成竹。

"你……"周沐一噎，"还发不发球了！"

谢拾安活动着肩膀，手中球拍在指尖转过一圈，动作漂亮地把羽毛球从地上铲了起来。

"开始吧。"

周沐气得肺都要炸了，对方摆明了就是瞧不起她们，一会儿非得给她点颜色看看。

周沐心里这么想着，眼睛却盯着对方的动作，身体下意识地就滑了出去。

看着她的起手姿势，不过是很简单的正手发球，简常念脑中却警铃大作，不好，假动作！

看似是发直线，其实勾了刁钻的对角。

说时迟，那时快，等简常念意识到的时候已经来不及了，白色的鹅羽擦着周沐的球拍落地。

记分牌翻过一页。

1：20。

周沐似有些不服气，咬了咬牙："再来。"

简常念上前一步，摆出了防守的姿势，微微偏过头道："我来主攻，你小心防守后半场。"

"哟，变战术了，不过——有用吗？"

她话音落地的那一刻，人就动了。

瞬间的爆发力让羽毛球撞击在球拍上发出了砰的一声。

简常念迅速回防，接住了这个球，给她挑了回去。

谢拾安嘴角微勾，似是早就料到了简常念会这么做，反手就是一个大斜线。

周沐飞身去救，已是来不及了，球刚好落在界内。

记分牌又翻过一页。

2 ：20。

"想不到今天来找老同学叙旧，还能看见这么精彩的一场比赛，你们江城可真是卧虎藏龙啊。"

严新远捅了捅好友的胳膊，一脸吃瓜看戏的兴奋，就差端张小板凳、摆盘瓜子了。

"去、去、去。"宋威嫌弃地翻了个白眼，"你别告诉我，你没看出后来的那个实力远在城南一中那二人之上吧？那两个球绝对是职业水平了。"

严新远若有所思地看着场中的谢拾安。

她在场上飞转腾挪，或滑步或转身，或发球或扣杀，架拍的姿势优雅又漂亮，攻势却凌厉而肃杀，不知道为什么，严新远想到了古代"十步杀一人，千里不留行"的剑客。

沸腾的场馆逐渐安静了下来，所有人都屏息静气地看着她们的比赛。谢拾安天生就有一种气质，掌控全场的气质，她的进攻步步紧逼，她的防守滴水不漏，羽毛球每一下击拍都发出了震撼人心的砰砰声。此时此刻，她就是场上当之无愧的王。

不知为何，严新远有一种感觉——这个少女所展现出来的实力还只是冰山一角。

在他们聊天的这短短几分钟内，谢拾安快攻快杀，一口气得了十分，比分变成了14 ：20。

宋威皱起了眉头："不知道为什么，我总觉得她有点眼熟。她戴着帽子，我也看不清她的脸，但总觉得在哪里见过，而且一般人也打不出这水平啊。"

严新远越看，眼睛越亮，早已动了爱才之心，颇有些摩拳擦掌、跃跃欲试："你还看不出来吗？十几岁就有这样的水平，这是童子功啊！就是不知道是哪个队的，但不管在哪个队，我都想把人要过来。她这气势、水平、反应速度、观察力，甚至是预判能力，都是一等一的。在我手里调教个两三年，肯定还有进步空间，到时候拿个世界冠军也不是什么难事啊！"

他在这边絮絮叨叨，好友一边看比赛，一边回他："嘿，这还'老严卖瓜，自卖自夸'上了呢。好球！你看！被压着赢了十几分的，穿灰衣服的那个女生，终于抓住了一次机会，接到球直接点杀，推连续直线压住了对面头顶，这是个好机会，能不能一鼓作气拿下一分就看她们的配合了！"

"嘿，你这嘴皮子厉害，不去做赛事评论员真是可惜了。"

也就是严新远话音刚落，谢拾安化解了对手这次的攻势，直接正手突击上网，俗称"打脸"，非常考验瞬间的爆发力。

也就是一眨眼的工夫，简常念甚至能感觉到谢拾安跃起时卷起的气流扬起了自己的发丝。

两个人在网前打了一个照面。

羽毛球落地。

谢拾安嘴角微勾："不好意思，我又赢了。"

15：20。

周沐早已累得气喘吁吁，她实在是跟不上这两个人的速度了，全场多半是简常念在接发球。

饶是如此，周沐也累得够呛，汗水顺着鬓角往下淌。

更遑论从开始打到现在的简常念，整个后背的衣服全被汗水打湿了，停在网前喘着粗气。

对面的人明显有些体力不支。

谢拾安将球拍在指尖转了一圈。

"一场没有悬念的比赛，还有必要打吗？"

简常念咽了咽口水，努力平复呼吸，坚定地点了点头："只要还有一线希望，我都要打下去。"

"其实你的水平在业余里已经算是不错的了，只可惜——"

——遇到了我。

谢拾安已经不想再拖下去了，她要速战速决，打这种无聊的比赛，就是在浪费时间和生命。

"来了！她发球了！灰衣服的女生居然守住了这个球，不错啊！"

严新远冷哼了一声，声音凉凉道："你没看出来吗？那是在故意卖破绽给对手呢。"

果然，简常念抓到了她右半区的防守空白，一个反手就抽了过去。

"她抓对手的右半区，人家可死盯着她的反手位呢。"

谢拾安这一招可谓是"走一步看三步"，先是利用简常念的进攻和她勾对角，然后快速平推上网，直接封死了她转身的动作。

简常念压根来不及回防，她强行转身去接球的后果就是失去了平衡，整个人摔在地上。

羽毛球落在她身边。

全场寂静，然后爆发出了一阵欢呼。

比分已经变成了 20 ：20。

裁判咽了咽口水，又揉了揉眼睛，自己没看错吧，只差一分就能赢下整局比赛的巨大优势，居然被人一路高歌猛进地追平了。

也就是这一球落地。

宋威猛地一拍大腿："我先前就说看她眼熟，要不是她这一招'反手掏'，我还真认不出来是谁，原来是她啊！"

严新远皱了皱眉，此刻好奇心上来——最讨厌别人说话说一半了。

"到底是谁，你快说啊！"

"她叫谢拾安，滨海省羽毛球队的队员，五岁就打羽毛球了，六岁那一年就拿到了全市青少年组羽毛球大赛的冠军，是所有参赛选手里年龄最小的。那场比赛，我就在现场当裁判，对这个年纪虽然小，但打法异常犀利的小孩印象深刻。也因为那场比赛，她入选了江城队，从市队再到省队，成绩都非常好，去年还和自己的搭档拿了全国大赛的女子双打银牌。"

说到全国大赛，严新远好像有点印象："就是打败了上届全国大赛冠军的那个黑马选手？"

"对啊，当时算是爆了大冷门。"

严新远皱皱眉："也不对啊，按理说，她这么年轻，成绩又好，早就可以进国青队了，为什么我在国家队那边那么多年都没见过她？"

宋威耸耸肩："那我就不知道了，那小孩在圈内还蛮低调的，不怎么抛头露面出来打比赛。我也都是听说，和她没怎么接触过。"

失去平衡的摔倒肯定来不及做防护措施，简常念一阵眼冒金星，半天爬不起来。

周沐赶紧冲过去扶人："常念，常念，你没事吧。"

在周沐的帮助下，简常念坐了起来，拿开捂着胳膊的手一看，掌心里有血，顿时轻嗖了一声。

"没……没事……"

周沐看着她的伤势，也红了眼眶："这怎么能叫没事呢？！胳膊肘都肿了，流这么多血，不打了，不打了，我们弃权吧！"

"不行！"一开始犹豫的是她，这会儿她反倒坚决了起来。

她看一眼对面好整以暇的谢拾安，咬了咬牙。

"有纸吗？输……输比赛可以，丢人不行。"

周沐知道，她就是这个性格，一旦决定了的事情，十头牛都拉不回来。

周沐一边骂骂咧咧，一边从兜里掏出了纸巾给她捂伤口。

"倔、倔、倔！倔死你算了！"

简单处理了一下伤口，也不管是不是还在渗血，周沐扶着简常念慢慢站了起来。

"哟，这是还要打啊？"宋威诧异地挑了挑眉，"都这个程度了，没必要吧。"

"我倒是觉得，小小年纪，面对强敌，不软弱，不退缩，即使打不过，也要拼尽全力，未来可期啊。"严新远叹道。

"话是这么说，可也不必争一时之气，那个灰衣服的女生打得已经很好了，再练上几年，说不定能和谢拾安打得有来有回的。"

"你懂什么，这是棋逢对手，较上劲了，好的对手可比爱人难找哟。"

严新远看得出来，谢拾安也看得出来，简常念是一个非常有潜力的选手。她的决心，她的毅力，以及她每一次的进攻都是在找谢拾安的破绽，哪怕自己会摔得遍体鳞伤，也要从对手身上咬下一块肉来。

这样的对手让人敬佩，也让人心生寒意。

只是谢拾安怎么也没想到，她随手打的一场球，竟然在简常念的心里种下了一颗种子，一颗名为梦想的种子。

她有了她毕生都想要追逐的目标，这颗种子在漫长的时光里逐渐生根发芽，最终长成参天大树。

在谢拾安向简常念发出挑战的那一刻，命运的轨迹就已经悄然改变。

周沐觉得，再打下去，自己就要死了。

明明自己和简常念已经拼尽全力了，谢拾安身前却仿佛有一张密不透风的网，无论什么球以什么样的角度打过去，谢拾安都能接住并打回来。

对手游刃有余，周沐和简常念却疲于奔命，不得不在这一球落地后手撑在膝盖上喘着粗气。

比分已经变成了 21 ：20。

决胜时刻。

简常念看了一眼记分牌，似做了一个重大决定一般，和周沐换位置的时候，两个人对视一眼。

她努了努嘴，做了个口型。

周沐一愣，旋即重重地点头。

她们的小动作没能逃过谢拾安的眼睛，她嘴角扯出轻蔑的笑意，高高扬起球拍。

"结束了。"

白色的鹅羽如流星般飞了过来。

简常念大吼一声："周沐！"

"好！"周沐抢着拍子就扑了上去，在网前把这个球给杀了回去。

在这个过程里，简常念的目光就没离开过谢拾安，同时，她的脑子也在飞快地思考着。

从和谢拾安交手开始，她就一直在观察谢拾安，按照谢拾安的习惯，接下来应该是要和她们勾对角——找到破绽，然后一击必杀。

谢拾安整个人就像一柄藏在暗处的匕首，危险、锋利、狡猾且虎视眈眈。

她的技术没有任何弱点，但她这个人有一个致命的弱点，也不能说是弱点吧，毕竟狂妄自大是每一个高手的通病。

她也不例外。

在看穿了这一点后，简常念提气，忍着右手剧烈的疼痛接下了这一球。球拍受到的力，导致她整个人往后一仰，跌坐在地。

这个球，简常念接得并不好，软绵绵的，飞在半空感觉随时都要掉下来。

程真已经在场外吹起了口哨开始庆祝了。

"拾安，不愧是你！"

就连门外汉都能看出来，这球过不了网。

所以，谢拾安也只是摆出了防守的姿势，并没有动。

然而，下一刻，她眉头一皱，就要扑上去救球，但已经来不及了，终究是慢了那么一秒，羽毛球擦着网，落到了她的球拍上，弹跳一下，落地。

坐在地上的简常念抬起头，即使身上伤痕累累，依旧明媚地笑了起来。

"不管怎样，我还是赢了一分的。"

周沐也冲了过来，举手弃权。

"裁判，不打了，我们认输。"

谢拾安愣在原地，逐渐抿紧了下唇。

明明赢了，她应该高兴才是，可是看着对方那样灿烂的笑容，她有些高兴不起来。

在她的设想里，这一场比赛，她应该是取得压倒性的胜利，可是最后这一球，她不是输给了别人，而是输给了自己。而且她们最后弃权是什么意思，那前面那些努力又都是在做给谁看啊？！

哪怕只是一个必赢的球，她也不需要别人让给她。

她要堂堂正正地赢。

谢拾安手里的球拍一震，直指她们："还有最后一个球，起来，继续打。"

周沐把人扶起来就走，嘴里嘟囔着："谁要和你继续打啊，没看到人都伤成这样了吗？"

"你——"

少女心高气傲，就要追上去，场外的程真一溜烟跑了过来劝她："拾安，拾安，算了吧，都赢了，你看她们那样，肯定打不过你啊。"

"这算什么？！"谢拾安从牙缝里蹦出四个字，现在的感受就像是一拳打在了棉花上，有火也没处发。

听见身后的动静，简常念转过身来，在周沐的搀扶下慢慢走了过去，朝谢拾安伸出了没受伤的那只手："你很强，虽然我输了，但是这场比赛我打得很开心，谢谢你。"

乔语初也走了过去，揽住谢拾安的肩膀，带着一点安抚性地轻轻晃了晃。

"好了，得饶人处且饶人，嗯？"

从小到大也就是乔语初能劝得住她，她的肩膀慢慢松懈下来，放下了手里的球拍，抿紧嘴角，不情不愿地和对方勉强碰了个指尖就收回了手。

程真也松了一口气，毕竟今天这事是因他而起的，心里有些过意不去。

"这样吧，我请你们吃夜宵，烧烤、火锅还是小炒，你们随便挑，想吃啥就吃啥。"

"请我们吃饭是假，约小学妹是真吧。"谢拾安白了他一眼，抽过他手里的毛巾擦着汗，声音凉凉道。

简常念笑了笑，拉了周沐一把："我们走吧。"

身后传来程真的声音。

"嘿，我是那种人吗？"

乔语初和谢拾安一起点了点头。

"你是。"

简常念离开的时候路过领奖台，旁边的桌子上放着奖牌和证书，她眼神里带着一丝留恋，手指轻轻从奖牌上面滑过，马上又离开。

程真的小学妹，那个叫孙倩的，高高兴兴地领了奖金过来，略有些腼腆地笑。

"今天真是麻烦你们了，谢谢程学长，谢谢学姐们，我……我想请你们吃个饭，可以吗？"

程真早就乐不思蜀，只知道挠着脑袋傻笑了。

"可……可以啊，不、不、不，还是我请你们吃。"

乔语初和谢拾安对视一眼，颇有些无奈，但事已至此，就顺坡下驴呗。

"打了这么久，刚好有些饿了，走吧。"

离开前，谢拾安回头望了一眼，周沐搀扶着简常念离开了体育馆。

她脑海里浮现出刚刚简常念赢球的那个明亮的笑容。

谢拾安心里一动，拉了一把程真的袖子："喂，橙汁儿，我觉得她不像是一中校队的，你帮我打听打听，她叫什么名字。"

"人都走了，看什么呢？"宋威伸手在严新远的眼前晃了晃。

他好似才从刚刚那场比赛中抽离出来，转头一把拉住了好友的胳膊。

"你去帮我问问，城南一中穿灰色衣服的那个女生叫什么名字？"

"嘿，你自己没长嘴啊？"

"这不是在你们学校打的比赛嘛，你是本校的老师，打听点东西还不是易如反掌。"

"得、得、得，一顿饭啊。"

"行，咱现在就去吃。"

校门口的奶茶店。

周沐拿棉签蘸了碘酒，小心翼翼地靠近简常念受伤的胳膊肘，想替她清理伤口又不敢。

还是简常念看不下去，伸手将棉签拿了过来，面不改色地给自己消着毒。

周沐虽然是风风火火的性格，但十分容易心软，见她这样，微微红了眼眶。

"对不起啊，常念，如果不是我执意要你打比赛，你就不会受伤了。"

简常念把用过的棉签丢进垃圾桶里，她倒是对受伤没什么感觉，只是今天这么一闹，任凭她们两个浑身是嘴也说不清，怕是会和程真结下梁子了。

而且她原本是想为周沐出头，谁知头没出成，反而被当成了出头鸟，好一顿暴打，输得那样惨。

"我没事，就是没能帮到你……"

说到这个，周沐有点难过，不过看到好友伤成这样，她还是勉强笑起来鼓励好友，拿着一根吸管在半空中绘声绘色地比画着："我觉得你已经发挥得很棒啦！那个勾对角，那个推直线，那个点杀，我都看傻啦！你是没听见观众的呼声有多大！咱们俩好歹也从实力那么强大的对手手里吃下了一分，说不定再练练，你就可以和她打成平手了呢。"

一想到刚刚的那场比赛，谢拾安的身影就浮现在了脑海里，简常念的伤口又隐隐作痛起来。

简常念思来想去，还是觉得不对劲——只是一个校队队员，怎么会有职业选手的水平。

她生平头一次对一个只有一面之缘的陌生人，产生了强烈的好奇心。

简常念舔舔唇："那个……你手机带了吗？"

周沐手忙脚乱地把手机从书包里翻了出来。

"带了，带了，你要给家里打电话吗？"

简常念家里条件不好，手机对于她来说还是个奢侈品，因此有时候会借周沐的手机给外婆打电话。

谁知道她摇了摇头："不，我们查查她。"

如果是职业选手的话，应该会有些新闻报道什么的吧。

简常念这么一说，周沐也来了兴致。

两个脑袋凑在了一起。

"谢……哪几个字啊？"周沐一边打字，一边嘟囔着。

简常念也皱起了眉头，光知道人家姓谢，后面的名字具体是哪几个字就不清楚了。

她想了想："算了，挨个试吧。"

周沐一边按键，一边头也不回地说道："奇怪了，你好像对她很感兴趣。"

简常念噎了一下："我……找到了没啊？"

周沐接连输了好几个同音字上去，都没搜出来。

"没，这么多字到底是哪个啊？"

两个人说话间，时间不知不觉过了晚上十点，店员过来收杯子，准备打烊了。

周沐猛地一抬头："惨了，惨了，我得回学校了，再晚，宿舍就要关门了。"

简常念把人拉起来就跑："那还不快走？！"

简常念的学校管得很松，周沐就不一样了，搞不好她还得落个检讨。

两个人在路口分别。

周沐气喘吁吁地冲她挥手："明天上午十点，学校门口等你一起回家啊。"

简常念也站在路灯下和周沐挥手告别："好，你别睡得太沉了，又让我等半天啊。"

路边的苍蝇小馆。

"来、来、来，干一个！"

两个塑料杯子碰在一起，啤酒沫子溢了出来，严新远仰头一饮而尽，又给自己和宋威分别满上。

菜还没上来，宋威的电话响了："欸，对，和老严在一块呢，没，没喝酒，真的，我一会儿回去给你带烧烤啊。"

他这应该是在和老婆通话了。

刚刚在学校不方便抽烟，严新远这会儿烟瘾犯了，从兜里翻出他的老烟枪，在桌上磕了磕，装上烟丝点燃，猛吸了一口，饶有兴味地听他和家里人说话。

过了一会儿，听筒里又传来小孩子的声音："爸爸，你什么时候回来呀？"

"晨晨乖啊，你先睡觉，爸爸一会儿就回去了，等明天睡醒了，爸爸带你去游乐场玩啊。"

"行啊，你现在可是一家三口，享天伦之乐了啊。"

把孩子哄睡着，宋威把电话挂了，虽是埋怨，但脸上也是止不住的笑："你都不知道小孩子淘气起来有多烦人。"

话刚出口，他就觉得不对，然而想收回去已是来不及了。

严新远虽没说什么，但神情隐有一丝落寞。

刚好服务员送菜上来："您要的炒螺蛳来了！"

宋威转移了话题："来、来、来，别光顾着喝酒啊！尝尝这家的炒螺蛳，那叫一个地道，麻辣鲜香！"

酒过三巡，菜过五味，桌上倒着几个酒瓶。

宋威想了想，还是替他满上一杯："这话本不该我说，但你我相交多年，我想见你过得好。"

宋威虽人在江城，但都是在同一个圈子的，严新远在国家队的事，自己也略有耳闻。

他要是真的像表面上这样洒脱，没事人一样，也就不会离开国家队了。

宋威试探着问："老严，你就没想过再找一个？都这么多年了，铭铭又……咱们岁数都不小了，等到拿不起球拍，走不动路了，总得有人照顾不是。你要是愿意，我让我家那个，给你留意着……"

严新远摆摆手，端起塑料杯子又一饮而尽，示意他再添上。

"不提了，不提了，我……我现在不想这些。"

几瓶啤酒下肚，严新远面色潮红，眼神也开始变得迷离起来。

宋威用手盖住他的杯子："你不能再喝了。"

"能喝，能喝，嗝，今天……高兴！"

"满上，满上……满上嘛。"

周六，简常念起了个大早，看着外面有太阳，就把昨天穿过的衣服洗了晾在阳台上，顺便也把被子、枕头什么的，抱出去晒晒。

做完这些，她看时间还早，又扫了一遍寝室，顺手把垃圾提下楼，然后去食堂买早餐。

"阿姨，两个馒头。"

嘀的一声轻响，饭卡在机器上一刷，显示余额为九点四六元。

简常念一个月的生活费只有两百块钱，平均下来每周只有五十块钱，这五十块钱包括了她的饭钱以及其他生活开销。她不得不省着点花，而馒头是食堂里最便宜的，又能果腹，再夹上一点外婆做的辣椒酱，很受她的青睐。

这个月她又省下了差不多十块钱，这周回家，外婆就可以少给她一点生活费了。

一想到这里，她接过食堂阿姨递过来的袋子，扬起了嘴角，几乎是蹦蹦跳跳地走了。

身后的食堂阿姨直摇头，和同事嘀咕道："从开学起，几乎天天都能看见她来买馒头……"

这周周沐总算是准时了一回，简常念刚站在一中门口不多时，就看见她背着书包跑了出来。

"走啊，常念，回家，我跟你说，我可想我妈做的红烧肉、粉蒸肉、小炒肉了……"

"得了，得了，念菜谱呢。"

早饭只吃了两个大白馒头的人可听不得这些，扭头就走。

周沐追上去，从背后揽上她的肩膀。

"欸，我妈要是问你，我周五干吗去了，怎么不回家……"

"留在图书馆自习做卷子了。"

周沐捅了一下她的肚子，眉开眼笑的："孺子可教也。"

"去你的。"简常念用"无影爪"报复了回去。

两个人边走边闹。

"欸，你外婆要是问我，我怎么说啊？"

"你随便编吧，反正无论说什么，她都会信。"

"你怎么回家还拿着羽毛球拍啊？"

"拿回家玩啊，我可不像某人，作业不拿，拿些脏衣服回家让妈妈洗。"

"你、你、你……我什么时候让我妈给我洗衣服了，我现在都上高中了！站住，别跑！"

每周回家就是简常念最开心、最放松的日子。帮外婆做完农活之后，她就可以去村头的空地上打会儿羽毛球。周沐这周去表姐家玩了，她找不到人和自己对打，就把羽毛球拿根绳子拴在空地旁的大榕树上。

风吹过来，她砰的一声打过去，球因为惯性又再荡过来，她再打过去，从她十岁那年，外婆从垃圾场里捡回了这副球拍开始，这样的练习周而复始，一直到十五岁这年。

夕阳西下，暮色里升起袅袅炊烟。

外婆来村口叫她回家吃饭。

简常念应了一声，解了绳子，拿着羽毛球，一溜烟就跑了过去。

她难得回家一次，外婆总会做些好吃的。

这次，外婆宰了自家养的老母鸡炖了汤，又用给人纳鞋底赚的钱去村口的肉铺买了些别人买剩下的猪肉，肥肉用来榨油，瘦的炒菜，都进了她碗里。

简常念一边狼吞虎咽，一边把自己碗里的肉又夹回给外婆一些。

"外婆，你也吃。"

"欸，好，你多吃一点，不够还有。"

"够了，够了。"

简常念风卷残云般吃完了碗里的饭和菜，打了个饱嗝，跑过去把空碗放进锅里，含混不清地说道："外婆，今天麻烦你洗一下碗，我去村委会看电视啦！"

话音刚落，人已跑出了院门。

外婆无奈地摇头："这孩子，看完早点回来啊。"

"观众朋友们，欢迎收看CCTV-5，中央电视台体育频道，现在为您转播的是2011伦敦世界羽毛球锦标赛男单决赛——"

简常念气喘吁吁地冲进门，正好赶上。

"哟，小简来啦。"

水沟村偏远，只有为数不多的几家买得起彩电，村委会这台还是政府发的，平时也只能收看央视的几个频道。小山村里娱乐活动不多，因而这里也成了村民们的聚集地之一。

简常念和几个熟悉的叔伯婶婶打过招呼，便搬了张小板凳老老实实地坐了下来看比赛。

她看比赛的时候是那么专注，比她上任何一堂专业课都还要认真。

中国选手赢球的时候，她和其他人一样，鼓掌欢呼。

一旦局势陷入逆风，她又会皱起眉头，抿着嘴角，紧紧地攥着拳头，仿佛在打比赛的人就是她一样。

围观的长辈们笑起来。

"看看，我们小简，比赛看得认真，羽毛球打得也不错，就应该去当运动员嘛！"

面对众人的揶揄，简常念脸色一红，腼腆道："我……我哪里能啊……"

看着屏幕上意气风发的运动员，她由衷地生出了一股歆羡之意。

——身披红旗，为国出征，遥远得就像是梦里的事。

"这注定是一场一波三折但又精彩绝伦的比赛，世界第一对世界第二的林李大战，在先落后一局的情况下，中国选手奋起直追，赢得了第二局，又在最后一局接连扳回了两个赛点，获得了自己职业生涯中的第四个世锦赛冠军，也是世锦赛历史上的第一个四冠王！"

屏幕里的解说员慷慨激昂地陈词，两名选手给了彼此一个大大的拥抱。

屏幕外的简常念有被这样的氛围感染到，用力鼓起掌来，眼眶微湿。

那天晚上，简常念做了一个梦，梦见自己站在世界最高的球场上。

她挥舞着球拍，奋力博杀，观众山呼海啸般呐喊助威，她的对手扬起头来，目光灼灼地看着她："我叫谢拾安，一场没有悬念的比赛，还有必要打吗？"

简常念猝然惊醒，浑身冷汗，心脏扑通扑通跳得剧烈。

她咽了咽口水，往外看去，阳光透过窗户洒在了地面上，原来已经天亮了。

吃过午饭，她就准备返校了。

外婆替她收拾书包，又塞了几件厚衣服进去："马上就要换季了，穿暖和点，不要感冒了。"

"好，外婆，我自己来吧，你坐着休息。"她接过外婆手里的活，自己整理着。

外婆却是个闲不下来的，又去灶房里从腌菜坛子里盛了些做好的咸菜出来，拿洗干净的饮料瓶子装了，套上塑料袋，塞进她的包里。

"上次你说辣椒酱好吃，吃完了我还没来得及做，前阵子地里的小菜熟了，这咸菜是我用卖剩下的腌的，里面还放了腌肉，剁成细细的丝。你爱吃，我多给你装点，也给你那些同学尝尝。"

外婆说着，拉上了书包的拉链，又从上衣兜里掏出一沓人民币，小心翼翼地拿出其中几张面额最大的。

三张十块钱的，四张五块钱的，被外婆塞到她的手里。

"来，拿着，下礼拜的生活费，要是不够了或者要买什么学习资料，你就打电话来，外婆给你送。"

简常念瞧着外婆拿东西的手越来越颤抖，她心里一热，扑进了外婆的怀里。然后，她用外婆胸前的衣服揩去眼角的泪花，小声道："外婆，你不要这么劳累，少做些针线活，对眼睛不好。我在学校不缺钱，你多紧着自己，我不在家，你别连炒菜都舍不得放油……"

外婆抚摸着她的头顶，满是皱褶的脸上始终挂着欣慰的笑："只要我们念念有出息，外婆做什么都愿意。"

也只有在外婆面前，简常念才可以放下故作成熟的面具，露出内里柔软、调皮、天真、活泼的孩子气。

"等我以后工作了，你就不用再种田、纳鞋底了，我们一起搬到城里去，住大房子。我要给你买漂亮的衣服，再买辆车，那样我休假的时候就可以载着你到处去玩了。你每天就喝喝茶，听听收音机，和楼下的老头老太太跳跳舞，享清福……"

外婆笑得合不拢嘴："好、好、好，外婆呀，等着那一天。"

简常念到学校的时候才想起来，昨天走的时候晒在阳台上的被子、枕头还没收。她猛地一拍脑袋，一溜小跑回了寝室。

她回到宿舍，其他人也都回来了。

见她进门，刚刚还有说有笑的几个人瞬间压低了声音，窃窃私语，挤眉弄眼的，也不知道在说些什么。

简常念没理她们，径直走向了阳台，她的床位在阳台门边上的下铺，整个宿舍最里面的位置。

路过自己床位的时候，她猛地一怔，本以为还晒在阳台上的被子被人叠好了放在床上。

对面床上的圆圆跳了下来道："我要晾衣服，没地方了，就把你的被子收进来了。"

简常念看她一眼，没说什么。

还是上次那个先动手的女生走了过来。

"你这人怎么这样啊，别人帮你收被子，连一句谢谢也没有，怪不得没人和你做朋友。"

简常念不是什么特别记仇的人，也记得外婆跟她说的，要和同学处好关系，但毕竟上周五刚和她们打了一架，心里还有些别扭。

她背过身去，打算收拾床铺，轻轻吐出一句"谢谢"。

两个人对视一眼，圆圆嘴角挂上了不怀好意的笑，又使劲压了下去，努力让自己看起来亲和些。

"还收拾什么，马上要上晚自习了，今晚有班会，迟到了可是要扣班级分的。"

怕什么来什么，晚自习的铃声此刻响了起来，其他人纷纷离开了宿舍。

"走、走、走，一会儿回来再收拾吧。"

简常念想了想，放下手里的活，从书包里掏出了几本书，转身就向教学楼跑去。

下晚自习已经是晚上九点多了，简常念回到宿舍洗漱完，准备上床睡觉的时候，一摸被子里面，整个人都愣住了。

——湿的。

她不可置信地把整床被子翻了过来，被子中有好大一片水渍，像是有人故意把水倒上去的。

"我要晾衣服，没地方了，就把你的被子收进来了。"

简常念想起圆圆说的话，气得发抖，猛地一回头，盯着坐在椅子上涂护肤品的圆圆道："我的被子怎么是湿的？是不是你……"

圆圆头也不回，耸了耸肩："那我可不知道啊，可能是昨晚下雨淋湿了啊。"

她话音刚落，寝室里的其他几个人都发出了一声笑。

简常念涨红了脸："昨晚根本就没下雨！"

圆圆啐了一声，把手里的护肤品放下，转过头来，语气颇有些不耐烦。

"那你什么意思？意思是我弄的是吗？你有证据吗？帮人还帮出不是来了。"

"就是啊，谁知道是怎么回事，还怪到圆圆头上来了。"

"圆圆回来的时候，我们都在，可没见她往你被子上泼过水。"

"指不定是什么时候弄的呢。"

"说不定是你自己尿床啊。"

其他人都哄笑起来。

简常念站在原地，涨红了脸，攥紧了拳头，孤立无援。

她知道即使不是圆圆弄的，也和圆圆脱不了干系，或者说是和这宿舍里的其他人都脱不了干系。

看着她们的嘴一张一合，说着一些谎话，简常念只觉得恶心，无比恶心。

她的胸腔里燃烧着一团怒火，脱口而出，大声喊道："你胡说！我从来就没有尿过床！"

"熄灯了，还不睡觉，吵什么呢！"正在僵持不下的时候，宿管阿姨推门进来，大声喝道。

简常念心底涌起一丝希望，张了张口："阿姨，我……"

宿管阿姨眉头一皱，打断了她："怎么又是你，上周打架就有你，多大的人了，还和同学处不好关系。都在同一个屋檐下，低头不见抬头见的，多从自己身上找找问题，有什么摩擦，各退一步也就过去了。"

圆圆赶紧站了起来，还把自己从家里带来的大苹果塞了两个给宿管阿姨："是、是、是，阿姨说得对，我是舍长，让一让同学应该的。熄灯了，都睡吧，阿姨也去休息吧。"

宿管阿姨脸上这才有了笑，拿着苹果心满意足地走了："都像你这么懂事，我能少操多少心。"

其他人也都纷纷爬上了床。

"睡觉，睡觉。"

离开关最近的舍友把灯关了。

宿舍里一片漆黑，简常念一个人默默地抱着被子站在黑暗里，微微红了眼眶。

她慢慢爬上床，把被子翻了个面，整个人缩成一团，只盖着没有被打湿的那一头。

她抱着枕头，吸了吸鼻子。

她有点想外婆了，尽管才离家没多久。

这种念头在这段日子里几乎每天都有，只是在这个夜晚越发强烈，她也觉得愈加难熬。

两年，只要熬过这两年，离开这里，工作了就好了，等她挣到钱，就没有人可以再欺负她，外婆也就不用那么辛苦了。

简常念怀揣着这样的想法，暗暗鼓励自己，缓缓闭上了眼睛。

只是她没想到，用不着两年，离开的机会很快就来了。

那是一个周二的下午。

她正在教室上着课，突然有人敲门进来。

"简常念同学，哪位是简常念同学？"

授课的老师也愣了，年级主任亲自来叫，估计是有什么大事吧，于是赶紧冲她一招手。

"简同学，简同学，叫你呢，快起来。"

简常念不明就里地站起来。

年级主任上下扫了她一眼。

"出来吧，有点事找你。"

简常念摸了摸鼻子，心想：能有什么事呢？我这学期的学费交了啊。

等出了教室门，她才发现走廊上还站着另一个男人，五十多岁，穿一套灰色运动装，头有些秃，虽然鬓角都是白发，但看上去很是精神矍铄。

简常念一愣，男人看见她却眼中一亮，大步流星地走了过来。

"那个，你就是简常念吧？我叫严新远，那天在江北二中体育馆，看见了你打羽毛球……"

提到那天在体育馆发生的事，简常念不自觉地往后退了一步，警觉起来，打断了他的话："我不认识你，你找我有什么事吗？"

既没否认，也没承认，这孩子恐怕是因为当着自己老师的面，不太好说话吧，毕竟冒名顶替这事也不光彩。

严新远心下了然，看向了年级主任："主任，您看，我想和这孩子单独说两句话，毕竟这事还得看她的意思。"

"行、行、行，这可是好事，简同学，你可得好好把握住这个机会啊。"

年级主任笑眯眯地说完就走了，留下简常念一头雾水地站在原地。

刚好下课铃声响了，教室里的人蜂拥而出，走廊上吵闹又拥挤。

严新远往楼下看了看，操场上只有几个男生在打球："你别怕，是好事，我们去那边说吧。"

护理班的人也下课了，隔着大半个走廊，圆圆一眼就瞅到了简常念。

她皱了皱眉："她身边那个，不是咱们学校的老师吧？"

"不是。"同伴也仔细地看了看，摇头。

"听说是年级主任带过来找简常念的。"

圆圆一下子来了兴趣，嘴角露出得意的笑。

"去，问问汽修班的，看看是怎么回事。"

简常念不情不愿地跟着男人走到了操场边上；"有什么事？你快说，我还要回去上课呢。"

严新远依旧是乐呵呵的："你放心，那天你顶替别人参赛的事，我不会告诉其他人的。我在现场看完了你的整场比赛，我觉得你很有潜力，是个打羽毛球的好苗子……"

简常念用一种奇怪的眼神看着他，这种感觉就像是走在大街上突然有人上来给你推销武功秘籍，说你是练武的绝世奇才一样。

她虽然不怎么爱说话，但是又不傻。

严新远也看出来了，挠了挠头，有些尴尬地笑了："对了，还没跟你做自我介绍，刚刚说了我叫严新远，是国羽前任主教练，刚刚调任到滨海省队来。我想推荐你参加今年的省队集训，如果集训结束成绩好的话，就可以留下来。"

简常念打量着他，一个带着问号的"你"字差点就脱口而出了。

"怎么，不像吗？"

简常念点点头，又摇头："像街上发传单推销的。"

严新远爽朗地笑起来。

以前在国家队的时候，还真没人这么说过他。

"你别不信啊，如果我不是教练的话，怎么能通过你朋友找到你呢？再说了，我要是骗子的话，你们学校的领导也不会让我进来啊。"

简常念将信将疑地看着他。

"你……你真是国家队的主教练？"

"欸，之前是。现在是滨海省队的主教练了。"

见她还是有些怀疑，严新远索性把怎么找到她全都说了出来："我的一位老朋友是江北二中的体育老师，稍微一打听，就找到了你朋友，城南一中的周沐。我昨天去找过她，也是她告诉我你的姓名、学校。

"你朋友说你非常喜欢打羽毛球，虽然把你的姓名、学校告诉我有些不厚道，但她还是希望你能好好把握住这次机会。我也觉得你是个打羽毛球的好苗子，所以想来试试看。"

严新远虽然脸上笑眯眯的，但这番话说得很真诚，简常念很难不被打动。

光是"羽毛球"这三个字就足以让她心动了，更何况面前站着的人还是国家队前任主教练。

国家队，那可是国家队啊。

简常念想起了她看过的比赛，她头一次离自己的梦想这么近。

到底还是个少年人，心里的想法都摆在了脸上。

"你……你真的是国家队的啊，那你见过……"简常念一口气说了一大堆她喜欢的运动员的名字。

"怎么没见过，他还是我带出来的呢……"说起老队员来，严新远是滔滔不绝，和她聊得甚是开心。

简常念也乐了，弯起了眉眼。

严新远听她说了这么多，也能看得出来，她是真心喜欢羽毛球这项运动的，不然不会反复去看他们的比赛，甚至连哪位运动员擅长的技术都谙熟于心。

严新远有一种直觉——他没有找错人。

"我看得出来，你很喜欢打羽毛球，就连你的技术也是看着电视，模仿着他们的打法学的吧？如果是这样的话，你真的不妨考虑一下来参加集训，接受专业、系统的训练。"

当机会摆在自己面前的时候，刚开始的兴奋劲过去，简常念又产生了一些自我怀疑。她虽然没有接受过专业训练，但也知道国家队的那些运动员，大部分是从小开始培养的。

她已经十五岁了。

"我……我真的可以吗？"

离开学校，走一条未知的职业道路，确实是一个需要慎之又慎的决定。

在严新远的职业生涯里，他培养过很多年轻有为的选手，也有过不少半途而废的。

严新远想了想，还是觉得要把未来所有可能发生的事都告诉她，让她自己做这个决定。

"怎么说呢，不是每一个好苗子都能成为职业选手，当运动员是很辛苦的。大部分的运动员是从小开始培养，放弃学业，离开家人和朋友，去陌生的地方，封闭起来，日复一日地刻苦训练。为了保持良好的体能和状态，很多普通人能吃的食物，他们都不能吃。

"他们也不能像普通人一样想谈恋爱就谈恋爱，竞技体育要求他们心无旁骛，尤其是女运动员，因为生育造成的身体机能下降而被淘汰出赛场的，不在少数。

"但这也不是最难的，因为你可能会发现，在你付出了这么多时间、精力，牺牲了自己的健康，放弃了自己的学业，甚至家庭之后，你所能得到的，压根和付出不成正比，甚至可能一无所获。而真正能站上最高领奖台的职业选手，也只是其中一个小小的分子而已。"

严新远说出了残酷而又血淋淋的真相，给她刚刚萌芽的梦想狠狠地浇了一盆冷水。

她犹豫了，咬着牙，半天不吭气。

都说到这里了，不妨再多说一点，严新远接着道："参加集训，只是你走上职业运动员生涯的第一步。我刚才也说了，大部分的运动员是从小开始培养的。而没有基础的人，会更难，意味着你要比其他人付出十倍、百倍甚至千倍的努力，才有可能追上他们。

"此次集训全省大概有一百人参加吧，我们只留四个。"

简常念心一颤，这么高的淘汰率，可以说是极为苛刻了："我不明白，如果都像你说得这么难，为什么……"

严新远知道她想问什么，从夹克兜里掏出介绍信来递给她："因为通往梦想的旅程总是荆棘丛生，而路的尽头一定是繁花似锦。没成功，或许会遗憾，但努力过，便不会后悔。"

简常念看着面前薄薄的牛皮纸信封，伸出去的手停在半空，又收了回去。

严新远眼底掠过一丝失望。

他正准备把信封收回去的时候，简常念却又咬了咬牙，在裤缝边上擦了擦有些汗湿的手，把介绍信双手接了过来，像捧着一块珍宝。

严新远嘴角露出欣慰的笑意："信封里有我的电话，下周五之前，你要是决定去的话，给我打电话。"

上课铃声响了。

严新远也准备离开了，他没走两步，又被人叫住了。

"那个，严教练……集训……需要钱吗？"

这是什么问题？

严新远忍俊不禁："不需要报名费，只是需要交伙食费和住宿费。"

简常念捏紧了手中的信封："大概需要多少钱呢？"

"三个月的话，是一千五百块钱，怎么了，有困难吗？"

严新远回过头来看着她，刚打算开口。

简常念摇了摇头："没……我回去跟我家人商量一下，下周五之前肯定给您答复。"

"好。"严新远想了想，也没多说什么。

毕竟一千五百块钱，对于一个普通家庭来说还真不算什么，只是他没想到，简常念家会那么穷。

他走都走了，又回过头来，带着促狭的笑容说了一句："对了，还没告诉你吧，你上次在江北二中的对手，那个叫谢拾安的，是滨海省队的主力队员之一。"

谢拾安。

猝不及防又听到了这个名字，简常念猛地一怔，苦笑。

怪不得那么厉害，原来是主力啊。

只是她们还有机会再打一场吗？

这一千五百块钱，外婆要做多久的农活，要纳多少双鞋底，卖多少鸡鸭，才能攒够。

光是这么想着，简常念的眼睛就有些酸涩，她揉了揉眼睛，还是决定先上课再说。

晚自习前，她抽了个时间去学校里的公用电话亭给周沐打了个电话。

周沐听见她的声音，就有些吞吞吐吐的："那个……对不起啊……我把你的学校、班级告诉他了……"

简常念其实没生气，但就想逗逗周沐，故意没说话，沉默了几秒钟。

果然。

那边急了，声音都高了八度："你别生气啊！他来学校找我的时候，是跟老师一起的，而且我也看了他的教练证，那要是个陌生人，我才不给呢！我只是觉得……"

话说到这里，她的声音又低下来："你又不喜欢你们学校，待在那里老被人欺负，还不如去干点自己真正喜欢的事。"

简常念心底一暖，没忍住，笑了一声。

周沐立马吱哇乱叫。

"好哇！你、你、你……你又诓我呢！"

"好啦，我没生气。"

"你没生气就好，那你去集训吗？"周沐躺在宿舍的床上接电话，翻了个身道。

"还没想好，要集训三个月，我也不能请那么长时间的假啊，而且严教练也说了，这次参加集训的有一百人，最后只能留四个。"

"三个月全封闭式的训练，那就只能休学了。这概率我看比高考也差不了多少了。"周沐轻咝了一声，感叹道。

"嗯……"简常念低低地应了一声，没接话。

"不过我觉得这也是个机会嘛，你想想，你那么喜欢打羽毛球，没人和你打，就在村口和树、空气打。而且，你不是还赢了那个省队的谢拾安一个球嘛，足以说明你有这个天赋啊，不然严教练也不会专程跑来找你了。"

话虽这么说，但现实原因不能不考虑，而且休学的话也得家长同意才行。

简常念揉了揉眉心，在心底叹了口气道："我这周回家和外婆商量一下吧。"

下了晚自习回到宿舍的简常念刚进门，圆圆就是一通冷嘲热讽："哟，这不是我们的大明星回来了吗？"

看样子，严新远来找她的事已经传遍整个校园了。

简常念心里揣着事，没理她，端了脸盆去洗漱了。

等从公共盥洗室回来的时候，她隔着门就听见了里面的声音。

"就她？她那样的也能打职业，那我早就是世界冠军啦。"

"就是，就是，就她那穷酸样，也不撒泡尿照照自己，是不是那块料。"

"那个严教练，真的假的啊，要是真的，怕是得去看看眼科吧。"

自从上次和她们打了一架之后，这些人抓着机会就故意捉弄她，不是写好的作业放在宿舍里丢了，就是晾在阳台上的衣服莫名其妙地跑到了楼下，要么就是像现在一样，当面对她阴阳怪气，背后冷嘲热讽。

她每鼓起勇气反抗一次，对方就变本加厉，是笃定了她在这所学校里无依无靠，即使报告老师，也没有人会信她。

简常念自认不是个脆弱的人，但在这个夜晚，她心里装了太多事，所有委屈一起涌上心头，深呼吸了几下，才压下眼底的酸涩，推门走了进去。

见她回来了，刚刚还凑在一起聊天的几个人纷纷散开，回到了自己床上。

"睡吧，睡吧，明天早上还有课呢。"

简常念什么也没说，放下脸盆，躺上床，把被子盖过脸，闭上了眼睛。

周末回家的大巴车上，简常念一路都没怎么说话，周沐捅了捅她的胳膊："你怎么了，看起来不太开心？"

"没，到站了，走吧。"简常念勉强笑笑，率先背起包下了车。

周沐家在离村口不远的路边，而简常念家则要沿着黄泥土路再往里走一公里左右，直到山脚下。

简常念推开门："外婆，我回来了。"

院子里静悄悄的，只有邻居家养的小土狗汪汪地叫了几声，算是回应她。

圈养鸡鸭的篱笆门开着，外婆应该是出去放鸭子了吧。

简常念松了一口气，把包放进里屋，回到院子里打水洗了手，打算先做饭再说。

谁知她还没进灶房，邻居赶着鸭子走了过来："常念，你回来啦？还不赶紧去卫生室看看你外婆，她昨天上山捡柴摔了一跤……"

邻居话音未落，水盆打翻在地，简常念拔腿就跑。

"外婆，外婆，你没事吧？"简常念一口气跑了两里地，大汗淋漓地闯进了卫生室，顾不上平复呼吸，一眼就看见外婆躺在最里面的床上打吊针，径直扑了过去。

见是她回来了，老人眼里也流露出惊喜，挣扎着就要起来："念念回来了，还没吃饭吧，外婆回去给你做……"

"外婆！"简常念把脸贴上了外婆的胸口，把人抱住，眼眶泛红，"你别动，这药水还没打完呢。我不饿，你这是怎么了，摔得重不重？"

"没事，就是山路滑，捡柴的时候不小心崴了脚。"

外婆爱怜地摸了摸她的脑袋："好孩子，让你担心了。"

简常念吸了吸鼻子，依旧抱着外婆不肯撒手，目光落到她包着纱布的脚上："外婆，我们去医院看看吧。"

正巧一瓶药水输完，村医过来看了看，简常念直起身，双手扯住了对方的胳膊："医生，医生，我外婆真的没事吗？"

村医看向躺在病床上的老人，欲言又止。

外婆在简常念身后，轻轻摇了摇头。

村医把人扶着坐起来："没事，就是崴到了脚，在这里输几天液消消炎就好了，我再给她开些内服外敷的药，回去按时喝，按时敷。"

"好、好、好，麻烦医生了。"简常念不住地跟人鞠着躬，悬着的一颗心总算放下来了些许。

"你跟我过来取一下药吧。"

村里的卫生室条件有限，一道门帘就把看病、取药和打针输液的地方隔开了。

医生一边拨着算盘，一边在处方笺上写字。

"我给她开一些活血化瘀的药,伤筋动骨一百天,年纪大了的人更是如此,体力活、重活就不要干了,不然会落下病根的。

"一共是七十八块五角。"

简常念翻遍了浑身上下的口袋,也只找到二十块钱,还是上周没用完的生活费。

她把二十块钱小心翼翼地放在了桌上,嗫嚅着:"医生,我……我现在身上的钱不够,你等我回去拿。"

话音刚落,一只瘦骨嶙峋的手就颤巍巍地伸了过来,把她那两张十块的钱拿了起来,放了一些零碎的钱,最大面额是五块的,还有一些硬币。

"医生,给您钱。"

简常念赶紧把人扶住:"外婆,您怎么起来了?"

"输完了,咱回家吧。"

"可是,你的脚……"

"没事,能走,在这里住一晚上,就要收一晚的床位费……"

外婆一边絮絮叨叨,一边挣扎着一瘸一拐地往前走。

"还有家里的鸡鸭,得天天喂,地里的草也该锄了,捡回来的柴火还没收拾。"

简常念眼眶一热,走到外婆身前蹲下:"外婆,我背您。"

"哎哟,你可背不动。"

"您就放心吧,保证不会把您给摔了。"简常念打起精神笑笑,拍了拍自己胳膊上的肌肉。

见外婆还是有些犹豫,简常念二话不说,直接蹲下身,把住了她的腿弯,把人背了起来。

简常念虽然年纪不大,但从小就做农活,力气也不小,更何况外婆也不重,生活的重担积年累月地压着,早已瘦成了皮包骨。

她背着外婆,一步一步走得很稳。

看着她们的背影,再看看桌上花花绿绿的票子,医生犹豫再三,还是追出门去把人叫住了:"那个,要是不舒服,一定第一时间来卫生室啊。"

简常念回过头去,脸上的笑容带着感激:"好,谢谢您了,医生。"

回到家,简常念就忙着生火做饭,外婆不肯进屋休息,执意要给她打下手,她只好搬了张椅子放在院里,让外婆做一些择菜之类轻松的活。

她把淘好的米放进锅里,添上水,盖好盖子,把灶台里的火生得旺旺的,干燥的树枝噼啪作响,火光也映她的脸色发黄,额头蒙上了一层细密的汗珠。

简常念拿手背抹了把汗,就去门口的柴垛里收拾昨天外婆捡回来的柴火。

枯树枝之类的现在就能用,有些湿柴还得放在院子里晾晒几天。

她一边从柴火堆里挑挑拣拣，看看有没有什么能用来做拐杖的木头，找了半天也没有合适的，想了想，还是算了，明天去山上看看吧。

"小念，米饭好像好了。"外婆道。

"欸，来了。"

简常念把码好的柴火抱进灶房，又跑出来从井里打水洗了洗手，端着外婆择好的菜进去了。

一阵锅铲碰撞的声音，外婆看着她小小的身影站在灶台前忙碌的样子，既心疼又欣慰。

不多时，饭菜的香味飘了出来。

简常念先进屋摆好碗筷，又出来扶起外婆："外婆，走，吃饭了。"

吃完饭，简常念去洗碗，外婆在屋里做针线活，见她书包外面的拉链坏了，用别针别着，打算给她补补，便把里面的书本一一掏了出来。

因此，简常念进屋的时候，便看见外婆对着被撕坏又用胶带粘好的书，微微发抖。

"外婆……"她轻轻唤了一声，脸上发烫，脚像灌了铅一样沉重。

老人家转过头来，眼眶是红的："这……这是怎么弄的？"

"我……我自己不小心弄坏的。"简常念不想让外婆操心，只好硬着头皮道。

外婆的手拿着这些破破烂烂的书本，颤巍巍的，声音都在抖："我平时是怎么教你的，爱护一针一线，吃饭碗里不能剩饭粒，东西用烂了再换，学习的机会来之不易，你……你怎么……这么不听话啊！"

简常念生怕外婆再气出个什么好歹来，连忙跪了下来，扒住她的膝盖，眼里泛起了泪花："外婆，对不起，你别生气，我不是故意的，我下次不敢了，不敢了。"

到底是从小一直养大的，就如同她心疼外婆一般，外婆疼她只会更多。

老人看她半晌，浑浊的眼睛里满是泪花。

老人突然伸出手。

简常念下意识地闭眼，泪就涌了出来。

外婆却只是轻轻摸了摸她的脸蛋，替她揩去泪水，她顺势把脸埋在了外婆的掌心里，趴在了外婆的膝盖上。

老人摸着她的脑袋，嗓音有些哽咽。

外婆知道，常念是个好孩子，因为家里穷，所以自从懂事起，一直都很节俭，一分一厘都舍不得乱花，怎么会去撕书呢。

"外婆……对不住你，要是外婆再有本事一点，你就能去念高中了……"

简常念吸了吸鼻子，只抱住了外婆，没抬头，努力让自己的声音听上去轻快一点："多亏了外婆，我才能长这么大呀，而且技校怎么啦，别人还在念书，我就能挣钱啦！"

"多读点书总归是没错的，像你妈妈一样……"老人说到这里，又似想起了什么，猛地顿了一下，转了话头，爱怜地摸了摸她的脑袋，"等外婆能下地走路，就再去镇上找一份工作，给人家缝补、浆洗衣服，打扫卫生都行。小念长大了，不能再像小时候那样吃饱穿暖就行了，往后啊，用钱的地方多的是，外婆给你攒一点是一点。"

简常念摇摇头，她已经想得很清楚了："外婆，我已经不是小孩子了，从这周起，你不用再给我那么多生活费了，我周末不回家了，去找份兼职，也能赚点钱。"

她生怕外婆不同意，连珠炮一般地说完，甚至还撒了个善意的谎："外婆，您可别拦我，这一来对我是种锻炼，早晚要进入社会工作的，二来兼职我都找好了。"

所幸外婆对她的话向来是深信不疑的，也没多问，否则她可没周沐那么好的口才能把假的说成真的，编得天花乱坠。

乡间的夜晚祥和而静谧，除了虫鸣声外，偶尔只听见几声狗叫。

卧室的灯泡都有些年岁了，本来就不明亮，又蒙了厚厚一层灰，便越发昏黄。

简常念坐在书桌前看书、写作业，揉了揉眼睛，回过头去，外婆已经睡着了，针线还拿在手上。

她轻手轻脚地走过去，把针线小心翼翼地拿过来放到桌上，又回头看了一眼外婆，确认睡着，这才从兜里把那封介绍信掏了出来，还好她随身带着，没有放在书包里。

她把纸张的折痕抚平，每个字都认认真真地又看了一遍，咬咬牙，准备撕碎它的时候，终究是有些不忍。

她轻叹了一口气，又折了起来，把介绍信连同她刚刚萌芽的梦想一起塞进了专业书里。

"什么？你要去兼职！"听了简常念的想法，周沐嗷地叫了一嗓子，把林中的鸟都惊飞了大半。

简常念回头瞪了周沐一眼："咋咋呼呼的，心脏病都快给你吓出来了。"

她爬山爬得快，周沐亦步亦趋，跟得气喘吁吁的。

"欸，不是，你等等我啊，你还在读书呢，怎么去兼职啊？"

爬了半天山，简常念总算物色到了一棵合适的枣树，砍下它手腕般粗细的枝丫，给外婆做的拐杖就算是成功一半了。

她一边干活，一边答话："江城那么大，我就不信找不到合适的兼职。我又不挑，洗碗、端盘子、打扫卫生、发传单都能干。"

周沐也过来帮忙："那你集训不去啦？"

简常念沉默了一会儿，一柴刀下去砍断了树枝，抬手抹了抹脑门上的汗。

"外婆现在这样，我怎么忍心开口跟她提钱，再说了，集训也不一定能选上，还不如上两年学，老老实实出去打工补贴家用。"

话是这么说，周沐始终觉得有些可惜。

因为热，简常念脱了外套，里面就穿一件圆领短袖，露出了脖子上的黑色挂绳。

周沐突然灵机一动。

"你不是有一枚捡到的吊坠吗？外婆又要吃药，刚好可以把它拿去卖了，换点钱救急啊。"

简常念一愣，因为戴着的时间太长，以至于一时半会儿想不起来。

被周沐这么一提醒，她把那枚吊坠从衣服里拽了出来，摸了摸上面莲花繁复的纹路，玉的手感很温润，在阳光下清澈透亮。

之前村里有人看上过这块玉，来问过她价格。

她想了想，还是把玉塞了回去。

"留着吧，戴久了，有些舍不得。"

"行了，行了，知道这个东西对你意义重大，你想找到失主，但这都多少年了。"

下山的路上，简常念才又想起一件事。

"对了，要是我外婆问起，一是兼职的事，二是集训的事，她还不知道，你可别说漏嘴啊。"

周沐一改上山乌龟爬的那个劲儿，从身后推着她走："行了，行了，知道了，饿死了，快走吧。"

在家待了两天，简常念几乎哪儿也没去，连球也不打了，每天做好一日三餐，送外婆去输液，其余时间都在做农活，以及捣鼓那根拐杖。

返校的那天，拐杖终于做好了，她没做过这种东西，只是脑海里有个样子，做得也不怎么精致。不过外婆也不嫌弃，拄着拐杖在院内走了好几圈，连精神头都比前些天看着好多了。

输完最后这瓶液，医生也说外婆恢复得不错，明天可以不用来了，只是药还是要长期按时吃。

简常念心里一咯噔："我外婆她……"

以她有限且浅薄的医学知识也知道，崴了脚是不用长期喝药的。

医生挥挥手："走吧。"

眼瞅着外婆还在里面的病床上收拾东西，简常念一把拉住了医生的袖子，恳求道："医生，求求你，告诉我，外婆她到底怎么了……"

都是一个村的，低头不见抬头见，简常念家什么情况，村里人都知道。

医生也于心不忍，张张嘴，又猛地想起了什么，换了说辞："高血压，老年人都有的病，我给你外婆开的药也不贵，一定要记得督促她按时吃。"

简常念拽着医生的袖子依旧没松手，眼里都是恳切。

医生长叹了一口气，道："都是乡里乡亲的，我没必要骗你啊。"

"小念，好了，走吧。"他们正说着话，外婆拄着拐杖从里屋出来了，简常念这才撒手，冲医生微微鞠了一躬。

"谢谢您，医生。"

到家已经是下午了，简常念收拾东西准备返校了，今天她还有一件事没做，就是得去市里找找兼职。

往常都是外婆叮嘱她，送她到村口的路上，现在换她来叮嘱外婆，不让外婆送了。

"外婆，医生说了药要按时吃，你不要担心钱，这个药不贵的，我也会给家里寄钱的。

"地里的庄稼，我刚施过肥，三五天内不用再弄它了，如果你不放心，就请邻居的阿姨去看看，自己千万不要再下地了。

"柴火我也都码好了，还买了点米，都在灶房里。"

外婆拄着拐杖站在院里，佝偻着背，冲她挥手："欸，知道了，走吧，走吧。"

简常念一步三回头地离开了家。

简常念到市里的时候已经是下午三点多了，她一下车就马不停蹄地赶往人才市场，从超市促销员问到餐馆洗碗工，甚至是发传单、送牛奶，她都可以干。可老板们要么不招兼职的，要么就是嫌弃她年龄小。

她又抱着希望进了一家理发店，店门口写着：招学徒，年龄不限。

但她还没说几句话就被人赶了出来。

眼瞅着天色已晚，上晚自习的时间就要到了，简常念一屁股坐在了店门口的台阶上歇歇脚。

城市的霓虹灯次第亮起，车辆川流不息，行色匆匆的路人从她身前走过。

她用目光搜索着还有什么没去问过的店铺时，脑海里突然蹦出了周沐的话："你不是有一枚捡到的吊坠吗？外婆又要吃药，刚好可以拿去卖了，换点钱救急啊。"

她的目光停留在了街对面的一家珠宝行上，店门口的招牌上写着：金银珠宝，鉴定，收售。

老板正跷着腿看电视，跟着戏里面的人物咿咿呀呀，听见店门口有动静，回过头去："您要买什么东西？"话音刚落，见是一个小孩，他又挥了挥手，"去、去、去，小孩子家家的，买不起，让你家大人来。"

简常念咽了咽口水，把那枚吊坠小心翼翼地放在了柜台上面。

"我……我不买东西，我想请您帮我看看这个东西值多少钱？"

老板本来没什么兴趣，有些不耐烦，但只瞅了一眼，顾不得看电视，立马坐直了身子，把那枚玉坠拿了起来，放在光线底下仔仔细细地瞧着。

"哪儿来的呀？"

简常念摸不准这到底值多少钱，也不好说，支支吾吾的。

干这行的都是人精，老板瞥她一眼，心下了然："捡来的吧？这样，这玉成色还不错，但也有杂质，我给你一千块钱，不能再多了。"

"才……才一千块钱啊。"简常念虽然不懂行情，但这玉多少也戴了十来年，有些感情。

"你缺钱吧？要不是看在你还是个孩子的分儿上，我五百块钱都不会给，就一千，爱卖不卖。"

老板虽然嘴上说着爱卖不卖，但目光死死地黏在这块玉上，压根舍不得放下。

见她还是犹犹豫豫的，下不定决心，老板嘴里叼着烟，打开钱包从里面拿钱，放在了柜台上。

"喏，一千二，不能再多了，就这个行情，你再去多少家店都一样。"

简常念缓缓伸出手，伸向了柜台。

老板喜形于色，看着她的动作，心底暗喜：今天可算是发大财了。

谁知下一刻，她摊开手，斩钉截铁地道："玉给我，不卖了。"

"呸！什么东西！"

简常念出了店门，还是能感觉到身后喷来的唾沫星子。

她摇摇头，有些无奈，又把玉坠挂上了脖子，藏进了衣领里。

她是不懂什么行情，但她看得出老板脸上的贪婪。这玉的主人，她虽没见过，但于她有恩，即使找不到失主，也不该被如此轻视。

找不到兼职的简常念无功而返，这一周她都过得忧心忡忡，食不下咽。

时间很快就到了周四下午，和严新远约定好见面的日子是第二天。无论去不去集训，她都应该给人一个答复。

简常念站在电话亭前，深吸了一口气，这才抬手按键。

电话很快被接通。

那边咳了两声："喂，哪位？"

"严教练好，是我，简常念。"

听见是她，严新远声音里多了一丝笑意："怎么样，想好了吗？"

"我……"简常念嗫嚅着。

"你不用怕，只要好好训练，凭我的经验来看，你是有很大的希望留下来的……"

严新远以为她还在顾虑淘汰率的事。

简常念垂在身侧的手紧握成了拳，几乎是用尽了全部的力气，才做出了这个艰难的决定："我……我不去了。"

还在滔滔不绝的严新远一怔，声音就有些急切起来："怎么就不来了呢？这是多难得的机会啊，你又有这个天赋……"

"严教练……"简常念低低地唤了一声，似在让他别说了。

"是有什么困难吗？"

"没有。"

"是经过深思熟虑之后的决定吗？"

简常念沉默了一会儿："是。"

"那好吧，你既然没这个想法，我也不能逼你。"

听得出来，他对她很失望。

从小到大对她抱有期待的人不多，严新远算一个，如果可以的话，她也不想让他失望。

"对不起，严教练。"

简常念自以为掩饰得很好，实际上颤抖的声音早已出卖了她。

严新远叹了口气："我看得出来，你是真心喜欢羽毛球，那天在体育馆的时候，我听见你在走廊上说的话了，你说不想赢，那还有什么意义。

"坚持不懈是一个运动员最弥足珍贵的品质之一，做人也是。不管你今后还打不打羽毛球，我都希望你能找到自己人生的价值。"

在简常念的生长环境里，几乎没人跟她说过这些，严新远温厚亲和的态度像一位长者，循循善诱的时候又像是一位老师。

她吸了吸鼻子："嗯，谢谢您，严教练。"

"我的电话号码，你记得吧？"

简常念点了点头："记得。"

"闲暇时间可以找我打打球，反正我闲着也是闲着。"

简常念眸中一亮，破涕为笑："真的吗？真的可以找您一起打球吗？"

"当然了，你们学校没校队吧？不能当职业运动员，培养个兴趣爱好也不错嘛。"

如果他现在在自己面前，简常念真的很想给他深深鞠一躬："谢谢，谢谢您。"

严新远还是觉得有些可惜："当然，我还是希望你能来集训。除了找我球之外，如果有别的什么困难，我能帮上忙的，也可以告诉我。"

简常念捏着听筒，有些感动又有些疑惑："您说过，运动员要从小开始培养才好，我自认为也没有什么过人的天赋，为什么……"严新远要对她这么好。

严新远笑了笑，把烟头摁熄在烟灰缸里。

"不放弃任何一个好苗子，也是一个教练员优秀的品质之一。"

他的手边放着一沓资料，封面上写着"滨海省羽毛球队队员名单"。

窗户大开，风涌进来，哗啦啦地翻着页，露出右上角一张张青涩的容颜。

谁知道这些少年以后会不会成为世界冠军呢。

电话挂掉，风也停了，名单定格在最后一页 A4 纸上。

右上角照片上的女孩子容颜清丽，气质冷清，眼里有一股不服输的锐气。

姓名那栏写着三个字：谢拾安。

"阿嚏——"谢拾安打了个大大的喷嚏，面前有人递过来一张纸巾。

"怎么了，感冒了吗？"面对好友关切的询问，谢拾安接过纸巾揉了揉鼻子。

"没，鼻子突然有一点痒。"

乔语初端着餐盘在她对面坐下："那就好，下周一就要集训了，这个节骨眼上，你可不能生病了。"

谢拾安笑笑，拿筷子在碗里挑挑拣拣的，就是没怎么吃："我知道，注意着呢。"

"喂，喂，谢拾安，你究竟有没有在听我说话啊？"放在桌上的手机里传出了某人牵毛的声音。

谢拾安光顾着和乔语初说话了，都忘了还有这一茬。

她按了免提，说完一句"没空"之后就准备挂了。

谁知道程真仿佛知道她要干吗一样，声音都提高了八度。

"你别挂啊，这不是想着下周就要集训了，再想出来玩可不容易啊。刚好周五我生日，大家一起出来聚聚，吃个饭，你不去就算了，反正语初姐已经答应我了。"

话说到最后，他的语气还隐隐有些沾沾自喜。

那家伙是明知道只要乔语初去，她肯定也会去的。

谢拾安眉头一皱："你——"

程真倒是没给她发火的机会，挂电话挂得比谁都快。

乔语初摊手："我也不想去，但架不住有人软磨硬泡，而且最近训练也有些累，想放松一下……"

谢拾安有些无奈地摇了摇头，在心里已经给程真的脸上画了无数个小人了："那家伙每次都来这一套。"

正值午饭时间，食堂里又涌入许多人，有队友端着餐盘在她们身边坐下。

"欸，听说了吗？方教练要走啦，这次集训会派一个新的主教练过来……"

"走？去哪儿啊？他不是都带队好长时间了吗？"

"欸，你懂什么，正因为带队时间长但带不出成绩才走的啊，而且他也该退休啦。"

方教练算是谢拾安的启蒙恩师，如今他要走了。谢拾安手里拿着筷子，面前的饭菜却分毫未动，想来她今天看上去心情不好，也有这个原因。

乔语初往她碗里夹了一块红烧肉："拾安，吃饭吧，下午还要训练呢。"

下午训练结束之后，方教练把人叫住了："拾安，一会儿来我办公室一趟。"

等谢拾安回到宿舍洗完澡再过去的时候，方教练正坐在办公桌前戴着老花镜整理文件。

他递给她一张表格："今年国青队在咱们省队有一个推荐名额，我想让你去试试。"

她看着，没接。

"教练，您知道我是打双打的……"

"怎么，在国青队打不了双打吗？"方教练摘了老花镜，看着她，语重心长道，"凭你的能力，早就不该在这里了。你今年都多大了？已经十八岁了！一个运动员的黄金时期是非常短暂的，你不要在这里浪费时间！"

谢拾安沉默了一会儿，抬起头来的时候，声音很小，但目光依旧坚定。

她没喊教练，喊的是老师。

"方老师，我想留下来参加这次的集训，和乔语初一起拿冠军。"

算算时间，三个月集训结束之后，不到十天就是全国大赛开赛的日子了。

方教练拿她没办法，她从小就是这样，脾气倔。于是他长叹了一口气，把表格收了回来："拾安啊，你也知道，我马上就要退休了，我不想看着你一年又一年蹉跎在这里。我和你爷爷一样，都想看你拿冠军，但不只是一个全国大赛的冠军，你明白吗？"

提到爷爷，谢拾安的心被刺痛了一下。

她咬紧唇，低下头，深深给他鞠了一躬："我知道，谢谢您，方老师，我跟您保证，全国大赛只是起点，我会取得更多荣誉的。"

方教练看她这样也知道劝不动，又长叹了一口气，挥了挥手："行了，你出去吧，我收拾收拾东西。"

走廊外早已有人在等着她。

见她出来，乔语初迎了上去："怎么样，没骂你吧？"

教练的办公室可不是个好地方，一般到这里来，就是来挨训的。

"没，方教练这不是要走了嘛，让我帮他整理整理东西，顺便告个别。"

方教练要走了，乔语初知道谢拾安心里难受，揽过她的肩膀，晃了晃："好了，别不开心了，方教练虽然退休了，但还在江城啊。等休假的时候，咱们可以一起去看看他，而且集训完不就打全国大赛了嘛，我们努努力，拿个冠军，也让他高兴高兴！"

谢拾安眼底这才有了一丝笑意："好，但我现在有点饿了。"

乔语初拉着她就跑："走、走、走，吃饭，吃饭。"

虽然上周找兼职遇到了挫折，但简常念也没气馁，反倒在和严新远聊过之后，又建立起了新的信心。

先解决掉眼前的困境，反正无论如何，哪怕只是当个兴趣爱好，她也不会放弃羽毛球的。

她这么想着，周五下课铃声一响，就背着书包径直出了校园，继续找工作。

校门外早有人在等她。

远远地，周沐就冲她招了招手："常念，这里。"

简常念一溜小跑穿过人群："你怎么来了？"

周沐白她一眼："来找你一起回家啊，到你学校门口，才想起你这周应该不回去。"

简常念笑，背着书包和周沐一路同行："嗯，得出去找找兼职。"

"还没找到啊？"

简常念摇头："没，不是嫌弃我年龄小，就是人家只招全职的。"

找工作这事，周沐还真没法帮她，只能和她一起发愁了："那你身上还有钱吗？"

"有。我再找找吧，城东那片还没去过，这么大个江城，总能找到工作的。"

"啊，对了，这个给你。"周沐似突然想到什么，把手上提着的袋子递给她。

"这些都是我买多了的零食，带回家让我妈看到，又要骂我，你帮我解决。"

说罢，不等她拒绝，周沐就径直塞到了她手里。

"我先走了啊，不然赶不上车了。"

"欸——"常念低头一看，塑料袋里装的全是些饼干、泡面之类的食物。

她心底一暖，肚子却咕噜了一声，这一周她为了省钱，确实没怎么吃饭。

她抬头想跟周沐道谢，周沐已一溜烟跑得没影了。

"您好，请问您店里招人吗？我什么活都可以干……"

简常念话音未落，就被人推了出去。

"去、去、去，没看见我正忙着吗？"

她接连找了好几家都是如此，唯一一个对她态度还算好点的，听说她还在上学也作罢。

"不好意思啊，我们店里只招全职。"

简常念叹了口气，推开店门走了出去，暮色在城市里缓缓降临。

她一边走路，一边端详着街两边的店铺，猝不及防地被人撞了一下。

她这几天都没正儿八经地吃过饭，身体发虚，被人猛地一撞，脑袋嗡了一声，眼前一黑。

"欸，你没事吧？"所幸有人扶了她一把，还不至于一头栽倒在地上。

她回过神来，勉强笑了笑："没……没事。"

"没事就好，没事就好，要是有什么事，我可担不起这个责任……"

男人嘴里嘀咕着，松开手，也没一句道歉，就忙着继续发传单了。

"来、来、来，看一下啊，刚开业的饭店，酒水饮料全部八折，二百八十八元双人餐。"

简常念捡起掉在地上的一张彩页纸，花花绿绿的标题写着"缘起饭店开业大酬宾"几个大字，用大半个页面介绍了一些套餐优惠，只在底下圈了一块地方，写着招聘主管、领班、服务员、洗碗工等，年龄性别不限，待遇优渥。

她看了看地址，离这不远，心想着再去碰碰运气吧。

"经理，这里有个找兼职的，说了咱们只招全职也不走，您看……"

经理从包房出来，上下扫一眼，见是个穿着普通的女孩，没放在心上："多大点事也要找我，打发走不就行了。"

领班会意，示意两个服务员上前来拉人，不等他们动作，简常念反倒大胆地往前走了一步。

在灯光闪烁的走廊上，她提高了声音："我什么都可以干，求您了，给我个机会吧！"

少女的声音很稚嫩，可眼神分外坚定，冷不丁一眼望过去，只见她皮肤很白，眼睛也很亮，还有点好看，只是衣着灰扑扑的，遮掩了这份美丽。

经理一怔："我们这要上夜班……"

简常念拼命点头："我可以熬夜！"

经理微微勾起嘴角："有点意思，叫什么名字？"

简常念露出如释重负的笑意："简常念。"

"行，给她一套工作服，就先跟着你吧。"经理指了指领班。

"啊，我？"领班有点蒙，正说着话呢，因为刚开业又是周末，走廊上又来了许多客人。

经理拍了一下他的脑袋，有些不耐烦："废什么话，不是说包厢缺人吗？人给你了，赶紧给我干活去。"

简常念换好工作服出来，领班先带她大致熟悉了一下饭店的内部情况，同时给了她一张菜单，边走边说："知道怎么点单吗？"

简常念想了一会儿，摇摇头。

这没工作经验的，教起来就是麻烦。领班心里吐槽，但还是耐着性子说了："同行中有男士的，菜单先给男性顾客，女士居多的话，多观察一下她们的穿着打扮，给看起来最有钱、最有话语权的那个。先询问客人的爱好，再推销咱们这最贵的套餐。我可告诉你啊，工资是底薪加提成，卖出去越多，拿的钱就越多……"

他说得头头是道，简常念的目光却一直停留在了菜单上。

领班有些不耐烦了，抬手把菜单夺了过来："跟你说话呢，听见没有？"

"听见了，您说先给男士，女士的话，给看起来最有钱的那个……"简常念话音未落，领班胸前的对讲机响了起来。

"领班，三号大包厢来客了，我这儿忙到飞起，过不去……"

"行，我知道了，先给客人开台，我马上到。"

领班关了对讲机，对简常念说："走吧，跟我过去一趟。"

简常念还是第一次来这种地方，一进门就被包厢里的灯光晃得睁不开眼，音乐声震耳欲聋。

领班扯着嗓子在跟客人说话："刘总，您要点什么？"

他口中的刘总正拉着一个美女的手，压根顾不上他："就上次喝的那个红酒……"

美女拍了一下他的肩膀，捏着嗓子撒娇道："人家今天不想喝红酒，想喝洋的嘛。"

刘总有些飘飘然："好、好、好，那就洋酒、洋酒，你们这最贵的洋酒多少钱？"

也不知道是夜班熬得人脑子有点迷糊了，还是被音乐声震的，被问到的领班有一瞬间的卡壳。

这是昨天刚调过的菜单。

简常念从善如流地接上："刘总，咱们这最贵的是路易十三，二万三千八百八元。"

好家伙，听见这价格，刘总一只脚总算是"踏回了人间"。

见他神色不对，领班才是人精，马上赔着笑脸："不过咱们这刚开业，给您打八折，再送零食、果盘。"

一旁的美女也不乐意了，拉着刘总的胳膊嘟嘴："刘总……"

"好、好、好，就这个。"刘总大手一挥，简常念完成了自己的第一个单子。

等出了包厢门，领班拍了一下她的肩膀："行啊你，什么时候记住的？"

她笑笑："就刚刚您跟我说话的时候。"

程真家在江城的富人区里，独门独栋带花园的小别墅，今天他爸去外地出差了，恰逢他生日，为了补偿他，给了他好大一笔钱，让他自己过生日。

程真闲着也是闲着，就请了一大帮朋友来家里吃喝玩乐，一群人玩到天黑还不尽兴，眼看着天色已晚。

谢拾安把手里的瓜子一扔："得了，你们继续吃吧，我和语初就先回去了。"

程真一把将人拉住："欸，别走啊，正准备玩游戏呢，来嘛！来嘛！"

谢拾安不为所动，乔语初多问了一句："什么游戏啊？"

程真看拉谢拾安拉不动，转而把她推了过去："好玩着呢，某个人肯定是怕输，不来就算了啊，我们玩。"

他话音刚落，谢拾安一把将人扒拉开，挤到两个人中间："笑话，论起玩游戏，从小到大，你什么时候赢过我。"

"好、好、好，我先说游戏规则，我会把手机计时器打开，调到三十秒，在这三十秒内，先由一个人提出问题，再把手机递给需要回答问题的人。如果他没回答上来或者时间到了，就要接受真心话大冒险的惩罚，怎么样，敢玩吗？"

谢拾安嗤笑一声，大马金刀地率先坐了下来："这有什么不敢的，来。"

乔语初也在她身旁落座："那最先提问的那个人肯定占便宜啊，毕竟时间充裕。"

程真挠头想了想："也是，那我们猜拳决定谁最先提问吧。"

程真的另一个朋友挤眉弄眼地笑："不管什么问题都可以对吧？"

那天在体育馆被程真英雄救美的那个小学妹也在场，程真看了她一眼，扑过去用"龙爪手"挠自己的朋友："说什么呢！严肃一点，正经的问题懂不懂？"

"好了，好了，来猜拳吧。"

"石头、剪刀、布！"

一轮下来，最后的胜利者竟然是谢拾安。她扬唇笑了笑，按下计时器，看着数字飞快减少着，倒也不急着提问。

反倒是程真急得半死——谁让他跟谢拾安离得最远呢。

"你快问啊！愣着干什么？！"

"也没规定立马就要提问啊。"谢拾安摊了摊手，等时间走过一半，才把手机递给旁边的乔语初。

"第一届奥运会举办的时间是？"

这个问题对于运动员来说也太容易了吧，乔语初笑得合不拢嘴。

"1896 年 4 月 6 日。"

程真气得大喊："哇，你们这是作弊！"

谁知道他话音刚落，乔语初就把手机扔了过去："橙汁儿——恍然大悟，猜一个动漫人物。"

程真："嗯？"

还没等他绞尽脑汁，时间已经到了。

众人一致发出嘘声。

"说吧，真心话还是大冒险？"

"真心话吧。"在这帮损友面前，他可不敢选什么大冒险，说不准就会让他干什么既傻又出格的事情。

还是由乔语初提问，程真都快给人跪下了："姐，姐，嘴下留情啊。"

"从小到大做过最糗的事是什么？"

几轮游戏下来，大家都格外"照顾"寿星，他从上到下，从里到外，都被"扒"得干干净净。

谢拾安想了半天，也没想明白乔语初刚刚那个谜语的谜底是什么，逮了个空，悄悄过去附耳问道："刚刚那个谜语的谜底是什么呀？"

乔语初示意她再靠近一点，小声道："奥特曼，因为……奥（噢）——得特慢！"

谢拾安没忍住，扑哧笑出声来。

谁知下一秒手机就飞向了她。

程真故意抓准机会，整她的，站起来大喊："拾安，你喜欢的人在现场吗？"

谢拾安被这个问题砸得有些晕头转向的，其他人也都将好奇的目光纷纷投向了她。

乔语初捅了一下她的胳膊："快说啊，时间要到了。"

两个人还保持着刚刚那样近的距离，谢拾安的右手还搭在乔语初的肩膀上，乔语初的头发滑落下来，扫得她的手背有些痒。

两个人四目相对，乔语初眼里满满的都是好奇，谢拾安却低垂了一下眸子，睫毛扑闪着。

"我……"她吞吞吐吐的，话还未出口，闹钟响了起来，倒计时结束。

她长舒了一口气，掌心里都是汗："我选大冒险。"

程真给她的惩罚是一口气喝完一瓶饮料。

她把易拉罐拉环拉开，乔语初有些担忧地拉住了她："不行，我们不能喝外面的饮料……"

她笑笑："没事，刚打开的，而且最近也没什么比赛，就一瓶而已。"

她说罢，就仰头灌了起来，一瓶冰汽水下肚，降低了身体的温度，也带走了那些不切实际的念头。

这厢谢拾安正玩着游戏，简常念却没想到，会在店里见到圆圆。

简常念刚把酒摆上桌："先生，您要的酒。"

察觉到有视线落在自己身上，她抬头看了一眼，就和表情似笑非笑的圆圆对上了。

"哟，这不是我们的学霸、羽毛球大明星吗？怎么也沦落到来饭店做服务员了？"

"怎么，你们认识啊？"坐在她旁边搂着她的年轻男人听见这话好奇，就问了一句。

圆圆一脸委屈地贴了过去，在男人耳边轻声说了句什么，包厢里的音乐声太大，简常念也没听清。

可真是冤家路窄啊。

简常念不想惹事，只好硬着头皮道："先生、女士，你们要的酒送到了，还有什么需要，请随时按铃。"

她话音刚落，男人兀自坐直了身子："你，留下来，陪我们。"

他满身酒气，笑容又流里流气的。

简常念惊惧交加，涨红了脸，下意识地就往后一躲："先生，菜已上齐，我也该回去工作了，还有其他客人在等着呢！"

"哟，脾气还挺大——"男人又靠回沙发，抬眼看着她的领班，"今天我就要她陪我吃饭，没问题吧？"

"秦先生……"领班看看简常念，再看看他，只得赔笑，"理解一下，今天我们确实挺忙的，走不开啊。"

他口中的秦先生大手一挥，示意他可以消失了："你去忙你的，她留下就行。别忘了，只要我一句话，你们这饭店开不开得下去还不一定。"

这秦先生虽是个地痞无赖，但仗着家里有钱有势，很是横行霸道，得罪了他，估计没什么好果子吃，犯不上为了一个新人连累自己。

"领班……"简常念拉住了领班的衣角，用眼神哀求着。

她也知道，能在这里消费的，非富即贵，但她眼下孤立无援，谁知道她留在这里会发生些什么，只得向看起来对她还不错的领班求助了。

领班心里盘算了一下，拨开她的手，继续赔着笑脸："好，好，那秦先生您玩得开心，我就不坏了您的雅兴了。"

等到领班走出包厢门，屋里就传来了一声女生的尖叫，伴随着玻璃器皿被打碎的声音。

领班心里一紧，来回踱了两步，咬咬牙还是给经理打了个电话："喂，经理，不好了……"

等到经理过来的时候，包厢里已经是一片狼藉，简常念手里拿着个破碎的啤酒瓶，整个人都在发抖，眼眶也是红的。

反观秦先生，衣服湿了大半，额角上还有伤口在往外渗血。

这一屋子的人把简常念围在中间，秦先生舔了舔嘴角的酒渍，虎视眈眈地看着她："经理，你就说怎么办吧？"

简常念手抖得几乎快握不住啤酒瓶，嗓音里带了一丝哭腔道："不是的，他……他摸我……"

圆圆立即大声反驳道："谁看见了？谁看见了？我可没看见，就看见你拿着啤酒瓶打人了。"

一起在这聚会的还有简常念的其他几个舍友，也纷纷附和道："就是啊，服务员不就是端茶倒水的嘛，让你倒一下酒，你就打人，还当什么服务员啊。"

"经理，你的人今天动手打了我，这事可没完啊。"秦先生拍了拍领班的肩膀，阴阳怪气道。

如果说领班是人精，那经理可就是千年的老狐狸精了。看看这场面，领班很容易就回过味了，要是今天不能让这秦先生满意的话，倒霉的可就是他了——还是那句话，为了个新人，犯不上。

"是、是、是，这就是个今天新来的，兼职的，不懂规矩，我开了就是……"他一边说，一边主动给秦先生点烟，"我这也是小本生意，您看……"

秦先生接过烟，抽了几口："懂，哥几个，带上人，咱们换场子玩去。"

简常念奋力挣扎着，仍是被两个人高马大的男人一左一右地架住了胳膊。

她有那么一瞬间的恍惚，然后就被人拖出去了。

"听说你还是打羽毛球的啊，巧了嘛，这不是，我也打过几年职业。就你这废物，还想当职业选手啊……"秦先生踩住她的手。

她忍无可忍，终于发出了第一声痛苦的哀号。

街对面有一辆正在行驶的自行车停了下来，刚刚聚会完的两个人正在回家的路上。

乔语初单腿踩在地上，透过绿化带望过去，只见有七八个男男女女围着一个人。

被围着的那个人，看身形像是个女孩子。

后座上的谢拾安跳了下来："怎么了？"

"有人打架呢，我们过去看看吧。"

乔语初有些焦急，停下自行车就想过马路，能明显看到被打的那个人已经没有爬起来的力气了。

谢拾安一把拉住了她："欸，别，对方人多，我们还是报警吧。"

也是，她们就两个女生，为了自身安全起见，还是报警稳妥一些。

乔语初想了想，从兜里掏出手机，拨了110，一直等到远处有警笛声响起来，两个人才离开。

"警察，干吗呢！都起来，别跑！"派出所的警车到了，抓住了几个听见警笛就想跑的年轻人。

为首的警官扶起倒在地上的简常念："没事吧？"

她虽然鼻青脸肿的，但好歹意识还清醒，轻轻地摇了摇头。

"陈队，为首的抓到了，就是他。"

陈警官一抬头就和对方对上眼了。

姓秦的咧嘴一笑："陈警官，好久不见啊。"

"怎么又是你！"陈警官暗骂了一句，他一挥手，"都带回去处理。"

不大的审讯室里只坐了简常念和陈警官两个人，被一张桌子隔开，灯光白得刺眼。

长这么大，简常念还是头一次进派出所。她有些害怕，再加上脑袋很痛，便一直垂着头不吭声，默默地抠手指甲两侧的倒刺。

负责询问她的陈警官倒是很有耐心："看你还是个学生吧？怎么大半夜跑到那种地方玩啊？"

见她还是不说话，陈警官的语气又放软了一些，还倒了杯温水给她。

"你放心，你现在很安全。"

简常念这才小心翼翼地抬首看了他一眼，嗫嚅着："我……我不是去玩……我在饭店兼职……"

陈警官"哦"了一声，钢笔唰唰唰地在纸上写着字："兼职啊……那你多大了？叫什么名字？家在哪儿呀？父母的联系电话告诉我一下。"

"我……"简常念噎了一下，本想说十七岁，但在警察锐利的目光下还是老实道，"十五岁，我叫……简常念。"

陈警官又唰唰唰地写了几笔："家庭住址，父母的联系电话。"

一听到这话，简常念的眼泪涌了出来："求……求您……不要给我家里打电话。"

陈警官放下笔，关心道："这可不行，你受了伤，我们得找你的监护人过来看看，了解情况。"

这个夜那么长，又那么冷，她整个人像坠入冰窖，颤抖着说："警官，我……我没事，可是……能不能不要通知我的家人？"

陈警官摇摇头："那不行，这是程序。"

简常念没有办法了，她想了好一会儿，泪一滴滴地落在膝盖上，好半天才抬起头，泪眼婆娑道："那……警官，我能不能借用一下您的手机？"

陈警官把自己的手机递了过去。

简常念按下记忆中的号码，电话很快便被接通，她带着一丝哭腔道："喂……"

严新远赶到派出所的时候，天已经快要亮了。

等浑浑噩噩地走出派出所，简常念才想起一件事，小声道："视频……"

"什么视频？"

"他们拍了我被打的视频。"

"谁拍的？"

简常念抬头看了一眼，圆圆他们也刚走出来。

"就是那个穿红衣服的高个女生。"

严新远走过去拍了拍圆圆的肩膀："手机给我。"

"刚刚警察都看过了，都删了，都删了，不信你看看。"

严新远拿过来一看，确实删得干干净净，便把手机递了回去。

"都删了，走吧，去医院看看。"

严新远把自行车推了过来，让她先坐上去，自己再跳上车。

一路上，简常念始终一言不发，也不知道在想什么。严新远回头看了几眼，有些担心她，故意找些话题："还好我刚刚编了个谎，说你是我学生，父母都在外地……"

简常念苦笑了一下，总算是吭声了："我确实没有见过我爸妈。"

"那你父母……"

"我妈在我很小的时候就走了，我爸把我扔给外婆之后说出去打工，就再也没有回来过。"

严新远在心底悄悄叹了口气——真是个可怜的孩子。

"那你家里……"

"只有外婆在了，外婆白天务农，晚上给人做针线活供我上学。她一直以为，我是个品学兼优的好孩子。她要是知道我这样一定会很失望吧，我不想让她伤心难过。我不知道该找谁，他们一定要家长来，我就只能……"话说到这里，她又有些哽咽。

医院到了，严新远停下自行车，转身看着她，一字一句道："孩子，你没有让任何人失望，你很坚强、很勇敢，如果外婆知道了今天的事，我想她不会伤心难过，她只会心疼你，给你一个大大的拥抱，并且祈祷你以后再也不要遇到这样的事。"

简常念愣住了，鼻头发酸，泪又毫无征兆地涌了出来，她的眼前一片模糊。

严新远拍了拍她的肩膀："下来吧，医院到了。"

简常念浑浑噩噩地跳下单车，又浑浑噩噩地跟着人往医院走。

她的脑袋一片混沌，可心里仿佛有一团火在越燃越旺。她不想再回到那个冷冰冰的学校了，不想听自己根本就不感兴趣的专业课。她也不想再受人欺负了，不想再面对那些人丑恶的嘴脸，不想挨打，不想挨骂，不想被人冷嘲热讽，不想再这么穷，这么苦。

她想让自己、让外婆都过上好日子。

——如果有一种方式可以让她开启新生活。

诚如严教练所说，通往梦想的道路上总是荆棘丛生。

哪怕这条路上有刀山火海，此时此刻，她也只有一个想法。

这团火终于挣脱了樊笼。

简常念拉住了严新远的衣袖："严教练，我想参加集训。"

"真的？太好了！"周沐乍一听到这个消息，比简常念还兴奋，一蹦三尺高。

"行了，行了，小点声，这么多人呢。"奶茶店的顾客纷纷向她们投来了不满的目光，简常念压低了声音，在桌子底下踹了她一脚。

周沐吐吐舌头，这才安分下来："我这不是为你高兴嘛，你去集训，程学长也去集训，我去看望你，不就可以……"

眼看着她犯花痴，简常念翻了个白眼："你就知道你的程学长，也不看看你的好朋友我，都被打成什么样了。"

周沐端详着她的脸，鼻青脸肿的，确实有点惨。周沐伸出手摸摸她的脑袋，用哄小孩子的语气道："好啦，好啦，乖，不疼了，呼呼……"

话说一半，周沐又觉得有些气愤。

"周五那种情况，你就该打电话给我，我肯定第一个冲过去保护你，就算打不过，咱俩还能一起跑，也不至于……"

简常念被周沐上一句话腻得发慌，拂开她的手，嘴角带着笑意道："你？不拖我后腿就算不错啦。"

周沐倒也清楚自己几斤几两，但她就是为简常念打抱不平："那打你的那些人，就那么放了？"

简常念垂下眸子，淡淡地"嗯"了一声。

看她的神情，也知道自己说中别人的伤心事了，周沐像搓面团似的揉了揉她的胳膊，哄劝道："好了，好了，我不提了。我跟你说，恶人自有恶人磨，那些人是不会有好下场的！祝他们吃方便面没有调料包，上厕所没有纸，出门就踩狗屎……"

简常念没忍住，扑哧一声笑了出来："喂、喂、喂，我这正喝着奶茶呢，你说什么狗屎。"

"这不是咒他们吗！你呀，以后别逞强，他们那么多人，打不过就先跑呗。"

简常念嘴角的笑逐渐淡了下来："他们欺人太甚，我没忍住就先动手了，学校我是待不下去了，换个环境也好。"

"那你集训的钱？"

"我给严教练打了欠条。"

那天晚上，严新远本想为她先行垫付集训的钱以及医药费，她执意不肯，去问医生借了纸和笔，蹲在医院走廊的椅子边上，一笔一画地写下了欠条，再双手交到了他的手里："严教练，我以后一定会还给您的。"

严新远看看这清秀的字迹，再看看她目光坚定的双眸，把欠条折好装进了兜里："好，那我就先保管着。"

就这样，简常念参加集训的事尘埃落定。

"那外婆那边？"周沐听完问道。

"先瞒着她，如果三个月后我成功入选滨海省队的话，再告诉她这个好消息。"

如果不行，也还能回去上学，不过那是最坏的打算了。

简常念在心底默默给自己加油打气，她一定可以的，不管训练有多艰苦、有多累，留下来的希望有多么渺茫，她都要为梦想，为了自己的未来拼一把。

周沐用自己的奶茶杯子碰了碰她的，弯起眉眼笑，学着武侠剧里的台词，道："我也觉得你肯定行！加油，为了梦想，我以茶代酒，干了！"

周沐话音刚落，就被奶茶里的珍珠呛得连声咳嗽。

简常念没忍住，哈哈大笑起来。

这奶茶店里有个小角落，做了面许愿墙，上面贴满了便利贴。周沐每次来都会写些"希望下次考进班级前十""遇见程学长"之类的鬼话，这次也不例外。

她拿起笔在纸上写写画画，边写边叨："希望常念集训顺利通过。"

简常念吓得急忙去夺她的笔："你可别'咒'我了，你许的愿什么时候实现过啊。"

周沐笑嘻嘻地把写好的便利贴往墙上一贴，拍了拍她的肩膀，语重心长地说道："简常念同志，这就是你的不对了，你要相信我们的情谊，以前不成功，不代表以后不成功。难道你没听说过，什么叫否极泰来吗？"

"什么否极泰来，我就知道你从小到大，连五毛钱的'再来一包'方便面都没中过。"

"哎呀，哎呀，你也写嘛，写嘛，心诚则灵。"周沐拿胳膊肘捅了捅简常念的腰。

简常念看了看满墙花花绿绿的心愿便利贴，再看了看周沐刚贴上去的那张，想了想，一笔一画地写道：希望自己和周沐，都心想事成，未来可期。

夕阳西下，两个人怀揣着对未来的美好憧憬，一蹦一跳地出了奶茶店的门。

周沐爽朗的笑声传出去了很远。

"喂，常念，说不定你以后还真成了羽毛球大明星呢，到时候可得请我去看你的比赛啊！"

"没问题，我不仅请你来看我的比赛，我还给你预留第一排的位置，让你连我的每根头发丝都瞧得清清楚楚。"

周一早上，简常念去办了休学手续，本来是要家长陪同的，但学校考虑到她家庭情况特殊，而且又有严新远作保，便也同意了。

临走时，教导主任拍了拍她的肩膀，语重心长地说道："简同学啊，机会来之不易，可要好好珍惜，争取拿个冠军，为母校增光添彩。"

简常念脸上没什么表情："谢谢您，那我先回宿舍收拾东西了。"

"哟，简常念回来了。"圆圆这一次老实多了，不再对她动手动脚的，但该有的冷嘲热讽依旧少不了。

"怎么，不上学了？就你？欸，我们打个赌，看三个月后她会不会回来。"

宿舍里的其他人都哄笑起来。

"圆圆，你这可就不够意思了啊，这谁要是赌她赢，那不得赔得倾家荡产啊。"

正是午饭时间，圆圆坐在简常念的桌子前吃泡面，汤汤水水溅得到处都是。

简常念没理她们，走过去道："起来。"

"你都要走了，坐一下怎么了？"圆圆翻了个白眼，嬉皮笑脸道。

"我说让你起来，我要拿东西。"

圆圆还是坐着没动："喏，拿桌子下面的东西是吧，自己蹲下去拿不就好了，没看见我正——"

她话音未落，简常念突然动手，从身后把她的整个脑袋摁进了泡面碗里，饭碗倾倒，汤水四溅，全部洒在了她新买的裙子上。

一寝室的人像被按下了暂停键，鸦雀无声。

对面上铺嗑瓜子的女生手里的瓜子都掉在了床上。

圆圆也是愣了三秒才发出第一声尖叫，拼命挣扎着："简常念，你疯了吗？我要弄死你！"

简常念在她背后站着，很容易就能钳住她，更何况双方体力悬殊。

简常念抓着她的头发狠狠地往桌上一磕，发出咚的一声闷响。

"反正我都要走了，无所谓了，不如好好出口恶气。"

"还愣着干什么？！去找老师啊！"圆圆疼得眼冒金星，痛哭流涕，一边哭，一边叫喊着。

"都别动啊，李圆圆，你觉得你的头比那个男人的结实吗？你们确实人多，我打不过，但我可以在老师来之前，先打烂你的脑袋。"

她说这话的时候站在李圆圆的左后方，李圆圆趴在桌上动弹不得，只能勉强用余光看她。

她的眼睛黑白分明，但眼角都是血丝，脸上还留着瘀青，看起来凶神恶煞的。

李圆圆打了个寒噤，莫名想起了那天晚上，她的眼神，也是一模一样的凶狠，有着破釜沉舟般的决绝。

她是真的什么都不在乎了。

李圆圆当场就哭了出来："别……别……对不起……对不起……你别打我……"

之前动手推过简常念的那个高个女生咽了咽口水，小心翼翼地走过来打着圆场——那天晚上她也在场："那个……简同学……你别冲动，我们……我们欺负你确实不对，你就看在我们同学一场的分儿上，别打了吧。"

"同学？你们变着法子欺负我的时候，怎么没想着我们是同学了？"

"其实我一直在想，我到底做错了什么，你们要这么对我，现在我明白了——"简常念抓着圆圆的头发使劲一扯，把她从椅子上拽了起来，"你们就是觉得自己天生家庭条件优渥，便看不起任何不如你们的人。"

李圆圆呜呜哭着，梨花带雨："对不起，简常念，我知道错了，我以后再也不欺负你了，你饶了我吧……"

"以后？没有以后了。"简常念松开李圆圆的头发，随即抓着她的后衣领往地上一甩，把人连带着桌椅一起推倒在地上。

看着她们惊恐又不可置信的眼神，简常念只觉得痛快，忍辱负重半学期，从来没有这么痛快过。

简常念带着一丝悲凉地想：也许自己早就该这么做了，在第一次被欺负的时候就该以牙还牙。

在周五那天晚上她被人摁在地上拳打脚踢的时候，她总算是悟出了一个道理——

任何善良都应该有底线，一味忍让只会让欺负你的人越发变本加厉。

善良是对善良的人，而不是恶人。

在一室死一般的寂静里，简常念从容地打开柜子，取出羽毛球拍，装进背包里，大踏步离去，用力摔上了寝室的门，和过去彻底告别。

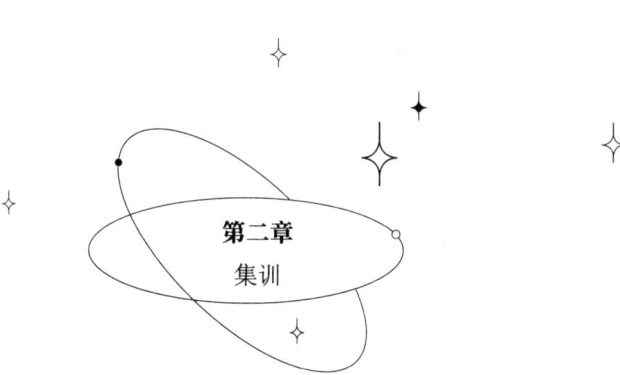

第二章

集训

"欸，听说咱们新来的教练是国羽前任主教练严新远，这可太牛了吧。"

"牛什么呀，你不知道啊？严教练手底下可是出过训练事故的，不然他一个堂堂国家队的主教练，能跑到咱们这鸟不拉屎的地方来。"

今天就是集训的日子了，一大早就陆陆续续有人来报到，到了下午人都到得差不多了，三五成群地站在操场上闲谈。随着集合时间临近，最后一辆面包车驶进训练基地，所有人的目光都不约而同地看了过去。

如果没猜错的话，这就是他们主教练的车了。

助教已经在吹哨子准备集合了，谢拾安收回目光，跟着乔语初一起走了过去。

在众人好奇的眼神下，车门打开了，身穿运动服的严新远率先跳了下来，他五十岁开外的年纪，中等身材，头有些秃，脑门锃亮。

队伍中有人没忍住，笑了一声，惹来助教狠狠一个眼刀。

简常念跟在他身后走出来。

乔语初吃了一惊："是她？她也来了？"

谢拾安也投过去一个眼神，微皱了一下眉头，显然还记得她。

"你去站到最后面吧。"严新远道。

简常念点了一下头，背着包跑到了队伍末尾站着。

队伍里有人窃窃私语。

"跟着严教练来的，关系户啊？"

"那可说不准，不过能不能留下，可得凭本事了。"

她正竖着耳朵听别人说话，猝不及防间被人轻轻拽了一下袖子。

她转过脸去，就见到了一个老熟人。

"孙……"她差点喊出声来，毕竟当初在江北二中体育馆的时候，孙倩留给她的印象可是太深刻了。

孙倩点点头，笑得眯了眼睛："真没想到会在这里见到你。"

简常念心想：我也是。

见她是跟着严教练一起来的，孙倩也有些好奇，但不等她开口，严新远就吹起了口哨："我叫严新远，严师出高徒的严，想必各位都事先了解过我了，那就不多废话了，开始训练吧。五分钟热身，四百米冲刺准备——"

众人面面相觑——这么快，还以为会先说几句场面话，谁知道一上来就跑步啊。

有人按捺不住了："教练，我们是来学技术的，可不是来跑步的。"

严新远微微一笑，虽然没见过他的面，但来之前严新远已经提前翻阅资料，记下了每个人的姓名、样貌、特长、经历，包括曾获得过的奖项。

"你叫赵启东吧，如果我没记错，你已经二十五岁了，参加了四次全国大赛，可惜一个好的名次也没拿到。对于菜鸟来说，不需要什么技术，能打好体能基础就谢天谢地了。"

人群中发出了一阵哄笑。

赵启东愤愤地抬头："笑什么笑，笑什么笑！我好歹参加过全国大赛，你们呢？！"

严新远再一次吹响了哨子："不要怪我没提醒你们，今天下午的训练计划安排得满满当当，除了室外的四百米冲刺、一千五百米跑之外，还有折返跑、蛙跳、负重蹲起等。咱们食堂五点半开饭，这么多人，饭菜肯定是不够的，先结束训练的，先吃饭。"

"另外，训练成绩和最终的考核成绩是挂钩的，如果想留下来，我奉劝你们，对待每一项训练内容，都要竭尽全力。"

他话音刚落，众人脸色一变，也顾不上再嘀嘀咕咕了，纷纷做着热身运动。

谢拾安蹲下身系好鞋带，等发令枪一响，就如离弦之箭般冲了出去。

简常念还在发愣，旁边的孙倩拉了她一把："快跑啊，晚了就吃不上饭了。"

她这才回过神来，跟着人群一起往前冲去。

一下午的训练结束，她后背的衣服全被汗打湿了，她跟跟跄跄地跑到终点，一屁股坐了下来，喘着粗气，发梢上的汗水一滴一滴砸到了草坪上。

严新远收了秒表："行了，最后十名吃完饭，记得帮食堂阿姨洗盘子，晚上七点半在训练室集合。"

因为去得晚，食堂里也没剩多少吃的了，简常念就着冷掉的紫菜蛋花汤狼吞虎咽了满满一大盆米饭。等她和食堂阿姨一起刷完盘子，已经是晚上七点了，想洗个澡也来不及，她只好换了身衣服就匆匆赶去训练室。

简常念进去的时候，人已经到得七七八八了，三五成群地聚在一起，很明显经过一下午的熟悉，已经形成了小团体。

她今天最后一个到，又是跟着严新远一起来的，自然承受了不少目光的洗礼。

有人窃窃私语："就她啊？关系户？今天成绩倒数吧。"

谢拾安坐在双杠上，身边围绕着不少人，作为滨海省队有点名气的老队员，她向来不缺伙伴。

"就她？吃了熊心豹子胆了吧，也敢和你打？"

简常念和她交过手的事不知怎的传了出去。

她一只手把玩着球拍，在指尖转了个来回，腿在半空中晃荡着，一副漫不经心的模样："是啊，我也奇怪，今年是怎么招的人，放这么一个小不点进来，个子还没羽毛球网高吧，是来当吉祥物的吗？"

"……"

简常念喉咙发紧，本想过去打个招呼，好歹也交过一次手了，听了这话，脚尖径直拐了个弯，默不作声地走开了。

人群里发出一阵哄笑，有人跃跃欲试："哥几个去切磋一下？"

谢拾安耸耸肩："我没兴趣，你们去吧。"

有人一使眼色，立马有几个人向简常念走了过去："走啊，打的就是关系户。"

等那帮人走了，乔语初把人从双杠上拽下来，也只有她才会对谢拾安凶不拉几地说话："不是跟你说了吗，不许欺负新人。"

"这怎么能叫欺负呢？我就是想看看她够不够格进集训队。"

也只有在乔语初的面前，谢拾安才会偶尔流露出几分顽皮的孩子气。

乔语初像个大姐姐一样点了一下她的脑门："你呀，其实就是心里不服气，凭什么她能让严教练亲自带进来，对不对？"

"就她？一个菜鸟也配让我不服气？"谢拾安冷哼了一声，转过身去，趴在了双杠上。

她们二人说话时，简常念那边的战况就很惨烈了。她虽咬牙接受了挑战，但在人才济济的集训队里，她那水平压根不值得一提。

第一局，她被 21：3 大比分碾压，结束了战斗。

嘘声一片。

谢拾安一边拿球拍颠球保持手感，一边抽空瞥了一眼："我小学的时候打得都没这么烂。"

乔语初揽上她的肩膀："欸，行了啊，谁不知道你是整个江城赫赫有名的天才少女，再说了，集训不才刚开始吗，说不定集训完，人家的成绩就变得很好了呢。"

谢拾安的脸上依旧没什么表情："能不能留到集训的最后，还很难说呢。"

两个人言谈间，围着简常念的人越来越多。

"欸，新人，这样吧，我让你五个球，免得别人说我欺负你。"说话的人是省二队的球员，比她大两岁，技术还不错，也算是一队的后备力量了。

简常念涨红了脸，攥紧球拍，一字一句道："我不需要谁让我。"

"哟，有骨气，那行吧，我让你先发球。"

两人正说着话，有人喊："教练，教练来了。"

两人一回头，严新远果然就站在门口："打啊，怎么不打了，继续，继续，来几个人，把记分牌给我搬过来，我来当裁判。"

出乎众人意料的是，严新远不仅没阻止，还当起了裁判，往门口那么一坐，煞有介事的。

众人面面相觑，严新远笑眯眯地吹起了哨子："集训期间，严禁打架斗殴，一经发现，立刻开除，但是嘛，可以以球会友，我就一个要求，公平、公开、公正地进行比赛。在这里，你可以挑战你想挑战的任何人，包括我。好了，开始吧，别浪费大家的时间，速战速决，听明白了没有？"

他最后这一句话明显是冲简常念他们喊的。

挑战她的球员痛快地回了一声："听明白了！"

简常念的脸色则一阵青一阵白的。

这场比赛，她当然毫无悬念地输了，晚上的训练也不尽如人意。

助教在训练室的白板上画了表格，把一百号人分成四组，按成绩写了名次，简常念垫底，高高在上、傲视群雄的是谢拾安。

按照严新远的规矩，训练赛最后一名的人留下来打扫卫生，简常念打扫完已经是凌晨了。她在这块白板前默默站了很久，才关灯离去。

她回到宿舍楼下时，早已有人在等着她了。

"今天的训练感觉怎么样？"

见是严新远，她苦笑了一下："挺难的，他们……都很强。"

严新远拍了拍她的肩膀："能来到这里的每一个人都不弱，你以前没有接受过系统性训练，等适应了就会好一些。"

"严教练，我今天……给您丢人了。"

严新远摇摇头："在这里，我对每个人都一视同仁，不会因为我认识你就对你格外宽容些。如果你不接受别人的挑战，那才是让我失望了，毕竟有个词叫作——虽败犹荣。"

她听到这里，眼睛里才有了一丝笑意："还有个词叫作屡败屡战，我不怕输。"

简常念这孩子，性格有些内向，心里能藏事，严新远就怕她消沉了。

"你能这样想，我就放心了，集训队里大部分是你的同龄人，而从技术和比赛经验上来看，也算是你的前辈。敞开心扉，多交几个朋友，互相交流打法和经验，对于技术的提高也是有益处的。"

在集训队里能和她称得上有一面之缘的，只有两个人，一个是谢拾安，另一个是孙倩。

孙倩就算了，且不说她那天的"精彩表演"给简常念留下了深刻的印象，就凭她和周沐的关系，简常念也不想和她有什么过多的牵扯。

至于谢拾安，简常念半是羡慕，半是钦佩她的技术。简常念不是没有想过去打个招呼，好不容易鼓起勇气走过去，就听见她说什么"小不点""菜鸟"。

谢拾安这个人技术好是好，可就是太高傲了。

经过圆圆那件事以后，简常念见到这种人，心底总有一丝微妙的反感，但她能明白严新远说这话的好意，是希望她能在这里交到朋友，开心一点。

"好，我知道了，那我就先回去休息了。"简常念笑了笑，应道，转身离去的时候却又被人叫住了。

"欸，等等，这是那伙人上次赔给你的医药费，给你看完病还剩了点，拿去。明天中午午休的时候去买双好的球鞋吧。"

简常念低头一看，不知道什么时候自己的球鞋边上都开裂了，她稍微抬了一下脚，鞋底和鞋面都分离了。

可是，上次的五百块钱，在医院看病取药都花光了啊，哪来的剩下的钱？

简常念抬头想说些什么，严新远把钱塞到她的手里，转身挥手离去："明天训练加油啊。"

她心底一暖，看着他的背影道："谢谢您，严教练。"

她回到宿舍时，舍友们都睡下了，鼾声四起。宿舍是个八人间，没有独立卫浴，洗漱要到走廊尽头的公共卫生间。

简常念的床铺在最里靠窗的位置，月光洒下了几缕清辉在桌面上，她把台灯拧到最暗，从书包里翻出笔记本，笔尖摩擦着纸面，写道——

11 月 17 日，天气晴，欠严教练二百块钱。

我又见到了谢拾安，她的体能也很厉害，只是还是一如既往那么傲慢，我不是很喜欢她。

省羽毛球训练基地坐落在江城的郊区，远离城市喧嚣，适合封闭训练，但去最近的小镇也得坐半个小时的大巴。

上午的训练结束后，简常念便顾不得吃饭，跟助教申请完外出后，就径直跑向了车站。

所幸镇子还蛮大的，也有那么几家体育用品专卖店，她隔着橱窗看上了一个球拍，驻足良久。

这个球拍通体黑金色，流体框型，静静地立在那里，就像是一柄隐含着锐利的剑。

老板走过来道："看你也是打球的吧，眼光不错，这个球拍是今年的新款，和世锦赛冠军手里的，是同一个牌子……"

简常念咽了咽口水："多……多少钱？"

老板伸出手，笑眯眯地比了个数字，她猜道："五……五百？"

"得，五百块钱啊，你连个拍框都买不起，看好了，是五千！五千！"老板加重了语气，又把整只手掌伸到她的眼前晃了晃。

简常念一步三回头，恋恋不舍地离开了这里。

老板在她身后啐了口唾沫："没钱逛什么专卖店啊。"

简常念接连逛了好几家体育用品专卖店。球鞋都挺贵的，她揣着这二百块钱正无所适从的时候，眼角的余光瞥到了街角的一家商店。

店面不大，几平方米，也没个门脸，旁边就是拆迁留下的断壁残垣，只在墙上贴了几张黄纸，上面写着："换季大清仓，球鞋199元甩卖。"

简常念兴冲冲地跑了过去。

店里卖的东西款式不多，样子都挺老旧，不过简常念不挑这些。外婆在她小的时候就告诉她，买衣服买鞋要买经久耐穿的，最好大几码，长高了也能穿。

"哟，买鞋啊？"店里只有一个抱着孩子的中年女人在看店，见到有人来，立马放下了饭碗。

简常念也不含糊，试了一双觉得还可以，价格合适，质量也不错的，就决定买下来："就这双吧。"

女人蹲下身子捏了捏脚尖："有点大吧，我给您换个码。"

简常念连连摆手："不用，不用，大点好。"准备付钱的时候，她又似猛地想到了什么，有些犹犹豫豫。

"阿姨，我身上只有两百块钱了，我等下回去坐车得要两块钱车费，您看能不能……"她小心翼翼地把钱递了过去，恳求道。

本以为老板不会同意的，谁知道女人接过钱，竟然找了她十块钱。

"这鞋是老款式了，看你要买大几码的，就知道家里肯定不容易，我这店也快倒闭了，能卖一双是一双，便宜给你了。"

简常念临走前又给人鞠了一躬："阿姨，您以后一定会生意兴隆的。"

下午训练的时候，天色不好，远处乌云密布，隐约听见雷声轰隆。

严新远刚布置完训练任务，就有人嘀咕。

"教练，马上就要下雨了，还跑吗？"

"不想跑，你现在就可以退出。全体都有，三千米准备！"

简常念跑到一半的时候，豆大的雨滴砸在了脸上，她仰头一看，大雨倾盆而下。

雨水让视线模糊不清，她抹了一把脸，定睛一看，前面跑得快的已经不见人影了。

有人拖拖拉拉地落到了最后："教练，教练，我跑不动了……"

严新远吹着哨子和他们共同沐浴在雨里："这点苦都吃不了，将来怎么打比赛！你现在申请退出，我马上同意，让你回家！"

简常念本来中午就没怎么吃东西，几圈下来，腿像灌了铅一样沉重，雨水打湿了衣服，更加重了她的负担，让原本稳健的步伐逐渐虚浮了下来。

她听见自己的呼吸声像拉风箱一样粗重，她咬了咬牙，勉强提了一下速度，谁知道腿软得压根没有一丝力气。她一个踉跄，眼看着就要脸着地，旁边有一双手稳稳地扶住了她。

她气喘吁吁，抬头一看，竟是孙倩。

"你没事吧？"孙倩有些关切地看着她。

她摇摇头："没……没事……"

"你脸色这么难看，是不是中午没吃饭，低血糖犯了呀？"

她点点头，又摇头，放慢了脚步，调整着呼吸："我没事，能坚持。"

"拾安，你先跑吧，我……我不行了。"因为处于生理期，乔语初也跑得分外艰难，逐渐落到了后面。她双手撑着膝盖，喘着粗气。

谢拾安透过雨幕看了一眼，严教练已经在前面掐着秒表算成绩了。

"不行，我不能抛下你，你拉着我，我们一起跑。"

远远地，严新远拿了个喇叭在喊："欸，跑道上的，这是跑步，不是让你们竞走，再让我发现一次有人停下来，全部取消成绩。"

孙倩也听见了这话，撒开了简常念的胳膊："那你自己慢慢跑着，千万别逞强啊，我先走了。"

"好。"简常念艰难地点头，看着孙倩逐渐跑远。她往身后一看，长长的跑道上竟然已经没有人了。

她咬咬牙，只得继续往前跑。

集训第一天就跟严新远顶嘴的赵启东喘着粗气从她们身旁路过，他个子高，但人偏胖，跑起来就像一只笨重的北极熊。他边跑边骂："'地中海'……真不是人……"

因为严新远秃顶，大家"亲切"地给他取了一个"地中海"的外号。

乔语初没忍住，弯唇笑了笑。

"也亏你还笑得出来……"谢拾安一把拉住她的臂弯，拖着人往前拽。

"跑吧，不跑，咱俩都要被取消成绩了。"

"好，你别拉我，我自己……慢慢跑。"

南方的雨说来就来，刚入秋的天气，一场雨就带来了寒意，更何况还刮着大风，操场边上的白桦树被吹得摇摇晃晃。

乔语初浑身都湿透了，打了个寒噤，哆嗦着嘴唇，眼看着终点就在眼前了，她想再提一点速度，小腹那里传来一阵剧烈的绞痛。

她双膝一软，差点跪在了跑道上。

"小心！"谢拾安眼明手快，把人揽在了自己怀里。

乔语初看着终点的白线，虚弱地推了她一把："快……快到了……你先过去……别停下来。"

"你别说话了！"谢拾安难得带了一点不容置喙的语气道，"跟着我一起跑，再坚持一下，马上就到了。"

她把乔语初的胳膊架上了自己的肩膀，把人扶了起来，咬着牙，带着乔语初一起往前跑。

终点就在眼前了。

那道白线就在简常念眼皮子底下晃啊晃，她每跑一步都像踩在棉花上。她伸长了手臂想要去够那道白线，谁知道一下扑了个空，失重感袭来。

她眼前一黑，就倒在了地上。

乔语初听见一声闷响，回头一看，有个人影倒在了跑道上。

整个操场上已经没别的人了，狂风大作，几乎刮得人站都站不稳。

她大声喊："拾安，有人摔倒了，我们去帮帮她吧！"

"乔语初！"雨幕中，谢拾安的眉眼衬得越发锐利，她罕见地叫了乔语初的全名，显然是有点生气了。

"还剩十几米，我可以自己跑过去……"乔语初松开了她的手，用恳切的目光看着她。

"这么大的雨，会出事的……"

谢拾安抿了抿唇，她总是无法拒绝乔语初的任何要求。

谢拾安一言不发，冲了回去，跑到简常念身边，抬起她的脑袋一看："喂，醒醒……"

是她。

简常念。

谢拾安瞳孔一缩，看她面色苍白、嘴唇青紫的样子，估计是低血糖犯了。

谢拾安一咬牙，把人背了起来，往终点冲去。

严新远其实也没走，一直在终点线这里等着她们，但雨实在是太大了，他的眼镜片上都是水，视线严重受阻。他把眼镜片摘下来抹了抹脸的工夫，就有两个人冲了过来。

谢拾安边跑边喊："严教练，她低血糖犯了！"

严新远心里一紧，顾不上戴眼镜，就跑了过去接人，把简常念从谢拾安背上转移到了自己背上："快，去医务室，你们两个也过来！"

医务室。

简常念醒过来，最先映入眼帘的是雪白的天花板，她眨了眨眼睛，有些回不过神来。

一旁一个清脆好听的声音响了起来："你醒啦？你刚刚低血糖犯了，医生给你输了葡萄糖，已经没事啦。"

简常念动了动手指，这才发现手背上扎着输液针。她循着声音望过去，旁边的床上躺着一个年轻女人，正满脸好奇地望着她："你叫简常念是吧？你之前是哪个学校的啊？是严教练推荐你来的吗？"

一连串的问题弄得她有些晕头转向的，她缓缓从床上坐了起来："呃……是……我在技校上学，没有参加过校队。"

"那你是怎么来的呀？"有传言说她是关系户、严新远的亲戚之类的，听她这么说，乔语初也越发好奇了。

"我……我在城南一中和谢拾安打过一场球，那天严教练也在，所以……"

乔语初吃惊地瞪大了眼睛，原来如此，她竟是因为和谢拾安的那场比赛而被严教练看中的。

乔语初想了想，还是冲她伸出了手："见过这么多次了，还没来得及做自我介绍呢。我叫乔语初，是拾安的朋友，体育馆的那场比赛，你确实打得很好，也难怪你能被严教练看中啦。"

乔语初长发及腰，说话时声音也轻轻柔柔的，简直让人如沐春风，和谢拾安形成了鲜明的对比。

令人难以想象的是，她们两个居然会是朋友。

不过，简常念想想自己和周沐，觉得倒也能说得过去了。

简常念虽然有些内向，不爱说话，但既然别人对她示好，她也是很乐意多个朋友的。

她本想再靠过去一点和对方握个手的，谁知道手背上扎着的针头阻挠了她的动作。

乔语初见她要起来，立马掀了被子下床过去按住她："欸，你别动啊，医生说了，输完液之前，不可以离开的。"

"我……"简常念刚想说什么，房门嘎吱一声轻响，谢拾安冷着脸走了进来，把乔语初扶回了自己的床位上。

"医生说了，你也不可以乱动。"

"我没事啦，喝了药，肚子已经不痛了。"乔语初笑笑，拉着谢拾安的胳膊摇晃，"倒是你，跑哪儿去了，半天不见人。"

"回宿舍，给你兑了点红糖水，喏，快喝吧。"

简常念看看谢拾安，再看看乔语初，眨巴着眼睛，表情有些无辜："那个……不好意思，打扰一下，我想问一下……我是怎么……从操场到医务室的？"

乔语初打开保温杯，把红糖水倒到杯盖里吹凉一点，眉眼弯弯地笑着道："这个啊，是……"

她话音未落，就被人打断了。

谢拾安拽住她的一只胳膊，把她半拉半拽着拖走了："你不是没事了吗？走吧，回去喝。"

"欸——"简常念伸出手想挽留，人已经在走廊上越走越远了，只隐约听见乔语初说什么"你这个人真的很奇怪欸"之类的。

简常念心想，和谢拾安做朋友，真是难为她了。

雨越下越大，台风也要来了，因此室外训练全部取消，集训队员们也难得有了一个空闲的下午。

雨水啪啪地砸在玻璃上，窗外的树影摇晃着。

乔语初一回到宿舍就去洗澡了。

跑了一个三千米还真有些累，谢拾安躺在床上闭目养神。

过了一会儿，乔语初回来了，吹风机的声音响了起来，没多一会儿，又停了。

"我吵到你了吗？"乔语初问。

谢拾安睁开眼："没，我没睡着。"

既然她没睡，宿舍里又只有她们两个人，乔语初便有一搭没一搭地和她聊天："你刚刚为什么不让我说，是你背着简常念跑回来的啊？"

谢拾安淡淡道："没必要。"

"拾安……"乔语初关掉了手里的吹风机，叫了她一声。

谢拾安除了因羽毛球技术好而比较高傲之外，其实生活里还算和气。如果说大部分人的性格可以分成外冷内热和外热内冷这两种的话，那么她就是第三种——谁也不爱型，和气归和气，其实压根不上心。

这些年除了乔语初和橙汁儿之外，可以真正称得上是谢拾安的朋友的人几乎没有。

乔语初有时候就会想，如果自己离开了羽毛球队的话，谢拾安该怎么办呢？

空气寂静了一两秒，然后乔语初就听见谢拾安道："真的没必要。"

乔语初有点生气了："可你那天和她打完比赛，还去问橙汁儿她是谁啊，拾安，你对她有兴趣。"

谢拾安抿紧了嘴角，偏头看着她："乔语初，你能不能先管好你自己，再去管别人，今天这种情况……"

乔语初不可置信地看着她："你是在说我多管闲事？谢拾安，那么大个人躺在地上，你能当作没看见吗？我要是不多管闲事的话，你今天早就不在这里了！"

乔语初说完这句话就有点后悔了。

因为她看见谢拾安眼里的光一下子就灭掉了。

从小到大，她最见不得的就是谢拾安这样的眼神了，因为她总是会想起，很多年前，自己第一次见谢拾安的时候，把人从摩托车轮底下抱出来的场景。

那有点惊惶、有点委屈，又强撑起来的坚强，在一个六岁孩子的眼神里体现得淋漓尽致。

——就和现在一模一样。

乔语初起身，向谢拾安走去："那个，拾安……"

谢拾安翻了个身，用被子蒙住脸："我睡觉了。"

乔语初还想说些什么，电话铃声响了起来。

她拿出手机一看，是妈妈，于是接通了电话，边爬上床，边说："我没事，老队员了，您甭担心我。"

"什么？相亲？我哪有那个时间啊？

"让我爸注意身体……"

谢拾安放在枕头旁边的手机也亮了起来。

她拿起来一看，是一条短信。

爸："有一万块钱没？"

谢拾安没理，刚准备把手机放下，又有几条短信进来。

"问你话呢？半个月不回信息。"

她扯了扯嘴角，把这个号码拉入黑名单，退出来的时候，在短信界面看到了另一个联系人，聊天记录还停留在三个月前。

妈："你妹妹办生日宴，你叔叔想邀请你也参加，有时间的话过来一趟吧。"

乔语初一边和父母通着电话，听见下铺有动静，偏头一看，谢拾安从床上下来了。

"你干吗去？"

"打球。"

谢拾安拿着球拍出去了，轻轻关上了门。

谢拾安她们走后没多久，有人敲门，简常念应了一声："请进。"

门被推开，居然是孙倩。

因为刚刚训练的时候，她扶了自己一把，简常念倒蛮意外的，但因为之前的事，自己和她也谈不上热络。

"你怎么来了？"

孙倩走到简常念的床边摊开掌心，递给她一块巧克力："听说你进医务室了，所以过来看看，低血糖的话，吃块巧克力会好一点的。"

简常念微微仰头，没有接："谢谢你，我已经没事了。"

孙倩笑笑，把巧克力放在了她的床头，这里只有她们两个人，所以孙倩觉得自己可以坦率一些："你还在为那天的事耿耿于怀吗？"

简常念沉默。

"我觉得你应该能理解我的……"孙倩低头看着简常念放在床边满是补丁的旧球鞋，虽然她买了新鞋，但还舍不得穿，一回宿舍就收起来了。

"一千块钱对于别人或许不算什么，但对于我们这样的人来说，真的不算是一笔小数目了，有的时候，还能救命。"

简常念抿紧了嘴角："那也不能……打假赛吧。"

把这句话说出口，她都觉得侮辱了自己心爱的羽毛球运动。

孙倩也知道那天的事确实是自己不对，听她这么说，眼眶立马红了。

孙倩其实长得蛮好看的，是大众都会喜欢的那种瓜子脸、大眼睛的乖乖女长相，眼眶一红，很容易就让人起了怜惜之心。

"对不起，但我真的很想赢，也很需要那笔钱，实在没办法了，才会去求你们的……

"不管你信不信，但我是真的想和你做朋友，也是真的想要继续打比赛，才来到这里的。"

简常念生平最受不了女孩子哭了，再加上孙倩在训练的时候帮了自己，又给自己送巧克力，任是铁石心肠，此刻都有些心软。

简常念赶紧扯纸巾给她："欸，你别哭啊……"

简常念话音未落，医务室的门被人推了开来，严新远走了进来："哟，这是怎么了？"

见他来了，孙倩立马擦干了眼泪，站起身。

"严教练，没事，我和常念聊天呢。您找她肯定有事要说吧，那我就先回去了。"

说罢，她就径直离开了医务室。

"欸，这就走啦？我也没什么事啊……"严新远还想挽留，人已经走远了，他有些"丈二和尚——摸不着头脑"。

"严教练……"见严新远进来了，简常念挣扎着就要从床上爬起来。

严新远一把按住了她，替她掖了掖被角："哎，别动，这针还没打完呢。"

她笑了笑，这才又躺了下来："严教练，我是怎么回来的啊？"

她彻底晕过去之前只记得有人在喊她的名字，醒来就躺在医务室了。

"是谢拾安背你回来的。"

"咳咳……"简常念被自己的口水呛了一下。

任她想破脑袋，她也没想到会是谢拾安。

严新远从桌上的热水壶里倒了杯水给她："为了帮你啊，谢拾安还有乔语初，这次的成绩都是倒数，当然，还有你。"

这话说得简常念有些愧疚，也对谢拾安有了那么一丝丝的改观。

原来表面看上去那么高傲自私的人，也有这么善良的一面。

"我改天一定好好谢谢她。"

严新远笑了笑："她能跑回去救你，我也没想到，只是常念啊——"

他略微停顿了一下，语重心长道："成绩固然重要，但身体更重要，以后像这种空腹参加训练的行为可不能再有了。"

简常念吐吐舌头："知道了，严教练。"

"对了，你们刚才聊什么呢？"严新远想到刚刚进来时看见的那一幕，还是有些好奇，毕竟关心每一个队员的身心健康，也是他的本职工作。

"就说起那天体育馆的那场比赛。"简常念把孙倩跟她说的话，一五一十地跟严新远转述了一遍。

严新远叹了口气，道："关于她的家庭情况，她倒是没骗你，和你半斤八两吧。她确实有一个重病在床的母亲，也因为这样，我虽然对她心存芥蒂，却还是让她进集训队了。我想给她一个公平竞争的机会，至于能不能把握住这次机会，就看她自己了。"

"这样啊……"简常念听了他的话，又看了看枕头边上放着的巧克力，似乎明白了一些道理。

"我知道了，严教练，作为队友，我会和她好好相处的。"

严新远拍了拍她的肩膀："交朋友这事啊，还得看缘分。我就是希望集训的这段日子，你们都能过得开心、充实。即使集训之后大家各奔东西了，以后想起来也能是一段难忘的时光。

"行了，话说完了，本来想给你带点吃的，但看起来好像已经有人给你了，那你休息吧，我先回去了。"

话是这么说，但严新远还是从兜里掏出了两个橘子放在桌子上。

简常念和他告别："严教练再见。"

简常念打完吊针就去食堂吃了点东西，回到宿舍洗完澡后躺在床上翻来覆去睡不着，也许是下午睡多了。

桌子上的闹钟时针走过了十二点，简常念睁眼看着天花板，想了想，还是蹑手蹑脚地爬下床，拿了个球拍，准备去训练室打会儿球。让她没有想到的是，都这个点了，训练室里灯火通明，竟然还有人在。

她有些好奇，会是谁呢？

她轻轻走过去，扒着门缝一看。

居然是……谢拾安。

偌大的场馆里，只有谢拾安一个人。她的周围落了一地的羽毛球，她似一台不知疲倦的机器一般，不停地挥着拍子练习发球。空荡荡的训练室里，只有球拍撞击羽毛球发出的砰砰声。

简常念瞪大了眼睛。

自从上次在江北二中的体育馆里和她交过手之后，简常念已经很久没见过她打球了，来了这几天，也都是进行最基础的体能、步法训练。

时隔这么久，简常念再次看谢拾安打球，谢拾安的步法还是那么轻盈，像是在跳舞一样，可是挥拍的手臂却是那么有力。球拍拿在她手里，就像是拿了一把出鞘必取人性命的剑。

上次和她交手的时候，简常念只顾着想如何接球了，现在仔细一看，她打球可真好看啊。

简常念在心里默默地想着。

谢拾安的动作停了下来，她手撑着膝盖，埋头喘着气，调整呼吸。

"我知道你在那儿，出来吧。"

"什……什么……她看见我了？"简常念连呼吸都紧张了起来，扒着门缝一动不敢动。

谢拾安嗤笑了一声："看半天了吧，还不出来吗？"

算了，反正她都发现了，自己早晚也是要跟她当面道谢的。

"我……"

简常念咽了咽口水，正准备推门而入的时候，训练室里传来了另一个清脆好听的女声。

"哎呀呀，这是后脑勺长眼睛了吗？我都没有发出任何声音呀。"

谢拾安回过头去，朝乔语初所在的那个方向努了努嘴："你进来的时候没关门，有风，风会改变羽毛球飞行的轨迹，我的球落点总是离我预想中的差了那么一点距离。"

乔语初回头一看，果然，她进来时的那扇小门打开着，被风吹得动了动："那你怎么知道是我啊？"

谢拾安笑了笑，没回答这个问题，蹲在地上捡满地散落的羽毛球。

简常念松了口气，额头的冷汗都要下来了。她把手从门把手上轻轻挪开，又蹑手蹑脚地退回到墙边，准备离开的时候，听见乔语初问："你还生气吗？"

"没有。"谢拾安把一个羽毛球扔进筐里，声音让人听不出什么情绪。

"拾安……"乔语初又叫了一声她的名字。

面前落下一片阴影，她微微抬起头，乔语初的掌心里躺着一颗棒棒糖，熟悉的包装纸，是她喜欢的草莓味。

"以前你不开心了，我都是拿这个哄你，你每次吃完糖，都会对我笑，现在还一样吗？"

谢拾安小时候爹不疼娘不爱，只有这个邻居大姐姐最照顾她。她每次在外面受了欺负，都是乔语初哄她、安慰她，甚至替她去找那些小浑蛋理论。

这种糖就是两个人第一次见面的时候，乔语初拿出来给她吃的。

"吃吧，吃了就不疼了。"

一晃这么多年过去，她早已过了爱吃糖的年纪，乔语初却还一直记得这事呢。

谢拾安把嗓音里的颤抖掩饰得很好："我早就不爱吃糖了……"

乔语初的眼神暗了暗，笑容有些苦涩："是吗，我以为你……"

不忍见她难过，谢拾安打断了她的话："不过，好久没吃了。"

乔语初的眼睛立马亮了起来，撕开包装纸，将糖递给她。

"那快尝尝，我知道你爱吃这个，我妈上次说要寄东西给我的时候，特意让她买了，一起寄过来的。"

乔语初这样把她谢拾安的喜好放在心上，数年如一日地对她好，照顾她，保护她，她还怎么生得起气来。

她接过棒棒糖，舔了一口，确实还是小时候的味道，甜意稍稍驱散了一点心中的烦闷。

乔语初见她神色稍霁，故意得寸进尺："那你不生我气啦？"

从小到大都是这样，即使吵架，她们和好得也非常快，谢拾安别过脸去道："如果你帮我把这些球都捡起来的话，我就不生气了。"

乔语初叉腰，故意凶巴巴的："好哇，你自己干的好事，又让我给你当免费劳动力。"

谢拾安用羽毛球拍铲起一个球，准确无误地扔进了筐里："从小到大，你这样的事干得还少吗？"

"嘿——我怎么听出了一丝不以为耻、反以为荣的意思呢？"

话是这么说，这满地的羽毛球，真让谢拾安一个人收拾，还不得捡到后半夜去。

乔语初还是认命地撸起了袖子陪谢拾安一起捡。她怀里抱了个筐，一边捡，一边看着谢拾安："真不生气啦？"

别看谢拾安表面上一副刀枪不入、百毒不侵的模样，实际上也是个心里特别能藏事的人。小时候有一回发烧到三十九点八摄氏度，她硬是扛着没告诉任何人，直到在学校里晕倒，老师才发现，赶紧把人送到了医院。

乔语初怕她心里留个疙瘩，毕竟自己一时逞口舌之快，却重重地戳到了她的痛处。

她摇摇头，又扔了一个球到筐里："你又没说错。"

"你知道，我不是那个意思。"

"嗯，我知道，但我也是希望，有些时候，你能多想着自己一点。"

谢拾安蹲着捡球，又因为嘴里含了棒棒糖，说话有些含混不清的，莫名让人觉得有些可爱。

乔语初蹭过去，摸了摸她的脑袋："我也知道你只是担心我，今天是我说错话了，可我也只是想你能多交几个朋友。这样，如果有一天我走了，你也不至于……"

谢拾安抬眼，眼角有些红："阿姨又在催你回家了吗？"

乔语初和谢拾安不一样，当初打职业只是因为高考有加分，而且她已经二十五岁了，最好的成绩也只是拿到过全国大赛的亚军。受伤病等各种因素影响，一个运动员的黄金时期是非常短暂的。像她这样没有拿得出手的成绩，也没有什么人气，年龄也大了，多半会退役，回去继续上学，或者另谋出路。

乔语初手上的动作顿了顿，才把最后一个球捡起来，放进筐里："嗯，都是老生常谈了。捡完了，我们回去吧。"

谢拾安直起身，看着她的背影，道："我们一起，一定可以拿到冠军的，全运会、亚运会、世锦赛、尤伯杯，甚至是奥运会，你相信我，我一定会带你赢的。

"你喜欢羽毛球运动，我也是，所以……不要走，好不好？"

乔语初弯了一下嘴角，想笑却眼眶微酸。她仰头把泪水逼回去，然后转身向谢拾安走去，把人拥进了怀里："好，不走，我陪你拿冠军。"

谢拾安悬着的一颗心这才放了下来，总算笑开，似倦鸟归巢一般紧紧地抱住了她。

"嗯，那一言为定。"

"小气鬼，拉钩上吊，一百年不许变，这总行了吧？"

不知不觉，门外的简常念已经站在这里很久了，她也说不清是因为好奇还是什么，本来想走的，脚却仿佛被定住了。

简常念心想，原来那个冷冰冰的谢拾安也有这样的一面啊，她和乔语初的关系竟然这样好。

训练室里的两个人还在说说笑笑，门外的简常念转身一个人离开了这里。

外面的风雨很大，有吹落的树叶从走廊外飘进来，她搓了搓胳膊。她有一点想念咋咋呼呼的周沐了，有朋友在身边的感觉，真好呀。

回宿舍之前，简常念还是去公用电话亭给周沐打了个电话，也不知道都这个点了，她会不会接。

简常念正这样想着，电话就被接通了："喂，谁呀？"

简常念笑了笑："是我，还没睡呢？"

"哎哟，大忙人，这半个多月总算想起给我打电话了啊，是不是交到什么新朋友了，从来只闻新人笑，哪里见得旧人哭啊。"周沐的语气里难得有一丝埋怨，故意拿腔拿调的。

"什么乱七八糟的，这不是没时间嘛，也就是今天刮台风，取消了下午的室外训练，这才得空。"简常念没忍住，扑哧一声笑了出来，换了个舒服的姿势靠在墙上和她通话。

"这么忙吗？"

"嗯，早上六点半起床，七点开始训练，中午一点到两点休息，吃完饭也得训练到晚上了，回来倒头就想睡觉。"简常念絮絮叨叨地和她说了一些生活、训练上的事，"对了，你回家的时候有没有去看过我外婆，她的身体……"

周沐躲在被窝里，一边打着手电筒看小说，一边和简常念聊着天："放心吧，外婆已经能下地走路了，对了，她让我带些你爱吃的咸菜给你，我改天寄给你啊。"

简常念赶忙拒绝，请周沐帮忙瞒着外婆以及回家看望，她心里已经很过意不去了："不用了，外婆做的咸菜挺好吃的，你留着下饭吧，食堂的饭菜反正都是一个味道。"

周沐嘿嘿笑着："那我可就不客气了，我吃一半，给你留一半。"她压低了声音问道，"对了，你有没有见过程学长啊？"

简常念摇头："虽然游泳队就在隔壁，可都在封闭训练，没有请示，不能随意出门。"

"这样啊……"周沐嗓音里难掩失落，随后，又眸子一亮，"不能随意出门，那我周末去看你，找你一起玩总行吧！"

简常念差点被自己的口水呛个半死——这人怎么想一出是一出啊。

"不、不、不，你别来……"

她还没想好怎么开口跟周沐说孙倩那件事呢，万一两个人撞上了，岂不是"仇人相见，分外眼红"？

她话音未落，就被周沐打断："那我不管，人家坐牢都还能探监呢，你们这集训队总不能还不如坐牢吧？"

简常念还想说什么，周沐压根就没给她反驳的机会，只听见一阵骚动，然后听周沐说："好了，不跟你说了，宿管阿姨来查寝了，周六见啊！"

简常念拿着听筒，目瞪口呆：得，这电话打了还不如不打。

算算日子，来集训队已经有大半个月了，严新远在折腾他们这件事上，可谓是花样百出，而且从不手软。虽然训练很残酷，但结果有目共睹，至少简常念从一开始跑不下来三千米，到现在已经毫不费力了。

只是，每周五的实战对抗上，她的成绩依旧不怎么好。训练室门口有块白板，上面会记录每个人从进入集训队开始到现在一共赢了几场，包括小分，都记得清清楚楚。

简常念的名次一直在倒数一二名徘徊。

严新远说过，每个月会有月度考核，考核内容包括体能和实战对抗，成绩不合格者，淘汰。

下周五就是考核的日子了，简常念的成绩倒是一如既往地"稳定"。

进入训练室之前，她看了一眼门口的白板，笑容有些苦涩。

来集训之前，她还在为体育馆里赢了谢拾安一个球而沾沾自喜，到现在才明白，原来那真的只是侥幸而已。因为凭她现在的成绩，根本分不到谢拾安那个组里去，就算是在总体成绩最差的 D 组，她也是垫底的那一个。

她也不明白，为什么自己付出了百倍的努力来刻苦训练，甚至常常一个人练习到深夜，还是技不如人，难道自己真的没有打球的天赋吗？

在这种高压环境里，她好不容易建立起来的自信心，一点一点地被摧毁殆尽。

又是一球落地，出界了。

因为 D 组的比赛最后打，早早打完了球没事干的队友们纷纷围了过来看热闹，嘘声一片。

严新远皱着眉头，吹响了口哨："简常念，你会不会打球？我是怎么教你们的？打球就跟下围棋一样，给我走一步看三步，那个球能那样打吗？！我用脚趾想都知道那样打肯定会出界！再打那种球，你就给我卷铺盖滚回家！"

在训练的时候，他向来都是严厉且不近人情的。

简常念涨红了脸，深吸了一口气，调整着呼吸，提起球拍，摆好了防守的姿势。

她越想打好，就越打不好。

对面的赵启东笑嘻嘻的，做着鬼脸："欸，豆芽菜，你行不行啊？第二局了啊，我记得你这周没赢过吧，要不我让你几个球？"

"少废话，还打不打了？"简常念咬牙，又看了一眼围观的群众，大半个集训队的人都来了，把本就不宽敞的场地围得水泄不通。

她这边打着球，场外有人在指指点点。

"欸，那个球，不对，应该平推上网啊。"

"步法，注意步法，你削他啊，怕什么？"

"后场，后场，他要打高远球啦！"

简常念的耳边仿佛有一千只苍蝇在飞，脑子里嗡嗡的，再加上赵启东在对面不停地扮鬼脸、吐舌头、撅屁股，做着各种小动作扰乱她的思路和打法。

她越是提醒自己不要被这些因素干扰了，就越是在意这些人的声音。

又一次因为救球摔倒之后，她红了眼眶，站起来，向严新远投去了求救的目光："教练，这样……我没法打。"

严新远坐在椅子上不动如山，眉头都没皱一下："这算什么，几十个人围着看你打球就受不了了？到了赛场上，几百上千，甚至是上万人，一人咳嗽一声都能引起地震，你也跟教练说没法打吗？"

简常念一指赵启东："可是他扮鬼脸影响我。"

赵启东无所谓地耸了耸肩："那我鼻子痒，规则里没说不让挖鼻屎吧？"

人群爆发出了一阵哄笑。

严新远依旧坐着没动，神色甚至更冷厉了几分："难不成你指望你以后遇到的每个对手，都跟助教一样只会站在那里接发球吗？我告诉你，林子大了，什么鸟都有，比这过分的多了去了！不打就给我滚！"

虽然知道训练的时候，严新远一向严厉，但被人指着鼻子在大庭广众之下训斥，简常念还是有些委屈。她吸了吸鼻子，把眼泪逼了回去。

这场比赛，她当然毫无意外地输了。

打完之后，孙倩走过来安慰她："你没事吧？"

她正埋头坐在训练室门前的台阶上，脑子里反复回想着刚刚比赛的画面。她抬起头来，见是孙倩，微微笑了一下："没事。"

孙倩给她递了瓶矿泉水："虽然赵启东也分到了 D 组，但毕竟是老选手了，实力还是很强的。"

简常念也没想到，居然会是孙倩来安慰自己，明明大半个月之前还是她的手下败将，但在这段日子经过集训之后，孙倩进步飞快，成绩已经上升到 D 组中游了。

简常念想到这里，心里越发不是滋味起来："大家都在进步，只有我……"

孙倩拍了拍她的肩膀道："严教练不是也说了吗，你基础差些，我好歹也在校队打过几年球了，等再过段日子，你基础扎实了，成绩会上来的。"

简常念苦笑，拧开矿泉水瓶喝了一口，明显有些情绪低落，不想接孙倩的话茬。

孙倩倒也很识趣，转移了话题："对了，明天严教练批了大家一天假，不如趁这个机会一起出去玩一下，放松放松啊。"

简常念摇头："每天训练都还打成这个鬼样子，哪里还敢放松啊。"

"行吧，那我就先走了啊。"孙倩背了个单肩包，又化了个淡妆，看样子是要回家。

简常念跟她挥手告别："再见。"

对于简常念来说，今天唯一高兴的事大概就是，这下她不用担心明天周沐过来会撞见孙倩了。

宿舍里，乔语初也在收拾东西："我明天要回家一趟，你要不跟我一块回去？"

谢拾安摇摇头："不了，你们一家三口团聚，我去干什么？"

"这有什么，你小时候不也经常去我家蹭饭吗。"

谢拾安坐在床边，看着她在宿舍里走来走去地试衣服，忙忙碌碌的。

"那是小时候，不懂事。"

"是哦，小时候一口一个姐姐的，现在就翻脸不认人了。"乔语初拿了一件红色的毛衣，搭配半身裙，在镜子前比来比去的。

谢拾安点头："就这套吧，挺好看的。"

乔语初看着镜中的自己，因为晚上有饭局，特意化了淡妆，红色毛衣一衬，更显气色，她也喜上眉梢，十分满意。

"行，就听你的，那我走啦——"乔语初拖长了声音，走之前还要过来捏一捏她的脸，"你要是无聊了，就去隔壁找橙汁儿玩，或者去公园打球、下棋，上我家也行，就一条，注意安全，别惹事啊。"

谢拾安的神情略带着一丝嫌弃，她把乔语初的手拨开："知道了，知道了，快走吧。"

随着关门声响起，空气归于寂静，她脸上的笑散去，眉宇间隐有一丝落寞。

第二天。

周沐一过来就看到了蹲在路边闷闷不乐的简常念。

周沐走过去拍了拍简常念的肩膀："你这是怎么啦？"

简常念见是她来了，脸上才露出一丝笑，起身："没，这不是在等你嘛。"

周沐仰头好奇地看着训练基地的大门："哇，我可以进去参观参观吗？"

"你等一下啊，我问问门卫。"简常念跑过去跟守门的大爷说了几句什么，又在到访人员登记簿上签了字，这才跑回来。

"走吧，我带你逛逛。"

平时都在训练，简常念也鲜少闲逛，今天陪周沐走了一圈，才发现训练基地也蛮大的。

水泥路从门口一直延伸到实训楼，路旁种着四季常青的松柏，楼的侧面爬满了爬山虎——这个季节已经变黄了，地上落满了叶子。

实训楼旁边是他们平常就餐的食堂，再后面就是一个大操场。

至于宿舍，因为有其他舍友的关系，简常念就不方便带她去了。

两个人逛了一圈，也没什么事干，又回到了训练室打羽毛球。

周沐进去的时候，显然也留意到了门口那块显眼的白板。她一边发球，一边问："所以你们下周就要考核了？"

简常念挥拍，把球给她打回去："嗯，我也不知道为什么，在这里我从来没有赢过，哪怕一次也没有。"

周沐跑到网前想接球，但没接住。

她气喘吁吁地停了下来，把球拍撑在地上歇气："你有没有想过是因为你的比赛经验太少？"

简常念发球的动作停了下来，眨巴着眼："怎么说？"

"嗐，你想啊，你从小就是一个人打球，要不就是我跟你打，很少有和人正儿八经地打过比赛吧。而且，不是我说你，你也太内向了，他做鬼脸，你就做回去嘛，怕什么？大不了互相伤害呗。"

简常念嘴角抽了抽，还真是"杀敌一千，自损八百"的法子呢。

她摇了摇头："不行，我做不出来，而且那么多人围着，七嘴八舌的，我很难不被影响，无法心无旁骛地打球。"

周沐想了想，突然眸中一亮，过来拉她："拿着球拍，跟我去一个地方。"

简常念不明就里地被人拉着跑："去哪儿啊？"

"市里，人民公园。"

人民公园，江城最大的休闲场所兼相亲角。每到周末，除了有一些打太极、抖空竹、跳广场舞的大爷大妈之外，还有许多年轻人也会来这里玩耍。今天又是秋日难得的好天气，阳光透过梧桐树枝叶间的缝隙洒下来，照得人身上暖洋洋的。篮球场、乒乓球场，还有羽毛球场，都围满了人，好不热闹。

周沐拉着简常念穿过人群："到了，你看，我就说这里有好多人在打羽毛球吧，你还不信。"

这一块是专门腾出来的运动场地，用绿色的隔离网分成几块，视野还算开阔，围着的人也很多，因此但凡有谁打了个好球，总会响起一片欢呼声。

简常念算是长见识了："好多人啊，你怎么知道这里的啊？"

"和校队的朋友一起来玩过几次，你别看这块场地小，但几乎每周都有擂台打，高手如云呢！"

周沐一边说着，一边看着场地里穿绿色衣服的男人，只见他一个扣杀封死了对手的退路。她不由得和其他人一起拍手叫好。

受这种氛围的影响，简常念也激动了起来："他好厉害！这得是职业水平了吧。"

旁边有人听到了她的话，回应："嗐，什么职业不职业的，这儿业余打野球的居多，都是图快乐，也没那么多规矩。"

周沐撞了撞她的肩膀："欸，怎么样，要不要上去练练手？"

看着这么多人，她就有点发怵。

简常念连连摆手："不行，不行，我打不过他们。"

"怎么就不行啦！你在体育馆的时候不是还打得好好的吗？谢拾安那么强，你也跟她打了，而且你没听见他们说吗？都是业余的，业余的，你一个专业的，还怕他们干吗？"周沐看上去比她还着急，"下周就要考核了，常念，你究竟还想不想继续打职业了？！"

"我……"简常念一噎，神色就暗淡了下来。

她也不知道自己是怎么了，在体育馆的时候是"初生牛犊不怕虎"，见识过更广阔的天地后，开阔了眼界，但也折了自信。

她没有从前那么相信自己了。

她们这厢说着话，刚刚球场上的那个男人走到一旁喝水，正好被他听见。

男人上下打量了她们一眼，阴阳怪气道："女的？打职业？"

周沐本来就是个急性子，一听他这话就脱口而出："女的怎么就不能打职业了？你看不起女生啊！"

男人耸耸肩："和我交过手的女生，确实没几个打得好的。"

男人的几个兄弟听见有争执，都围了过来，几个人嘻嘻哈哈，笑成一团："欸，不是我说，你们女生就还是老老实实在场下当啦啦队吧，打什么职业啊。"

"就是啊，小妹妹长得挺漂亮的，不如留个联系方式，我是省大体育系的，下次打比赛，请你来玩啊。"

他们明里暗里说她们打得菜，不配打职业也就算了，还言语轻佻。

简常念把人拉了回来，周沐往她身后一躲，却一副盛气凌人的样子，颇有那么几分"狗仗人势"的感觉:"你们这么厉害,敢和她打吗?她可是滨海省队的,比你们强了不知道多少倍!"

简常念猛然回头,想把她的嘴拿胶带封上,再把人拉去哪座深山老林里埋了,见过"坑"爹"坑"妈的,还没见过这么能"坑"朋友的。

周沐吐吐舌头,扯着简常念的衣服小声道:"练手……练手……"

男人嗤笑一声,摆明了没把她们放在眼里:"行啊,那就你们一起上吧,免得别人说我欺负女生。"

不等简常念拒绝,周沐已探出了头道:"那你要是输了怎么办?"

男人的兄弟凑上前来,在他耳边说了几句话。

男人转着球拍,看着她们,目光有些轻佻:"输了?输了的话,你们想怎么样都可以,但我要是赢了的话,你们得跟哥哥们一起吃顿饭,我兄弟想认识你们一下。"

对方人多势众,又人高马大的,还说这种话,周沐明显有些发怵,简常念也想拒绝算了,对方怎么看都不像是好人。但还没等她开口,周沐就拽了一下她的袖子,坚定地点了点头:"常念,我们和他打。"

简常念不可置信地转过头去:"你疯了吧,输了的话可要……"

反倒是周沐,无论什么时候,都一如既往地相信她:"没事,我相信你,再说了,他们看不起女生,我们一定要给他们点颜色瞧瞧。"

简常念内心苦笑,你这大话说得也太早了一些。

"欸,到底打不打呀?"男人有些不耐烦了。

围观群众也纷纷起哄:"二打一,你们怕什么?"

"不就是一顿饭,跟他们去呗。"

"这两人真的是打职业的吗?看着不像啊。"

…………

简常念深吸了一口气,事已至此,只好硬着头皮"赶鸭子上架"了。

谢拾安在公园角落里的树荫下和人下象棋,和她对弈的都是些老年人,走一步要看半天。

"炮——不对,不对,还是卒吧。"

"李爷爷,您可看好,不能再悔棋了啊。"

谢拾安这么说着,还是让他吃了自己一个兵,然后才动手。

"飞相,欸,这局您又输啦。"眼看着谢拾安就要拿走他的棋子,李爷爷不干了。

"不算,不算,这局重来。"

"嘿,说好不能悔棋啊,您又反悔。"

"这怎么能叫悔棋呢,人老了,头晕眼花的,没看清,没看清。再说了,打球打不过你，下棋还不让着我一点，你这下棋的技术还是你跟着爷爷来公园玩的时候，我教的呢！真是教会徒弟饿死师父哦！"

李爷爷指着棋盘，吹胡子瞪眼的。

谢拾安无奈地笑笑，依他所言，把棋子给他放了回去："得，我就让您重新走这一步。"

两个人又摆好棋盘，厮杀得正激烈的时候，程真买了两瓶水从商店跑回来，一脸兴奋地拍了拍她的肩膀："欸，你猜我刚才看见谁了？"

她头都没抬一下，一巴掌把他的爪子拍下去："走开，没看我正下棋吗？"

程真绕到她眼皮子底下："哎呀，就是那天，你在江北二中体育馆对打的那个女生……"

谢拾安终于从棋盘上抬起了头："谁？"

程真嘴皮子翻得飞快，一副"咱们快去看热闹"的表情。

"我刚看见她和人打擂台呢，说是输了就要和几个男生一起吃饭，和她们打擂台的那个，我倒是认识，乐动羽毛球俱乐部的。那家伙可是个体育生，球路很野的……"

他话音未落，谢拾安突然起了身。

李爷爷："欸，不下棋啦？"

谢拾安把程真往凳子上一按："让他先陪您玩一会儿，我有点事。"

程真看着她离开的背影，大呼小叫的："欸，欸，我不会下象棋啊……"

谢拾安刚拨开人群挤进去，就听见一个男声说："就这？还滨海省队呢，你要是滨海省队的，老子就是国家队的。"

简常念手撑在膝盖上喘着粗气，即使她们二对一，也很难占到优势。

周沐的体力就更差了，一局下来累得够呛："常念，常念，你加油，我是不行了……"
早知如此，何必当初。

简常念回过头去狠狠飞了一个眼刀，要是眼神能杀人的话，恐怕周沐这会儿已经被凌迟了。

"欸，要不我说，这第二局咱们就别打了吧。"对面的男生拿球拍指了指周沐，"这里人这么多，输了得多难看啊，我可不忍心让妹妹们难过，是不是啊，哥几个？"

他身后的一群人爆发出一阵哄笑。

刚刚还说自己不行的人被人一激，周沐不禁涨红了脸道："你休想！我们是不会弃权的！第二局肯定能打赢你！"

"哟，口气还不小。"

简常念回头看了一眼周沐："别跟他废话了，这人就是个无赖。"

无赖打球，自然是用无赖的打法，不仅发球刁钻古怪，而且还随意犯规，不是踩线就是碰网，但因为打野球没有裁判，大家都睁一只眼闭一只眼，看见了，也只当作没看见。

周沐气了个半死，苦苦咬着牙支撑着，对方见她这样，越发变本加厉起来，一个扣杀直冲她而来。

白色的鹅羽如流星般飞过来，电光石火之间，简常念居然犹豫了一下，这种想法在训练赛的时候也经常出现。

这个球我能接吗？

也就是这一犹豫的工夫，羽毛球擦着她的肩膀飞过去，结结实实地打在了周沐的胸口。

周沐"呀"了一声，球拍落地，眼眶一下子就红了。

简常念回过头去，看见她脸色青白交加，咬着嘴唇一副要哭了的模样。

简常念的心一下子就揪了起来："对不起，我……"

周沐没说什么，但从她的眼神里，简常念读到了一丝失望。

"怎么，这就要哭了？"男生转动着手里的球拍，一副无所谓的模样，"女生老老实实待在场下当啦啦队就得了，打什么球啊，真是。你们滨海省队是废物回收处理中心吧，怎么专收一些没用的花瓶啊，怪不得成绩一直上不去呢。"

"你再说一遍。"人群中一个冷冷的声音传了出来。

简常念回头一看，眼珠子都要掉出来。

怎么是她！

再看看周沐，吃惊得下巴都要掉下来了。

"哟，又来一个，你是谁啊？"

谢拾安缓步走到她们身边，冷声道。

"滨海省羽毛球队队员，谢拾安。"

男生不屑地"喊"了一声："又来一个，要我说啊，物以类聚，人以群分，废物的队友啊，还是废物。"

谢拾安脸上依旧没什么表情："球拍借我用一下。"

"啊，哦，哦，好。"

周沐过了好几秒才回过神来这是跟自己说的，于是赶紧把球拍给人递了过去。

谢拾安把球拍拿在手里转了一圈，有点轻，但勉强能用："是不是废物，打一场就知道了。"

简常念张张嘴："那个……"

谢拾安轻飘飘的一记眼风扫了过来，仿佛是在说"真没用"。

简常念一下子就泄了气，心情有些沮丧，没有打过对方不说，自己好像还给滨海省队丢脸了。

对面打球男生的一个哥们跑过来在他耳边说了句什么，他的神色一下子变得有些犹疑不定。

谢拾安走到简常念身前，摆出了防守的架势："你和我一起。"

"啊？我？我不行的……"简常念就像被踩了尾巴的猫一样，差点跳起来。

"今天要是赢不了，你、我、严教练，还有滨海省队的面子统统都要被人踩在脚底下，自己丢的人，自己给我找回场子。"

认识谢拾安这么久以来，这还是谢拾安第一次跟她说这么长的一段话。

简常念看着谢拾安的背影，很高，却也很单薄，但不知道为什么，自己的心里突然生出了一种有她在，任何对手都能打败的信赖感。

"我……我是怕拖累你。"

谢拾安总算回过头来，看了她一眼："我来主攻，你看好后半场的球就行。"

对面的两个男生还在合计着什么，江城说大不大，说小不小的，早些年谢拾安也经常在这座公园里打野球，也有不少眼熟她的。

"她真是滨海省队的啊？"

"千真万确，还参加过全国大赛呢。"

听见了他们窃窃私语的谢拾安轻蔑一笑。

"怎么，不敢打了？柿子专拣软的捏？要不这样吧，你们一起上，我一打二。"

男生一听她的话，立马撸起了袖子："别啊，谁不敢打了？笑话，我会怕你们，来、来、来，咱们二对二，给你们一个公平竞争的机会。"

"你要是输了，就为你刚才的话跟她们道歉，跟整个滨海省队道歉。"

她说这话的时候，眼皮子都没抬一下，一副云淡风轻的模样，压根就没把他们放在眼里。

男生都气笑了，压根没意识到危机已然来临："行，我要是输了，我不仅跟你们道歉，我还跪下来喊三声'我是菜鸟'行不行？不过你要是输了——"

男生眼珠子滴溜溜一转。

谢拾安闲闲地扯了下嘴角："我要是输了，你想怎么样都行，也别三局两胜了，麻烦，一局，二十一个球定胜负。"

简常念和周沐二打一都有些困难，虽然她们这边现在来了一个谢拾安，但对方同样来了一个人，可以看得出来，他们的技术水平差不多，而且配合十分默契。

反观简常念和谢拾安是临时组的队，虽然谢拾安已经在拼命救球了，但比赛一开始，她们就落了下风。

又是一球落地，对方已经领先八分了。

谢拾安微微喘着气，额头上渗出了细密的汗珠，她回头深深地看了一眼简常念："刚刚那个球，为什么不接？"

简常念拿着拍子，掌心里全是冷汗，她有些自责地咬了咬下唇："我……我接不住。"

"虽然对方有身高和体能上的优势，打高远球的话，我们不是他们的对手，但拼快攻快杀，他们打不过我们。你要是再这么打下去，真的可以回家了，别出来拿着滨海省队队员的名头到处丢人现眼。"

虽然知道谢拾安这个人有些冷漠、高傲，但被人指着鼻子骂，简常念还是不可避免地难受了起来。

周遭人群的声音嗡嗡地涌入耳朵里。

有周沐的声音："常念，你接球啊，愣着干什么？"

也有其他一些看热闹的不认识的人。

"说是废物也太抬举她了吧，就这水平，也配打职业啊？"

"别打了，下来吧，下来吧。"

…………

简常念攥紧了球拍，微微红了眼眶，整个人仿佛置身于一个透明的玻璃罩里，全方位无死角地迎接着来自四面八方的指指点点和各色目光。

她张了张嘴，想说自己不是废物，却只艰难地吐出了一个字："我……"

话音未落，一个角度刁钻的斜线球迎面飞了过来，谢拾安三两步跑过来，把球杀了回去。羽毛球撞击在球拍上发出砰的一声脆响，就在简常念脑袋前，好似打了她一记响亮的耳光。

简常念如梦初醒。

谢拾安坚定的身影站在她的身前："打人不打脸，打球不打头，你的球打得真让人恶心。"

对面的男生嘻嘻哈哈地笑着："能赢不就行了。"

"说实话，和你这样的人打球，我都嫌脏了自己的手，但你既然都这么说了——"

谢拾安略顿了一下，观察着对方的动作，预判了球的落点，一个并步起跳，侧身扣杀了回去，速度之快，周沐揉了揉眼睛，都没看清球是怎么飞过去的，只听见对面的男生"啊"了一声，眼镜掉在了地上，捂着脸倒退了好几步。

谢拾安嘴角扬起一个恣肆的笑："不得回敬回敬。"

周沐大声地为她拍手叫好。

有懂行的球友叹道："嚯，这个球打得有几分水平啊。"

谢拾安赢了一球，转回身来和简常念换防："看见没，他们水平也就一般，真不知道你是怎么输给这种人的……"

她嘴上虽然不饶人，可刚刚的动作结结实实地保护了简常念。

简常念想跟她道声谢："那个……"

谢拾安已经转过脸："打球的时候想那么多干吗，这球接得住要接，接不住还是要接。每个球都要思前想后考虑那么多，干脆别打了。"

她说这话的时候语速有些快，简常念的脑子还没反应过来，就听见一声厉喝："小心，防守，左手边。"

简常念下意识地就滑铲了出去，把一个即将落地的球给挑了回去。

周沐抚着胸口长出了一口气，还好，还好。

对方的反应速度也很快，赶到网前把球给挑了回来，简常念这个球垫得很好，对方的动作也在谢拾安的预料之中，她跃到网前，直接正手劈杀，羽毛球如流星般擦过男生的脑袋，落到了后场的地上。

此时比分已经被追平。

男生的脸上火辣辣的，也不知道是被球风吹的，还是臊得慌。

谢拾安昂首看着他，薄唇轻启，吐出了两个字："废物。"

男生涨红了脸，就要挥拍打人："你……"

谢拾安一步未退，冷冷地盯着他："怎么，球打不过，就要动手打人了吗？"

这么多人都看着呢，男生放下了手里的拍子，手指着她，咬牙切齿道："好，好，来，继续。"

谢拾安回到后场，摆出了防守的姿势。

她看一眼同样严阵以待的简常念。

简常念整个人因为紧张，不停地吞咽着口水，手紧紧地攥着球拍，背上的衣服汗湿了一大半。

谢拾安转过脸去，轻飘飘地说了一句："刚刚那个球，垫得不错。"

被数落了这么久，猛然被夸了一句，简常念还有些回不过神来，挠着脑袋不好意思地笑了："是你抓机会抓得好。"

谢拾安又面无表情地道："别高兴得太早，好好防守，别拖我后腿就行。"

"好！"刚刚那个球赢得简常念也精神大振，她知道自己帮不到谢拾安什么忙，就只能全神贯注地盯着对手，尽力去防守，给谢拾安制造反攻的机会。

"来了，右边。"

几乎是谢拾安话音刚落，简常念就动了，她人小，但胜在动作轻灵敏捷，以迅雷不及掩耳之势，把一个即将落地的球给挑了回去。

"常念好棒！速度好快！"周沐大声地为她摇旗呐喊，在人群中几乎快跳了起来。

围观的人群里也多了赞叹的声音。

"不错啊，这个球。"

"女生和男生打，男生还有身高、体能上的优势，能打成这样，确实不错。"

谢拾安依旧盯着对手的动作，不敢有一丝松懈，只是嘴角微微翘了起来："打得不错。"

简常念的脸上终于露出了一抹笑。

比分被反超，对面两个男生对视一眼，点了点头。

"打那个谢拾安，压制住她的发挥，另一个不足为虑。"

接下来的时间里，两个人频频朝谢拾安发一些高远球，压制住了她的头顶，导致她几乎没有喘息的机会，双方的比分咬得很死，很快就变成了20 ：20。

到赛点了。

简常念喘着粗气，看着谢拾安不动如山的背影，扎起来的头发因为剧烈运动有些乱，只是握着球拍的手依旧很稳，紧抿的嘴角透出了几分坚定。

"最后一球，他们压制我的同时，还会进攻你防守薄弱的右半区，能不能赢，就在此一举了。"

简常念点点头，神情凝重。她咽咽口水，悄悄在裤缝边上擦了一下掌心里的冷汗。

最紧张的还是场外的周沐，最后一回合是个多拍，周沐一边抠着手替她们提心吊胆，一边数着："十，十五，二十……"

这一回合，双方都打得很漂亮，惹来人群阵阵惊呼，简常念也顾不得许多了，她满脑子只剩下在前面奔走跳跃、奋力杀球的谢拾安，以及谢拾安的那一句："打球的时候想那么多干吗，这球接得住要接，接不住还是要接。"

羽毛球如流星般飞了过来，谢拾安因为距离太远来不及救球，眼看着羽毛球就要落地。

简常念咬牙默念着谢拾安的那一句话，一个鱼跃扑过去，左手撑在地上，右手挥拍把一个即将落地的球铲了起来，然后整个人就摔在了地上。

她顾不得身体的疼痛，目光紧紧追随着那个球，所有人都屏住了呼吸。

周沐双手合十为她们祈祷着："过，过，过啊……"

球歪歪扭扭地飞过了网，简常念顿时眸中一亮："谢拾安！"

谢拾安嘴角扯出一个恣肆的笑："来了。"

简常念这个球救得可谓是十分及时且阴差阳错，角度十分古怪，对面的男生只能勉强把球挑过来。

还没等他们回防，谢拾安长臂伸展，三两步上网，以一个标准的正手劈对角线狠狠地把球砸了过去。她跳起来的那一瞬间，阳光倾泻在了她的身上，白色的运动服被风吹了起来，发丝轻扬，整个人耀眼到仿佛在发光。

不知道为什么，简常念莫名想起了曾读过的一句古诗：鲜衣怒马少年郎。

谢拾安看的正是他们来不及回防的左半区。

简常念紧张地屏住了呼吸。

白色的鹅羽落地。

周沐率先爆发出了一声欢呼："我们赢了，我们赢了！"

人群里也响起了稀稀落落的掌声。

一球落地，简常念也浑身脱力，球拍掉在了一边，坐在地上，露出了一个如释重负的微笑。

周沐冲过来抱着她又笑又叫的："啊啊啊，你太棒了！我就说你一定可以的。"

简常念被她晃得脑袋发晕："好了，好了，扶我一把……"

听见这边动静大，不远处的程真也跑了过来："好哇，你把我扔在那里陪李爷爷下棋，自己来打羽毛球了，也不带我……"

对谢拾安来说，这不过是她职业生涯里打得最微不足道的一场比赛而已。

赢了的她也没见多兴奋，仿佛就该如此。她只是有些渴了，所以一把夺过程真怀中的矿泉水瓶，拧开喝着："废什么话，你不会下象棋，难道就会打羽毛球？"

"你这话我就不爱听了啊，没吃过猪肉，还没见过猪跑吗？好歹也看你俩打了这么多年球了。"

话说到这里，后知后觉的程真总算反应过来了，往常形影不离的两个人今天只有谢拾安在。

"欸，语初姐呢？今天怎么只有你一个人出来玩啊？"

谢拾安抹抹嘴角的水，把空水瓶扔给他："她回家了。"

早在程真出现的那一刻，周沐的眼神就黏了上去，简常念伸出去等她扶的手已经在半空中停半天了，她哪里还想得起来，早就一溜烟地跑了过去。

简常念无奈地摇头，得，还是自己起来吧。

她撑着羽毛球拍站起来的时候，就听见周沐在和程真说什么"程学长，好巧啊，在这儿也能遇见你"。

程真挠了挠脑袋："你是？"

周沐脸上的表情有些忸怩，羞涩地看着自己的脚尖："我是高一（三）班的周沐，你忘了，报名那天，你还帮我拿过行李呢。"

程真一听她提开学那天，隐隐约约记得是有这么一回事，不过他还真没记住人家的姓名和长相："啊，我想起来了，学妹好，学妹好。"

谢拾安微微偏过头去，撇嘴笑了一下，被简常念捕捉到了，原来她笑起来还蛮好看的。

察觉到有人在看自己的谢拾安，又恢复成平常那种冷冷的表情。

"给，球拍还你。"

周沐抱着球拍，察觉到了他们要走，一把将"工具人"简常念拽了过去，挡在身前，眨巴着眼睛："我是常念的朋友，常念是谢拾安的朋友，你也是谢拾安的朋友，换句话说，我们四个现在就是朋友了，一起吃个饭吧！"

谢拾安还没答应，程真却是个心思简单、性格开朗的主儿，见她都这么说了，又是学妹，便一口应下来："好啊，好啊，反正这会儿也没事干，而且有点饿了。拾安，你饿不饿？"

谢拾安刚想回答，眼角的余光瞥到那几个和她们打球的男生准备趁他们不注意偷偷溜走。

她转过脸去，略抬了下巴，把人叫住："喂，那边的，不是说好输了要道歉的吗？"

周沐也反应过来，附和她："对啊，别耍赖啊，输了就想走，哪有这么便宜的事啊。"

众目睽睽之下，男生进也不是，退也不是，涨红了脸，攥紧了拳头："你们……别欺人太甚！"

"这就叫欺人太甚了？行吧，你走吧，走了就不是男人。"

谢拾安轻飘飘的一句话，往男生脆弱的自尊心上又狠狠地扎了一刀。

围观群众纷纷哄笑起来。

"就是啊，说话不算话，算什么男人？"

"我说你们啊，别给咱们男同胞丢脸了，回去再练练球吧，输给女生就算了，还想要赖。"

············

男生脸色一阵红一阵白的，十分"好看"。

简常念没忍住，扑哧一下笑了出来。

男生狠狠地瞪了他们一眼，迫于周围的舆论压力，以及谢拾安那句"不是男人"，不得不弯腰低头道："对不起，我有眼无珠，行了吧！"

"不是还有一句你是菜鸟吗？喊啊，你是菜鸟，怎么不说了？"谢拾安当然不会这么轻易放过他，好整以暇地说了一句。

男生整个脸涨成猪肝色："你！"

"这可是你自己答应的。"

男生抬眼望了一圈周围的人，涨红着脸，低头小声道："我是菜鸟。"

"什么？大点声啊，听不见——"周沐夸张地把手放在了耳朵边。

男生气急败坏地咆哮着："我是菜鸟，对不起，我有眼无珠，你们强！行了吧！"

谢拾安耸耸肩："这还差不多。"

男生带着一帮人灰溜溜离去的时候，又回头望了他们一眼，眼神是那样凶狠恶毒，低声道："谢拾安，我记住你了，你给我走着瞧。"

四个人的饭桌，两个人沉默，谢拾安是本身就不怎么爱说话，简常念是插不进去话，只有周沐像个小喇叭一样跟程真嘻嘻哈哈地说些没营养的话题。

"哇，学长，你好厉害啊，那你集训完还回来上课吗？"

"看情况吧，如果成绩好的话，就不回去了。"

"学长，你吃这个，你们游泳运动员体力消耗一定很大吧，多吃一点。"

简常念在旁边听着，瘆出了一身鸡皮疙瘩。

简常念都这样了，谢拾安更受不了了，只见她三两口扒完自己盘子里的炒面，招呼老板来买单。

程真见她要走，把筷子放下，突然想起来了什么似的，问了一句："欸，别走啊，再玩一会儿呗。对了，今天你们也放假，都出来玩了，怎么没看见孙倩啊？我给她发消息，她也没回复。"

这话一出，饭桌上有两个人同时脸色一变。

简常念心想：糟了。

果然，周沐脱口而出："孙倩？她也去集训队了？"

只有程真依旧笑得像个傻子一样："对啊，和拾安她们一个队呢，天天在一起训练，所以，我才奇怪啊，都放假了，却找不到她人。"

谢拾安依旧是一副与我无关的表情："那我怎么知道，我又不是她肚子里的蛔虫。"

在集训队里，孙倩也来跟她示好过，不过她这人吧，除了乔语初，对其他人都没兴趣，一来嫌麻烦，二来她对那种黏黏糊糊的女生没什么好感。

"孙倩去集训队的事，你怎么没告诉我？"两人说话的间隙，周沐冷不丁冒出了一句。

简常念心里咯噔了一下，赶忙解释："因为那天我们和她有点小摩擦，我怕你不高兴，而且她虽然在集训队，但那么多人，我也没和她接触过啊。"

程真一听她这话，也反应过来了，一拍脑门："那天啊，孙倩也跟我说了，她不是故意想要你们让球的，她真的很需要那笔钱，她妈妈住院了。"

看得出来，周沐是真的有点生气了，包子脸气鼓鼓的："我不管，简常念，你和她在一个队里，居然还不告诉我，你是不是和她一起玩了！"

"我……"简常念有些哭笑不得。

"怎么会，我真没有，我要是和她一起玩，今天干吗跟你一块出来呢？"

程真也赶忙打着圆场："欸，都别生气了，你看啊，我是拾安的朋友，你是常念的朋友，常念和拾安也是朋友，我和孙倩也是朋友，换而言之，咱们五个人都是朋友啦。朋友之间就别吵架了！"

程真说的这段绕口令比起周沐说的那段有过之而无不及，她一时被砸得有些晕头转向。

"啊？"

简常念也把求助的目光投向了谢拾安，眨巴着眼，想让她证明自己清白，毕竟集训队每天都要训练到深夜，简常念也确实没有时间去交朋友。

谢拾安别过脸去，看见了也装作没看见。

简常念心下有一丝失落，不过想想也是，谢拾安这样一个不食人间烟火的人，想来也不会把朋友间的这种小心思放在心上。

谁知道简常念刚垂下眼，就听见头顶传来一句："集训队每天都很忙，而且橙汁儿说的是事实，孙倩她家里确实有着急用钱的地方，不过这不代表她求你们让球就是对的。"

谢拾安听了半天，总算也弄明白了，原来还有让球这一回事啊。程真倒是没告诉她，如果告诉她的话，她多半不会去帮孙倩打那一场球。带着这样的想法，她也算帮简常念解了一下围吧。

此时程真又觉得头皮发麻，不用看也知道谢拾安肯定在用眼神凌迟自己。

他急忙起身打着哈哈："老板，这单我来买，多少钱……"

去公交车站的路上，谢拾安和程真走在前面，简常念隐约听见了什么："这事是我做得不地道，我请你吃饭，你别告诉我爸行不行？"

谢拾安："刚吃过，不饿。"

"那一张周董的 CD 行不行啊？"程真可怜巴巴地道。

谢拾安面无表情地往前走着。

"签名的那种，我好不容易才托人买到的……"程真虽然肉痛，但也只能忍痛割爱了。

谢拾安嘴角微微勾起一丝笑意："这还差不多，还有，我的球拍也用好久了……"

程真痛快地点头，拍拍胸脯，只要别让他爸知道他一天到晚不好好学习、训练，就在外面玩就行。

"改天去我爸公司，你看上什么，随便拿！"

谢拾安这边是搞定了，周沐还是有些气鼓鼓的，和简常念虽然并排走，但中间隔了十万八千里。

眼看着她都要走到马路中间去了，简常念一把将她拽了回来，挽住胳膊。

"好啦，别生气了，你看，谢拾安不是都帮我证明了吗？我们集训队真的很忙的，哪有时间玩啊，而且我又不和她一个宿舍，跟她话都没说几句。"

看她主动拉自己，周沐还是有几分开心的，眼里有笑意，只是嘴都快咧到天上去了："幸亏是谢拾安帮你说话，要是别人，我才不信呢。"

"那你怎么就这么相信她，却不相信我啊？"

"她……她看起来就不像是会说谎的那种人。"周沐一噎，朝谢拾安的背影努了努嘴。

简常念故意揶揄她："那你怎么就不怕我和她做朋友，然后不理你啦？我们也是一个集训队的呢。"

周沐扑过来挠简常念的痒痒："你能和她做朋友也不错，毕竟人家长得好看，球也打得棒！而且今天她还帮我们了呢，可比孙倩不知道强了多少倍。"

"啧，你是因为她是程真的朋友吧。"

"简常念，你不说话，没人把你当哑巴！"

两个人打闹着，开往郊区的公交车缓缓停靠在旁边，天色已晚，这是回训练基地的最后一班车了，简常念见势不好，赶忙甩开她。

"好啦，好啦，我先回去了，改天再找你玩！"

周沐蹦蹦跳跳地冲她挥手："常念，下周的考核加油啊！"

简常念三两步跳上车，也冲周沐挥了挥手，看着她的脸在车窗外越来越远。

站台上只剩下周沐和程真两个人，程真一只手插兜在打着电话。

等他挂了之后，周沐鼓起勇气，一步步挪了过去，跟他搭着话："学长，你回家坐哪一班车啊？"

"我？我等我爸的司机来接我。"

"这样吗？"周沐心下有点失落，还以为能和他同乘一段路呢。

"你呢？家住得远不远？"程真看看表，九点多了，是有点晚了，"要不一会儿我送你吧。"

周沐赶忙摆着手拒绝，今天能和他一起吃饭聊天，已经很满足了："不用，不用，我家离这儿就两站路。"眼看着公交车就要来了，她想了想，还是做了一个勇敢的决定，把自己的手机递了过去，"程学长，可以给我一个你的联系方式吗？"

她怕他不答应，又赶忙解释着，越说，头埋得越低，声音也越来越小："我……我是想着……就像你说的一样……大、大家都是朋友了……有空的时候可以一起出来玩……你、你要是不愿意就……"

话音未落，程真就把她的手机拿了过去，低头按键输着自己的电话号码。

"不就一个手机号，有什么不愿意的。"程真把手机还给她，抬头看了一眼。

少年的眼睛是那样亮，映着秋夜的星辰。

"你耳朵怎么红啦？"

"没、没、没什么……"被他这么看着，她话都说不利索了，所幸公交车到站了，她噔噔噔跑上了车，才想起还没跟他告别呢。她扒在车玻璃上拼命往外看着，他坐上了一辆黑色的轿车，向着反方向离去了。

她有些不安——他不会觉得自己没礼貌吧？

可是，看着手机上他刚刚输进去的"程真"两个字，少女的脸上又露出了甜甜的笑。

周六的末班车上人很多，简常念上去的时候，只有最后一排中间有个空位了。她赶紧走过去坐了下来，谢拾安坐在她右前方，靠在座椅上，戴着耳机，看样子是在听歌。

简常念想起刚刚谢拾安和程真的对话。

她喜欢周董吗？

简常念虽然不追星，也没听过他的歌，但奈何大街小巷都有他的海报和灯牌，想不认识都难。

简常念往常不关注这些，但不知为何，今天有些心痒痒，能让谢拾安喜欢的音乐是什么样子的呢？

她有些想跟谢拾安搭话，跟谢拾安说一句"谢谢"，奈何这一路上谢拾安始终都没回过头，一直在闭目养神，她也不好去打搅。

她纠结着，纠结着，车就快到终点站了。

她起身想下车，站起来一看，却发现谢拾安原来早就睡着了。

谢拾安的睡颜很恬静，皮肤很白，鼻梁旁边有一个小小的雀斑，额前的刘海细碎地遮住了眼睛。

简常念犹豫着要不要叫她的时候，车猛地一下停稳了，她靠在座椅上的脑袋一歪，半个身子都快滑出去了。

简常念一个箭步冲了过去，眼明手快地扶住了她的脑袋。

谢拾安睁开眼，因为刚醒，眼睛里似蒙了一层水雾。她的眼睛本来就大，睫毛又长，车里昏暗的灯光下，冷不丁这么看一眼，还真有点摄人心魄的意思。

简常念的手扶着她的脑袋，艰难地咽了咽口水："那个……到了。"

她立马站了起来，神色自若地下了车。

简常念一溜小跑跟着。

从车站到训练基地的路两旁都种满了梧桐树，深秋的风吹过来，树叶纷纷飘落，在人行道上落了薄薄一层，踩上去沙沙响。

两个人一前一后地走着。

简常念追逐着她路灯下的影子："那个，今天谢谢你……"

谢拾安没回头，声音也让人听不出什么波澜："我可不想被人说是废物。"

说到这个，简常念神色就有些不好意思："对不起，我最近打球打得不好，给大家丢人了，不过，周沐也是，要是她不说我是省队的话，就没有……"

谢拾安脚步一顿，偏头看了她一眼，又继续往前走："没有自信和打得不好是两码事。"

简常念咀嚼了一下谢拾安话中的意思，突然眸中一亮，嘴角扬起了明亮的笑，朝她跑了过去："真的吗？你觉得我打得还行对不对？那平时训练结束了，我可以找你打球吗？……"

简常念原本是想跑过去跟她说话的，不料自己话音刚落，她就停住了脚步。

简常念刹车不及，撞上了她的后背，鼻梁剧痛，只好捂着鼻子跳开："哟……好痛……你干吗走着走着突然停下来啊？"

月色下，谢拾安微微弯了下嘴角，弧度很浅，没让任何人发现。

"是你自己走路不长眼。啊，对了，我不和比我菜的人打球。"

简常念刚想反驳：你今天还和我一起打了呢！

她又轻飘飘地来了一句："双打除外。"

简常念看着她的背影，嘀咕着："冰块脸，要不是你球得得好，我才不跟你说话呢。"

话是这么说，经过今天这一遭，两个人到底是熟络了一点，简常念对她也是越发好奇了。

"你打球多长时间了啊？"

"从小。"

"从小是多小啊？"

"小学。"谢拾安难得有耐心了一回，回应了简常念的喋喋不休。

简常念掰着手指头算了一下，程真今年是高三，他俩是同学，谢拾安从小学开始打球的话，少说也有十年了，怪不得这么厉害呢。

"你今天最后那个球，是怎么猜到对方的动作的？"

"预判，打了，就有经验了。"

谢拾安依旧是那副不冷不热的模样，但只要是关于羽毛球的问题，虽然她惜字如金，但几乎是有问必答了。

简常念点点头，统统都记在了心里。

两个人一边走，一边有一搭没一搭地说着话，不知不觉就到了宿舍楼前。

"你今天不回家吗？"简常念刚刚就想问了，看她出现在公园里的时候，还以为她是回家了呢，谁知道又坐车回到了训练基地里。

谢拾安摇摇头："不回。"

两个人的寝室在同一层，中间隔了几个房间，简常念看到她的宿舍里没开灯，一片漆黑。

"你舍友也不在吗？"

谢拾安没答话，拿钥匙开门，推门而入，走廊上传来了一道轻轻的关门声。

简常念摇摇头，这个人一会儿阴一会儿晴的，还真是难以捉摸啊。

她也打开了寝室门，里面同样空无一人，她按亮了灯，端着盆去洗漱了。

时间很快就到了周一，简常念五点半就起床了。离约定集合的时间还有一个小时，她洗完脸之后就去操场晨练，为今天的体能考核做着准备。

这一天，每个人的脸上都写着"紧张"两个字，考核内容安排得紧凑且高强度。上午体能考核，下午就是实战测试，排名最靠后的五个人，结束后就要离开训练基地了。

在这种高压的训练环境中，上午已经有几个人因为体力不支而选择弃权了。

中午吃完饭，简常念在宿舍里换好衣服，翻出新买的那双球鞋穿上，剪掉标签，系好鞋带，站起来深吸了一口气，拿着球拍走向了训练室。

与以往的氛围不同，今天的训练室里几乎没人说话聊天，只有羽毛球撞击在拍子上发出的声音，以及鞋底摩擦地板的声音。

简常念抽签抽到了同组排名第十的一位选手，对方看着她，表情明显有些轻蔑。

"来吧，速战速决。"

这个人平时训练成绩很好，也是打进过全国大赛的选手，如果不出意外的话，经过这一次考核，应该就能进 C 组了。

面对劲敌，这一次，简常念没有再犹豫，她攥紧球拍，站到了网前，摆出了防守的姿势，就像谢拾安说的那样——打球的时候想那么多干吗，这球接得住要接，接不住还是要接。

场外的严新远看着她奋力击球的背影，嘴角扬起了一丝笑意。

但这注定是一场艰难的比赛，简常念落后七分，输掉了第一局，第二局又以微弱的优势比分赢了回来，双方各赢一局，来到了决胜局。

谢拾安早早地打完了自己的比赛，来到休息区，脖子上挂着擦汗的毛巾，一边喝水，一边看着场中的比赛。

她看的那个方向，似乎是简常念。

乔语初在她身前一晃："喂，看什么呢？"

谢拾安收回视线："没什么。"

乔语初在她身边坐下："听说你们上周一起打球了？"

"你听谁说的？"

"橙汁儿呀，还能有谁。"

谢拾安在心里真是要把程真千刀万剐了，面上却没什么表情，道："我又不是为了帮她。"

"行、行、行——"乔语初撞了一下她的肩膀，"那你打完了怎么还不走啊？"

谢拾安转过头来看着乔语初，挑眉："如果我没记错的话，你还有一局没打吧。"

乔语初脸色一变："啊，对，我去比赛了，你先别走，等我一起啊。"

乔语初说着话，人已经跑远了。

谢拾安微微弯了下唇，露出一个浅淡的笑。

场上的简常念刚开始几个球打得有点迷糊，到了中期开始发力，随后渐入佳境，以21：18的微弱优势比分赢下了这局比赛。

助教吹起哨子，示意比赛结束的时候，她尚未从比赛中抽离出来，愣了几秒才回过神来，拿着球拍一蹦三尺高。

"我赢了！"

严新远冲她比了个大拇指："干得不错！"

谢拾安把自己的球包甩上肩膀，对着刚打完比赛的乔语初道："走吧，回去休息。"

那是简常念第一次没有留下来打扫训练室，她在白板上的排名也上升到了D组前列，虽然跟高高在上的谢拾安还有些差距，但这种逐渐进步所带来的成就感，还是让她的脸上露出了满意的笑。

"这是我来集训队之后，最开心的一天。"简常念在日记里这样写道，"和谢拾安一起打了一场比赛之后，我仿佛开了窍，她的技巧、打法、临场应变能力、预判球落位的能力等，都让我受益良多。

"虽然我和她之间的差距还是很大，但不知道为什么，我仿佛有了一点信心，一点追上她的信心。我想和她打球，成为她的对手。"

第一个月的考核结束，离别也随之而来了，简常念一觉醒来，宿舍里就空了两个床位。

毕竟一起生活、训练了一个月，临走时，大家都有些舍不得。要离开的舍友一一和她们拥抱，并送上了自己的祝福。

"加油啊，你们。"

"你们也是，回去之后也要继续努力啊。"

"明年，明年要是有机会，我肯定还要来的。"

"哈哈哈，等明年，我说不定就去国家队了。"

....

一群人嘻嘻哈哈地说着话，可每个人眼里分明都闪着泪光。

简常念性格有些腼腆，要离开的两个舍友一个睡在她上铺，一个睡在离门口最近的床，虽然都和她没怎么说过话，但也从未欺负过她。

她想了想，还是走上前去抱了抱对方："我希望明年还能看到你们。"

睡在她上铺的舍友揩了揩眼角，笑道："那肯定啊，明年要是有机会，咱们还能做舍友。走了啊，别送了，你们都好好保重。"

看着她们拖着行李箱离去的背影，简常念头一次感受到了竞技体育的残酷。

接下来的日子，简常念重复着训练室、食堂、宿舍，三点一线的生活。有人刻苦训练，也有人受不了这样高强度又没有任何娱乐活动的枯燥生活，不等集训结束就走了。

女生宿舍很快就空了很多床位，简常念也迎来了自己的一位新舍友。

初冬的一个午后，她训练完回到宿舍，听见上铺窸窸窣窣的，有人在收拾东西，抬头一看，孙倩冲她笑了笑。

"我们宿舍的人都走得差不多了，严教练说两个宿舍的人合在一块住，我就搬过来了。我看上铺没人，我住这里的话，你不介意吧？"

简常念摇摇头："不介意。"

简常念看到她去撕墙上上一任舍友留下来的海报，有些吃力的样子，于是多问了一句："需要帮忙吗？"

孙倩花了九牛二虎之力才把海报从墙上扯下来："没事，不用，我先扔到地上，一会儿打扫啊。"

简常念捡起那张周杰伦的海报看了看："我可以留着它吗？"

孙倩埋头整理着床铺："你喜欢他啊？"

简常念摇了摇头："没，有个人挺喜欢的。"

"哟，喜欢的人啊？"孙倩随口问了一句。

简常念差点被自己的口水呛到："咳咳……不是……就是一个普通朋友。"

"行吧，行吧，反正也不是我的，你喜欢就留着吧。"

"好。"

简常念把那张海报的折角抚平，思来想去，贴床头吧，她不喜欢睡觉时有人看着自己，贴门上吧，怕别的舍友有意见，最后还是把海报贴在了自己的储物柜里。

她拍拍手，大功告成，看着焕然一新的储物柜，十分满意。

上周五简常念和周沐约好了，这周回家的时候，周沐去看看外婆，那样她和周沐打电话的时候，顺便也能和外婆说上一两句话。

因此下午训练一结束，简常念就急急忙忙地跑去了电话亭。谁知道把听筒拿起来，却没声音，她偏头往旁边一看，墙上贴了张纸：维修中，暂停使用。

这可怎么办呢？

简常念想了想，突然眸中一亮，转身往教练办公室跑去。

她轻轻敲了敲虚掩的门。

里面传来中气十足的一声："进来。"

简常念推门而入，正值晚饭时间，偌大个办公室，只有严新远一个人在。他坐在办公桌前，拿着针线在缝补衣服，嘴里还叼着一根烟杆子。见有人进来，他便把烟灰磕在了烟灰缸里。

"怎么了？有什么事吗？"

简常念有些不好意思地笑了："我想来借用一下办公室的座机，给外婆打个电话，走廊上电话亭里的电话在维修，暂时用不了了。"

"行，你打吧，我去食堂打个饭，一会儿你打完了，要是我还没回来，记得锁门。"严新远放下针线活，拿着烟杆子起身走了出去。

"好，谢谢严教练。"

简常念拿起办公桌上的电话，按下熟悉的号码，等待接通的时候，神情难得有些雀跃。

封闭式训练，能出去的机会少之又少，就算放假，顶多也只有半天，她有很长一段时间没有见外婆了，着实有些想念。

听着周沐咋咋呼呼的声音传来，她嘴角露出一个会心的笑。

"怎么样，我外婆还好吧？"

"啧，人家可是一放学就回家帮你看望外婆，你也不问我好不好。"

"好啦，好啦，我知道，你肯定是吃嘛嘛香，身体倍棒，然后学习进步，月考一口气冲到了班级前十对不对？"

周沐咯咯笑着："借你吉言啦，前十还差点，下学期就要分班了，最近压力好大。"

也正因为这样，周沐这几周不是在补课，就是在去补课的路上，这周回家还是因为妈妈要过生日了，要不然就过来找她玩了。

"好啦，好啦，不跟你废话了，我把电话给外婆。"

听着听筒里老人熟悉的声音传来，简常念捂着听筒，有些激动："外婆，您最近身体怎么样？药有没有按时吃？"

"外婆好着呢，放心吧，常念最近学习是不是特别忙？都一个多月没回家了……"

简常念眼眶一热，撒了个谎："嗯……学校安排我们出去实习呢，等实习期结束了，我就回家看您。"

"好，好，那你可要好好努力，不要辜负学校和老师的期望。"

简常念柔声应了，外婆又嘱咐她天冷多加衣，要好好照顾自己之类的，絮絮叨叨了十来分钟。

简常念准备挂电话的时候，周沐的声音又插了进来："欸，你先别挂，那个……我想请你……帮我个忙……"

"帮什么忙，这么忸忸怩怩的？"简常念打趣道。

"哎呀，就是——"周沐看了一眼外婆，跑远了一些，捂着手机道。

"天气冷了，我给程学长织了一条围巾。最近我要补课，他也在集训，能不能拜托你帮我转交给他啊？"

简常念故意犹疑了一下道："我也在封闭训练啊。"

"哎呀，你们挨得这么近，就是出个门的事，求你啦，拜托——"

最受不了她捏着嗓子撒娇了，简常念起了一身鸡皮疙瘩。

"行、行、行，我去还不行吗？你好好说话。"

周沐这才又笑了："那就这么说定啦！我回学校后寄给你，对了，我也给你织了一条呢，你试试看暖不暖和。"

真是难为她一边补课，一边还能给程真织围巾，还没忘记我这个好朋友。

简常念心底一暖："好，等我集训完，我们一起出去玩。"

等她打完电话出门的时候，严新远刚好拎着饭盒回来了："哟，打完了？"

她吐吐舌头："一个多月没见外婆了，有些想她，话就多了点。"

"没事，反正办公室里的电话也没人用，你想外婆了就可以过来给家里打个电话。"

简常念摇头："我家里没座机，得周沐回家了才行，也不能老是麻烦她。"

说到这里，简常念也有些好奇，别的助教的家属偶尔也会来训练基地，但严新远好像一直都是一个人的样子，也没有看他和家里人通过电话。

"严教练，您家里人都在燕京吗？"

"我家里人都在很远的地方。"

严新远笑笑，岔开了话题："对了，你稍等一下，这衣服马上就补好了，你拿去给谢拾安。"

简常念又跟着他进了门，只见他放下饭盒，洗了洗手，又拿起了针线。刚刚进来的时候，她就看见他在缝缝补补了。

"这衣服是谢拾安的啊？"

"对，我看你们晾在外面的衣服有破的，就拿过来补补，还能穿。"

严新远戴着老花镜，眯着眼睛，穿针引线。

简常念往窗外望去，今天天气不错，宿舍楼的阳台全是背阴的，于是有不少人就在院子里拉了钢丝线，晾衣服、晒被子的。

她把目光收回来，刚刚没注意，严新远旁边的椅子上还放了几只破了洞的男生的袜子。

"喏，好了。"他把线头咬断，又把缝补好的袖口抚平，抖开外套看了看，这才拿给她。

她接过衣服，有些惊奇："您还会针线活呢？"

"那是，以前也经常给我的小孩缝缝补补。"他笑着又拿起烟杆子抽了一口，烟雾缭绕里，他的神情藏着一丝不易觉察的落寞。

"那我就先回去啦，严教练。"

"好。"

简常念抱着衣服回到宿舍楼，看谢拾安她们的宿舍门关着，便轻轻敲了敲门。

"谁呀？"开门的是乔语初，简常念松了一口气，还好不是那个冰块脸。

"那个，我是帮严教练来送衣服的，他看谢拾安晾在楼下的外套袖口那里开线了，便拿去补了补。"

乔语初接过衣服看了看："严教练还有这一手呢。拾安现在不在，等她一会儿回来了，我跟她说一声。谢谢严教练，也谢谢你帮忙跑一趟了，进来坐会儿啊。"

比起谢拾安那个闷葫芦加冰块脸，和乔语初说话那可就真是如沐春风了。

她这么郑重地道谢又邀请自己进门去玩，反倒让简常念有些不好意思起来。

"不用，不用，就是举手之劳。"

简常念本想离去，想起周沐的嘱托，脚尖又拐了个弯，犹犹豫豫地问道："那个，游泳基地那边的训练时间，我不太清楚，你们和程真是朋友，有听他说起过吗？"

乔语初嘴角挂上了一丝兴味盎然的笑："你找橙汁儿有事啊？"

简常念挠了挠脑袋，替人送礼物这事，她也没做过，想搞清楚他们的作息时间再去，免得去了也找不到人。

"嗯，送个东西。"

难得好奇一次，乔语初竖起了耳朵："什么东西啊？找人捎过去或者我和拾安都可以帮你送啊。"

简常念摇了摇头："还是我亲自送比较好。"

乔语初拖长声音"哦"了一声，弄得简常念有些不自在起来。

看出她窘迫神情的人倒也没再难为她。

"他们的休息时间和我们的差不多，每天下午六点到七点半应该有一个小时的自由活动时间。"

简常念松了一口气："谢谢你，那我就先回去啦。"

临走前，乔语初还往她手里塞了几个苹果："下次过来玩啊。"

等谢拾安洗完澡回到宿舍里，乔语初就一脸兴味地跟她说了这件事："欸，你觉不觉得简常念对橙汁儿有点想法啊？"

谢拾安一脸匪夷所思的表情看着乔语初："这也能扯到一块去？"

"你想啊，必须亲手送的东西肯定意义非凡对不对？"

要说想法，那可能还是简常念的那个朋友周沐对他的想法多一点。

"这有什么，你不也亲手送过我和橙汁儿东西？"

乔语初想了想："也是，反正简常念还小嘛，倒是你，十八岁了啊，小谢同学。"

谢拾安嘴角浮起一丝笑意，拿起吹风机准备吹头发："十八岁又怎么了？"

说到这个话题，乔语初又想起程真上次生日宴的时候问的那个问题，于是捅了捅她的胳膊。

"欸，别人的青春期好歹有个什么懵懂悸动的时候，你就跟一潭死水一样，拾安，你真的没有喜欢的人吗？"

吹风机的声音太大了，谢拾安没听清楚乔语初说什么，关了吹风机，问道："你说什么？"

"我说——你有没有喜欢的人？"乔语初故意戏弄她，趴在她的肩膀上大声道。

这个距离实在是太近了，谢拾安的耳朵肉眼可见地腾起了一片粉红，连带着整个脸颊都烫得慌。

谢拾安强自镇定，埋着头拿毛巾擦头发。

"没，干吗问这个？"

见她没什么反应，乔语初这才兴致缺缺地走开："作为看着你长大的姐姐，好奇一下还不行吗？"

"那你呢，你有吗？"等她走开，谢拾安总算能正常呼吸、说话了，于是看着她的眼睛，问得很慢。

她掰着手指头算了算："今年少说也相过三回亲了吧，但都没有什么特别中意的。"

谢拾安嘴角浮起了一个不易觉察的笑，又擦起了头发："要求还挺高。"

"怎么就要求高了？男的，不能比我大太多，也不能太小，二十五岁以上，三十岁以下，不说事业有成，要求他有份正经的、能糊口的工作，不过分吧？还有啊，出门见人不说打扮得有多时髦，起码要收拾得干净整洁，不要邋里邋遢的吧。"

谢拾安点点头："那倒是，那你喜欢什么类型的？"

乔语初往她的床上呈大字形一躺："嗯……我想想啊，要事业有成，爱干净，个子不能太矮，性格成熟稳重，待人温柔体贴，真诚，不说谎……"

乔语初一口气说了好多，又偏过头来看着她："那你呢，拾安，有没有想过自己的理想型啊？"

"我的理想型，我想，无论变成什么样，我都还会喜欢。"谢拾安顿了一会儿，轻声道。

又过了几天，简常念把周沐寄来的包裹取回了宿舍，刚一打开，孙倩就围了过来。

"呀，这围巾真好看，手工织的吧？"

"嗯，朋友送的。"

简常念取出围巾之后，袋子里又掉落了一张便笺纸，她捡起来一看，是周沐的笔迹。

"红色的给你，蓝白条纹的给他，拜托你了。你的好朋友，周沐。"

落款还画了一个鬼脸。

简常念会心一笑，把围巾收好，准备下午训练完就去游泳基地那边看看。

下午训练结束已经七点了，简常念顾不上吃饭就跑回了宿舍拿围巾，出门的时候还不小心撞到了孙倩。

"欸，你去哪儿，一起去吃饭啊？"

简常念回头挥了挥手："对不起，我有点事，你先去吧，我一会儿再去。"

"您好，我找一下集训队的程真。"简常念轻轻敲了敲门卫室的玻璃，大爷探出头来。

"你是谁啊？封闭式训练不接受访客。"

简常念笑了笑，扒着门卫室的窗子踮脚："我是隔壁羽毛球训练基地的，是程真的朋友，我不进去，给他送点东西就走。"

门卫大爷看她长得乖巧，也有礼貌，拿起了电话："行吧，行吧，我帮你叫。"

不一会儿，程真跑了出来："是你啊，你怎么来了？我还以为是拾安呢……"

男孩大抵是刚训练完，发梢上还挂着水珠，穿了短裤、拖鞋，赤裸着上半身就跑了出来。

少年的身体线条很好，白得发光。

简常念本能地往后退了一步，离他一米远，把袋子递了过去，眼睛瞅着别的地方，脸色有些红："那个……周……周沐让我给你的。"

"啊？"程真还在发愣，从他身后又蹦出几个男孩子，看样子都是他的队友，一把将袋子夺了过去。

"哇，是围巾呢！你小子有情况啊！"

程真回过神来，赶忙去抢："给我，不是，你们别乱说话！"

几个大男生光着膀子打来打去的场景未免有些好笑，简常念微微弯了一下嘴角，又看了一眼程真，有些好奇地道："你不冷吗？"

后知后觉的程真总算觉得有些不妥，一把将队友脖子上挂着的毛巾扯了下来，裹住自己的上半身："还好，冬泳嘛，我们习惯了，不冷。"

几个队友还在研究那袋子里的围巾。

"让我们看看嘛。"

"还是手工织的呢。"

"这颜色真好看。"

程真一把将围巾夺了回来，抱在怀里："看什么看，这是给我的，不许看！"

简常念没忍住，扑哧一声笑了出来。

"好了，东西送到了，那我就走了，这可是周沐织了很久的，你一定要戴哦。"

孙倩推开宿舍的窗子，远远望过去，就看见对面游泳训练基地的门口，两个人有说有笑的。

少女抿了抿唇，又把窗子关上了。

"喂，这周你来俱乐部吗？"

谢拾安脖子上挂着耳机，用球拍把羽毛球铲了起来，听着听筒里的声音，回道："封闭训练呢。"

对面男生的声音有些懒洋洋的："这周俱乐部来了几个很有实力的人，正在找陪练呢，我寻思着，这活适合你啊。"

乔语初看她动作停下了，也没发球，便看着她："怎么了？"

"再说吧，如果这周休息的话，可以过去玩玩。"谢拾安挂断了电话，才回乔语初，"曹睿，问我这周要不要去俱乐部。"

"你爸又问你要钱了？"

谢拾安淡淡地应了一声："嗯，我没搭理他。"

早些年，谢拾安还在上学，也没什么经济来源，就只能去俱乐部给人家当陪练，或者兼职教一些小学生打球来赚取生活费，曹睿就是在那个时候认识的。

提起谢拾安那个嗜赌如命的爹，乔语初也没什么好气。

"上次说自己车祸住院，你跑去一看，人家在家里打牌喝酒呢；还有上上次，催债的都跑上门来找你了。拾安，不是我说，你可不能再心软给他钱了。"

在这些年的漫长时光里，谢拾安也曾对父亲一次次燃起希望，然后又一次次破灭。

她早就不再是当初那个会因为他不要自己而在街头痛哭的小女孩了，现在的她百毒不侵，心硬如铁。

"我知道，我就是想打球。"谢拾安抬手发了个对角线球给她，"这里有点无聊。"

乔语初笑，接到球，给谢拾安挑了回去："明明是你自己技术太好了，还怪别人。"

这周严新远本来是不打算放假的，但架不住一帮人嗷嗷叫，直言训练太苦了。他想了想，也是，毕竟劳逸结合才是科学的训练方式，于是大手一挥，批了大家周六下午的半天假。

上午训练的时候，简常念就有留意到他拿拳头抵着嘴巴，不时咳嗽。

等训练结束，她就跑了过去："严教练，您身体不舒服吗？"

严新远又咳了两声，嗓音有些哑："没事……咳咳……估计是最近换季，有些感冒了，刚好下午给你们放假，我也去诊所瞧瞧，开点药。"

"您还是去医院看看吧，都听您咳好几天了。"

"咳咳……老毛病了。"严新远看着她忧心忡忡的模样，又笑了笑。

"行啦，我自己的身体，心里有数。下午放假，你可以回家看看外婆，明天再回来。"

简常念这才又笑开，重重地点了点头："嗯，谢谢严教练！那我就先走了。"

她一溜烟跑回宿舍，收拾好东西，想了想还是跑到走廊上的公用电话亭，给周沐打了个电话。

"喂，是我，我这周放假半天，要不要一起回家啊？什么？你不回吗？"一提到回家，简常念声音里满满的都是兴奋，听到周沐说不回，又有些失落。

"我这周跟我们校队的一个学长去俱乐部玩，你要不要一起啊？"

简常念虽然没有去过俱乐部，但也听说在那里面打球是很贵的。

她摇了摇头："不了，我回家看看外婆。"

周沐也知道她的顾虑："你先别急着拒绝啊，这俱乐部是我学长的朋友开的，我们去打球不要钱的，而且他们俱乐部最近在招陪练，还开设了小学生羽毛球的课程，也在找兼职老师呢。"

简常念心里微微一动："兼职是要每天都上课吗？"

"不是，陪练和做兼职老师都是按小时算钱。"

周沐听她对这样的兼职有点兴趣，又循循善诱道："欸，你之前去的饭店，那是什么鬼地方啊！还不如干点自己擅长的，又能赚点钱补贴家用，之前我是不知道这事，现在可是过了这村就没这店了。"

简常念还是有些犹豫："我……我行吗？"

"你试试嘛，反正教小学生而已，你随便露两手，也够他们看的了。"

这么难得的机会，又有熟人牵线搭桥，简常念狠狠心，应了下来："行，把地址给我。"

"你坐605路公交车到汇丰路口下，我在那等你。"

"好，不见不散。"

"不见不散。"

辰星羽毛球俱乐部。

谢拾安一边在更衣室换衣服，一边和乔语初有一搭没一搭地聊着天："难得放假，你不回家，阿姨不会说你吗？"

"天知地知，你知我知，只要你不说，她就不知道我放假啊。再说了，我可不想一回去又被催婚，还不如来打球呢。"

乔语初换好衣服，关上柜门，转过身一看，谢拾安刚脱了打底的卫衣，里面只穿了件运动背心。

"哟，真的长大了啊。"

谢拾安脸色微红，操起外套就砸了过去，在乔语初被遮挡视线的瞬间，她单手就套上了运动服，把拉链拉到顶，拿起球拍就走。

"我好了。"

乔语初拿着她的外套，扑哧一声就笑了出来："欸，外套，你不冷啊？"

见过曹睿之后，谢拾安便去和人打球了。她还蛮喜欢在俱乐部里打球的，因为对手不像在集训队里那样打得那么中规中矩，球风很多变，而且彼此之间完全不熟悉，每一次交手都像是一场新的冒险。

谢拾安很喜欢这样的感觉，当她一心一意地沉浸在打球带来的快乐里时，却没有想到会在这里遇到熟人。

"哟，还真是冤家路窄啊。"

谢拾安偏头一看，是上次在公园里和她打过球的那个男生。

她轻轻扯了扯嘴角，抬手就是一个扣杀："哟，又来自取其辱了。"

男生涨红了脸："不过就是侥幸赢了一次，有什么了不起的！"

谢拾安压根没把他放在眼里，专心和自己的对手打着球："滚开，我今天没兴趣和你打。"

"你——"男生气急败坏，拿着球拍就要冲上去，被人一把拉住了。

"急什么，不就是个黄毛丫头？这样的你都打不过，真丢人。"

"你又是谁？"谢拾安终于停下了动作，漫不经心地瞥了说话的人一眼。

说话的男人二十五六岁，染了一头红毛，穿得也不伦不类的，脖子上挂了一条金链子，看起来就不像是什么好人。

男生在他耳边嘀咕："秦哥，就是她，这小丫头片子技术不错，上次我们两个人都没打过她。"

被称作秦哥的男人捏了捏拳头，松松筋骨："姓秦，单字一个扬，听说你把我兄弟打得很惨啊，怎么样，有没有兴趣和我打一场？"

一场比赛打完，谢拾安收拾着落在地上的羽毛球，头也没抬一下："我说了，今天没兴趣，管你是谁。"

她正要铲起一个球，面前猝不及防地落下一片阴影，紧接着手上一紧，球拍就被人踩住了。

秦先生一只手插兜，居高临下地看着她："怎么，欺负了我兄弟就想跑啊？你们打职业的，都这么无耻啊？"

谢拾安的目光里似含了冰碴，她冷冷地看着他，一字一句道："走开。"

"我就不走怎么着？除非你和我打一场，我就走。"秦扬摊了摊手，一脸无赖相。

谢拾安攥紧了拳头，两个人之间的气氛剑拔弩张，眼看着就要动手。上完厕所的乔语初总算赶了回来，一把将人拉到了身后："怎么了？"

曹睿听见动静，也赶了过来。

"哟，秦先生啊，稀客。"他说着，给人递了一根烟，秦扬借火点燃，慢悠悠地抽着。

"怎么，你这儿的陪练还能拒绝客人了？"

曹睿赔着笑："哪儿能啊，她不算是陪练，是我朋友，来玩的，秦先生给个面子？"

秦扬往他的脸上吐了一口烟圈："我给你面子，谁给我兄弟面子？既然都是朋友，那也好说，切磋切磋呗。要是输了，那就是我秦扬技不如人，从此再也不提这件事。"

关于在人民公园发生的那件事，乔语初也知道来龙去脉，明明就是他们出言不逊在先，此刻又来挑衅，她护朋友心切，气就不打一处来。

"凡事有因才有果，如果不是你朋友出言不逊在先，也就没有这回事了，更何况本来就是打擂台，愿赌服输，怨不得别人。输了还非要来斤斤计较的，我也是头一次见。"

秦扬斜着眼睛瞟了她一眼："你又是谁？"

"滨海省队队员，乔语初。"

"又一个打职业的，怪不得。"秦扬从口袋里掏出烟盒，取了一根烟点上。

"我说你们滨海省队都是一帮酒囊饭袋，没意见吧？最好的成绩就是全国大赛的亚军了吧，别说奥运会了，这些年连一个打进世锦赛的都没有。这样的废物，也就只能在公园里打打野球，欺负欺负学生了。"秦扬往地上吐了一口唾沫，"职业选手的名声就是被你们这样的花瓶给败坏的。"

"你……"乔语初哪里被人这样指着鼻子骂过，涨红了脸，一句话也说不出。

谢拾安拍拍她的肩膀，示意她让一让，自己走到了前面："手下败将，不知道在狂些什么，既然你们这么不服气，那就只能让你们再输一次了。"

曹睿在她身边小声道："你想清楚，这个人可不是一般的业余选手，虽然是个富二代，但确确实实是前国家队的，之前一直在燕京训练，因为违反了纪律，所以才被国家队开除的。你之前一直在集训不知道，就这几个月工夫，他找了好几个退役和在役的职业选手打球，全胜。"

听这话，这人有点水平啊。

谢拾安微微扯了一下嘴角："原来如此，怪不得口口声声说着职业选手怎样怎样，这么讨厌职业选手，却还要去参加国家队，心理有够扭曲的。"

秦扬一听她的话，脸色一变："你懂什么？国家队都是一群只知道规章制度、不懂变通的废物！今天我就要打赢你，让他们都看看！"

前国家队啊。

她还没有和国家队的人交过手呢。

曹睿不说还好，现在告诉她，她舔了舔唇，反倒有些兴奋，看向了乔语初。

数年如一日的默契让乔语初瞬间就明白了她的意思，走上前来和她肩并肩地站在一起。

"那就赌上职业选手的荣誉，和他们打一场。"

"既然这样，那就辛苦曹老板给我们当裁判了。"秦扬说着，把烟头扔在了地上，用脚踩灭。

曹睿招呼人把记分牌搬了过来："行，没问题。"

秦扬脱了外套，里面就一件短袖，露出了精壮的胳膊，拿着球拍活动着身体。

另一个男生也拿着球拍走了过来："哥，就那个谢拾安厉害，球风特别怪，好像在我脑子里装了监控似的。我一抬手，她就知道我要往哪儿打，只要把她压制住了，另一个，不成问题。"

秦扬冷哼了一声："那叫预判，不是你这种废物能学会的。"

乔语初看着对面的人在热身，也小声道："拾安，你有把握吗？"

谢拾安往球拍上缠着缓冲膜，抬头望了对面一眼："还没打，不知道，第一局先试试水。"

"好，我来防守，给你垫球，你找机会得分。"

谢拾安嘴角微勾了一下："好。"

曹睿吹响了哨子，比赛正式开始。

谢拾安虽然有心理准备，但开头几个球还是落了下风。秦扬的球风和他本人性格一样，又嚣张又狂妄，偶尔还故意发一些有炫技成分的球。

谢拾安也是同样打快攻快杀的选手，对上秦扬，可谓是棋逢对手，但对方与她不一样的是，他有体能上的优势，还有丰富的对战经验。

他很强，至少比她曾经遇到过的任何一个对手都要强。

一球落地，谢拾安喘着粗气，胸口上下起伏着。她咽了咽口水，余光瞥了一眼记分牌——15：7。

"这样下去不行，不能再盯着他进攻了。"

谢拾安杀过去的球，很难突破秦扬的防线。

既然一条路行不通，那就换一条。

乔语初和她错身而过的时候，低声道："我来佯攻，你留意后场，咱们打那个稍微弱一点的。"

谢拾安微微点了下头："好。"

突然变换的打法让对方有些措手不及，谢拾安利用假动作骗了对手，接连得分。又是一球打在场地的中间，秦扬和他的兄弟球拍相撞，谁也没接住这个球。

比分追平到了15：15。

谢拾安回身的时候，和乔语初互碰了一下拳头，这是独属于她们的默契。

"晕……"秦扬又啐了口唾沫，冷冷地剜了一眼自己的队友，"没用的东西，你过来。"

秦扬俯身在他耳边说了些什么，瞅着她们的眼神有些阴森森的。

谢拾安回过头去叮嘱了一句："小心点，他们可能要换战术了。"

乔语初点点头，追平了比分还是让她很有信心的，却没想到秦扬的战术竟然是冲她来的。

之前她就听谢拾安说过，那个男生的球风很"脏"，专门打人上三路。她虽不至于像周沐那样手足无措，但毕竟体力有限，顾得了自己这边，就顾不上谢拾安那头，应对这样的球多少让人有些烦躁。

高手过招最忌讳心乱，见乔语初接连"挨打"，谢拾安也抿紧了嘴角，越到这个时候，她得越冷静才行。

"不要慌，他们这样就说明我们的战术是正确的，各自守好自己的半区，和他们拉扯对角，找机会得分。"

虽然谢拾安比乔语初小，但自从两个人组队以来，乔语初一直都是听她的战术安排，此刻听了她的话，就像是吃了一粒定心丸。

乔语初重重点了下头："好，我来给你创造机会。"

两个人默契非常，再加上自身实力也不弱，毕竟是打进过全国大赛的选手。谢拾安身手敏捷，球风出其不意。乔语初的球风就相对来说保守一些，彼此相辅相成。

她们稳住阵脚之后，头疼的可就是秦扬了，毕竟他和自己的"兄弟"可没多少默契。

在谢拾安不断的拉扯下，双方比分咬得很紧，很快便变成了 20 ：19。

她们这边暂时落后一分。

乔语初看了谢拾安一眼："搏一下？我们得把比分追平，抢到赛点，不然下一局就更难打了。"

谢拾安也是这个意思，她目不转睛地盯着对方的动作，突然微眯了眼睛，一个箭步就冲到了网前，奋力挥拍，把球打过了对角线。

秦扬反手就是一个高远球，打她们后场。

乔语初也不甘示弱，跳起来把球杀了回去，和秦扬处在同一条直线上的男生反应速度也不慢，迅速回防。双方打了几个来回，男生一个假动作，看似要扣杀，实则没用力，把球轻轻挑了过来。

这个球打在中间，离乔语初的位置最近，她想也没想就要上网拦截。

谢拾安眼角余光瞥到秦扬也悄悄换了位置，暗道一声"不好"，但想要阻止已经来不及了。

乔语初拦过去的球被人截住了，看秦扬的抬手动作还是要打网前球，她还来不及反应，瞳孔里那道白色流星就越放越大了。

秦扬的嘴角含着狰狞的笑。

砰的一声。

乔语初眼前一黑。

场馆里一片死寂。

乔语初倒退了几步，球拍从手里滑落，身子摇摇欲坠，眼看着就要摔倒在地上。

谢拾安一个箭步就冲了上去，把人扶稳。

"语初，语初，你怎么了？！"

刚刚电光石火之间，秦扬的球拍结结实实地过网砸到了乔语初的脸上，瞬间的爆发力让她的耳朵这会儿还在嗡嗡作响。

她躺在谢拾安的怀里，眼前一阵阵地发黑，只听见谢拾安在耳边不停呼唤她的声音，由远及近。

乔语初总算是听清了，想勉强笑笑，让谢拾安别担心，谁知道还没开口，鼻腔里就有一股热流涌了出来。

她伸手一摸，是血。

谢拾安当场就红了眼眶，咬牙切齿，把拳头攥得咔嚓响。

简常念和周沐刚走进俱乐部，就看见了这一幕。

简常念心里一紧，径直拨开人群钻了进去："语初姐，这是怎么了？"

周沐和她的学长也紧随其后跟了过来："天哪，好多血！"

谢拾安抱着乔语初，整个人都在发抖，眼睛里全是血丝："纸……纸……谁有纸？"

简常念七手八脚地去翻自己的兜，还好出门的时候带了一点，周沐也去翻自己的书包，找到了一包纸巾，递给了谢拾安。

雪白的纸巾很快就被鲜血浸湿，谢拾安替乔语初捂着鼻子，指缝里都是血。

谢拾安红了眼眶，咬着牙，吐不出半个字。

对面秦扬趴在网上看了一眼："这不还没死吗？做出一副悲痛欲绝的表情给谁看啊？裁判，该翻牌了，这局我们赢了。"

这个声音深入简常念的骨髓，几乎每个噩梦里都会出现。她永远也忘不了那天，饭店里的那个男人把她扔在了大马路上，对她拳打脚踢，无数摄像头对准了她，拍下了她痛哭流涕的样子。

简常念僵硬地回过头去，就和秦先生的视线对了个正着。

秦扬又扯了一下嘴角："哟，又是熟人啊。"

谢拾安忍无可忍，拿起球拍起身，乔语初轻轻拉住了她的手腕，就让她动弹不得了。

"你不是……答应过我……不打架了吗？再说……咳咳……你一个人也……打不过他们……"

因为血倒流进嘴巴里，乔语初又咳了两声，呛出了泪水。

谢拾安怒吼："救护车！打 120 了吗？！"

曹睿拨开人群，也冲了进来："打了，打了，救护车马上就到！"

秦扬嬉皮笑脸看着眼前发生的一切："这就对了，打不过就早点认输，也不至于吃苦头。在江城，你们职业选手，我见一个打一个，都给老子夹紧尾巴做人，少出来耀武扬威，我们走。"

男生跟在他身后巴结："秦哥，还是你厉害，就没有你打不过的人。"

"那是，什么滨海省队，给我提鞋都不配，就是一群废物、饭桶。"

看看乔语初的伤势，再看看谢拾安颤抖着嘴唇的样子，简常念脑海中走马灯般地掠过了那天晚上的场景。

他伸向自己的魔爪，狞笑着的脸，踩住她脸的厚鞋底，以及派出所里轻飘飘的五百块钱。

她的胸腔里仿佛有一团火在烧。

她噌地站了起来："站住！比赛还没结束，你不可以走！"

秦扬喷了一声，回过头来："你算哪根葱啊？这么怀念那天晚上被打的感觉，我都有些舍不得了呢。"

周沐扯了一下她的衣角，小声道："他就是在饭店打你的那个人？"

简常念点点头，周沐嘀咕，又晃了晃她的胳膊，有些担忧："别人打球，他打头，把人打成这样，肯定不是什么好人，你别和他打，会吃亏的。"

等了许久的救护车终于到了，医生推着担架车跑进了场馆，众人把乔语初抬上车，她拉了一下简常念的胳膊，轻轻摇了摇头："别和他打，会受伤的。"

谢拾安抿紧了嘴角，一言不发。

简常念看了她一眼，把乔语初的手塞进了被子里："我不知道打不打得过他，但是我想试一试。"

谢拾安站在原地没动："曹大哥，她就拜托你了，到医院有什么状况，电话联系我。"

"好，放心吧。"

乔语初还想说什么，谢拾安松开了扶着担架车的手，目送她被医生推走，在心里默默道："我答应你，不用暴力来解决问题，这场比赛，我一定要赢。"

简常念捡起乔语初掉在地上的球拍，和谢拾安对视了一眼，不用任何交流，两个人同时点了点头。这一刻，她知道，谢拾安和她心意相通。

"三局两胜，比赛没打完，就不算输。"

秦扬肩上披着自己的外套，指了指说话的简常念道："你的队友都打不过我，你凭什么觉得你就可以，是谁给你的自信？"

简常念用力攥紧球拍，摆出了防守的姿势："我会尽力。"

从刚刚开始，谢拾安就一言不发，沉默得让人害怕。如果是乔语初或者程真在这里，多半会知道，她的内心越是翻涌，整个人就越发寡言。

她的愤怒像是一颗种子，深埋在土里积蓄着力量，只等着破土而出的那一刻。

秦扬看着她们大有不打完这场比赛誓不罢休的架势，把外套一扔，又拿起了球拍："行，对付你们两个废物，也别三局两胜了，浪费时间。哥还有事呢，就打一局陪你们玩玩，让你们输得心服口服。"

男生也凑了过来："秦哥打她们两个，可不就是跟砍瓜、切菜一样简单。"

秦扬活动着肩膀和脑袋："你少给我掉链子就成。"

谢拾安嘴角溢出一丝冷笑，在公园里她们和那个男生也是一局定胜负，秦扬这是在变着法子羞辱她呢。

"我要是赢了，你们不会又耍赖吧？"

秦扬把球拍一扬，压根就没觉得自己会输："大言不惭，你先赢了我再说。"

在简常念的认知里，谢拾安就是整个集训队里最强的选手，没有之一。她和乔语初强强联手都没能打过的人，可想而知，实力有多恐怖，至少对于现阶段的自己来说，是一道不可逾越的天堑。

少女一腔热血，但心里也有些打鼓，她把球拍换到左手，右手在裤缝边上擦了擦汗。

简常念的动作很快，虽然只是一瞬间，但还是被谢拾安捕捉到了。

谢拾安瞥了她一眼，不动声色。

"你来盯那个男生，你和他在公园交过手，我负责解决这个秦扬。"

简常念神色凝重地点了点头："我会尽力的。"

谢拾安把头转了过去，语气里没有一丝温度："不是尽力，而是一定要赢。"

第二局开始。

谢拾安放弃了刚刚和他们拉扯的战术，直接发起了进攻，一直压着秦扬的头顶打。双方打了一个多拍，一旁的那个男生看得很是着急，但奈何谢拾安球控得很好，一直在秦扬的那个半区。

简常念也紧张地在后场做着防守，她咽了咽口水，想起严新远训练的时候教过她的——多观察，去思考，判断对手下一步会做什么。羽毛球不是一项一成不变的运动，它充满了无数未知和可能性。

谢拾安往后跑动着，秦扬估摸着她想吊球，也往后撤了两步，简常念眼前一亮。

"谢拾安！"她提气大吼了一句。

谢拾安会意，让了一个身位给她，她直接杀上网，跳起一个暴扣把球狠狠地砸在了地上。

男生想要回防已是来不及。

秦扬拿着球拍就敲在了他的后脑勺上："没用的东西，连自己的半区都守不住。"

男生被打得偏了一下脑袋，一边用手揉着，还得不停赔笑，点头哈腰："哥，秦哥，我错了，我一定好好打。"

谢拾安轻蔑地扯了一下嘴角，压根没给他们反应的机会，再次发起了进攻。

简常念看着她有些不要命的打法也惊了，咽咽口水，小声道："那个……我们要不要保存一下体力，就算赢了这局，还有下一局呢。"

谢拾安头也没回，只留给简常念一个斩钉截铁的杀上网的背影："你要是老想着下一局，那么，这一局永远也赢不了。"

这是爷爷最开始教她打球的时候，曾告诉过她的话。

她记了这么多年，却从未像这一刻般如此清晰，什么输赢，都去他的吧。

谢拾安的脑子里此时此刻只有一个念头：杀球、杀球，不停地杀球。

哪怕筋疲力尽，哪怕摔倒在地，她也在所不惜。

这是她赌上职业选手的荣誉，也必须赢的比赛。

对面的球飞过来的时候，她迅速跑动，猛地离地起跳，那一跃甚至有一米多高。

她长臂伸展，拍头下压，瞅的就是对方的右半区，羽毛球撞击在拍子上发出了砰的一声。

秦扬不愧是前国家队队员，反应速度也很快，迅速压低了重心回防。

谢拾安回头瞅了一眼："简常念！"

虽然这一幕她们并没有事先演练过，训练赛也从没有一起打过，但不知为何，就在她喊出自己名字的这一刻，简常念明白了她的想法。

简常念从谢拾安身后蹿了出来，猛地离地起跳就是一个扣杀。

谢拾安以自己的身体为她做了掩护，也迷惑了对手。

秦扬一直以为谢拾安才是主攻，却万万没想到，简常念也会杀球。

他再想起身救球已是回天乏术了。

周沐看得目瞪口呆："好……好厉害。"

她的眼神里带了一丝羡慕、一点敬佩，更多的是欣慰。

原来简常念不知不觉间已经进步到这个程度了吗？

周沐由衷地笑了起来，在场边欢呼："常念，你好厉害！加油！一鼓作气打败他们！"

这一球落地，比分变成了8∶11。

简常念也不可置信地瞪大了眼睛，看看记分牌，再看看自己握着球拍的手，巨大的喜悦和成就感一起涌上了心头。这样的球，她在训练赛的时候是打不出来的，或者说是她不敢打的。

少女终于忍不住举起球拍跑到了后场欢呼了起来。

谢拾安总算轻轻扯了一下嘴角："赛点了，严教练说的一鼓作气没忘吧？"

简常念重重地点头："好，你主攻，我来给你垫球。"

谢拾安瞥了她一眼："你没看见吗？我们互相掩护，交替进攻，就是二打一。那个男生的威胁可以忽略不计，他的心已经乱了，打不好球的。"

秦扬把输球的恼恨统统发泄在了自己的队友身上，在他接连的辱骂和拳打脚踢中，男生越发变得畏畏缩缩不敢上了。

他本来也是可以打得很好的。

简常念一怔，好似明白了一些什么。

少女嘴角扬起了明亮的笑："好，我们，一起打败他。"

是我们，而不是我。

只剩最后十个球了。

简常念却从未觉得时间如此漫长过，她奋力挥拍，每一次离地起跳都有汗水洒落在地上。

谢拾安也使尽浑身解数，拼尽全力去救球，哪怕自己摔出了场外，也绝不让球落地。

少女们肆意挥洒着汗水和青春，也发泄着所有不甘和愤怒，一拍又一拍，清脆的击球声，鞋底摩擦着地板的声音，响彻了整个羽毛球馆。

周沐双手交握在一起，替她们紧张着："还有五分、四分、三分、两分……"

此时比分已经变成了 15 ：19。

只要再赢两个球，谢拾安她们就获胜了。

秦扬眼中的狠意一闪而过——绝不能让她们获胜，哪怕不择手段，也要赢。

他咬着牙，又想故技重施，疯了一般杀上网来，谢拾安脑中警铃大作。

"简常念，让开！"

只顾着在网前防守的简常念听到了谢拾安的声音，下意识地就偏了一下脑袋。

球拍的边框擦着她的脸滑了过去，留下一道红印。

简常念吃痛，却半步未退，她的眼里只有朝她高速飞过来的羽毛球。

她压低了自己的重心，从下往上把球挑了回去，打的正是秦扬来不及回防的反手位置。

羽毛球落地。

周沐跳了起来："还有一分了！"

简常念也因为失去了平衡，一屁股坐在了地上，整个人一落地才发现腿软脚软，连球拍都拿不起来，原来早就筋疲力尽了。

最后一个接发球，吃过两次亏的谢拾安不再选择和他在网前平推，压根就不给他碰到自己的机会，而是充分发挥了自己身手敏捷的优势，频繁地吊球，调动着他们的后场。

对付身材高大的选手，打对角吊球往往会有出其不意的效果。

谢拾安的心像油煎似的，神色却越发平静。

她要赢，要堂堂正正地赢，要捍卫职业选手的荣誉，要为滨海省队正名，也要为乔语初出气。

她扬手，离地起跳，动作迅猛而又舒展，像草原上肆意奔跑的豹。

明明没有风，简常念却觉得她带起来的气流都卷起了自己的发丝。

简常念瞪大了眸子，屏息静气地等待着最后的结果。

谢拾安落地的时候，简常念放在地板上的手能明显感觉到轻微的震动。

她抬头看向谢拾安，谢拾安的身体是那么单薄，却又是那么无坚不摧。

场馆里的灯光仿佛都只聚焦在了谢拾安一个人的身上。

谢拾安天生就属于赛场。

她昂首挺胸道："我们赢了。"

短短的四个字，是简常念从她嘴里听过的最好听的话。

也不知为什么，简常念竟然有一丝想哭——她赢了，她们赢了，她赢了欺凌过她的人，虽然不能以别的方式回击，但对于一个运动员来说，堂堂正正地打赢他，就是最好的报复。

场馆的员工翻过了记分牌，吹响了哨子，宣布比赛结束，谢拾安这边胜。

也就在这一刻，秦扬脸色一变，暴起，扔了球拍，就要翻过网来打人。

"干什么？干什么？"早就看不下去的俱乐部员工，以及一些打球的球友纷纷围了上来，推搡着他。

他被几个人高马大的男员工死死抓着，动弹不得，往地上啐了口唾沫，眼神又阴鸷又疯狂："呸！你给我走着瞧！放开我！我们走！"

在被其他人围上来的瞬间，谢拾安回头看了一眼跌坐在地上的简常念。

她正要爬起来，面前突然伸出了一只手。

她顺着纤细白皙的手腕看上去，是谢拾安。

谢拾安依旧抿着唇，是那副冷冰冰的表情："没事吧？"

简常念抓住她的手站了起来："没事！"

见简常念没什么大碍，谢拾安就松开了手，走去一旁喝水休息。

周沐也跑了过来，绕着简常念上看下看的："你这脸，妈呀，好长一道印子！这下手也太狠了吧！"

简常念笑笑："没事，皮外伤，过几天就好了。"

她眼角的余光瞥到秦扬带着人灰溜溜地正要走出场馆，于是拨开人群，跟了过去。

她叫住了秦扬："你知道你为什么会输吗？"

秦扬轻蔑地一笑，连头都懒得回。

"因为你的眼里，只有输赢，没有朋友。"简常念声音不大，却掷地有声。

秦扬背影稍僵，片刻后头也不回地走了。

在简常念说出这句话的时候，谢拾安停下了喝水的动作，微勾了一下嘴角，在她们过来的时候又举起了水瓶，神色如常。

秦扬走出场馆，但没走远，蹲在路边，看着对面谢拾安一行人有说有笑地走了出来。

他跟他同伴示意："去，给我叫几个人。"

出了俱乐部，周沐还沉浸在刚刚那场精彩的比赛中，围绕着谢拾安转来转去，喋喋不休。

"学姐？算了，不是一个学校的，叫学姐好像有点不合适。拾安，我可以这么叫你吧？

"你刚刚那个球真的好帅！呜呜呜，是我见过的打球打得最好的女生了！

"都见过这么多回了，你可以给我个电话号码吗？

"或者你教我打球也行啊！"

谢拾安面无表情，但默默加快了脚步。

简常念扶额，她一把将围着谢拾安跟个扑棱蛾子一样手舞足蹈的周沐拽了回来："你别惹她，她发起火来也很吓人的。"

话音未落，走在前面的谢拾安突然冒出了一句："再不走快点就赶不上末班车了。"

周沐吓得也顾不上叽叽喳喳，赶紧拽着简常念脚底抹油般溜了。

谢拾安一边走，一边给乔语初打了个电话："你怎么样啊？"

她的声音听上去好多了："拍了 CT，医生说没什么问题，鼻子出血是因为毛细血管破裂，已经止住了。"

谢拾安悬着的一颗心总算是放了下来："那就好。"

乔语初坐在病床上，刚想说些什么，手机就被程真抢了过去。

"喂，我说，只是流鼻血，你就把我叫了过来陪护，我好不容易获得的假期！烧烤刚端上来，还没来得及吃一口呢！"

谢拾安将手插在兜里，淡淡道："行了，改天我请你吃大餐。"

曹睿的声音也插了进来："既然人没有什么大碍，又有人在这陪你，那我就先走了。"

医生的意思是让乔语初在这住一晚上看看情况，毕竟这事也不方便通知她爸妈，医院又非要留一个人在这里看护，曹睿是个大忙人，而且和她也称不上是特别要好的关系，所以，程真这个闲人，当然是首选人员了。

"你以为我愿意你在这儿啊，吵得我头疼。"

听着乔语初和程真拌嘴，谢拾安难得弯了一下嘴角："我一会儿就过去，等我到了就可以让他滚回家了。"

一行人刚走到公交车站，开往城南一中的公交车就来了。

周沐两三步跳上车和她们告别："我先走了，改天见。"

简常念同她挥挥手："再见。"

开往市区和开往郊区的公交车是反方向，因此简常念还得再过一座天桥，才能到车站。

她看着谢拾安挂了电话之后也没有要过马路的意思，问道："你不回训练基地吗？"

谢拾安摇了摇头："不回，我去医院。"

谢拾安应该是要去看望乔语初吧。

再晚就没有公交车了。

简常念纠结了一会儿，还是道："那我就先回去了，替我向语初姐问好。"

谢拾安略点了一下头，脚尖转了个方向，往天桥旁边的一条巷子里走了过去。

简常念也转身上了天桥。

她走了两步，也不知道为什么，突然转头看了一眼，昏暗的路灯下，几个人影跟着谢拾安一起钻进了小巷，其中一个人的背影好像秦扬。

那条小巷只有路口有灯光，再往前走几步就是一片漆黑，站在此刻简常念所在的位置，她什么也看不到。

她的心脏突突地跳了起来，车辆川流不息的马路上，回训练基地的末班车缓缓驶了过来。

她看了一眼，咬唇，突然朝着小巷的方向，拔足狂奔。

"怎么样，你们赢了吗？"

"赢了。"

谢拾安一边走着路，一边和乔语初打着电话。

这是从俱乐部去医院的一条近路，穿过这条小巷，就是小吃街，过了小吃街就离医院不远了。

巷子两侧都是自建房，前两年被划为了拆迁区，大部分人家搬走了，因此，别说人了，连盏路灯都没有。

不过，谢拾安上学的时候经常从这里走，她对这一带的道路很熟悉，因此放松了警惕。

整条小巷里，只有她手机通话时屏幕发出的那一点亮光。

"太晚了，你回去休息吧，橙汁儿在这儿陪我就行了。"

谢拾安摇摇头："反正我也没事。"

身后传来细碎的脚步声，她以为是行人，没怎么在意，脚步声突然变得急促起来，不等她回头，耳边刮过一道劲风，伴随着一个熟悉的声音："谢拾安，快躲开！"

她捏着手机，浑身汗毛竖立，下意识地就往旁边侧了侧身，一根拇指粗的铁棍擦着她的脑袋滑了过去。

简常念飞奔而来，眼看着那根铁棍就要落在谢拾安的脑袋上，只能用自己的身体把人撞开。

混乱之中，有男人骂了一声。

简常念还没来得及站稳，就被另外几个回过神来的男人踹倒在地上。

"简常念，起来！"谢拾安瞳孔一缩，把手伸向了她。

她刚爬起来，又被踹倒在地上。

"让你坏老子好事！给我打！"秦扬眼神阴森森的，拿着铁棍指了一下谢拾安，"还有你，你们一个也跑不了，给我上！"

"谢拾安，快跑啊！"简常念抱着头，满地打滚，眼角余光瞥见有人朝着谢拾安去了，她也不知道哪儿来的勇气，竟然一把抱住了秦扬的腿。

"真是难缠——"秦扬被人抱住腿，动弹不得，往地上啐了一口唾沫，高高扬起了手中的铁棍，就要朝着简常念身上招呼。

电光石火之间，谢拾安扑了过来，一手肘砸在他的腰上，扯着他的后衣领往地上一掼，脖子上开了一个口子，然后她迅速把简常念扶了起来。

"快跑！"

简常念踉踉跄跄地被人拖着往前跑，身后几个男人穷追不舍，眼看着他们就要追上来了，谢拾安把路两旁能推倒的垃圾桶、建筑垃圾、清扫工具等都抛在了身后。

混乱之中，简常念被一块砖头绊倒，扑通一声五体投地，摔得眼冒金星。

一只手向她们抓来，谢拾安捡起那块砖就朝他的脸狠狠地砸了过去。

男人吃痛，惨叫了一声，谢拾安趁势扶起简常念，连拖带拽着她快跑，手机掉了都不知道。

"走啊！往前跑！别回头！"

乔语初只听见几句急促的"快跑""别回头"之类的话，整个人噌地一下就从床上弹了起来。

"拾安，谢拾安，你出什么事了？！拾安，你说话啊！"

她话音未落，谢拾安掉在地上还亮着屏幕的手机，就被秦扬一脚踩烂了。

通话的声音戛然而止。

乔语初的整颗心脏都揪了起来。

"程真，程真！"她一边喊，一边掀了被子下床，程真从门外冲进来。

"怎么了？怎么了？！"

乔语初拉着他的衣袖，眼眶都是红的："拾安……拾安……可能出事了！"

能让向来温柔、情绪十分稳定的乔语初失态成这个样子，多半是出了什么大事。

程真不假思索地道："你别急！在这儿待着，我去找她们，你知道她在哪儿吗？"

乔语初勉强定了定神，回忆起刚刚和谢拾安的通话内容，凭她对谢拾安的了解，谢拾安肯定会抄近路过来。

"医院门口左转有条小吃街，小吃街走到底连通着一条小巷，从巷口到医院只需要步行十分钟！那条巷子属于拆迁的范围，平时都没什么人，如果有人要害她，肯定是在那里！"

"好、好、好，我现在就去！"得知了准确地点的程真把人扶到了床上坐下，转身就跑，没跑两步又折返回来拿起他放在床头柜上的电瓶车钥匙。

程真穿梭在小吃街熙攘的人群里，心急如焚，喇叭按得响个不停。

他拿着手机又给谢拾安打了几个电话，均被告知关机了。

他咬了咬牙，拨打了110。

"谢……谢拾安……我……我跑不动了！"简常念喘着粗气，脚步逐渐慢了下来。

谢拾安看着不远处的亮光，又回头看了一眼穷追不舍的几个人，咬咬牙，把她的胳膊架上自己的肩膀，拖着她继续往前跑。

"再坚持一下，到了人多的地方就安全了！"

她话音刚落，前面的巷口又钻出了几个人，逆光站着，看不清面容，但手里都拎着家伙，挡住了她们的去路。

身后的脚步慢了下来。

秦扬吊儿郎当的声音传了过来："跑啊，怎么不跑了？"

简常念环顾四周，漆黑一片，前后左右都是人，她不由得倒退了几步，整个人在微微发着抖。

"谢……谢拾安。"

她本能地靠近了此刻唯一的热源。

谢拾安和她背靠背站着，低声道："还有不到一百米，我拦住他们，你冲出去找人报警。"

简常念咽了咽口水，粗略一看，他们有五六个人，谢拾安一个人怎么可能打得过。

"不……不行……我走了，你怎么办？"

"走？今天一个也别想走。"秦扬用铁棍挠着后背的痒痒。

"你究竟想怎么样？"眼下还是先拖延时间为妙，谢拾安掌心里都是冷汗，但努力镇定道。

"你不是很牛吗？神童、天才、江城第一，给我废了她的手，看她还怎么打职业！"秦扬也知道她在拖延时间，压根不跟她废话。

谢拾安把简常念往身后一推，稍稍回了下头，喊道："走啊！"

简常念被推了个趔趄，就看见谢拾安被三四个人摁住，随后她狠下心快跑起来。

谢拾安捡起地上的砖就朝那些抓住她的人狠狠地砸了过去，秦扬似是也没料到她还会反抗，吃痛的一瞬间撒了手。

谢拾安得以逃脱，还没爬起来，又被一脚踹倒在了地上。

她咬着牙，挣扎着，又从地上抓了一把土，朝着他们的脸狠狠地扬了过去。

她的眼睛，亮若星辰，眼神是那么坚定不屈，绝不求饶，绝不跪下，绝不认输。

她一次次被踹倒，又一次次爬了起来，直到被人揪住头发，一铁棍砸在了腿上才跪倒在地。

她从喉咙里溢出了一声痛哼，被压得深深弯下了腰。

"你现在应该感谢我，让你提前退役了。"

秦扬嘴角扬起笑，眼中凶光乍现，踩住她肩膀的脚就要用力。

简常念跑了几步，又停住了脚步，回头一看，眼眶都红了。

简常念顾不上害怕，也顾不上谢拾安的叮嘱，此刻脑海中只有一个念头——绝不能让秦扬那样的人毁了她的骄傲、她的梦想、她的……一切。

简常念的眼角余光瞥到墙边放了一把清洁工用的扫帚，想也未想，操起来就冲了过去。

"放开她！"

简常念张了张嘴，还没喊出声，就有人抢了她的台词，一辆飞驰而来的电动车疯狂地摁着喇叭从她身边擦肩而过。

程真把电动车骑成了摩托车，在狭窄的小巷里左突右闪，逼退了谢拾安身边的人。

简常念受到鼓舞，也大吼了一声，挥舞着扫帚冲了上去，毕竟一寸长一寸强，一时之间还真没人敢近他们的身。

"不就来了一个人，怕什么？给我打！"

秦扬一声令下，又有人想扑上来，程真扔电动车的时候横扫了一大片。简常念趁机把谢拾安扶了起来，手刚碰到她的肩膀，她就闷哼了一声，脸色发白。

"你、你、你……你没事吧！"简常念吓得连话都说不清楚了。

谢拾安勉强站了起来，手捂着肩膀："你不碰，我就没事。"

远远地，警笛响了起来，巷口有警灯在闪烁。

"哥，哥，警察来了，快走吧！"

秦扬往地上啐了一口唾沫："呸，今天算你们命大，以后走着瞧。"

说罢，一行人扔了铁棍，朝反方向跑了。

警察赶到，简单做了笔录，看她们身上都有伤，又把人送到了医院门口。

下车之前，简常念回头问了一句："警察叔叔，什么时候能抓到他们啊？"

"短的话三五天，慢就一个月，抓到人了，我们会给你们回复的。"

程真拍了拍她的肩："走吧，拾安的伤要紧。"

乔语初听闻了消息，顾不上医嘱，早早就在急诊科门口等着他们，见人过来，立马就扑上去抱住了谢拾安："太好了……你没事就好……吓死我了……"

谢拾安被她撞得一个趔趄，又碰到了胳膊，顿时轻哎了一声。

乔语初赶紧把人放开，看谢拾安捂着肩膀，脸色发白的样子，眼眶都红了："他们……他们怎么能这样呢？医生，医生，你快进去让医生好好检查检查！"

乔语初把人扶进了诊疗室，医生虚掩着门，拉上了帘子，阻挡了他们的视线。

三个人在走廊的长椅上坐下来。

乔语初看简常念也是一副鼻青脸肿的模样，关切道："你怎么样？要是今晚没有你的话，我真的不敢想象拾安会遭遇什么，谢谢你，常念。"

被人郑重地道谢，简常念有些不好意思地笑了笑，又扯痛了脸上的伤口，因此有些龇牙咧嘴的："没……没事……都是皮外伤。"

"那可不行，等拾安做完检查，你也要让医生看一下才行。"

两个人正说着话，医生推门走了出来。

"病人没什么大碍，没伤到骨头，扭了一下而已，这几天好好休息，就别干什么重活了。"

乔语初赶忙站起来连连称是。

"对了，我看你们几个都是学生吧，监护人呢，得过来签个字。"

乔语初说："我是她姐姐……"

话音未落，谢拾安掀帘走了出来，因为做检查，此刻她披着外套，脸上惯常地没什么表情。

"我成年了，我来签。"

"医生，医生，给她也看看吧。"乔语初听她这么说，也没说什么，又看这里这会儿没什么人，就把简常念也推了进去。

"是秦扬吗？"两个人坐在长椅上等简常念出来，乔语初问。

谢拾安点点头："嗯。"

乔语初也恨得牙痒痒："不就是赢了他吗，至于下这种狠手吗！"

"已经报警了，想来暂时不会找我们的麻烦。"

"这段时间，你哪儿也不要去了，就待在训练基地里好好养身体。"

谢拾安微微弯了下嘴角："真没事，倒是你，还不回病房吗？"

和乔语初被打到脑袋比起来，自己这可真就是皮外伤了。

这时，护士来找人了："乔小姐，我们医院有规定，病人不能到处乱走的。"

乔语初只好起身："那好吧，我先回去了，你一会儿回家，还是……"

谢拾安："我回家。"

两个人说着话，简常念也做完检查出来了："那个……多少钱啊？我以后再……"

程真刚从缴费处过来："嗐，没多少，就算了吧，你可是救了我们拾安一命的大恩人，别说这点小钱，就是……"

话音未落，他就被谢拾安踹了一脚："闭上你的嘴。"

乔语初没忍住，扑哧笑了出来："好了，那我就先回病房了，时候不早了，你们也早点回去休息吧。"

一行人走出医院，简常念落在了后面，她看了一眼医院墙上的挂钟，已经是深夜十二点多了。

这个时间，公交车早就停运了，她摸了摸兜，只有四块钱。

她咬着唇，思索起了该去哪儿过夜。

谢拾安停下脚步转身看着她："去我家吧。"

谢拾安的家坐落在一片老小区里，早些年还算是城里的黄金地段，随着城市的规划和开发，市中心挪了地方，这一片就不值钱了。

本来说要拆，大伙儿眼巴巴地盼了五六年，也没拆成，于是搬家的搬家，卖房子的卖房子，小区楼下的商铺大多关着门，零星几家开门的店铺也都贴上了"旺铺出租"的字条，居民楼里也只有寥寥几户亮着灯。

谢拾安走到小区门口唯一的小吃摊前停住脚步："两碗米线，带走，一份加辣，一份少辣。"

摊主是个五十多岁的阿姨，听见声音耳熟，抬头一看是谢拾安。

阿姨笑了笑，多给她们抓了半碗米线。

"这不是小安吗？好久没回来了啊。"

小安。

简常念还是头一次听见有人这么叫她呢。

简常念好奇地探头张望了一下，只见谢拾安脸上没什么表情，眼底却有一丝笑意："嗯，最近一直在集训，您还营业呢？"

她上一次回来拿东西已经是半年前了，周遭一片冷冷清清，连超市都关门了。那时候阿姨也没出摊，她一直以为阿姨已经搬走了。

趁着锅里的米线还在煮，阿姨麻利地往一次性餐盒里加着各种调料。

"嗐，有一阵子没出摊，但闲不住，而且有个活计总比没有要好。再说了，这里虽然不比从前热闹，但偶尔也有老住户来照顾生意，他们都吃惯了这一口。"

那倒是，谢拾安从小就是吃着这家的麻辣粉、米线、汤圆、水饺、馄饨、炒面、炒粉长大的。

虽说阿姨年岁逐渐大了，一个人精力有限，花样少了许多，现在只卖麻辣粉、酸辣米线了，但味道还是和从前一模一样。

简常念闻着这味道，也馋虫大动，本来就没吃晚饭，肚子很不合时宜地咕噜了一声。

"饿了吧？马上就好。"

阿姨笑了笑，把煮好的米线放进碗里，浇上汤汁，撒上葱花、香菜，又从腊汁锅里捞了两个卤蛋，给她们用塑料袋装好。

"给，这还是我第一次看见小安带别的朋友回家呢，送你们一人一个鸡蛋。正是长身体的时候，大晚上的饿肚子可不行。"

谢拾安执意要给她钱，她说什么也只收米线的钱，两个人推来推去，最后还是拗不过，只往盒子里放了十块钱。

简常念看谢拾安左手提着两个餐盒，赶忙小跑着跟了上去接过来："我来吧。"

谢拾安也没拒绝，两个人一前一后地走着。

小区里仅有的几盏路灯忽明忽暗，但好在今晚的月亮够亮，让人看得清路，简常念亦步亦趋地跟着她。

"你和卖麻辣米线的阿姨关系很好吗？"

谢拾安淡淡地"嗯"了一声："以前经常去吃。"

"你一个人住吗？"简常念好奇地多问了一句。

谢拾安沉默着推开了单元楼的大门，年久失修的防盗门发出了沉闷的声响，声控灯应声而亮，把简常念吓了一大跳。

她抬头一看，往上楼层的楼梯间竟然亮起了灯。

她不由自主地发出了感叹："哇，好高级！"

谢拾安走在前面："声控灯，你没见过？"

简常念摇了摇头："农村里只有那种瓦数很低、光线昏黄的灯泡。"

谢拾安没再说什么，沉默地走着路。她们爬完一层楼梯，声控灯灭掉一盏，一直爬到六楼，打开家门进屋的那一刻，整座楼的灯光才悄然熄灭。

直到很久以后，简常念才知道，原来谢拾安家楼道里的声控灯，是她的爷爷特意为她装的。她小时候怕黑，一个人出门玩，回家晚了就不敢上楼。

那时候楼里的灯是触摸开关控制的，她够不着，就算勉强跳起来够到了，常常是她走到一半，灯就灭了。

小小的谢拾安就只能站在楼下大声喊爷爷下来接她。爷爷年纪大了，有时候听不见，她就会在下面等很久。于是爷爷就征求了邻居们的意见，请人来给全楼装了声控灯，毕竟这是造福大家的事，也没人反对。

从那之后，谢拾安回家晚的时候，只要喊一声爷爷，整座楼的灯都会应声而亮。

再后来，她长大了，不怕黑了，灯还能亮，爷爷却不在了。

半年多没回过家，空气里都是一股霉味，谢拾安推开窗，通风换气。

简常念环顾一周，她家的房子还蛮大的，四室两厅的大平层，装修得很是古朴。客厅中央摆了一张老人的遗像，供桌上面的水果都腐烂了，落满了灰尘。

"这是？"

"我爷爷。"谢拾安走过去把上面的水果统统收到垃圾桶里，拿起落满了灰的打火机点燃了香烛。

简常念觉得自己刚刚那个问题问得很傻，于是冲着遗像微微鞠了个躬，以表哀思，又看着谢拾安，小心翼翼道："对不起啊，我不是故意问你的……"

谢拾安走回来掀开铺在餐桌上的报纸："放在这里吧，先吃饭。"

简常念点点头，刚准备坐下来，手指轻轻摸了一下椅子，上面全是灰。

谢拾安指了指桌上的纸巾，示意她自己擦。

简常念把椅子整个擦了个干干净净。

"你好像不怎么回家的样子。"

谢拾安因为右手不方便使力，拿左手和牙齿咬开了一次性筷子："我在家的话，我爸就会过来。"

"啊？"听她话里的意思，她好像很不想见到自己的父亲。

简常念一头雾水，还想说些什么，谢拾安用两根筷子将米线卷起来吃，看也未看她一眼。

"食不言，寝不语。"

这句话，简常念听懂了，这是让她闭嘴的意思。

这个人还真是一如既往地阴晴不定呢。

简常念在谢拾安埋头和米线做斗争的时候，小小地冲她龇牙咧嘴了一下，在她犀利的眼神投过来的时候，又恢复了往常人畜无害的样子，笑得极其有亲和力。

"你手不方便，要我喂你吗？"

谢拾安默默把碗拉得离自己近了一点："不用。"

"那你看你这样，弄得到处都是。"简常念指指桌上掉落的米线、菜叶子，还有汤汁，"好浪费哦。"

谢拾安的脸色黑了，突然站起来走到厨房翻箱倒柜。

简常念跟进去的时候，她正一只手洗着叉子。

"我来，我来。"简常念把人挤到一边，看水槽旁边放着洗洁精，指了指，"这个，还能用吗？"

谢拾安从鼻孔里哼了一声："上回回来的时候买的。"

简常念洗干净叉子，甩了甩水，见谢拾安拿过去就要往碗里放，又赶紧夺了回来："欸，等下，餐具擦干水再用。"

谢拾安看她扯了纸巾擦了又擦，冷哼了一声道："麻烦。"

话是这么说，但用叉子吃起米线来可比两根筷子卷起来吃轻松多了。

吃完饭，谢拾安回自己的房间收拾东西准备去洗澡，简常念就在屋里转了转。

她拨了拨阳台上的仙人掌，已经枯萎了，捡起倒在地上的洒水壶晃了晃，里面也是空的。

她想了想，跑回厨房接水。

正好谢拾安抱着衣服出来："你干吗？"

"浇水啊，你家阳台上那么多绿植，死了多可惜啊。有些抗旱的植物，比如仙人掌、虎皮兰之类的，一个月浇一次水也可以，到了来年春天，一定会生机勃勃的。"

那些绿植都是爷爷种的，她以前在家的时候还经常浇浇水，后来去打球了，长年累月都在外面训练，便没怎么看顾了。每年秋天叶子落得到处都是，她好几次想扔又舍不得。

谢拾安想让简常念别多管闲事，但不知为何，看着她亮晶晶的眼睛，便什么都说不出口了。

"随你。"

于是，简常念就欢天喜地地从厨房拿了扫帚和簸箕跑去收拾阳台了。

谢拾安摇摇头，有些无奈，抱着衣服进了浴室。

等洗完澡出来，她有些傻眼——不仅餐桌被收拾得干干净净，地面也被人扫过了。

一眼望过去，阳台上的花盆被摆放得整整齐齐，地上的落叶也被清理得干干净净，简常念正拿剪刀修剪着枯枝，她头也没抬，语气里颇有那么一丝得意扬扬。

"你看，把枯枝剪掉，剩下的部分就不会枯萎了，再浇上水，是不是又焕发生机了呢？"

她手里的那盆发财树被剪掉了大半枝丫，只留下完好的根茎部分，靠近底部的根茎上冒出了一点绿芽，算是这个家里唯一看起来有生气的东西。

谢拾安抿了抿唇，把干净的毛巾还有睡衣扔给她："去洗澡。"

这睡衣有些旧，但洗得很干净，一看就是谢拾安穿过的。

简常念捧着谢拾安的衣服，眨眨眼睛："那我睡哪儿啊？"

谢拾安也有些头疼这个问题，她没有和别人同床共枕的习惯，就算是乔语初，也没有和她睡过一张床，她不喜欢和人挨得太近。

"我爷爷的卧室和书房是连在一起的，被他改成了工作间，没法住人。"

简常念好奇地往客厅中间的那扇门望了过去，门是铁制的，关得很紧，没留一丝缝隙。门上还挂着一把大锁，这种拳头大小的锁头在农村很常见，是最简单、最原始，但也最有效的防盗手段。

谢拾安见她一直看着，以为她误会了："我爸有时候会进我爷爷的房间拿东西，所以我就锁起来了。"

房里面会有什么贵重的东西呢，谢拾安要拿这种锁把门锁起来？

简常念好奇道："你爷爷是？"

"他是一位雕刻家，书房里大部分是他的作品，还有一些他四处搜集的藏品。"

简常念顿时肃然起敬："好厉害！那……这个书架、这套桌椅，还有这盏灯，都是你爷爷亲手做的吗？"

简常念的手轻轻摸着书架上的一盏莲花木灯，花瓣竟然可以开合自如，栩栩如生。

还是谢拾安小时候过元宵节和爸爸一起出去玩，看见别的小朋友手里都提着那种装上电池后按下开关就会一闪一闪发光的塑料玩具灯，她也想要，哭着求了爸爸很久，爸爸嫌贵，不肯给她买。知道了这件事的爷爷就连夜手工雕刻了一个莲花灯给她。

那年，她凭着这盏独一无二的莲花灯，成为整个小区最受欢迎的孩子。

她想起往事，挪开了视线。

"人死如灯灭。"她略顿了一下，又道，"自从他去世以后，我已经很久没听见有人夸他了。"

简常念把这盏莲花灯小心翼翼地放回了原位："我要是有这么个爷爷，我一定天天挂在嘴边炫耀。"

谢拾安不着痕迹地弯了一下唇，穿过餐厅连着的走廊，推开最里面的房门："这是我父母的房间，也没法住人，所以……"

房间的门刚被推开，一股霉味直冲鼻腔，屋里窗帘全拉着，一室昏暗，天花板上的吊灯都掉在了地上，四分五裂，只有一个生了锈的灯罩还"健在"。房间里的衣柜门歪歪扭扭地斜靠在一边，床头柜上都是菜刀留下的深深浅浅的痕迹。

支撑床垫的弹簧也早就坏了，中间深深陷下去一块，床上空荡荡的，连个枕头都没有。

看得出来，谢拾安从来没有收拾过这间房。

简常念留意到掉在地上的相框里都是被撕掉一半的照片，她拉了拉谢拾安的袖子："我睡沙发就好。"

谢拾安松了一口气："好。"

所幸谢拾安上次回来时，走之前盖了沙发罩，掀开后沙发还是干净的。

趁简常念去洗澡的工夫，谢拾安回自己房间抱了一床被子、一个枕头出来，放在沙发上。

谢拾安刚准备回去睡觉，就听见浴室里有人叫："谢……谢拾安……"

"怎么了？"谢拾安皱了一下眉头走过去，隔着一扇门问。

简常念拿着花洒，有些不知所措："呃……这个怎么用啊？"

因为冷，她抱着胳膊，蜷起了脚趾，声音也有些发颤。

"往上抬就出水了。"

简常念往上抬了一下，花洒喷出水来，浴室里传来了一声惊叫："嗞……好烫！"

谢拾安嘴角抽了抽："向左扭是凉水，向右扭是热水，你自己调到合适的温度就行。"

"哦，哦，好了！"

听着里面传来哗哗的水流声，谢拾安才又摇摇头，走到自己的房间，躺下睡觉。

第二天一早，她醒过来一看，时钟显示七点多了。她掀开被子下床，打了个呵欠，拉开了房间门。

简常念正把碗筷摆上餐桌："早啊。"

桌上放了两碗稀饭、豆浆，两个馒头，一碟小菜。

谢拾安揉了揉眼睛："你做的？"

简常念点点头："对啊，我身上只有四块钱了，刚好用一块钱打了豆浆。厨房里还有米，就煮了粥，一块钱买了两个馒头，还有两块钱，买了两根黄瓜。你将就吃一下。"

又是打豆浆又是买菜的，回来还要做饭，她几点起的床？

"如果我没记错，菜市场离这儿很远。"

"我早起习惯了嘛，而且就当晨练了，你快来吃啊，不然一会儿凉了。"

简常念笑得有些没心没肺的，压根就没把这事放在心上。

在她的认知里，女生之间的友谊大部分是从"下课一起去洗手间"开始的，而慢慢加深的重要节点之一就是邀请对方去自己家玩，如果还能留宿的话，那肯定就是关系特别好的朋友了。

谢拾安多次帮助了她，又在她无处可去的时候收留了她，她很想为谢拾安做些什么，哪怕只是一些微不足道的小事。

"我先去洗漱。"

洗漱完的谢拾安回到餐桌前，半长的发罕见地没扎起来，披散在肩上。

她穿着宽松的家居服，脚上踩的拖鞋还是带有小兔子耳朵的。她懒懒地打了个呵欠，敛起平日里的淡漠，竟然还有一丝可爱。

简常念盯着她看了一会儿。

谢拾安感觉有些莫名其妙："我脸上有花？"

简常念摇摇头："没有。"

果然，谢拾安一开口就改变了可爱的样子。

简常念心里一阵恶寒，天哪，她怎么会觉得这个人有点可爱，一定是昨晚没睡好。

谢拾安尝了一口豆浆："没放糖啊？"

"啊？我看你吃米线都是加辣的，以为你不喜欢吃甜的呢。"

谢拾安起身走向厨房，一阵翻箱倒柜："糖放哪儿了呢？"

简常念转过身去给她指明了位置："就在右边那个橱柜里，我做饭的时候看见了。"

谢拾安找到糖罐的时候还在想：这个人是怎么做到对她家的厨房了如指掌的？

昨晚发生了太多事，又回来得太晚，两个人现在才有空坐下来好好吃一顿饭。

简常念也有好多话想问问她。

比如："你经常去俱乐部吗？"

看谢拾安和老板挺熟的样子。

"嗯，我初中就在那儿做陪练了。"

那时候辰星俱乐部的老板还不是曹睿呢。

"那你和秦扬……"

谢拾安拿勺子舀着碗里的米粒："他挑衅我，和那天在公园里的那个人说的话差不多，都是些污言秽语。"

不过，她是着实没想到，秦扬作为前国家队的队员，打球也能打得那么"脏"，报复心还那么强，怪不得会被国家队开除了。

说到这里，谢拾安抬头看向简常念，她好像也和秦扬有什么过节似的，不然也没必要和自己一起打一场在当时看来没什么胜算的比赛。

"那你和秦扬是怎么……"

"去集训队之前，我在一家饭店兼职，上班第一天，他就对我……"简常念拿着勺子的手顿了一下，沉默半晌，眼眶就红了。

她极力克制了一下，勉强笑了笑，才又往下说："后来他们把我扔在饭店门口拳打脚踢，还拍了很多照片。我当时只知道他姓秦，不知道他的全名，直到昨天在俱乐部里看见他才认出来。"

饭店门口，拳打脚踢。

谢拾安脑海里闪过那天的片段："哪个饭店？"

简常念一辈子也忘不了那个名字。

"缘聚饭店，还好当时有好心人帮我报了警，不然还不知道会怎么样呢。"

简常念苦笑了一下，又看谢拾安的眼神有些不对劲，似在纠结，又像是在隐忍。她还想探究更多的时候，谢拾安脸上恢复了惯常的波澜不惊。

"怎么了？"

"没什么。"

谢拾安当时没有说，就一直让这件事烂在了肚子里，没打算告诉她。

简常念也是时隔多年之后，才从别人口中得知了当时的报警人之一就是谢拾安。

原来，在她们对彼此还一无所知的时候，她们的命运就已经有了交集，而如果追溯到更久远的过去的话，就连后来的谢拾安也不得不感叹一句。

命运这种东西，神奇就神奇在，在你懵懂无知的时候，它就已经安排好了一切。

为了避免简常念再追问下去，谢拾安转移了话题："那你去辰星干什么？"

"周沐的一个学长也和辰星的老板是朋友，我想过去应聘做个陪练什么的。"

结果她压根没来得及和老板说上几句话，就直接和秦扬打比赛了。

谢拾安把碗里的粥吃干净："这个好说，我和曹睿说一声就成。"

简常念顿时眸中一亮，看她有动手洗碗的意思，急忙狗腿地站了起来，把碗拿进厨房："真的？太好了！欸，你别动，我来洗，我来洗。"

"那好吧。"

既然简常念这么热情，而且自己的手也是真的不方便，动一下都疼。

趁着简常念洗碗的工夫，谢拾安回房间换衣服。

等她收拾完出来，简常念也洗好了。

离开之前，简常念又给阳台上的植物浇了一次水，顺便把垃圾都打包好准备下楼时带下去扔掉。

谢拾安吹灭了供桌上的蜡烛，把自己没吃的那个馒头放在了桌子上。

简常念看着她，斟酌着，还是开了口："那个，有句话我不知道当讲不当讲，但我觉得，看到你回来，爷爷应该挺开心的。"

谢拾安的背影挺拔如雪松，在那一瞬间有了一丝松动，她抿了抿唇，沉默着转身走出了家门。

走在路上，乔语初的电话就来了："严教练催我们回去呢。"

"你跟他请假了吗？"

"请了，但我估计回去还得挨罚。"

谢拾安揉揉眉心："知道了，车站见。"

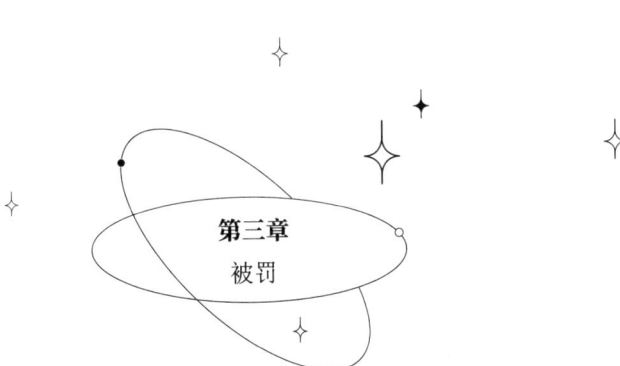

第三章

被罚

　　回到训练基地已经是上午九点多了，简常念刚探了个脑袋进训练室，就被一声怒吼赶了出来："你们三个还知道回来？滚去门外站着！"

　　三个人只好直挺挺地立在训练室门外，简常念还是头一次被罚站，心里有点忐忑，反观谢拾安和乔语初，都是一副淡定自若的样子。

　　乔语初从小到大跟着谢拾安受的处分不少，早就习惯了。

　　谢拾安没觉得自己有错，手插着兜把脑袋靠在墙上，闭目养神。

　　一上午的训练很快就结束了，人群鱼贯而出，不少人对她们投来了探究的眼神。

　　"哟，这不是A组排名第一的谢拾安吗？怎么也沦落到罚站了啊？"

　　"嘘，小点声，你不知道啊，集训队严禁打架斗殴，昨天她们在辰星俱乐部的事都传开了。"

　　…………

　　孙倩跟在人群后走出来，看了看简常念，见她脸上还有淤青，关切地问道："你没事吧？"

　　简常念摇了摇头："没事，皮外伤。"

　　孙倩还想说些什么，身后有人道："走、走、走，严教练出来了。"

　　她脚尖也拐了个弯，往宿舍楼走去："没事就好，那我就先回去了。"

　　"好。"

　　孙倩没走多远，严新远也走了出来。他腋下夹着一个硬壳笔记本，看也未看她们几个一眼，只说了一句："你们三个跟我去办公室，拾安先进来。"

办公室的门紧闭着，正是冬天，里面烧着暖炉，门口又挂了一道挡风的厚重帘子，什么也看不见，听不清楚。

简常念和乔语初站在门口，有些担心："怎么进去这么久了，她还没出来啊？"

乔语初到底比她大，想得多，也稳重得多："虽然打架斗殴确实违反了集训队的规定，但也是情有可原，拾安应该会没事的。"

办公室里除了严新远、谢拾安，还有一个助教在。

严新远把烟斗在桌上磕得震天响："什么叫情有可原，昨天警察都把电话打到我这儿来了！你知道这事影响有多恶劣吗？你和集训队的其他队员不一样，你是滨海省队的正式队员，不求你们给滨海省队增光，别给我脸上抹黑就是万幸了！"

谢拾安站在那里，像窗外笔挺的松，眉头都没皱一下："我们赢了，就不是抹黑。"

严新远气得要吐血："敢情你们还以为这是什么光宗耀祖的事，是不是？"

在日常训练中，严新远本来就是个暴脾气，见她一副不知悔改、桀骜不驯的模样，气就不打一处来，操起桌上的文件就要砸人。

助教赶忙把人拦住："老严、老严，冷静，冷静，有话好好说。"

"我能冷静吗？上级领导的文件今早就下来了，让我开除你，你自己看，自己看！"

说话间，严新远一扬手，白色的纸张从文件夹里飞了出来，落到了谢拾安的脚边。

她低头看了一眼，嘴角抿得越发紧了。

严新远气极了，手都在哆嗦，拿火柴点了好几下烟，才点燃。他紧皱着眉头，一言不发。

气氛一时之间降到了冰点。

助教是原滨海省队的老教练，也算是看着谢拾安一步步成长起来的，语重心长道："你不要怪严教练罚你们，他昨晚接到警方的电话后一宿没睡好，又担心你们伤得怎么样，又要想这事究竟该怎么处理……"

"老梁，你跟她说这个干什么？……"

谢拾安终于抬头看了他一眼，也不知道为什么，仅仅一夜未见，他的鬓边又添了些白发，眼窝深深凹陷下去，看上去苍老了许多。

她喉头微动，想说什么，但终是没说出口。

严新远叹了口气，道："我知道你虽然嘴上不说，但心里觉得我是新来的，抢走了你老师的位置，所以不愿意跟我低头认错。可你想过没有，你一时冲动和人赌气，很可能会断送自己的前途，你对得起方教练多年来对你的悉心栽培吗？"

谢拾安一下子紧紧地攥住了拳头。

严新远又狠狠抽了几口烟，吐出来的烟雾袅袅地散在了空气里："你知道秦扬为什么被国家队开除吗？"

听到秦扬这个名字，谢拾安有些错愕地抬起了头："不知道，他……"

"他在国家队二队，虽然不是我直接带的，但也有所耳闻。他家境不错，但从小就不爱学习，整日游荡在大街小巷里，和人打架斗殴，不务正业。他父母没办法，把他送进了体校，也就是在体校，他接触到了羽毛球这项运动。

"教练觉得他很有潜力，就重点培养他。他也很努力，没有辜负教练的期待，十七岁就进了国青队。

"他基础很好，如果能沉下心来好好训练的话，从国青队到国家一队首发没问题，可他争强好胜，性格嚣张跋扈，多次在训练赛中动手打人。教练组看在他有天赋的分儿上，一次又一次地原谅了他。就这么熬了几年，他终于熬到了二队。在一次国际大赛开赛前，一个一队队员病了，他通过竞争，好不容易得来了这个替补机会。可是，就在比赛前一天，他出去吃饭的时候偶遇了对手，在被对方挑衅的情况下，和人打球，以0：2输给了对方。

"说到这里，你和秦扬接触过，你是不是觉得他可能会打击报复那名选手？他确实是这么想的，只是没有找到合适的机会。"

严新远把烟灰轻轻磕在了烟灰缸里，又装了一些烟丝进去："他太想赢了，偷偷购买并服用了兴奋剂——这种对运动员来说明令禁止的东西。

"那场比赛，秦扬赢了，可他输了自己的人生。拾安，我不希望你成为下一个秦扬。"

仿佛当头一棒。

谢拾安浑身一震，紧抿的嘴角松懈了下来。

她微微低下头来："严教练，我……我承认我被他挑衅到了，他羞辱职业选手，说我们滨海省队都是废物，而且他说自己是国家队的，所以我想……"

"你想打败他对不对？"严新远对她的心思了如指掌，"但你真的觉得你打赢他了吗？"

谢拾安猛地咬紧了下唇，严新远的话让她从胜利的喜悦中脱离了出来，看清了一些现实："你和乔语初在一起训练了多久啊？秦扬又和他所谓的兄弟在一起训练了多久？可以说是秦扬在一打二的情况下，还和你们打得有来有回吧？

"第二局虽说你和简常念是临时组的队，没在一起训练过，但对手心态已经崩了，不攻自破。如果秦扬的朋友也和你们一样训练有素，稳住自己的心态，你觉得你们还有胜算吗？

"换句话说，就算是你和秦扬一对一，拾安，你真的有必胜的把握吗？"

严新远不愧是国内顶尖的教练之一，战术分析也如此一针见血。

他问完这句话，谢拾安始终都在沉默。

如白杨般挺立的谢拾安，脸上的表情终于有了一丝丝松动。她紧咬着唇，一言不发。

严新远语重心长道："我知道你从小就被冠以天才之名，但人外有人，天外有天，拾安，适当的自信是好事，但你绝不能再这么自负下去了。你的朋友都是因为信任你，才愿意和你一起挑战你根本打不赢的对手。如果乔语初伤得很重呢？如果简常念没有及时赶到呢？如果程真没去找你们，警察也没来呢？"

少女的心沉沉地坠了下去，她终于不可抑制地咬紧了牙关，发起抖来。

"作为一个职业选手，良好的心态、抗压的能力、成熟稳重的性格与出色的技术，这些缺一不可。对于双打运动员来说，兼顾以上种种的同时，也要把'伙伴'两个字，放在输赢的前面。拾安，你的路还很长呢。"

少女深深地埋下了自己骄傲的头颅，嗓音有一丝颤抖："对不起，严教练，我……我知道错了。"

严新远起身拍了拍她的肩膀："你要记住，这次能赢，是侥幸，没被打死，也是侥幸。"

话音刚落，谢拾安吃痛，轻"咝"了一声。

严新远收回手："伤到右手了？医生怎么说？"

"医生说只是扭伤，休息几天就好。"

"接下来一周的训练，你就不用参加了。"

他不让谢拾安参加训练，谢拾安有些急了："严教练，我……"

他气还没消呢，吹胡子瞪眼的："这是对你们的惩罚，少来讨价还价！"

谢拾安抿了抿唇，勉强算是接受了这个处理结果，不让她参训可比让她写十份八份的检讨书还难受。

严新远一挥手："滚吧！"

谢拾安想起那份要开除她的文件，站着迟迟未动："那……"

他知道她想说什么："先打扫一个礼拜的训练室再说！"

她心里悄悄松了一口气："好，那我走了，严教练、梁教练再见。"

她刚要出门的时候，又被人叫住了。

严新远往烟斗里填着烟丝，一边填，一边嘟嘟囔囔的："下次，再有这种事，你自己给我打个电话，还让别人来替你请假，年纪不大，臭毛病一堆！"

谢拾安想起梁教练刚刚说的，严新远一宿没睡好，除了气愤，更多的应该是关心她们的安危吧。

少女总算是略弯了一下嘴角。

"知道了，不过应该没有下次了。"

严新远看见她就气不打一处来，偏偏又舍不得开除她，只好摆摆手，让人赶紧走："滚、滚、滚，出去的时候把门口那两个给我喊进来。"

等了半天，谢拾安总算是出来了，但简常念觉得她好像不仅没有挨骂之后难过的表情，眼底还有一丝笑意呢。

"怎么样？没开除你吧？"

谢拾安摇头："暂时没有。"

乔语初也放心了："那就好，那就好。"

"严教练让你们也进去。"

简常念先掀帘进去了，乔语初落在后面，余光看见谢拾安不是走向宿舍楼的方向："你干什么去？"

"打扫训练室。"

严新远把两个人叫进来狠狠批了一顿，又让她们写了八百字的保证书才放人离去。

等人走了，梁教练才道："你怎么只停了谢拾安一个人的训练，她们两个就这么轻轻放过了？"

严新远拎起电热水壶往保温杯里倒水泡茶："这叫擒贼先擒王，罚谢拾安一个人可比三个人一起罚还让她们心里难受。"

梁教练笑起来："可以啊，老严，都用起《孙子兵法》了啊！"

严新远摆手笑笑，吹着水杯里的茶沫："嘻，谁让这帮小兔崽子这么不让人省心呢，好好教训一顿。集训完就要参加全国大赛了，磨磨谢拾安的性子也是好的。"

梁教练又道："不过，我确实没想到她们能打赢秦扬。"

严新远放下茶杯，目光变得有些深远了起来："是啊，乔语初和谢拾安能跟秦扬打得有来有回的，这一点也不奇怪。让我意外的是，简常念和谢拾安搭档，竟然也有不错的表现。"

体育竞技和一些传统行业不同，并不是从业时间越长越吃香，运动员的黄金时期其实是很短暂的，说是昙花一现也不为过。更多的人在等待花开的过程里就会由于生理以及其他一些因素被淘汰了。

乔语初已经二十五岁了，而简常念只有十五岁，正值当打之年。

梁教练："你是说……"

严新远端起茶杯抿了一口："等下个礼拜，我多给她俩安排一些训练赛，再磨炼一阵子看看吧。"

"天才少女，排名第一又怎么样，还不是要来擦地板。"

"你小声一点，别让人听见了。"

晚上的训练结束后，人群鱼贯而出。

谢拾安拎着桶从后门进来，胳膊上搭着抹布，她只有左手能使劲，走得摇摇晃晃。

简常念训练结束后压根就没去吃饭，看她有些吃力的样子，径直跑了过来，接过她手里的水桶："我来。"

"你……"

不等谢拾安把话说完，简常念已经拧干了抹布，蹲下来擦着地板。

乔语初也从前门拿着洒扫工具进来了："大家一起干吧，这样快点。"

这么大个训练室，要让谢拾安一个人打扫，还不得干到后半夜去。

"不用，我……"谢拾安刚想拿起拖把，就被乔语初挤走了。

"哎呀，你手不方便就别给我们添乱了，那边，去把那边掉在地上的羽毛球整理一下。"

这是特意给她安排了轻松的活儿。

简常念也帮腔道："对，你要是想让我们都能早点回去睡觉的话，就别站着了，赶紧去捡球吧。"

严新远站在窗外看了半晌，才转身离去，三个人干活干得专注，谁也没有留意到他。

他离开的时候，脸上还挂着欣慰的笑意。

严新远并没有回教练宿舍楼休息，而是走到女生宿舍楼前，把从药店买的活血化瘀、治跌打损伤的药递给了宿管阿姨："帮我送到309室，欸，对了，别说是我送的啊。"

宿管阿姨笑得十分和蔼："知道了，知道了，给谢拾安的吧？严教练这么晚还没休息啊？"

严新远笑了笑："这就准备回去了，那您忙。"

严新远离开训练室不久，又有人站在了窗外。

三个人干活干得专注，但气氛可谓是其乐融融，一点都不像是被罚。

乔语初和简常念有说有笑的，谢拾安虽然寡言少语，但不时冒出来一句话就能让简常念气得牙痒痒。

孙倩手里也拿着抹布，本想进去帮忙的，但不知道为什么，看着这样的气氛，她就没有了要进去的心思，那是独属于三个人的空间和默契。

她插不进去。

明明是她先认识谢拾安的啊，还有程真，怎么到最后他们都和简常念"搅和"在了一起？

孙倩自嘲地一笑，把抹布扔进训练室旁边的垃圾桶里，转身离去。

从那天起到接下来的这个礼拜，谢拾安一个人的挨罚变成了二个人的集体活动。

简常念和乔语初陪着她打扫到深夜，三个人再结伴回宿舍。

虽然谢拾安不能参加训练，但她仍是宿舍里起得最早的那个，别人还在洗脸刷牙，她就已经在楼下跑步了。

等晨练的哨子吹响，她不能参加集训，就一个人回宿舍，借着架子床练一些体能。

桌子上不知道谁送的膏药被用得越来越少，等谢拾安的右手能活动自如的时候，这一个礼拜就过去了。

周末放假。

简常念要去辰星俱乐部面试，乔语初打算跟她一块去，跑来问谢拾安："你去不去啊？"

谢拾安拉着架子床做引体向上："不去。"

"那好吧，反正啊，我这周是没打几场训练赛，手痒得紧，某个人不去就算了啊。"

谢拾安动作一顿，身体就沉了下去，她又使劲给自己拉了上去。

嘴上说着不去但实际上也手痒的某个人，周末还是准时出现在了辰星俱乐部里。

谢拾安一边和人打球，一边留神关注着曹睿那边的情况。

只见简常念和曹睿打了两局，就把曹睿以 2：0 干脆利落地打下台了。

曹睿拿毛巾擦着脑门上的汗："行啊你，年纪不大，本事不小，有拾安当年那股子风范啊。"

虽说他是个业余选手，但少说也在这行干了十几年，和不少高手过招，耳濡目染，实力也算是不错了，能把他以 2：0 打下台，江城里也没几个。

简常念知道自己当陪练这事稳了，高兴地拿着球拍又蹦又跳地转了一圈："太好了！谢谢您，我以后一定好好干！"

"嘻，不用这么客气，你是拾安的朋友，也叫我一声曹大哥就行。"

简常念脆生生地喊了一声："好，曹大哥！"

曹睿回到休息区的时候，谢拾安也在这边喝水："谁和她是朋友了？"

"嘿，不是朋友，你带人家来应聘？人家没地方住，你还带回家？……"

话音未落，谢拾安起身走向了球场："无聊。"

谢拾安打完一场休息，想戴着耳机听歌，奈何前面两个人一直在叽叽喳喳。

乔语初扒着简常念的肩膀站着，手里拿着球拍，时不时地指着场中打球的顾客们。

"你看，那个穿黑衣服、略胖一点的大叔，是建安中学的体育老师，退役职业选手。

"还有那个，穿蓝衣服的，是市队的。

"那个、那个，穿白衣服的女生，江城高校联赛团体赛冠军得主之一。"

乔语初指了一圈，基本上有点名气的，她都认识。

简常念看得眼花缭乱，然后目瞪口呆："哇，都好厉害，你怎么认识这么多人啊？"

乔语初回过头去冲谢拾安挤眉弄眼的："这可就得问问我们的小谢同学了。"

简常念明白了，肯定是谢拾安带着她"寻衅滋事"到处找人打球。

谢拾安把耳机塞进耳朵里，听不见，心不烦。

乔语初回过头来拍了拍简常念的肩膀，语重心长："那些人，你要是都能打一遍，肯定受益匪浅。"

话音未落，刚好那个白衣服女生的同伴接了电话走了，她正一个人转着球拍无聊呢。

乔语初一把将人推了出去，冲简常念做出加油的手势："去啊，冲！我相信你可以的！"

"啊？我……我行吗？"简常念还有些犹豫。

乔语初不停地冲她做着手势："去啊，你去啊，这不是大好的机会吗？又能赚钱，又能练技术。"

她们这边的动静引起了白衣服女生的注意，她带着善意又有一丝好奇的目光投了过来。

简常念见自己被人发现，只好硬着头皮走了过去，冲人家伸出手，鼓足勇气道："你好，我可以跟你一起打球吗？"

"好啊，我朋友走了，正无聊呢，一起玩呗。"

女生有说有笑地接受了简常念的请求。

谢拾安起身背着包向门外走去。

乔语初："欸，你干吗去？"

"饿了，洗个澡，找地方吃饭。"

"不等常念啦？"

"她还早呢。"

乔语初想了想，看着两个人打得热火朝天的样子，估计一时半会儿也结束不了。

她跑过去跟简常念打了个招呼："我和拾安先去吃点东西，你结束了就在俱乐部等我们。"

"好。"简常念冲她挥了挥球拍。

女生和简常念年纪相仿，在业余选手里算是水平不错的。她和简常念打得有来有回，一直到第三局才决出胜负，简常念以2：1赢了这场比赛。

打完之后，女生主动过来跟简常念握手："看你和乔语初挺熟的啊，你们是？"

简常念笑了笑，回握了一下她的手："我们是队友。"

女生笑了一下，脸上的表情半是羡慕半是惆怅："怪不得这么厉害，原来也是职业选手啊。"

简常念挠了挠脑袋，有些不好意思地笑了笑："没……我还在集训，算不上真正的职业选手。"

"能去集训已经很了不起了，我也想去，但是……"女生脸上的笑容有些苦涩，声音低了下去。

简常念看她有些难过的样子，轻声问道："我听语初姐说，你是江城高校联赛团体赛冠军得主之一，有集训的资格啊，怎么不去呀？"

能在俱乐部打球的，估计家里经济情况也不会差到哪里去吧。

女生收拾着自己的背包，嗓音轻快，掩饰着脸上的难过："快要高考了，爸妈不让，就没去。这个寒假要补习，今天也是我最后一次出来打球了……"

女生整理好背包，甩上肩头，抬起头来的时候，又恢复了爽朗的笑容："好了，今天和你一起打球真的很开心，希望你能成为真正的职业选手。"

女生转身走了，简常念还愣在原地，曹睿拍了拍她的肩膀："今天干得不错，这是你的工钱。"

她低头看着这一百块钱，突然回过神来。来不及跟曹睿道谢，她拿着钱就跑，一直追到了场馆外。

"请、请等一下。"简常念说得结结巴巴。

女生回过头来好奇地看着她。

人潮汹涌的马路上，公交车缓缓驶了过去。

简常念跑到路边的自动贩卖机前，选了最贵的饮料，付完钱后拿起饮料走到她身边，塞进她手里："我当时也动摇过、放弃过，我的教练告诉我，不管今后还打不打羽毛球，希望我都能找到自己人生的价值，你也是。"

小小的饮料瓶身上印着"加油"两个字。

女生看了良久，眼眶逐渐湿了，嘴角却扬起了大大的笑。她朝着跑远的简常念喊道："喂，你叫什么名字？"

"简常念。"简常念回过头去挥了挥手。

"加油，我以后一定会去看你的比赛的！"

两个年轻的声音被风吹散，飘了很远。

回程的路上，简常念捏着自己赚到的第一笔钱一直蹦蹦跳跳的。她看到路边有家奶茶店，围了很多人，于是停下脚步，恰好看到乔语初她们，道："我请你们喝东西吧。"

乔语初知道她的家庭情况，连忙拒绝："不用，不用，我们刚吃过饭，喝不下。"

谢拾安倒是没客气："我要吃冰激凌。"

奶茶店的海报上写着：冬季特惠，冰激凌买一送一。

乔语初也反应过来："那我也来一个吧。"

"好！"

简常念脆生生地应了一声，从人群里挤进去，把钱递给老板："阿姨，两个冰激凌。"

举着冰激凌回来的简常念将东西递给两人，乔语初拿着自己的："你怎么不吃啊？"

简常念挠了挠脑袋："我……"

再买一个就没有优惠了，她舍不得。

乔语初把自己的递给她："喏，尝尝，你咬这边，我没有吃过的。"

简常念这还是第一次吃冰激凌，眼巴巴地看着："我……可以吗？"

"没事！我们一起吃，还是说，你嫌弃我啊？"

"没有，没有。"简常念连连摆手，红着脸轻轻咬了一口，甜蜜的滋味在舌尖化开。

"嗯……好凉，也好甜。"只是一口就让她满足地眯起了眼睛。

"是吧，是吧，大冬天才适合吃冰激凌嘛。"

两个人说着话，谢拾安拿着冰激凌走在前面。

"再晚就没车了。"

"来了，来了，别催了。"

在简常念她们准备回训练基地的时候，孙倩还在外面吃饭。

天色已晚，她看看手表："哥，我得走了，再晚就没车了。"

坐在她旁边的男人一把揽过她的肩头，手里夹着烟，酒气熏天："哎呀，再陪哥几个坐一会儿嘛，等下哥送你回去。"

深夜，孙倩从饭店里出来，早有人等在路边，程真见她走路摇摇晃晃的，赶忙跑过去把人扶稳："怎么这么晚啊？"

"同学聚会，麻烦你了。"

程真替她拉开车门："喏，看到你的信息，我就过来了。反正我也要回训练基地嘛，顺路。"

待孙倩坐稳，他招呼司机开车，她看了一眼他脖子上的围巾，笑意盈盈。

"你这围巾蛮好看的，哪儿买的啊？"

"一个朋友送的。"

孙倩意味深长地"哦"了一声，便不再说话，靠在座椅上昏昏欲睡。

程真看她穿得单薄，怕她感冒，轻声吩咐司机把空调的温度调高一点，又脱了自己的外套盖在了她身上。

回到训练基地的简常念也没去休息，而是在操场上跑了个一千五百米，又去训练室打了会儿球，才回到寝室。

舍友们都睡着了，发出了均匀的呼吸声。

简常念蹑手蹑脚地去洗漱，洗漱完回到宿舍往上铺一看，孙倩还是没回来——这么晚了，也不知道干吗去了。

她摇了摇头，给她留了门，自己拧亮了台灯，坐在桌前写日记——

买饮料花了六元。

给谢拾安和语初姐买冰激凌一共花了三元。

车费四元，还剩八十七元。

冰激凌很好吃很甜，等我以后赚到钱了，再请她们吃大餐，啊，对了，还有周沐。

等集训结束，我就可以回家看看外婆了。冬天到了，她的腿怕是又要痛起来，这钱可以给她留着买护膝。

写到这里，简常念嘴角不由自主地浮起了笑，把剩下的钱夹进日记本里，塞到了枕头下。

孙倩本以为宿舍的门锁了，谁知道轻轻一推就开了。她有些错愕，又见简常念的床边还亮着灯："你还没睡啊？"

简常念将手指压在唇上，示意她小声："嘘，我刚从训练室回来没多久，看你床上没人，想给你留个门。"

微弱的灯光像是这个冬夜里唯一的热源。

孙倩笑笑，本想说些什么，目光又落到她床头挂着的那条红色围巾上，那笑就像浮在水面上，拿手轻轻一拨就散了。

"谢谢你。"

简常念躺上床，小声道："没事，都是一个宿舍的，你一会儿收拾完了，帮我关下灯好吗？"

孙倩点头："好，晚安。"

"晚安。"

随着天气逐渐变冷，集训队年终考核的日子也快要到了，在这半个多月里，简常念天刚蒙蒙亮就起床跑步，夜里常常最后一个离开训练室。但无论是晨练还是夜训，她时常撞上谢拾安。

本就优秀的人比自己还要努力，简常念还有什么理由偷懒。无论训练有多苦、多累，她都咬着牙坚持了下来。

她平时星期一到星期五在训练基地日夜苦练，周末如果放假就跑去辰星俱乐部打球，一方面是为了生活，另一方面是为了梦想。

就像乔语初说的，她没有扎实的基础，也没有丰富的赛场经历，就只能靠努力，不断去挑战不同的对手，逐渐形成肌肉记忆，最终积累成自己宝贵的经验。

就这样一刻不敢放松地努力着，简常念的成绩终于有了起色，从 D 组末尾到 C 组再到隐隐有冲进 B 组的趋势。就连梁教练在登记训练成绩的时候，都在暗自嘀咕，这孩子的成绩怎么跟坐了火箭似的。

严新远手里拿着烟斗："不光是简常念，自从上次那件事之后，谢拾安和乔语初也都有进步。"

"尤其是谢拾安，你看，往常要是有人问她问题，她可是理都不带理一下的。"

梁教练哈哈大笑了起来："那倒是，对于职业选手来说，傲骨可以有，有傲气就不行，保持谦虚才能看到自身的缺点以及对手的优点，从而取长补短。"

窗外白桦树的叶子都掉光了。

严新远看着训练室里一张张青涩的面孔道："就快年终考核了，也不知道究竟能留下来几个。"

梁教练："依我看啊，你看中的那几个多半是稳了。"

严新远叹了口气道："他们能走到这里实属不易，如果可以的话，我希望他们都能留下来？"

短短两个多月的时间里，从入队时候的一百人到现在剩下了一半都不到，几乎每天都有人离开——因为身体或家庭。

剩下的这些人可谓是真正的大浪淘沙留下来的了。

让严新远意外的是，孙倩和赵启东竟然也坚持了下来。

孙倩的成绩还算不错，刚升上去 B 组，赵启东则一直在 C 组磕磕绊绊的。

梁教练："男队那边还好，原来省队的可能要淘汰几个，女队这边竞争压力可就大了。"

男、女队各十个正式队员名额，谢拾安、乔语初毋庸置疑会位列其中，实力摆在那里，剩下的一众小将里有原来省二队的队员，也有像孙倩、简常念这样的后起之秀。

严新远笑了笑，目光深远，吹响了哨子。

"压力大？压力大就对了，从集训开始就给我抗压，往后到了赛场上遇见强敌，才能顶得住压力，不慌了手脚。全体都有，集合。"

"从下周开始进行为期一周的年终考核，考核内容，一对一实战对抗训练，分男、女组，抽签决定对手，三局两胜，赢一局积　分，大场积两分，败者不积分，成绩累积到周五下午为止。男、女两组中，积分榜上排名前十的人入选滨海省队，其余的……

"希望大家都能取得让自己满意的成绩。"

严新远顿了一下，没把话说完，底下众人的表情已经凝重了起来。

简常念掰着手指头算了一下自己能打得过的对手，发现没几个，更何况上面还有一个谢拾安。

她有些绝望："要是抽到了谢拾安怎么办？"

孙倩站在她旁边低声道："能怎么办，拼命打呗，要是侥幸能赢一局，也是赚的。"

简常念看了一眼站在前面的谢拾安，自己和她也一起打过几次球了，可对她的实力，自己心里还是没有底。她就像一口深不可测的古井一般，看不出深浅，自己每次和她打球都会有新的感受，唯一不变的感想就是：她的实力恐怖如斯。

想从她手里吃分可谓是难上加难，还不如想想怎么应对其他人，以及祈祷老天保佑，自己不要抽到她。

可世事往往都是怕什么就来什么，周一第一场，简常念抽签就抽到了谢拾安。

简常念不可思议地看着手里的字条，再看看一旁做着热身运动的谢拾安，咕咚咽了一下口水，拿着球拍艰难地走到了比赛场地。

这场比赛，简常念当然是毫无悬念地输了，谢拾安压根就没给她反攻的机会，一鼓作气，以2：0取得了胜利，得到了积分。

简常念沮丧地回到休息区。

孙倩拍拍她的肩膀，安慰她："没事，没事，第一场嘛。"

乔语初坐在地上给谢拾安递了瓶水："欸，有必要这么狠吗？你看把人打的……"

简常念输了比赛就一直垂着脑袋，一副闷闷不乐的样子。

谢拾安看了一眼，接过矿泉水瓶，拧开喝了一口："技不如人怪谁。"

乔语初还想说些什么，助教叫到她的名字，她赶忙拿着球拍跑了过去。

"下一场，乔语初对孙倩，比赛开始。"

一天的训练赛结束之后，简常念仅仅拿到两积分，目前在积分榜上排名二十一，倒数第三名。

孙倩和乔语初打的那场虽然输了，但赢下了一个小分，后面打的两场都赢了，排在第十七名。比赛还有四天，如果好好努力的话，她是很有希望冲进前十的。

谢拾安和乔语初就不用说了，前十已经稳了。

简常念看着训练室前面的这块白板，沮丧地低下了头。

梁教练吹响了哨子，示意今天的比赛结束，不再安排训练，大家自行休息。

人群逐渐散去，只留下简常念一个人。

她又拿起球拍，不断练习发球，纠正着自己的站位和步法。

严新远背着手站在窗边，眉头紧锁。

梁教练也没走，跟在他身边："她今天打得稍微一点保守，其实以她的实力，不应该是现在这个分数的。"

"俗话说，一鼓作气，再而衰，三而竭。简常念心里的那股气在第一局的时候就被谢拾安打散了，后面的发挥只能说是不尽如人意。而且，她一急起来，平时教她的全忘了，步法还有杀球的细节都没处理好，放在双打里还好，有队友帮衬，单打的话，问题一下子暴露得分毫不剩。"

"那你要不要去提点一下？"梁教练问道。

"平时的话，当然可以。可现在是考核期间，为了保证比赛的公平、公开、透明，我不会私下跟他们说任何东西，再说了，解铃还须系铃人嘛。"

严新远抽着烟斗，往场馆里努了努嘴："喏，系铃人来了。"

其实谢拾安站在这里已经有一会儿了，毕竟她训练结束后通常也会留下来再打一会儿球，可万万没想到，她就站在这里一会儿工夫，简常念已经发了无数个臭球。

谢拾安有些看不下去了，往休息区一坐，手里拿了一瓶水，一指："欸，我说，要不你直接弃权吧？"

简常念打得好好的，突然听见这句话，气得回头瞪了说话人一眼，见是谢拾安，有些垂头丧气地低下了脑袋："你也觉得我肯定过不了考核吗？"

她说这话的时候微微咬着唇，心里有一点委屈。她觉得自己和谢拾安也打过几回球了，而且还一起出生入死过，算是真正的朋友了吧。如果是周沐在这里，周沐肯定会鼓励她，不会说这种丧气话。她想要得到来自朋友的肯定，尤其是谢拾安的。

"你要听实话吗？"谢拾安无所谓地耸了耸肩，"实话就是我从一开始就不看好你。"

她这副无所谓的态度彻底激怒了简常念，心底那点委屈也被越放越大。

她今天成绩排名倒数，本来就已经很难受了。

简常念拿着球拍红了眼眶，一边吸鼻子揩眼泪，一边吼："那你干吗找我一起打球，还带我回家，给我介绍兼职，有你这么瞧不起朋友的吗？"

"我今天成绩排名倒数本来就已经很难受了，你还要这么说我，我过来集训容易吗，我不想就这么回家，呜呜呜。"

看见她一副梨花带雨、要死要活的模样，不知道的还以为自己怎么她了呢。

谢拾安想到这里，忍不住微弯了一下嘴角，很快就恢复如常。

谢拾安拿起了球拍，走到简常念对面："和我打一场吧。"

窗外的严新远把老梁拉走："走、走、走，不看了，不看了。"

"啊？这就不看了？不是正精彩吗？"

严新远挽住老梁的胳膊，把人连拖带拽地拉走了："我买了酒，还有中午剩下的红烧肉，走、走、走，喝两杯，喝两杯。"

简常念哭得抽抽噎噎哭得正起劲，听到这句话，猛地一怔，有些回不过神来。

她眼泪汪汪地看向谢拾安，对方脸上的表情很正经，已经摆好了发球的姿势，没有丝毫捉弄她的意思。

她突然想起了，她们第一次打完球回来的路上，她撞到了谢拾安身上，之后的对话。

谢拾安说："我不和比我菜的人打球。"

那么现在——

简常念回过神来，瞪大了眼睛，有些不可置信。

谢拾安可没多少耐心和她在这里耗着，见她半天没回话，收了球拍："不打就算了。"

简常念三两下抹掉脸上的泪："打，我想和你打。"

上午已经体会过一次谢拾安在单打时恐怖的压制力了，再一次和她交手，简常念应付起来还是非常吃力的。

简常念得时刻保持警惕，防备着她突然的进攻。

她的球和她的人一样，喜怒无常，阴晴不定，看着是在打高远球，突然就拉起了对角，搞得简常念前后左右满场跑，疲于奔命。

她不像是在打球，更像是在耍猴。

简常念心里还有火呢："谢拾安，你有完没完！想捉弄找就直说！"

谢拾安没回话，一个剪刀步跃到中场，抬手就是一个扣杀。

简常念瞳孔一缩，快步上前防守，仍是没接住这个球。

简常念有些懊恼，看了一眼谢拾安，对方神色如常，回到了后场，准备发球。

她抬手的动作有些熟悉，简常念皱了一下眉头，还是没想起这是自己今天上午和她对打时，她如出一辙的起手式。

也就是从这个球开始，谢拾安的每一个球，无论是防守，还是进攻，简常念都有些眼熟，但又觉得有些不对劲。

简常念想起严教练说的，打球的时候要多观察，观察对方的一举一动，每一个步法，抬手的位置，落地的角度，甚至是每一个面部表情。

简常念看着看着，脑海中自己的身影和她的一举一动逐渐重合在了一起，终于知道是哪里不对劲了——她就像是一面镜子。

她抬手的角度比自己更完美，步法开合的弧度比自己的更大一些，导致自己回防的速度就始终比她快了那么一两秒。

她的起手式，球的高度、落点也都控制得很好，大大降低了球撞在网上的失误率。

简常念发了第一个球，慢慢地学着她的动作，有意识地去纠正自己一些细节上的问题。

简常念不再分神去想自己接了几个球，谢拾安又赢了几分，而是一心一意地盯着她的动作，以及飞过来的羽毛球，观察着，模仿着，改正着。

两个人谁都没有开口说话，场馆里只有击球发出的砰砰声，以及鞋底摩擦地板的声音。

时间一分一秒地流逝，夜已深。

一球落地，谢拾安活动了一下肩膀："今天就到这里吧。"

说罢，她转身径直向训练室外走去。

简常念满心满眼都是打球，突然停下了动作，她还有些回不过神来。半晌，她看看谢拾安的背影，再看看落在谢拾安那边的羽毛球。

简常念拿着球拍跳了起来："我赢了！我赢了她一个球！"

听着身后传来的欢呼，谢拾安微微勾了一下嘴角。

回到宿舍洗漱完，谢拾安正准备躺下休息，乔语初从上铺探出头来："怎么现在才回来？"

"去训练室打了一会儿球。"

乔语初"哦"了一声："一个人啊？没去干一些名为打球、实则教学生之类的事吧？"

"……"谢拾安躺下，把被子一拉，"睡觉。"

乔语初没忍住，扑哧一声笑了出来，也躺在了床上，关掉了床头灯。

简常念回到宿舍的时候，孙倩也还没睡呢。

她听见下铺有动静，坐起来看了一眼："怎么才回来啊？"

"打了一会儿球。"

孙倩想着她今天成绩不佳，安慰了两句："没事，不是还有四天吗，肯定能赢回来的。"

简常念笑笑，看起来心情很好的样子："嗯，我就不求什么名次了，只要能进就行。"

简常念看上铺还亮着灯："你怎么也没睡呀？"

孙倩从被窝里拿出手机："看看比赛视频。"

简常念不由得咂舌："你成绩都这么好了，还这么努力啊？"

孙倩笑笑："不到最后一天，谁知道结果呢，说不定会被人挤下去。"

看时候不早了，简常念道："也是，那我先睡了，你也早点休息啊。"

"好。"

第二天，不知道是运气好到爆了还是什么，简常念抽签，完美地避开了谢拾安、乔语初等几个实力强劲的对手，顺利地拿到了四分，再加上昨天的两分，排名上升到第十九名。

梁教练有些兴奋："看看，深夜练习，没白练吧，今天的细节处理就很好嘛。"

严新远的嘴角也浮起了笑意："是不错，心态也比昨天好了，谢拾安这个教练当得不错嘛。"

说罢，两个人就一起哈哈大笑了起来。

等到一天的比赛结束，简常念又留到了最后，有队友问她："怎么还不去吃饭啊？"

简常念笑了笑："你们去吧，我再练会儿。"

训练室里的灯光一直亮到深夜，她才关了灯，拖着疲惫的身体回到宿舍休息。

第三天。

谢拾安有晨练的习惯，冬天天亮得晚，她穿好衣服下楼跑到操场上，东方刚蒙蒙亮。

跑道上已经传来了脚步声，她透过薄雾看过去，简常念向她跑了过来，露齿一笑："早啊。"

"早，你什么时候来的？"

谢拾安跟上简常念的速度，跑到了前面。

简常念不甘示弱，追了上去："十五分钟之前。"

和谢拾安不同，简常念进入比赛的状态很慢，很容易被周围的事物分心，所以这一周以来，在往常早起的基础上又提前了半个小时，用来跑步、热身、锻炼核心力量，以及去训练室打球保持手感。

今天的比赛，她很不幸地抽到了乔语初。

年终考核已经进行到第三天，积分排名逐渐明朗了起来，谢拾安全胜，排在第一。

乔语初输了几场，排在第七，虽然后面还有两天的比赛，但按照目前这个分数，她是不担心的。

至于简常念，本就排名靠后，第三天的比赛对她就尤为重要了，如果今天拿不到满意的积分，她很难冲进前十五名，而要想在最后两天一鼓作气地冲进前十名，可以说是天方夜谭。

乔语初看着手上的字条，再看看一旁做着热身运动的简常念，抿紧了嘴角，有些忧心。

上一场还没结束，离她们的比赛还有一会儿，乔语初想了想，走过去拍了拍简常念的肩膀："你跟我来一下。"

谢拾安若有所思地看着她们的身影走出了场馆。

乔语初带简常念走到训练室后面的僻静之处，这才道："一会儿比赛的时候好好打，我让球给你。"

简常念以为她要跟自己说什么呢，没想到是这个，愣了一会儿，面有难色："语初姐，这不符合规定，要是让严教练知道我们作弊，会开除你的。"

乔语初双手扶上她的肩膀，言辞恳切："你傻啊，这是你今天最后一场比赛了，要是拿不到这两分，明天、后天你要怎么办。你想回家吗？你好不容易才走到这里！"

"我……"简常念埋着头，沉默不语。

乔语初又晃了晃她的肩膀："没事的，你好好打，嗯？相信我，我会输得不露任何痕迹的。"

"我不想回家……"简常念抬起头来，看着乔语初，眼眶慢慢红了。

就在乔语初以为她会同意的时候，她往后退了一步："可我也不想作弊，你忘了咱们第一次在体育馆见面的时候，我打的那场比赛了吗？当时孙倩来求我给她让球，我不想……变成那样的人。"

乔语初的手悬在半空，有些无奈："可是……"

简常念吸吸鼻子，又明亮地笑起来，冲她微微鞠了一躬，然后转身离去："我知道语初姐对我好，不想让我走，可是作为朋友和对手，如果你尊重我的话，请全力以赴。"

看着简常念毅然决然离去的背影，乔语初叹了口气："这孩子倔起来怎么比拾安还有过之而无不及啊……"

简常念说是要让乔语初全力以赴，可当对方全力以赴起来，吃不消的就是她了。

乔语初到底是老将，赛场经验可比她丰富太多了。简常念第一局就以 13：21 的比分输给了对方。

看着简常念有些失落地拿着球拍走到休息区，乔语初心里也不好受："你说，为什么非得是这么关键的时候抽到我？万一因为这场比赛害得她……"

谢拾安看了一眼简常念："你别有包袱，我想，能和你打，她应该挺开心的。"

比赛期间的休息时间很短，严新远也不能去跟简常念说些什么，只是站在场外，远远地比了一个大拇指，示意她加油。

可以说这是决定命运的生死之战了。

梁教练也冲她竖起了大拇指。

更多的人围了过来。

有赵启东、孙倩，还有她的舍友们。

站在对面场地的乔语初也对她比出了加油的手势。

谢拾安站在休息区，远远地冲她点了一下头。

简常念看见了，握着球拍，抿紧唇，默默在心里给自己加油打气。

管他呢，赢了大赚，输了不亏，拿出自己最好的状态去打就可以了。

简常念深吸一口气，走上了赛场。

第二局一开始，双方就打得难舍难分，甚至还罕见地交换了一个多拍。

简常念的眼里只有球和对手，什么嘈杂的声音都被抛到脑后了。

她忘了站在对面的是乔语初，是她的朋友，是一个拥有十多年比赛经验的老将。她只知道，乔语初是她的对手，必须要战胜的对手，只有战胜乔语初，她才能在这条路上越走越远。

她不想折戟在这里，她要赢。

她并步高高跳起，手臂伸展，突然发力，猛地就是一个扣杀，比分变为11：11。

中场休息的哨子声响了起来。

乔语初走到场边擦汗。

谢拾安给她递了瓶水："怎么样，有点压力吧？"

乔语初也笑了起来，看向简常念的目光终于有了一丝欣赏和肯定："好久没打得这么酣畅淋漓了。"

上半场追平了比分，这让简常念信心倍增。

她拿着球拍跃跃欲试："语初姐，你可要小心了，别被我吃分了哦。"

乔语初笑得眉眼弯弯，可出手毫不留情："哈哈，我很快就会让你知道什么叫'姜还是老的辣'。"

站在场外观赛的梁教练道："这一局简常念多半是要赢了。"

场上的形势确实是简常念这边有优势。

严新远抽着烟："表面看起来她是要赢了，但实际上乔语初是挖了个坑给她跳呢。"

"啊？你是说——"梁教练疑惑了起来。

"你以为乔语初为什么能一直待在滨海省队这么久，还拿过全国大赛的女双亚军？她本身实力并不弱，不要被她笑眯眯的外表所欺骗了。

"当一个打防守反击的选手放弃了防守，只能说明她在刻意保存体力。别忘了，还有一局呢，论起战术来，简常念可落后了别人不止十万八千里啊。"

严新远感叹着，这一局果然如他所料想的一样，乔语初以 12：21 输掉了比赛，输得那叫一个浑然天成，没露一丝破绽。

扳平了一局来到赛点的简常念欢欣雀跃着跑下了场，丝毫没察觉到自己今天多半是要输了。

严新远叹了口气，真是个没心眼的傻孩子啊，只希望她下一局能超常发挥，拿下这两分了。

乔语初走回休息区擦汗，谢拾安瞥了她一眼："别擦了，有汗吗？"

乔语初气得拿毛巾扔谢拾安："改天我就要拿针把你的嘴缝上。"

谢拾安接住毛巾又扔回给她："不是准备放水的吗，怎么又全力以赴了？"

乔语初深深地看了一眼简常念："因为我有一种感觉，不全力以赴的话，我可能会输。"

第三局。

在乔语初不断的拉扯之下，简常念有些疲于奔命，因为体力消耗过度，一个本该接到的网前球，她跑慢了一步，被对方得分。

一切都在按乔语初的设想走着，但不知为什么，她有些高兴不起来。

还是简常念见她情绪不好，主动过来和她握了手："没事的，语初姐，还没完呢。"

落后七分的巨大差距，很难追回来了，除非乔语初犯一些致命的"失误"。

乔语初动动嘴唇，想说些什么。

简常念轻轻晃了晃脑袋，眼眶微红，却像往常一样笑了起来："不管最后的结果是什么，这一场我打得很尽兴。"

乔语初一愣，旋即轻轻握住了她的手："我也是。"

带着破釜沉舟的决绝，简常念开始了接下来的比赛。

乔语初本以为可以轻松拿下这一局，谁知道一上来就碰了颗钉子，简常念利用自己灵活的跑动，以及几个假动作骗了她，接连得分。

看着对方眼里闪烁着的战意，乔语初心里一震，这才多久啊，简常念才集训了三个月，就已经和有着十多年球龄的自己打得难解难分。

她有些羡慕这样的天分，又有些不甘心。

她一咬牙，不，她不能被简常念比下去。

场外的严新远观察着局势："要开始反击了。"

话音刚落，乔语初主动跑动起来，通过几个对角吊球，重新把主动权收回到自己手里。

这一轮反击打了简常念一个措手不及，她跟着对手的节奏在场上疲于奔命，被钻了好几个空子。

看着对方明显认真起来的神情，简常念也不甘示弱，眼看着一个角度刁钻的杀球向自己飞了过来，她咬咬牙，明知道这个位置去救球可能会失去平衡摔倒在地，还是义无反顾地冲了过去。

砰！

球顺利过网，她也重重地摔倒在了地上。

"没事吧？"

乔语初看她摔倒，停下了动作。

简常念喘着粗气站了起来："没事，继续。"

接下来的比赛就更为胶着了，两个人几乎是你一分我一分，互不相让，一直到20：19。

乔语初暂时领先一分，只要再拿下一分，这场比赛就能赢了。

简常念看了一眼记分牌，默默地攥紧了球拍。

都已经走到这里了，哪怕输，也要不留遗憾。

就连梁教练都有些紧张了起来："最后一个球了，是谁的……"

简常念最后一个杀球角度很好，打的是乔语初来不及回防的后场。

那一道白色流星滑过半空。

乔语初回头，已是来不及了，眼睁睁地看着它落在了界外，跟白色的线距离只有那么几厘米。

裁判吹起哨子："简常念杀球出界，21：19，乔语初胜。"

怎么会这样？

简常念瞪大了眼睛，有些不可置信地看着那个球，眼里的光一点一点地灭掉了。

乔语初动动唇，想走过去跟她说些什么。

她不愿让人看到她伤心失落的样子，拿着球拍迅速转身下了场。

第三天的比赛结束，她只拿到一个小局积分，排名不变。

乔语初本想找她说说话的，谁知道吃过晚饭，她就不见了。

乔语初找遍了宿舍、食堂、训练室和操场，也没找到人。

冬天的夜晚晴朗无云，繁星点点。

简常念坐在双杠上，手撑着双杠，腿随意地晃荡着。她坐得高，视线越过围墙，可以看到训练基地外一望无际的农田。

乡间小路上亮着灯，偶尔有人骑着自行车经过，还能听见一两声狗叫。

她莫名地有一点想家，想外婆了，吸了吸鼻子，又忍不住掉下泪来。

身后传来一声嗤笑。

"哭有用的话，今天的比赛就不会输了。"

简常念吓得险些从双杠上摔下来："你……你怎么来了？"

谢拾安手插兜从石阶上缓步而下，背靠着双杠站着，夜风吹起了她的发丝。

"我吃完晚饭散步，听见小操场里有声音，还以为是见鬼了呢，过来看看。"

训练基地里有一个大操场，就是平时他们跑步、练体能的地方，还有一个小操场，在大操场的东南方向，石阶下面，挨着训练基地的外墙。

这里人迹罕至，只放了几张乒乓球桌以及一些健身器材，本意是想让大家训练之余放松放松，但谁有这个工夫来玩啊，所以很快就荒废了。

不过，简常念很喜欢这个地方，她觉得这里很安静，不开心的时候就偶尔过来坐坐。

谢拾安没告诉她的是，这里也是自己的秘密基地。

这个人来看笑话的理由还真是别具一格呢。

要是放在往常，简常念非得还嘴不可，但今天她实在是没有跟人吵架的心思："看过了就走吧，我想一个人待会儿。"

看她一副不想说话、生无可恋的模样，谢拾安起身："其实也不是没有办法进入前十名……"

"你说什么？！"简常念立马从双杠上跳了下来，还因为动作太快而跟跄了一下。

谢拾安耸耸肩："你不是想一个人待会儿吗？"

"哎呀，我那说的是气话……"简常念知道对付谢拾安这人，硬的不行，你得来软的，顺她的毛。

"哦。"谢拾安点了一下头，表示知道了，转身还是要走，急得简常念赶紧冲上去拽住了她的胳膊。

"你就别耍我了，我是真的很想留下来！"

简常念言辞恳切，拽着谢拾安的手和眼神一样滚烫，透过薄薄的布料传入谢拾安的心里。

谢拾安略有动容，淡淡道："接下来两天的比赛，必须全胜。"

短短一句话，条件是多么苛刻。

简常念松开了抓着她的手。

谢拾安也知道很难，但简常念必须这样去做。

"目前积分榜上前八名的位置基本上已经固定了，你们剩下的人，无论如何，都很难从这八个人手里吃下两分，所以，第九和第十名就成了被争抢的位置。

"明天一战，从理论上来说，排在二十名以后的人都会被淘汰，因为她们现有的积分和剩余的场次不足以支撑她们超越现在的前十。你要做的就是稳住现有的名次并争取进前十五名。你大概有一半的概率抽到前面的人，然后，你就拼命去赢，拿下尽可能多的积分。如果你真的想要进省队的话，这就是你唯一的办法。

"最好的结果就是你一路连胜，拿到名额，最差的结果，没有比现在更坏的了。"

谢拾安说完之后，回应她的是良久的沉默。

她也知道这个难度不亚于登天，只有上天眷顾，才会有奇迹降临。

谢拾安该说的都说了，做不做就看简常念自己了。

谢拾安转身欲走，简常念抬起头，一字一句道："我也不知道我能不能留下来，但不管抽到谁，哪怕是你，我也会全力以赴。"

忽有疾风起。

树叶打着旋儿落在她们身边。

谢拾安在她看不见的地方微微弯了一下嘴角："我也是，不会手下留情。"

谢拾安抬脚打算离去的时候，又略顿了一下："对了，有人在找你。"

简常念一怔，旋即明白了过来——乔语初肯定是在到处找她，担心她想不开。

她跑了几步，又回过头来郑重地说了一句："谢谢你。"

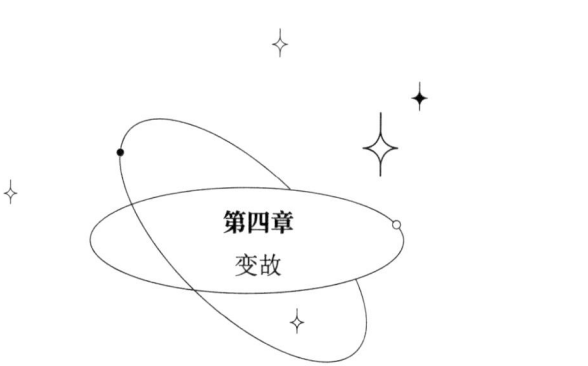

第四章

变故

　　乔语初在训练基地找了一大圈，没找到人，打算再回宿舍问问简常念的舍友的时候，简常念从楼道跑了过来："语初姐！"

　　乔语初回头见是她，喜形于色："你去哪儿了？我还以为你生我的气了呢！"

　　她挠挠脑袋，有些不好意思地笑了："没有，我去小操场上坐了会儿。"

　　两个人迎着风站在走廊上说话。

　　"对不起啊，今天，我虽然赢了，但你……"乔语初找她，是想跟她道个歉。

　　她摇摇头："语初姐不用跟我道歉，本来就是我技不如人，不怪你，而且我打得很开心啊，这就够了，再说了，我也不是完全没有机会。"

　　她把谢拾安跟她说的话复述了一遍。

　　乔语初笑起来："还是拾安聪明。"

　　"我已经想好了，尽全力去打，争取不留一丝遗憾。"简常念眼睛亮晶晶的，像夜空里的星星。

　　"就算今年选不上，还有明年、后年、大后年，我会一直坚持下去的。因为——"简常念露出了明亮灿烂的笑容，"这里不光有梦想，还有朋友。"

　　乔语初也莞尔，伸出手去摸了摸她的脑袋："你说得对，不管输赢，我们都是朋友，永远的朋友。"

　　简常念没有兄弟姐妹，但她想，如果她有姐姐的话，应该就是像乔语初这样的，温柔、善良、亲和，永远为她着想，包容她、鼓励她。

　　因此，对着乔语初，她难得带了一丝撒娇的语气道："那你可以陪我再练练吗？今天比赛时，你那招好厉害……"

乔语初拉着她就跑："走啊，我教你。"

第四天的比赛，简常念抽的第一签就遇到了孙倩。两个人对视了一眼，手里拿着的字条上写着对方的名字。

孙倩走过来笑了笑："没想到会抽到你。"

孙倩目前排名第十二，要是能在简常念这里拿到两分，就有很大的希望进前十了。

"我也没想到。"

"那来吧。"

比起简常念满脸凝重，孙倩的表情看上去还算轻松："上次在体育馆里输给你，这次不会了。"

曾经的手下败将在这三个月里进步飞快，简常念也想再和她打一场："上次我会赢，这次也一样。"

乔语初捅了捅谢拾安的胳膊："欸，你说，谁会赢啊？"

"三七开吧，简常念七，孙倩三。"

"孙倩最近成绩不是蛮好的吗，你这么不看好她啊？"乔语初有些疑惑。

她还以为这两人能打得有来有回，难舍难分呢。

"从考核第一天开始，简常念抽到的都是实力比自身强大几倍的对手，而孙倩则有些幸运得过了头，顺风局打多了，就不知道逆风局该怎么打了。"

场外的严新远也看出了这个问题，吧嗒吧嗒抽着烟："孙倩一直被人牵着鼻子走，要是再拿不回主动权，一直被常念这么用对角线拉扯着，这局多半是要输了。"

果然，简常念以 21：10 的大比分赢下了第一局的比赛。

第二局开始，孙倩主动发起进攻，接连攻简常念的后场。不过简常念这几天逆风局打得实在太多了，处理起来很有经验，不疾不徐地防守着，然后再找机会发起进攻，打了孙倩一个措手不及。她一鼓作气，从孙倩手里抢回了自己的节奏，来到赛点。

谢拾安转身离去："不看了，没悬念。"

输掉比赛的孙倩拿着球拍有些失落地下了场，简常念追上去想安慰两句："那个……没事的，下把……下把再赢回来就行了。"

孙倩回过头来深深看了她一眼："你说得倒轻巧，被打得二比零的人又不是你！"

被莫名其妙吼了一通的简常念愣在原地，再想追上去，人已经走远。

她抿了抿嘴角，垂下了脑袋。

乔语初走过来拍了拍她的肩膀："让她去吧。"

"我是不是……做错了？"简常念耷拉着脑袋，看着自己的球拍，"我或许应该让她一局的。"

"你忘了，是谁跟我说——如果你尊重我的话，请全力以赴。"

乔语初敲了一下她的脑袋。

简常念揉了揉被敲的地方，有些不好意思地笑起来："也是，只是看见她失落，我也不好受，毕竟都在一起训练这么久了。"

"行啦，你就别想这么多了，好好准备下一场比赛吧。"乔语初把人推出去，拖长了声音道。

熬过了前三天分外艰难的比赛之后，简常念总算在第四天迎来了曙光。下午的比赛，她也有惊无险地赢了，甚至还吃到了第十名的分，因此排名上升得很快，升到了第十四名。

一天的比赛结束之后，简常念看着积分榜上自己的排名，悄悄舒了口气，总算是闯进了前十五名，暂时没有被淘汰的危险了，只要明天的比赛一鼓作气也取得胜利，那么她就能进滨海省队了。

她想到这里，嘴角扬起了大大的笑。

有人欢喜有人愁。

简常念的宿舍里有一位舍友被淘汰了，正在收拾东西，她的朋友站在旁边义愤填膺道："我就不明白了，就差一分，一分！平时都是那么好的朋友，让一局又怎么了？"

有人附和："对啊，今天孙倩和简常念打不也是吗？好歹给人留一分啊，孙倩，你说是不是？"

话音刚落，简常念推门进来了。

声音戛然而止。

简常念笑得有些没心没肺的："你们刚刚在说什么呢，这么热闹？"

要离开的舍友推着行李箱撞开她，径直离去："没什么，说某些不讲义气的家伙罢了。"

简常念挠挠脑袋，有些莫名其妙，把目光投向了其他舍友："她怎么了呀？"

没人搭理她，健身的健身，看书的看书，吃东西的吃东西，她把求助的目光投向了孙倩。

孙倩什么也没说，爬上了床。

迟钝如简常念，也终于察觉到了一丝不对劲。

自己好像又被排挤了。

这种沉默到令人有点窒息的氛围，很容易就让她想起了之前在技校的时光。

记忆纷至沓来，简常念倒退两步，抿了抿唇，实在无处可去，只好拿起球拍又出了门。

她出门后，有舍友嘀咕："装什么啊？都最后一天了，还这么拼命。"

躺在床上辗转反侧的孙倩并未睡着，而是又拿起了手机，有人发来消息："想好了吗？你到底要不要啊？"

孙倩打了又删，删了又打，咬咬牙，总算问出了一句："那药对身体有害吗？"

"就是普通的泻药啊，吃了能让人拉肚子的。"

第一次做这样的事，她也有些害怕："真的不会有什么问题吧？万一被发现了怎么办？"

"你傻啊，做得隐秘点，只要不被人当场发现，只是拉个肚子，谁会想到那么多？"

在对方的再三保证之下，孙倩终于咬咬牙，一狠心，发送了一个"OK"的手势。

对方回了一个"开心"的表情。

"行，明天早上我去找你，老地方见。"

上午训练完，乔语初去门卫室拿快递，隐隐约约看见围墙边上站了两个人，被灌木丛遮掩着，她看得不真切。

她往前走了两步："谁在那儿？"

她出声的那一瞬间，一个身影蹿进了灌木丛里，孙倩捂着胸口回过头来。

"是你啊，吓死我了。"

乔语初心想：站在那个地方鬼鬼祟祟的，我没被你吓死就是好的了。

"你怎么跑门外去了？"

孙倩晃了晃手里的包裹，强自镇定："来拿快递，顺便出来走走。"

"快进来吧，一会儿让严教练知道了，又要挨骂。"

孙倩点点头："这就来了。"

离开之前，乔语初又往灌木丛深深地看了一眼，她明明看见是两个身影，怎么出来的就只有孙倩一个人呢，还是说自己眼花了？

乔语初摇摇头，可能真的是自己多心了，还是赶快回去吧。

简常念上午的表现可圈可点，又赢得了四分。她看着训练室门口的白板，发现自己的排名上升到了第十一名，开心得几乎快蹦了起来，可再往下一看，嘴角的笑就慢慢消失了。

和她并列排在第十一名的，竟然是孙倩，这也就意味着，她俩日前积分相同，下午的比赛就至关重要了，也有可能她在决赛时对上孙倩。

不知怎的，她有些高兴不起来。

乔语初拍了拍她的肩膀："走吧，别想太多，好好准备下午的比赛，先去吃饭。"

简常念跟上乔语初的脚步："好。"

食堂里。

谢拾安戳着盘子里的米饭："你最近和简常念走得挺近啊。"

——又是教人家打球，又是一起来吃饭的。

不知道为什么，她这话说得平淡，乔语初却莫名觉得她心里暗含不满。

乔语初忍俊不禁，把自己碗里的大鸡腿夹给了她。

"行啦，我就是看人家年纪小，家庭条件也不好，我年龄比你们都大，能多照顾一点是一点。再说了，你刚到滨海省队的时候，我不也是这么照顾你的吗。"

"你这到处认妹妹的毛病什么时候能改改？"话是这么说，谢拾安倒也没拒绝乔语初的好意。

两个人斗起嘴来。

"那你这到处吃飞醋的毛病什么时候能改改？"

"我……"谢拾安刚想反驳，就被米饭呛了一下，咳嗽起来，惹得乔语初哈哈大笑。

"你看，让你说我，报应来了吧。"

话音未落，也许是真的被呛得狠了，谢拾安咳得停不住，涨得脸色通红，说不出话来。

乔语初赶忙扔了筷子起身，替她拍背顺气。

"看你，开个玩笑至于吗？好了，好了，我以后再也不说了。"

在被乔语初嘘寒问暖时，谢拾安能清晰地感觉到，她对自己和对别人是不一样的。

谢拾安的心底涌出一股暖流，嘴角露出一个笑，回头握住了她的手："没事，吃饭吧。"

简常念中午吃完饭回到宿舍，推开门，只有孙倩一个人在。

孙倩站在书桌旁边，也不知道在干什么，见简常念回来了，神色有些慌里慌张的。

"你……你怎么回来得这么早啊？"

简常念笑了笑，取走自己桌上的水杯："我想赶紧吃完去打球来着，发现水杯没拿，回来取一趟，你没去吃饭吗？这么早就回来了。"

"我……我没什么胃口。"

"那也要吃一点啊，下午还有比赛呢。"

"没事，不太饿，一会儿吃点水果就行了。"

"水果啊，我这有，前两天刚买的梨，喏，给你。"

听孙倩说想吃水果，简常念从自己的柜子里翻出了仅剩的两个梨，塞进了她的手里。

简常念平时是个省吃俭用的人，买水果那天，她也在场，一块五一斤，简常念只买了四个，自己都舍不得放开了吃。

看着手心里的梨，孙倩动动唇，叫住了即将离去的简常念："简常念……"

简常念笑着回过头来："怎么了？"

千言万语堵在喉咙，但孙倩最终只说了一句："下午……加油。"

"你也是。"

简常念挥挥手，关上了寝室门。

她离开之后，孙倩苦笑了一下：简常念，你不要怪我，要怪就怪这赛制，怪严教练，谁让我们之中只能进一个呢。

趁着别人午休的工夫，简常念依旧在刻苦训练，乔语初也被她拉来当陪练。

有乔语初的地方，当然少不了谢拾安。不过她可没兴趣给人当陪练，懒洋洋地躺在训练室休息区的长椅上戴着耳机听歌。

简常念打了一会儿球，突然脸色一变，捂着肚子叫起来："嗯……不行了……我想上厕所。"

"啊？那你快去。"

乔语初话音刚落，简常念扔了球拍就跑。

她回来后不到十分钟，就又捂着肚子蹲下，疼得直不起腰来。

乔语初跑过去扶她："你这是怎么了？"

她咬着牙，抵御着腹部一阵又一阵汹涌袭来的疼痛感。

"不知道……又想去厕所了。"

乔语初放下了球拍："我陪你去吧。"

过了七八分钟，简常念脸色发白，脚步虚浮地被人扶回来了。

乔语初一直把人扶到休息区的椅子上坐着，拿起她的杯子递给她："给，喝点温水，你是吃坏肚子了吧？"

谢拾安也坐了起来，看着她："你最近外出就餐了？"

训练基地配备了专门的营养师，每顿饭的食材都是严格挑选过的，干净、卫生是基本要求。

简常念拿起水杯小口小口地抿着，一边喝，一边回忆："没啊……我最近一直跟你们在一起训练，没有出去吃过饭，你们知道的呀。"

"那怎么突然拉肚子呀？你再想想，这几天是不是吃了什么不干净的东西？"

乔语初也有些疑惑。

话音刚落，简常念又捂着肚子叫了起来，因为剧烈的疼痛，手上的水杯都没拿稳，水洒了一地。

乔语初见势不好，神色有些焦急："实在不行，咱们去医院看看吧。"

最近的医院也在镇上呢，一来一回耽误时间，下午的比赛马上就要开始了。

简常念满头大汗，虚弱得抬不起头来："不……不行……下午还有比赛。"

谢拾安一只手把人扶了起来："去找队医。"

乔语初也反应过来，架起简常念的另一只胳膊："对、对、对，走，我们去找队医。"

队医详细询问了简常念这几天的饮食之后，也说不出个所以然来，毕竟只是随队医生，而且卫生室条件有限，平时治个感冒发烧什么的还行，遇到这种需要做详细检查才能确定病因的，就搞不定了。

队医皱皱眉，看她实在难受，还是劝道："要不你还是请假去医院看看吧？"

简常念摇头，脑门上都是汗，坐在椅子上勉强直起腰来，拉住医生的袖子恳求道：

"不行……我不能请假。医生……我，我就是吃坏了肚子。拜托您先给我开一点……嗯……止疼的药吧。等……等打完比赛，我……我再去医院看看。"

"常念！"一听这话，乔语初急了。

简常念回头，眼神执拗，咬着牙，抽着气勉强吐出了一句完整的话："语初姐，你知道的，考核不会因为我一个人而中止，现在请假就意味着我放弃了这个名额。"

"那也不能……"乔语初还想再劝。

简常念的目光又软下来，带着恳求地看着她，又看看谢拾安。

"还没打，我不想认输。"

谢拾安抿着唇没说话，算是默认了简常念的想法。

乔语初一时也不知道怎么开口劝她了，毕竟简常念好不容易才走到这里，她这段日子过得有多辛苦，又有多努力，她们都看在眼里。

简常念扶着桌子慢慢站起来，给队医鞠了个躬："拜托您了，医生，这场比赛对我来说，真的很重要。"

"欸，没事，没事，我给你开点药就是了。"

能坚持到今天的孩子都不容易，队医又何尝不知道。见她如此执着，队医也有些心软，赶紧把她扶了起来，飞快地写好处方单让人拿药去了。

"给，止疼药，一次一片，温水服下。治腹泻的冲剂，一次半包，也是用温水化开再喝。都是见效快的，应该来得及，你打完比赛之后要是还觉得不舒服，一定要立马去医院，知道吗？"

队医把一次性水杯送到了她手上，她感激地冲他笑了笑，把药片放进嘴里，把温水一饮而尽。

下午的比赛即将开始前，简常念回到了训练室，乔语初扶着她："你真的没事吗？要不我还是去跟严教练说一声……"

简常念摆摆手，自己站稳，脸色还是很难看，但比起之前已经没那么痛了："没事，我可以坚持。"

抽签的时候，严新远也留意到了她脸色不太好。

"你怎么了？"

简常念笑了笑，从箱子里取走字条："没，可能是昨晚没休息好吧。"

严新远皱皱眉，嘴上埋怨，可话里话外都是关心："休息不好怎么打比赛？最后一场了，好好表现。"

简常念朗声应了："欸，知道了。"

她坐在休息区等待的时候，小腹又一阵一阵地绞痛起来。她埋着头，用拳头抵在肚子上，咬牙抵抗着越来越强烈的痛感。

谢拾安打完一场，从她身边走过："不行就别逞强。"

简常念抬起头来，刚想回话，梁教练叫了她的名字："下一场，简常念对周敏，准备。"

简常念只好拿着球拍起身，一步步走向了比赛场地，往常轻快的步伐今天变得分外沉重。

孙倩站在另一侧的场地上，看着她的背影，欲言又止。

"喂，该你发球了。"对手叫起来。

孙倩这才回过神来，强迫自己集中注意力，不去观察简常念的一举一动，在心底默默道："简常念，对不起了，谁让你是我最大的竞争对手呢？只要你输一场，只要一场，我就可以进滨海省队了，谁也不能阻止我实现我的梦想。"

"怎么回事？简常念今天状态不佳啊。"梁教练站在场外，也看出了端倪。

不仅是接发球，就连基本的步法都不是很标准，而且还有非常多的失误。

眼看着简常念放走了一个绝佳的杀球机会，严新远看着看着就怒上心头，磕了磕烟斗就站起来，指着鼻子就骂："简常念，你打什么呢？公园里的三岁孩子打得都比你好，下一局再是这个状态，不用比了，直接给我回家！"

输掉第一局的简常念将手撑在膝盖上大口大口地喘着气，汗水顺着发梢淌下来，滴进眼睛里。她眨了一下眼睛，头一阵阵发晕，羽毛球网都变成了一条条白色的线，耳膜也嗡嗡作响。她甩了甩脑袋，咬了一下舌尖，才让视线重新清明起来。

她重新直起了腰："再来。"

第二局开始。

她完全是凭着自己的本能去打的，她知道自己要是丢掉这一分，进入滨海省队多半是没什么希望了。她必须站起来，咬着牙，去接发球，即使自己的五脏六腑仿佛在翻江倒海；即使每一下杀球都必须咬着舌尖，用尽全身的力气才能跳起来；即使因为救球会失去平衡而摔倒；即使每一下摔倒都让她眼前发黑，痛上加痛……

她从摔倒再到爬起来所需要的时间也越来越长，又一次摔倒在地后，她久久没有动弹。

严新远终于觉得有些不对劲，站了起来："身体不舒服就弃权。"

他话音未落，简常念动了动，微微抬起头，然后手指摸索到了掉在地上的球拍，把球拍抓在手里，就这样，撑着球拍跪在地上，再慢慢直起腰，扶着膝盖，一点一点地站了起来。

她后背的衣服全湿了，也不知道是热得被汗湿的，还是因为剧烈疼痛而出的虚汗打湿的。

她喘着粗气，咽了咽口水，视线定在了记分牌上，好半天才看清。

20：19。

还有一个球，她就赢了。

"我……我不会弃权。"她从牙缝里蹦出了几个字。

简常念以前从来不知道，人的意志力可以坚强到什么程度，直到今天才明白，只要想赢的念头足够强烈，就什么都可以抛到脑后。

她不能，绝对不能倒在这里。

她深吸了一口气，微微发颤的手拿起了羽毛球，准备直接来一个扣杀结束这场比赛。

像预想中的那样，对方打她的后场，她快速后撤，同时准备起跳，长臂伸展，高高扬起，就在她拼命跳起，用劲的那一瞬间，排山倒海般的疼痛感如潮水般淹没了她。

她眼前一黑，一股灼烧感从胃里一直涌上了喉咙，让她喘不过气来。

她倒地的那一瞬间，呕吐了，球拍也脱离了掌心，飞出了场外。

训练室里一阵骚动。

严新远见势不妙，第一个冲了过去："常念，简常念，醒醒！"

他见怎么叫都无法叫醒她，心想坏了，也顾不得她满身污秽，把她背了起来，匆匆吩咐了梁教练一句，便往外跑去。

"打扫场地，比赛继续，老梁，你来当裁判，我送她去医院。"

看简常念晕倒，乔语初也心急如焚，好在她今天的比赛都打完了。

看一眼谢拾安，乔语初跟了上去："我和严教练一起去，你留在这里。"

简常念浑浑噩噩的，只觉得五脏六腑都在翻江倒海，胃里火烧火燎地难受。

她皱着眉头，想睁眼，奈何仿佛有一只无形的大手拉着她，直直地将她拉进深渊。

失重感袭来，她快要坚持不住了。

耳边传来熟悉的呼唤："常念，醒醒，别睡，坚持一下，马上就到医院了……"

黑暗被撕开了一道口子，彩色的光亮照了进来，恍惚中又回到了那个夏天，她很小很小的时候，有一次发高烧，父亲背着她翻山越岭去医院。

鼻尖隐约嗅到了一丝烟草味，那是关于父亲最初的记忆。

简常念呢喃不清地吐字："爸爸……"

背着她的严新远浑身一僵，回头看了她一眼，只见她满头虚汗，脸色惨白，嘴唇也有些发紫，不由得加快了跑步的速度："快，小乔，去开门！"

乔语初冲到大门边把门拉开，严新远把简常念放在了车后排座位上。

等乔语初跳上车，严新远一脚油门，车子载着他们如离弦之箭般飞了出去。

他们离开后，训练室里依旧闹哄哄的，都在议论纷纷。除了谢拾安没有去凑热闹之外，还有一个人也没去——孙情站在门口看着他们离去的背影，神情与其说是担心，不如说是做贼心虚。

谢拾安看着她，若有所思。

"医生，医生，她怎么了？"

严新远驱车径直把人送到了最近的医院，医生大致看了一下她的瞳孔，又听了心跳。

"看样子像是药物中毒，先准备洗胃吧。"

一言既出，严新远和乔语初都有些发愣，怎么会是药物中毒呢？

医生推着简常念进了抢救室："家属先去挂号交钱吧。"

严新远回过神来，当务之急还是救人。

"欸，我去。"

乔语初主动请缨："还是我去吧，严教练，您留在这里看着她，万一有什么需要签字的地方呢。"

她一边往缴费处跑，一边给谢拾安打了个电话。

"医生说是药物中毒！常念除了队医给的药，没有吃过别的啊！"乔语初说话又急又快。

谢拾安看着不远处和别人打电话的孙倩，嗓音有些冷："我大概知道是怎么回事了，先挂了。"

"喂？喂？"乔语初接连喂了好几声，奈何电话早就被人挂断了，再打过去就是无人接听。

谢拾安到底知道了些什么，又卖关子，乔语初觉得自己都要急死了。

挂掉电话的谢拾安把手机调成了静音模式，她打开摄像头，放轻脚步，躲到树丛后头。

简常念他们离开后，考核继续，已经拿到入队名额的孙倩并未像其他人一样出去庆祝，而是悄悄拿走了休息区里简常念的水杯，一个人绕到宿舍楼的背面，一个杂草丛生、人迹罕至的地方。

"你不是说那药没问题吗？怎么会晕倒？！"

"什么？晕倒？那不可能。"电话里男人的声音还是嘻嘻哈哈的。

孙倩急得都快哭出来了："不仅晕倒，还吐了，吐得到处都是，人怎么叫都叫不醒。怎么办？不会出人命吧……"

男人一听问题有点严重，立马转了口风，打着哈哈："什么？都跟你说了，没事的，我这儿信号不太好，挂了啊。"

"喂，喂，喂？"孙倩接连喊了几声，回应她的只有冰冷的嘟嘟声。

她再手忙脚乱地给人拨过去，已经成了"对不起，您拨打的电话已关机"。

孙倩气急败坏地要摔手机，突然看到手上拎着简常念的水杯，灵机一动。

"对，只要把水杯里面的水倒了，就算是警察来了，也查不出什么，还有宿舍里剩下的药，也得回去处理了。"

她心里这么想着，就要拧开杯盖去倒水。

谢拾安举着手机从树丛里钻了出来。

"别动啊，你就这么着急想要销毁证据吗？"

孙倩如惊弓之鸟般回过头，那眼神又惊又怕，还带着一丝破釜沉舟的凶狠。

见是谢拾安，孙倩立马换上了另一副柔柔弱弱的表情："你在说什么？什么证据呀？"

谢拾安举着手机，还在录像，屏幕上的小红点一闪一闪的："我在说什么，你自己心里清楚。"

孙倩见事情已经败露，谢拾安又是孤身一人，索性一不做二不休，想去抢她的手机。

谢拾安往后面一闪，没让孙倩得逞。

两个人拉扯之间，孙倩手里的水杯掉在了地上。

她回过神来，赶忙去拧瓶盖，把水杯里的水洒得到处都是。

只要把证据销毁了，就没人知道是她干的了。

看着她近乎癫狂的行为，谢拾安并未阻止，眼里满是讽刺，静静地看着她。

孙倩终于有点回过味来了，看看自己手里的水杯，再看看不动如山的谢拾安："这个，不是简常念的？"

谢拾安倒也没瞒她："前阵子乔语初买了三个一模一样的保温杯，只有杯套的颜色不同，送了简常念一个，自己留了一个，还有一个，你猜猜现在在谁手里呢？"

孙倩不可置信地看着自己手里的水杯，失声尖叫起来："你把杯套的颜色换了？"

谢拾安点点头："没错，简常念的那个水杯，我已经让梁教练送去医院了。虽然她下午的时候弄洒了一些，但应该很快就能查出里面有些什么东西了。"

她的冷静是压垮孙倩的最后一根稻草："你是自己坦白，还是让我现在就报警？"

把孙倩说的话录下来之后，谢拾安按了保存键，顺手也给严新远发了一份。

谢拾安收了手机打算转身离去的时候，又被人叫住了："为什么，为什么你们一个两个的，都帮着简常念？你也是，乔语初也是，程真也是，就连严教练，都对她那么好。我那么努力，他却从来不多看我一眼！"

谢拾安转过身去，淡淡道："如果不是严教练给你机会，你觉得你真的能站在这里吗？被嫉妒蒙蔽了双眼的人，看不到别人的优点，也看不到别人对她的好。"

身后的孙倩站在原地又哭又笑。

谢拾安抬头望向天际，忽然觉得眉心一凉，她伸手接了一片雪花。

今年冬天的第一场雪已然落下了。

经过漫长的等待之后，抢救室的门终于开了，乔语初第一个迎了上去。

"医生，她怎么样了？"

医生摘下口罩道："幸亏送来得及时，服用的剂量小，又吐过一次，已经脱离危险了。病人还很年轻，后续问题不大。"

严新远一直看着手机里谢拾安发来的视频，手微微颤抖着，听见动静，才回过神来，起身："麻烦您了，医生。"

"先送回病房吧。"

他和乔语初一行人推着移动病床往病房走，等把简常念安顿好，看她还睡着，轻声嘱咐乔语初在这陪着她，自己蹑手蹑脚地走出去，关上了房门。

梁教练早在走廊上等着他了。

严新远："水杯拿去做鉴定了吗？"

"送去医院检验科了，就等出结果了。"梁教练看他也眉头紧锁的模样，又道，"这事你打算怎么处理？"

给人下药这种下作的手段都想得出来，严新远压了满肚子的火，愤愤道："还能怎么处理，立马开除，报警！"

"开除孙倩，我同意，至于报警……"梁教练犹豫了一下，"她的家庭情况，你我都清楚。"

严新远透过玻璃看了一眼睡着的简常念："那就等她醒了，她自己决定吧。"

孙倩来医院的时候，简常念刚醒过来不久，靠坐在床头上，手背上扎着输液针，脸色苍白。

在看过谢拾安发过来的视频之后，简常念眼眶都红了，没有输液的那只手紧紧攥住了床单，但在看到孙倩的时候，整个人又平静了下来。

简常念偏头看向了乔语初："语初姐，我想和她单独谈谈。"

乔语初还有些不放心："可是……"

简常念虚弱地笑了笑："没事，反正你们都在外面。"

乔语初替她掖好被角，起身："那好吧，有事就叫我啊。"

等人走后，病房里就剩下了她们两个人。

简常念努努嘴："那有凳子，坐吧。"

孙倩站着没动："你把我叫到医院来，就是想故作好意来羞辱我的吗？"

简常念摇了摇头："我就是想听你亲口说你为什么要那么做。"

简常念的目光平而安静，被这样的眼神看着，孙倩有些恼羞成怒了，脱口而出："没有为什么！我就是看不惯你这一副烂好人的模样，对谁都假惺惺的。凭什么，凭什么所有人都要围着你转？论长相、身材，你哪点比得上我？我不够努力吗？这三个月来，你几点睡，我就几点睡，你什么时候起，我就什么时候起！可是，严教练他们从来都不会多看我一眼！我怎么可能输给你这种废物！"

孙倩越是激动，简常念就越发平静，眼神里带了一丝怜悯地看着她。

被这样的眼神激怒，孙倩口不择言，话说到最后，又自顾自地笑了起来："你凭什么看不起我？我们都是一样的人，你少在这里装腔作势了，你恨我吧。如果不是被谢拾安发现，你现在早就被淘汰了，赢的人是我，简常念。"

简常念摇摇头，只是说："我不恨你，我也不知道为什么，你来之前，我恨不得立马从床上跳下来打你一顿泄愤，现在看见你这样，反倒没有那么生气了。"

她说到这里，又轻轻地笑了笑，眼里带着一点泪光在闪烁着："不管你信不信，那天在医务室，你送给我巧克力的时候，我是真心地想过，要和你做朋友的。"

孙倩愣住了："你……"

"从严教练口中得知了你的家庭情况之后，我对你就只有同情，没有讨厌了。你说得对，我们都一样，背负了太多期望在往前走，只能赢，不能回头，可和你交手那次，我不是故意让你输的。

"我把你当朋友、当对手，所以才想和你堂堂正正地打一场。"

孙倩神色莫辨，还想再说什么，最终动动唇，却觉得嗓子眼里堵得慌。

简常念又轻轻地笑起来，笑容有些柔和，又透着一丝哀伤："上次在体育馆，你让我让球，后来我原谅你了，这次，我不想再原谅了。"

她话音刚落，警察就到了。

孙倩被带走之前，不可置信地回头，一直死死地盯着她。

简常念坐在床上，垂下了脑袋，把脸埋进掌心里，肩膀耸动着。

乔语初进来，走到床边，揽过她，靠在了自己怀里，轻声安慰着："好了，没事了，都已经过去了。"

周沐知道了这件事后，一放学就立马赶了过来，风风火火地闯进门，径直扑在了简常念身上，把正在喝粥的她吓了个半死："你没事吧？呜呜呜，常念，我还以为再也见不到你了呢！"

简常念生怕粥洒出来，赶紧放在一边，把人扶起来："这不是见到了吗。"

"我就知道孙倩那个家伙不安好心，肯定想方设法要害你。那也太恶毒了吧，那是人干的事吗？"

眼看着她的一张小嘴喋喋不休，病房里的其他人都投来了不满的目光。

简常念扶额："好了，好了，小点声，在医院呢。我真没事啦，你看，我这不是好好的吗？对了，你周末要是回家的话，可不许乱说啊。"

周沐擦了擦眼角刚挤出来的两滴泪水："知道啦，我不会跟外婆说漏嘴的。你看，我给你买了吃的，有面包，还有牛奶，都是对身体好的！"

周沐一个学生生活费也不多，能挤出时间来看她，还给她买吃的，她已经很开心了。

"不行，不行，你拿回去自己吃。"

"我都从学校大老远提过来了！"周沐嘴嘟得老高，表示自己的不满，又看她神色还是很憔悴，又不免心疼起来，眼眶微微泛了红。

"我当时要是在就好了，肯定好好揍她一顿，非打到她鼻青脸肿、生活不能自理，凭什么，凭什么这么欺负你？"

在周沐的认知里，给人下药这种事，是小说里的恶毒反派才干得出来的事。

看见简常念穿着病号服坐在病床上里，她心里一阵阵后怕，要是药的剂量再多一点，要是人没有及时被送到医院里，后果不堪设想。

简常念拍了拍她的手安抚她："好啦，真的没事啦，你看，我现在不还是活蹦乱跳的吗？"

简常念话音刚落，房门被人敲响了。

乔语初走进来，身后跟着程真。

程真对孙倩是什么心思，屋里几个人都心知肚明，此时不约而同都愣住了，看着他。

气氛稍显凝滞。

还是乔语初打破了沉默："橙汁儿回家正好路过医院，就说来看看你，毕竟也是朋友嘛。"

程真把提过来的营养品什么的统统堆在了床头，脸上的神色有些拘谨，也有些不安。

"对，我……我就是路过，听说……听说你病了，所以……"

谁路过医院会提这么多东西啊，八成看望简常念是假，想替孙倩来道歉是真。

周沐此刻对他也没什么好气，冷哼了一声，道："看过了，托孙倩的福，人没死，还活着呢，这下你们该高兴了吧？"

简常念拉了一下她的袖子，示意她别乱说话，转过头冲程真笑了笑："我真没事，医生说下周就可以出院了。"

"没事就好，没事就好，那我就不打扰你休息了，营养品记得吃。"性格一向爽朗的大男孩脸上头一次露出窘迫的神情，他知道这屋里的人都不待见他，于是微微低着头，灰溜溜地退出了房间。

走廊上，谢拾安手插兜靠墙站着，摘下了耳机："一起去吃点东西吗？"

程真顿住了脚步。

餐吧里，台上的歌手抱着吉他低声唱着一首不知名的英文歌。

程真跟谢拾安嘟嘟囔囔："她……她以前不是那样的人……"

谢拾安剥着花生，淡淡道："人是会变的。"

程真倒在桌上，挥着手："你不知道……我在奶茶店看到她的那一天，她有多可爱！我把……刚买的奶茶弄……弄洒了，她……她主动提出……要给我重做一杯。

"她……她真的很努力……也很喜欢打羽毛球……"

他翻来覆去说了这么多，都快把他和孙倩认识的全过程讲了三遍还有余了。

谢拾安放下手里的花生，转头认真看着他："你要是还认我这个朋友，就和她断了吧。不然，我们就别做朋友了。"

他猛地抬起头来，也许是她的错觉，也许是光线的原因，她竟然看见他的眼睛里闪着泪花。

他和谢拾安认识的时间，甚至比乔语初还要早，两个人从上幼儿园起就是同班同学，简直是穿开裆裤的交情。他们一起过家家，也一起打过架，分享过秘密，甚至替对方背过黑锅。

即使他们性格迥异，但唯一达成的共识应该是，彼此都把对方放在了内心里属于朋友的这个最柔软的角落里。

程真了解谢拾安，可能比了解他自己还多。他知道她是怎样一个不苟言笑、口是心非却把朋友看得无比重要的人。

如果不是孙倩真的做了那样的事，她断不会说出这种要和他绝交的话。

程真脸上的表情纠结又痛苦。

谢拾安晃着杯子里的液体："我没有逼你非要做个选择的意思，这么多年的朋友了，我比谁都希望你能过得好，但是，你也要想一想，那个人她究竟值不值得你对她那样。"

程真扯起了嘴角，笑比哭还难看。

他扯住她的袖子，嘀嘀咕咕地说些胡话："拾安，你知道那种感觉吗？对一个人失望透顶的感觉……"

谢拾安被他扒拉得有些烦了，一巴掌把人拂开，他倒在了桌子上哼哼唧唧。

谢拾安举起杯子，一饮而尽："有，但愿那个人不会让我失望吧。"

放在桌上的手机震动了一下。

她点开周沐的对话框，回消息。

"你们在哪儿？"

"忆灵餐吧。"

不过一刻钟，周沐已经到了。

周沐把人扶上出租车，谢拾安给了程真家的地址，周沐扒着车门："那你怎么回去啊？要不我们一块走吧？"

谢拾安摇头："不顺路，你们走吧。"

说罢，她就替人关上了车门，吩咐司机师傅开车。

她脑袋也有些晕，想沿着江边走一走吹吹风。电话突然响了起来，她拿出来一看，是乔语初。

"怎么回事，不知道集训队有规定不许在外面吃饭吗，人在哪儿？我过去找你。"

连珠炮似的关心。

谢拾安嘴角浮起一丝笑意，转身趴在了江边的栏杆上："江边，吹吹风就回去。"

"谢拾安，怎么跑去那么危险的地方！你给我等着，哪儿也不许去！"

乔语初一口气吼完，砰的一声挂了电话。

谢拾安有些目瞪口呆，随即嘴角浮起了一个清浅的笑，依她所言不再走动，而是在人行道的台阶上老老实实地坐了下来。

乔语初找到她的时候，她正埋着脑袋昏昏欲睡。

乔语初把自行车靠边停稳，轻轻走过去晃了晃她的胳膊。

"拾安？"

谢拾安抬起头来，等得久了，困意上来，眼神也有些迷离。

见是乔语初，她冲人笑了笑："你来了啊。"

乔语初把人扶起来："走吧，我送你回家，能上去吗？"

乔语初把人扶到自行车旁边，谢拾安自己试了一下，没跳上后座。乔语初无奈，只好揽着她的侧腰，轻轻把人往上抱了一下。

一股香气扑鼻而来。

是乔语初洗发水的味道。

谢拾安吸了吸鼻子，不想撒手，回抱住了她，埋首在她的怀里。

小时候谢拾安小小一团，像个白玉丸子一样，很好玩。

随着年纪渐长，谢拾安就没有以前那么黏乔语初了，这一抱倒是让她有些怀念起了从前。

她放低了声音，摸着谢拾安柔软的发："怎么了，嗯？"

谢拾安只顾着摇头，一个字也不说。

乔语初轻轻替她按压着太阳穴："头疼了？多大的人了，还这么爱撒娇啊。"

谢拾安也不知道能用什么理由才能将这个拥抱延长一些，她一声不吭，只希望这样的时刻能久一点，再久一点。

桥下的江水一无所知地奔涌而去，就像世间万物，一切皆有尽头。

乔语初摸着她的脑袋："好啦，我们回家吧。"

谢拾安轻轻点了一下头，撒开了乔语初的腰。

乔语初骑上车，在车流里穿梭，怕她掉下去："你抱着我。"

她依言，把脑袋贴上了乔语初的后背。

感受到来自身后的温暖，乔语初笑起来："你还记不记得，以前也是这样，我载着你去上课。"

爷爷去世以后，谢拾安又成了孤苦伶仃的一个人，时常被小区里的孩子欺负。

也就是在那时，乔语初家搬了过来，一切都像是命中注定一样，上帝为你关上一扇门，便会给你打开一扇窗，她就是谢拾安那段至暗日子里唯一的光。

谢拾安当然是记得的："嗯，有一回下坡骑得太快了，还把我甩下去了。"

乔语初的笑声像银铃一样清脆，传出去了很远："那次你把门牙都磕掉了，我当时好担心，你要是破相了，以后该怎么办？没想到也长这么大了。"

回忆起从前，两个人絮絮叨叨的，有说不完的话，全是她们共同的回忆。

车流拥挤，人潮汹涌，路口的红绿灯不停变换，两侧的景观树飞快地倒退着。

时间一点一滴地逝去。

谢拾安的声音越来越小："你会让我失望吗？"

"什么？"乔语初没听清，回头又问了一遍，人已经靠在了她的背上，微微闭上了眼睛，呼吸均匀。

乔语初脸上浮起温柔的笑意，一只手抓住了谢拾安的手，一只手握着车把，加快了速度。

等把人送回家安顿好，乔语初拿出钥匙，打开了自己家的门。

屋里黑漆漆，冷冰冰的。

她把包放在玄关上，刚准备开灯，屋里一下子亮了起来。乔妈妈从卧室里走了出来，把她吓了一跳。

"你在家啊？怎么不开灯呢？"

"你还知道回来？"乔母没什么好脸色。

乔语初在门口一边换鞋，一边道："我自己家，不能回来吗？你吃饭了没？我爸呢？"

"晚饭下了碗面，冰箱里还有剩菜，你自己热了吃吧，你爸已经出差一个多礼拜了。"

乔语初回家已经习惯了她这样冷言冷语，没什么好脸色给自己。

"哦。"乔语初应了一声，就去厨房忙活了。

乔母站在厨房门口没走。

"又是跟隔壁那个丧门星一起回来的吧？我都听见门响了，她不回来，你不回来，她一回来，你回来得比谁都快。"

"妈——"乔语初有些烦，切菜的动作顿了顿，"您别这么说她，再说了，她家的事，她那时候还小呢，知道什么。"

"我就搞不明白了，你好好的大学说不上就不上了，相亲也不去，天天和她搅和在一起干什么？她爷爷死了，就是被她爸害死的！她爸就是一个赌鬼、吸血虫，她妈也不是什么好东西，远近闻名，谁不知道她妈勾搭上有钱人跑了。上梁不正下梁歪，你和那种人搞在一起，迟早也会倒霉！"

越说越不像话了。

乔语初把菜刀往案板上重重地一放，把人推出了厨房，再顺手关上门。

"行了，行了，我不跟你吵，不早了，早点睡吧，晚安。"

乔母在外面又骂了几句，见她一副油盐不进的模样，只好悻悻地回了房间。

世界清静了。

乔语初叹了口气，把切好的菜放进锅里。她想她突然有些明白了父亲的感受了，明白他为什么宁愿在外出差，也不愿意回来了。

等菜炒好，锅里的水也开了，乔语初把切好的姜片扔了进去，又放了些红糖。

等她吃完饭，红糖姜水就熬好了，她拿起来倒进保温杯里，盖好盖子，给谢拾安送了过去。

谢拾安清早醒来，脑袋有些痛，她打着呵欠走出卧室，客厅的餐桌上放着一个保温杯，下面还压了张字条。

她拿起来一看，是乔语初的字迹："红糖姜水，记得喝。"

她洗漱完，坐到桌子旁边，拧开了杯盖，虽然有些嫌弃这种味道，但还是认命地、一小口一小口地抿着，一边给乔语初发消息。

乔语初的手机上弹出了一个表情，她拿起来回复："醒了？"

"嗯。"

谢拾安略顿了一会儿又打字："我回训练基地，你呢？"

乔语初早就想回去了，三两口把碗里的粥喝完："妈，我回去训练了。"

"训练训练，这么多年了，也没见你拿个冠军回来！"乔母一边数落，一边还是从衣柜里收拾出了几件厚衣服给她装上，"我看你还是在找对象这事上多上点心，你有个好归宿啊，妈也就放心了，别找个跟你爸一样整天不回家的，有你操不完的心。"

一说起这事，乔语初就头皮发麻，生怕乔母再把怨气从她爸身上转移到她身上，赶紧脚底抹油，开溜。

"行，知道了，妈，那我就先走了。"

听着门外传来轻轻的关门声，谢拾安也站了起来。她倒是不急着出门，先去把杯子洗了。她知道乔语初肯定会在楼下等她的，乔妈妈不喜欢她们一起玩，所以一个先走，一个后到，这是她们多年来形成的默契。

她把杯子洗完，准备出门的时候，眼角的余光冷不丁瞥到了阳台上的一抹绿意。

上次回来，简常念精心呵护的那盆发财树又发了新芽，旁边浇过水的仙人掌也开出了花。

谢拾安有点被这顽强的生命力打动，停下了出门的脚步，走到阳台，拿起了洒水壶。

等她弄完一切，乔语初已经在楼下等了十多分钟。

"怎么这么慢？"

"给绿植浇了些水。"谢拾安实话实说。

"不是不打算养了吗？"乔语初有些诧异。

"丢了……也怪可惜的。"谢拾安轻轻敛下眸子。

"也是，好歹也是生命嘛。对了，我要去医院看看常念，你去吗？"

谢拾安摇头，走着路："不去。"

乔语初生拉硬拽地把人拖走了："哎呀，反正放假嘛，走吧，走吧。"

第五章

特训

　　集训结束，严新远给大家放了一个礼拜的假来休整，刚好简常念也在住院，暂时不用操心训练的事了。在这一周里，乔语初和周沐只要有空就过来陪她说说话，严新远也经常来给她送饭。

　　简常念知道，医药费是严新远垫付的，自己这条命也是他捡回来的。她能下地走路的第一天，就要给他跪下谢恩，被他一把扶了起来："这可使不得。"

　　她眼睛里闪着泪光："如果没有您，我现在能不能活着都不知道。"

　　严新远把人扶到床上坐着，给她削起了苹果，果皮一圈又一圈地掉落。

　　"如果我女儿还活着，也跟你一般大了。"

　　头一次听他说起家人，她还是有些好奇，既然他主动提了，那么应该也是可以问一问的吧。

　　"您女儿是个怎样的人啊？"

　　"和你一样，性格有些内向，但在熟人面前，那可就皮得没边了。我从她小的时候起就手把手地教她打羽毛球，看着她一点点长高……"

　　一老一少聊着天，不知不觉天就黑了。

　　孙倩在少管所被关了一个礼拜就放了出来，前来接她的只有程真一个人："走吧，我送你回家。"

　　他接过她的行李，只有薄薄几件衣服——放进了车里，替她拉着车门。

　　她弯起了嘴角，露出一个嘲讽的笑："怎么，你也是来看我笑话的吗？"

　　"我是那样的人吗？"少年反问。

看着对方坦坦荡荡的眼神，孙倩闭了嘴，坐进车里，两个人一路无话。

到了她家所在的巷口，程真解了安全带："到了。"

孙倩勾勾嘴角："你什么时候考的驾照？"

"不久前。"

他当时一边集训，一边抽时间出来考驾照就是想以后能带她一起兜风。

"车挺好看。"

"我爸的。"

"你就不问问我为什么要那么做吗？"

程真握着方向盘的手紧了紧，喉头上下动着，想说什么，终是摇了摇头："不问了。"

"那你今天来是为了什么？"

穷人的孩子早当家，孙倩很早就出来混社会了，很多男的接近她，都是想从她这里得到一些什么，只有程真例外，他干净得像是屋檐上的初雪。

"我……"程真想了想，还是从兜里掏出一张银行卡，递给她。

"这是我从小到大攒的零花钱，密码是六个八，你拿去用吧。"

"你什么意思？可怜我啊？"孙倩想径直推门下车，推了第一下，没推动。

程真按了解锁键，她才推门而出，又不解气，狠狠地往车门上踹了一脚，这才离去。

人走了，程真有些失落，然而下一秒，孙倩又出现在了车窗玻璃前。他摇下车窗玻璃，期待着对方能跟他说点什么。

孙倩探头进来，取走了他夹在手指间的银行卡："就算是陪你玩了这么久过家家游戏的报酬吧，再见，再也不见。"

程真苦笑了一下，看着她消失在巷子深处，挂挡开走了。

简常念只在医院待了七天，便坚持要出院，一来毕竟花的是严教练的钱，她心不安；二来，七天的假期已到，她不想错过训练，因此有些归心似箭了。

好在她恢复得也不错，医生又开了些药，嘱咐她这几个月还是要清淡饮食，规律作息，便放人走了。

乔语初陪她一起回的训练基地："孙倩那事，队里出处理结果了，开除并永不录用，她的名次由你顺延。"

简常念也有些唏嘘："你说要是能堂堂正正地打一场多好，说不定我和她都有机会进呢。"

乔语初帮她把行李拎上楼："机会？我看她啊，连上大学的机会都没了。"

"怎么说？"她住院一周，看来还是发生了很多事的。

"她和社会上那些闲散人员有勾结，警方查到学校去，学校给了处分，劝退了。"

"这样……"简常念垂下眸子，心里有种说不出的滋味。

乔语初推开她宿舍的门："你就别想那么多了。做错事就是要承担后果啊。"

门一开，简常念就愣了，偌大的宿舍里竟然空空如也："她们……"

"都走了。"乔语初把东西给她提进去。

"你先将就几天，等宿舍重新分配下来，看是你搬出来还是有新人住进来。"

简常念点点头，又要跟新的舍友磨合了，既然是分配，不知道有没有机会和乔语初她们分到同一间宿舍呢？

乔语初看出了她的想法，笑笑："估计不行，得按一队、二队这样分。"

还真是"阶级分明"呢。

乔语初看她脸上有些失落，又安慰道："好啦，反正都是住同一层楼，你想过来玩，我和拾安随时欢迎你啊。"

想到谢拾安那张"苦瓜脸"，简常念撇了撇嘴："谢拾安就算了，恐怕只有语初姐一个人是真心实意地欢迎我吧。"

"她呀，就是刀子嘴豆腐心。走、走、走，去吃饭吧，食堂来了新的大厨，做饭可好吃了！"

乔语初把人推走。

办公室。

严新远重新整理好了花名册，摘下老花镜，围着煤炉烤火。

梁教练在前面的黑板上一一写下了他们的名字，拿着粉笔转过身来给他递了一张单子。

"元旦过后，全国大赛就要开赛了。据中国羽协的最新消息，此次团体赛改了赛制，不再分 A、B、C、D 四个小组，而是分成了东部赛区和西部赛区，咱们被划到了东部赛区里。"

严新远又戴上了老花镜，仔细看着通知。

"这样分应该是为了防止强队都被抽到同一个小组，种子队伍提前决战了，之前也有过那样的事。"

梁教练皱着眉头："可咱们东部赛区也不弱啊，你瞅瞅，南津队、平江队、广平队，哪支队伍是好对付的？南津队还连续两届取得全国大赛团体赛的冠军，搞不好啊，唉，我们连出线都难。"

严新远也笑了起来，半开玩笑半认真道："你就知足吧，没把燕京队划进来。那可都是国家队预备役成员，还有不少国手。我看，这次啊，别说出线了，搞不好决赛都是东、西部内战呢。"

说到燕京队，梁教练又想起来一件事："我听燕京的朋友说，他们队里今年来了个 H 国选手，是来学习的，十七岁，混血儿，拿过 H 国高校联赛女子单打的冠军。她一边在燕京读大学，一边作为特别外援加入了燕京队，也会参加此次的全国大赛。"

"哟，不错啊，还这么年轻，有点意思。"

H国作为世界羽联超级赛系列的一站，运动员整体水平也非常不错，在各项国际赛事上，一直和中国选手处于针锋相对的状态。而H国高校联赛，算是选拔H国青年运动员的一块试金石，因此，这块冠军奖牌的含金量非常高。

关键是她还很年轻，才十七岁，就有远赴异国他乡求学的决心和毅力，不知为何，严新远忽然有一种"燕京队，不，或者说燕京队的那个外援，会是他们的劲敌"的感觉。

"叫什么名字啊？"

梁教练想了想："叫……叫金什么，哦，对了，金南智。"

日历又翻过去一页，窗外白桦树的叶子都掉光了，前一晚刚下过雪，积在光秃秃的树枝上，说话的声音稍微大一点，便会将其震落下来。

严新远吹响了集合的口哨，二十个人都缩手缩脚地站在操场上，北风凛冽。

他戴了一顶防风帽，脖子上挂着口哨，负手而立，扫了他们一眼。

"首先恭喜大家加入滨海省队，想必你们都知道了，元旦节过后，一月七号，全国大赛便要打响了。此次团体赛赛制改革之后，咱们被分到了东部赛区里，你们的对手实力非常强大，有上一届的冠军，还有国手，要想小组出线都不容易。而且，此次全国大赛之前还有体能测试，不合格者不能参赛。时间紧，任务重，所以，在这剩下的半个月里，我会对你们进行特别训练。"

他话音刚落，赵启东就举手问了一句："严教练，什么叫特别训练啊？"

严新远皮笑肉不笑的："到时候你就知道了。"

不知道为什么，简常念对接下来的生活总有一种不妙的感觉。

严新远又接着道："现在，把你们每个人身上的手机、耳机、MP3、游戏机等电子产品统统放到这个口袋里。"

梁教练和另一个助教拿了一个大麻袋走了过去。

站在第一排第一个的男生捏着兜，还有些不情愿。

严新远瞥了他一眼："不主动上交，让我搜出来的，两百个蛙跳准备。"

一时之间，众人脸色一变，纷纷去翻自己的兜，各种各样的电子产品统统落进了麻袋里。

简常念眼睁睁地看着谢拾安交了手机、MP3，还从脖子上扯下了耳机扔进去。不知道为什么，她竟然有些幸灾乐祸，捂着嘴偷偷笑了一声。

站在她前面的谢拾安回头冷冷地看了她一眼。

赵启东交了手机，和站在自己旁边的队友窃窃私语道："还好我在寝室里还藏了一部······"

话音未落，严新远看了他一眼——这些小兔崽子还想跟他玩心眼。

"至于宿舍，已经安排各栋的宿管阿姨带着助教们一起去'整理'了。从现在开始，我不想看见任何与训练无关的东西。"

有人愤愤不平："这也太不公平了吧，哪儿能天天训练，一点业余时间都没有的？"

严新远眉头都没皱一下："你可以退出，另外，我奉劝你们，别想着玩了，因为接下来的日子可能连睡觉的时间都没有了。"

本以为熬过了集训以后就是光明的日子，谁知道真正的磨难才刚刚开始。

一队、二队加起来总共二十个人，严新远竟然给他们都一一做了训练计划，在每天固定的集体训练结束之后，每个人还有额外的训练内容，有目的、有针对性地帮助他们加强薄弱的地方，由助教负责监督和落实，三天一小考，五天一大考，根据最终的成绩来决定参加全国大赛的首发阵容。

第一天的特训结束后，简常念上楼梯都是一瘸一拐的。她还好，因为刚住过院，严新远手下留情，没给她安排太多训练。而其他人就没这么幸运了，光是去医务室理疗、推拿、按摩的就有七八个。

简常念回到宿舍，脸都不想去洗，一头栽倒在床上，累得手都抬不起来。

她正在昏昏欲睡的时候，其他舍友也都回来了。

她被重新分配了宿舍，和二队的队员们住在一起。一间宿舍八张床，只住了五个人，她的上铺空着，用来放东西，对面床上的是个略胖一点的女生。

女生一进宿舍就尖叫了起来："啊，我的小说，还有我的CD，都被收走了！"

"还有我的复读机，不是吧，用来学习英语的而已，这也要收走吗。"另一个舍友也喊道。

简常念艰难地从床上爬了起来，去翻自己的柜子，还好，还好，她也没有什么娱乐设备，因此东西都还在呢。

"别说了，都早点睡吧，明天五点半就要起床集合了。"

她又累又困，最后还是挣扎着去洗了个澡，回来脑袋一沾枕头，立马闭上了眼睛，不像是睡着，倒像是被人打晕了。

男寝室那边也熄灯了。

赵启东蒙着被子玩手机，嘿嘿笑着："还好我还藏了一部手机在球鞋里······"

话音刚落，床沿就被人敲了敲。

"谁啊？大晚上的，干吗啊？！"他怒气冲冲地探出脑袋，立马被手电筒的光晃花了眼。

严新远正站在床边："手机给我。"

宿舍里原本一片漆黑，赵启东的手机发出的这点光就格外刺眼，其他人都蒙在被子里发出了一阵窃笑。

赵启东不情不愿地把手机递过去，一张脸皱成了苦瓜："严……严教练……"

"忘了说，白天查寝室的时候，宿舍的门锁也被宿管阿姨拆掉了，以后晚上我和梁教练会不定时过来检查，发现有玩手机的，打游戏的，偷溜出去玩的，都会惩罚。既然你不想睡，那就去走廊，两百个蹲起准备。"

赵启东发出了惨绝人寰的叫声，响彻了整个男生宿舍。

以前简常念是主动早起，现在是被动早起，稍微贪睡那么几分钟，严新远就在楼下疯狂地吹哨子。他拿着大喇叭喊他们起床，迟到一分钟罚十个蛙跳。

简常念吓得闭着眼睛就从床上弹了起来，拿出生平最快的速度穿衣服、刷牙、洗脸，然后狂奔下楼。

以前打球是谢拾安的兴趣，训练结束后，她常常一个人留下来打到深夜，现在则是被迫留到了最后。

严新远安排给她的训练内容，算是女队里最繁重的，不仅如此，还是亲自监督，想在他眼皮子底下偷懒，可不是那么容易的。

简常念拖着疲惫的身体离开训练室的时候，谢拾安刚结束了折返跑，立马就上了橡皮筋。

"做五组，每组二十个，现在开始，三分钟之内结束。"

严新远拿了一个旧球拍站在她身边，看那架势就是她稍有不慎就会被收拾。

橡皮筋的一端系在羽毛球网的杆子上，这种橡皮筋也是特制的，非常不好拉，她需要模仿击球时的正手、反手、抽球等动作去拽动这根橡皮筋，通过反复练习，增强手臂的摆动和控球能力。

数九寒冬里，谢拾安咬着牙，每拉一下，就有汗水一滴滴砸落在脚边。

短短一周，每个人都好像脱了层皮，就连赵启东，一个一百八十斤的大胖墩都足足瘦了四十斤，训练强度可想而知。

很快就到了元旦，严新远放了大家半天假，一来让他们休息，二来让他们探亲访友。

封闭训练结束，节假日里，基地是可以让他们自由出入的，有不少家长知道今天过节，都早早地等在了门口。午后训练结束的口哨刚一吹响，心早就飞走了的少年们顿时作鸟兽散。

乔语初在休息区整理背包："今天我爸出差回家，我得回去吃个饭。"

谢拾安也知道，新年伊始，一家人是要聚一聚的，她点点头："好，路上注意安全。"

"好不容易放假，你也好好休息休息，看这黑眼圈好重。"乔语初走之前又捏了捏谢拾安的脸。

谢拾安一巴掌把她的手拍开，语气虽有些嫌弃，眼睛里却带着一丝笑意："知道了，快走吧你。"

"再见，路上注意安全啊。"

"明天见。"

"瞧把我闺女累的，脸都瘦了一圈，哎哟，怎么穿得这么单薄啊？快、快、快，把围巾系上。"

…………

简常念站在训练室门口和自己的舍友们告别，看着她们一个个扑向父母的怀抱，微微敛了一下眸子，有些羡慕，也有一丝失落。

训练室里又传来了鞋底摩擦地板的声音。

还有人没走吗？

她转过身去一看。

阳光透过体育馆屋顶上的透明玻璃倾泻而下，在一地散落的羽毛球里，两人四目相对。

是谢拾安。

"你不回家？"谢拾安轻声问。

像迷途的小兽找到了同类一般，简常念也笑了起来："你不也没回吗？"

话音刚落，严新远从训练室外探过头来。

"哟，都没走呢，正好，正好，我买了菜，下午去我那儿吃火锅啊。"

简常念先回宿舍洗了个澡，换了衣服，出来之后径直走到走廊尽头的公用电话亭打电话。

一来全国大赛开赛在即，她想把全部的精力都放在争取进入首发阵容上，毕竟自己离家远，回家的话，一来一回的，耽误明早的训练。

二来，她入队时间短，只拿了半个月的工资津贴，已经全数寄回家了，对自己则是能省一点是一点。

即使不能回家，她也想听听外婆的声音。她按下了拨号键，先把电话打到了村委会。

挂掉电话后，等了半个小时，铃声响了起来，她接起来，就听到了外婆的声音。

"外婆！"她喜形于色，"你最近身体怎么样啊？腿脚好点了吗？能下地走路了吗？我托周沐给你带回去的护膝穿上合不合适啊？还有我寄的钱，你都收到了吗？"

她连珠炮似的关心话语，让外婆笑得合不拢嘴。

"收到了，收到了，外婆最近好多了，已经能下地干活了，家里养的鸭子也大了，肥肥的。等过年了，你回家了，给你炖着吃。傻孩子，钱自己留着花，外婆啊，一切都好。"

"那可不行，我赚钱就是要给外婆用的，医生也说了，你血压高，得长期服药呢。"

"你呀，照顾好自己，外婆就心满意足了。入冬了，学校冷不冷？有没有厚衣服穿？我又给你做了两条棉裤，改天去邮局寄给你。"

难为外婆一大把年纪又要做农活，还要给她做针线活，她眼眶一热，又怕外婆真的寄到学校，自己收不到，于是赶忙拒绝。

"不用，不用，外婆，你看周沐哪天回家了，就给她吧，我跟她说一声，让她带给我，去邮局寄还得花钱。"

"那怎么行，老是麻烦人家。"

简常念捂着听筒，满脸都是笑："怎么不行啦，她也没少吃您做的饭呀。"

两个人又絮絮叨叨地聊了一些琐事。

老人还是有些挂念："常念啊，真的不回来过节吗？哪怕只是待一下午也好，外婆……想看看你。"

简常念鼻头一酸，险些掉下泪来。

她吸了吸鼻子，努力不让外婆听出异样。

"外婆，厂里实在是忙，走不开，过年前我肯定就能回去了。到时候赚了钱，给你买新衣服，咱们一起热热闹闹地过个年。"

听她这么说，外婆也长叹了一口气道："那好吧，你自己照顾好自己，天冷了，穿厚一点，实习重要，可也不能冻感冒了。"

"知道了，外婆！"简常念甜甜地应了一声。

"欸，那我就先挂了。"

回到家的外婆收拾着东西，本以为简常念这周会回家过节，她锅里还炖着肉呢。

外婆看看火候，又添了把柴，要用大火收一下汁，红烧肉才能做好。

她拄着拐杖，一瘸一拐地进了卧室，从衣柜里翻出给简常念做的棉裤，还有简常念托周沐送回来的护膝。

老人摸了摸这厚实的毛料子，有些舍不得用，又收了起来。

她把棉裤和几件毛衣打包装起来之后，锅里的肉也炖好了。

她拎着包袱一瘸一拐地走到厨房，把红烧肉铲进铁制饭盒里，盖好盖子，拿塑料袋装起来，又在塑料袋外面套了一个结实的布袋子保温，最后背着包袱，怀里揣着布袋，颤巍巍地锁上院门，往乡间唯一的汽车站走去。

谢拾安刚下楼，正好撞见程真从隔壁基地跑过来找她玩。

"拾安，拾安，出去玩啊。"他远远地就看见了她，冲她招着手。

谢拾安脚尖转了个弯，往教练宿舍楼走去。

他追上去，把人拦住："叫你呢！你这人怎么回事，听见了也当作没听见！"

"不去，就半天假，懒得跑。"谢拾安眉头都没皱一下，不想搭理他。

他刚想说什么，空气里传来一阵火锅的香味，他眼睛一亮，又使劲地吸了吸鼻子："火锅？谁在煮火锅啊？我怎么闻见了火锅味，好香！"

谢拾安："……"

就这样，谢拾安来到严新远宿舍的时候，身后多了一只跟屁虫。

简常念见到他还有些意外："他怎么来了？"

谢拾安看着程真这个自来熟，已经不需要给他介绍，他就和这屋里其他的几个人打得火热了。

"死乞白赖跟来的。"

简常念点点头，从自来熟这一点来看，程真和周沐倒还真是一类人。

单位分给教练的房子不是很大，两室一厅，客厅里摆了一张暖桌，生着火，很是暖和。

其他几个没回家的队员都来了，严新远系着围裙，从厨房里端菜出来："哟，拾安来了啊，快坐，这是……"

虽然程真没见过严教练，但和乔语初她们混久了，也知道这位就是大名鼎鼎的"地中海"。

他露出一口大白牙，想也没想就要跟人打招呼："地……"

简常念和谢拾安脑中警铃大作，一个踩了他一脚，另一个从背后踹了他一下。

他一个趔趄，险些被人踹到炉子上去，严新远疑惑地看着他们的小动作。

程真总算回过神来，站直了身子，挠着脑袋火速改了口："底……底下好冷，严教练好，我是拾安的朋友，隔壁游泳队的程真！"

"也没回家啊，来、来、来，快坐，去炉子边上烤烤火。我再去拿一副碗筷，火锅马上就好，桌子上有瓜子、花生，你们先吃着。"

严新远热情地招呼着他们，自己转身又进了厨房。

简常念也跟了过去："严教练，我来帮您。"

虽然不知道简常念在哪里实习，但外婆还记得她的学校在哪里，报名那天是跟着她一块去的。

简常念回来时，还把具体的位置以及公交路线都给外婆记在了小本子上。

老人家眯着眼看着她的字迹，远远地，汽车喇叭声响了起来，外婆踮脚一看，是进城的大巴车，于是颤巍巍地招了招手，大巴车在她跟前停了下来。

老人拄着拐杖上了车。

汽车缓缓开走。

"来，尝尝，这火锅底料啊，都是我自己亲手熬的。"

严新远把锅端了上来，放在火炉上，红油沸腾，咕嘟咕嘟冒着热气，看着就让人食欲大开。

队里天天都是营养餐，清汤寡水，程真哈喇子都要流下来了："那我就不客气了。"

都是十来岁的孩子，正是长身体、胃口好的时候，吃起饭来犹如饿虎扑食，打仗一样。一锅煮好的食材，你一筷子我一筷子，很快就被消灭了个干净。

看他们吃得这么香，严新远也高兴，自己没怎么动筷，一直忙着下菜："欸，等会儿，牛肉刚下的，还没熟呢。"

别看赵启东训练的时候怕严新远怕得要死，这会儿倒是吃得满嘴是油，还一边嘟囔："严教练，这光有吃的，没有喝的啊，要是再来一杯冰镇可乐，那可就完美了。"

严新远把脸一板："马上就要比赛了，碳酸饮料不能喝不知道啊！"

一屋人都不满意地号叫了起来。

"得了，得了，知道你们好这一口，可乐不行，但是橙汁嘛，还是可以喝一点的。"

他从桌子底下拎出一桶橙汁的时候，每个人看着他，眼睛都发着光。

赵启东更是夸张地敲起了碗："严教练万岁！"

"得了，得了，废话少说，比赛的时候少给我丢人就行。"

程真一边大口吃肉，一边喝饮料，幸福得快流下眼泪："呜呜，你们教练好好哦。"

简常念小声道："你是没看见训练的时候他有多严厉……"

谢拾安夹起一块肉，深有同感地点了点头。

有人提议："今天正好过节，咱们以饮料代酒，碰一个，祝严教练节日快乐，身体健康吧！"

严新远也端起了杯子："这个好，这个好，不过还得再加一条，也祝你们在全国大赛上取得一个满意的成绩，心想事成，前程似锦！"

一屋子的人都举起了杯子，碰在一起。

屋里烧着暖炉，火锅沸腾，每个人脸上都红扑扑的，洋溢着喜气。

后来的日子，简常念从未见过严新远笑得这么开怀过。

因为当后来她拿到许多冠军，想要给他看，让他高兴高兴的时候，他却已不在人世。

后来的简常念时常会想，如果真的有时光机的话，无论付出什么代价，她也想回到这一刻——这一生中，她少有的幸福瞬间。

老人在汽车站下了车，又换乘了公交车，一路颠簸着，仍然紧紧抱着怀中的饭盒。

总算是到站了，外婆挂着拐杖，在好心人的搀扶下一瘸一拐地下了车。

"孩子，请问一下，江城职业技术学院在哪儿啊？"

不过只是大半年没来，老人已有些不认识路了。

好心人指了指马路对面的学校。

"喏，那就是，我扶您过去吧。"

"欸，好，谢谢你。"

元旦学生都放假了，保安在岗亭里昏昏欲睡，忽然有人敲了敲玻璃。

他拉开窗："谁啊？你找谁？"

外婆笑笑："我找 11 级汽修三班的简常念，她说她去工厂实习了，不知道现在在不在学校里……"

老人眼里满是希冀地看着他。

保安皱皱眉："什么实习？11 级的学生离实习不是还早吗？"

外婆脸上的笑慢慢消失了，神色有些焦急："可是她跟我说她去实习了呀，还住在学校宿舍，就每天白天去工厂干活，每个月还有工资拿……"

保安越听越觉得不对劲，又看她年纪大了，八成是来找孩子的，想了想，还是拿起了电话："你等一会儿，我给他们班主任打个电话问问。"

外婆这才放下心来："欸，好，好，麻烦你了。"

"喂，是李老师吗？欸，是这样，你们班有个学生家长找来了，叫简常念的……

"什么？已经休学了？欸，好，知道，我跟她说一声。"

保安挂了电话："你都听到了吧？休学了，人不在这里了，快走吧。"

刚刚眼里满是希冀的老人一下子慌了神，拄着拐杖不肯走："休学？什么叫休学？这是什么意思啊？人为什么不在这里了啊……"

保安从岗亭里出来赶人："哎呀，休学就是不上学了，干别的去了。那么大的孩子了，不想上学，谁还管得住？还上学校来找人，真是。"

老人不肯走，又实在被人推得没办法，只好拉住保安的袖子，低声下气地恳求道："俺外孙女从小爸妈就不在身边，只有俺这么一个亲人了。俺们乡下离城里远，她已经几个月没有回过家了，俺这才来找她的。求求你，告诉俺她休学后去了哪里？"

保安挠挠脑袋，刚刚电话挂得太快，他也没记住李老师说的那个地址："好像是叫什么什么……训练基地？"

进城一趟不容易，长途跋涉的，老人拄着拐杖已经觉得有些体力不支了，又受了刺激，神情也有些恍惚了起来。她既担心简常念，又有些生气，埋怨简常念连休学这样的事都不跟自己商量。

不知不觉间，外婆已经走到了马路中间。

保安还没回到岗亭里，就听见一声刺耳的喇叭声响起，他仓促地回头，一辆摩托车飞驰而过，老人已经倒在了马路中央，怀里的饭盒也掉在了地上。

窗外夜色渐浓，屋里气氛正酣，火锅咕嘟咕嘟地冒着热气，严新远的手机铃声突兀地响了起来。

节假日，谁会找他啊？

他把筷子放下："你们先吃，我接个电话。"

他拿着手机走到外面，等再进屋的时候，神色有些焦急，看着简常念："常念，快，跟我去医院一趟。"

简常念不明就里："严教练……"

严新远把人拉起来："别磨蹭了，先走，路上说。"

在被人跌跌撞撞拉走的这个瞬间，简常念已经预感到了一些什么，慢慢红了眼眶。

严新远握着方向盘，一边开车，一边安慰着坐在副驾驶上默默流泪的简常念。

"你别怕啊，人已经第一时间送到医院了，医生正在抢救呢，我们过去看看情况……"

话说到最后，就连他也觉得这安慰多少有些无力，简常念从哽咽到直接哭了出来："都怪我……严教练，都怪我。我下午不应该给她打电话的……我要是直接回家就好了。都怪我……如果不是我骗她，她也不会来找我了……"

严新远重新挂挡，把车速提到最快，在拥挤的车流里见缝插针："常念，我理解你的心情，但是现在不是说谁的错的时候，坚强一点，外婆肯定不希望看到你这么自责的。"

在下了高速公路以后，正是节假日的晚高峰，城市主干道上堵得水泄不通。

即使严新远拼命按着喇叭，前面的车辆还是纹丝不动，正在一筹莫展的时候，一辆摩托车从后面追了上来。

摩托车鸣笛在前疏散着车辆，硬生生从拥挤的车流里开出了一条路，坐在后座的人戴着头盔，冲他们招了招手，示意他们跟上。

简常念有些发愣，泪还挂在脸上。

坐在后座的人摘掉了头盔，是谢拾安。

程真从后视镜里看见他们跟上来了，把油门拧到了最大，一路轰鸣着下了高架。

"橙汁儿，走庆安路，那边快。"

程真点点头，带着后面的面包车拐了个弯，驶离了城市主干道。

论起对道路的熟悉程度，那还是程真和谢拾安两个本地人更胜一筹，他们带着严新远他们抄最近的路赶到了医院。

简常念一路狂奔，上楼梯的时候没留意脚下，狠狠地摔了一跤。她顾不得身体上的疼痛，心急如焚，拽着栏杆又爬了起来，不要命一样往抢救室冲，在门口被医护人员拦了下来。

"正在抢救，你不能进去，欸……"

"外婆，外婆！"简常念挣脱了束缚，扒着门想要往里看。

然而她什么也看不到。

泪又涌了出来，她喃喃自语，嘴里一直念叨着："外婆，外婆……"

旁边站着的是送外婆来医院的保安，还有简常念曾经的班主任。

"我也没想到，就转个身的工夫，老人就被车撞了，肇事的也跑了，现在还没抓到。"

班主任走上前来，把外婆带来的东西交给她："这是你外婆随身带着的。"

看见包袱上有血，简常念就像被针刺了一下，颤抖着手，接了过来。

她打开包袱一看，是两条棉裤，还有毛衣，都是外婆的手艺。包袱里还裹着一个饭盒，里面的东西都洒了，但饭盒上还残存着温度。

她抱着这些沉甸甸的爱意，号啕大哭起来。

严新远也背过身去，揉了揉眼睛，回头轻轻把手放在了她的肩膀上，给她无声的安慰。

程真站在不远处看着："你不过去安慰安慰她吗？"

谢拾安手里拎着头盔，靠在走廊拐角，看不见简常念，只听得到她的哭声，轻轻摇了摇头。

谢拾安知道，这种时候，旁人说再多都没用。

作为过来人，她再清楚不过了。

抢救室的灯灭了，医生走了出来："谁是方怀英的家属？"

简常念擦了擦眼泪，哽咽道："我是，我是，我外婆怎么样了？"

医生看着走廊上这几个人，又扫了她一眼。

"你父母呢？你外婆现在情况危急，需要输血，来个人签字，我们好做手术。"

简常念哭得上气不接下气的："医生，医生，求求您了，先做手术好不好？我……我不知道我爸妈在哪里……家里只有我和外婆两个人……"

医生面有难色："这不行啊，医院有规定的……"

严新远走上前来恳求道："医生，拜托您了，先做手术吧。我是这孩子的教练，她家里情况特殊，如果有什么需要签字的地方，我来签，出了什么事，责任我来负。"

医生咬咬牙："那行吧，你们先去签字缴费。"

医生说完，又立马戴上口罩，转身进了抢救室。

那个夜晚，向来不信鬼神的简常念徘徊在抢救室门口，向天默默祈祷着，只要外婆平安无事，无论要她付出什么代价都行。

学校的老师和保安已经回去了，严新远也坐在了椅子上休息，只有简常念一个人还站在抢救室门口，不住地往里面张望着。

南方的冬天湿冷湿冷的，北风从窗口刮进来，呼出的气很快就散在空中。

简常念不时地给冻僵的手指呵着气，一边焦急地等待着。

背后有声音传来："给，喝点东西吧。"

"我不……"她实在是没心思吃喝，刚想拒绝，回过头一看，竟然是谢拾安。

豆浆塞在手里暖烘烘的。

简常念心里一烫，又掉下泪来："谢谢。"

谢拾安把其他的分给了严新远和程真，乔语初听闻消息，也从家里急匆匆地赶了过来。

"情况怎么样了？"

谢拾安摇摇头："还没出来呢。"

她话音刚落，抢救室的灯灭了。

简常念立马跑了过去，拉住医生的袖子："医生，医生，我外婆她怎么样了？"

医生摘下口罩，摇了摇头："情况不是很乐观，病人全身多处骨折，脾脏破裂大出血，所幸血已经止住了。我们在检查的过程中，还发现病人随身带了降血压的药，做了脑部CT才发现，脑子里有一枚动脉瘤，受车祸影响，正在往外渗血，出血点还在逐步扩大。"医生尽量用浅显易懂的语言去描述，"现在车祸造成的损伤已经稳定下来了，但脑子里的这枚肿瘤不摘，还是随时会有生命危险。"

简常念想起之前外婆摔倒那次，村医欲言又止，多次劝外婆去医院检查，外婆都没去，原来也是因为这枚肿瘤吗。

她想到这里，眼泪啪嗒啪嗒掉了下来："医生，医生，不管什么手术，我们都做，只要……只要能救我外婆一命，求求你了。"

医生叹了口气："先送病人去 ICU 吧，回头来我办公室，我再跟你们说说详细的情况。"

医生办公室。

严新远跟着简常念一起进去了，其余三个人都在门外等着。谢拾安靠墙站着，程真和乔语初趴在门上，想听听医生怎么说。

"病人年纪大了，手术风险很大，但如果放任这枚肿瘤不管，最后的结果也……"医生把片子拿起来，指给他们看。

他话音未落，简常念就从椅子上滑了下去，扑通一声双膝着地，给人跪下了："医生，哪怕只有一线希望，也请救救我外婆吧，求求您了！"

"欸，这是做什么，孩子快起来。"年过半百的主任医师放下片子，赶紧把人扶了起来。

"如果你们决定做，就尽快去筹钱吧，这可拖不得，越快做手术越好。"

"大概要多少钱啊？"严新远问。

医生欲言又止，但本着对患者负责，也有些怜悯这个孩子的心思，斟酌着开了口："保守估计得十万块钱，你们的情况，我大致也了解了一下，说实话，即使做了手术，预后不好也有可能落个人财两空的后果……"

他太清楚这十万块钱对于一个家境贫寒且没成年的孩子来讲，是多大的负担了。

医生没有说完的话，其实简常念心里早就明白，作为穷人家的孩子，她也清楚，一块钱对于她来说有着怎样的意义，更何况这还是十万块钱。

对于彼时的她来说，这就是天文数字。

她不停地掉着眼泪，可目光是那么笃定，没有一丝迟疑。

她深深地弯下腰去："医生，求求您，给我外婆做手术吧，我会尽快凑齐手术费。她是我在这个世界上唯一的亲人了。"

从医生办公室出来之后，严新远去另一边打电话了，走廊上的三个人都站了起来，看着简常念。

乔语初欲言又止，还是简常念先开了口："都还没回去呢。"

"等外婆情况稳定了就走。"乔语初想安慰她两句，又觉得说什么都没什么用。

简常念脸上都是泪痕，看他们这样，吸了吸鼻子，勉强笑了笑："暂时没事了，时候也不早了，你们都先回去休息吧。"

谢拾安知道留在这里也帮不上什么忙，略微点了点头，转身离去。

她走了两步，却又被人叫住了。

"拾安、语初姐，还有程真……"简常念挨个叫了他们的名字，很认真地看着他们，给他们鞠了一躬，流着眼泪，哽咽着。

"谢谢。"

谢拾安和程真骑着摩托车穿梭在车流里替她开道指路，乔语初放弃了和家人团聚，深夜跑来医院，即使他们什么都不说不做，只是默默站在这里，也是她莫大的精神支柱。她知道，就算她此刻倒下，身后也不是空无一人。

从医院出来后，程真也有些不忍心："拾安，拾安，你一向鬼点子最多了，咱们能不能想个办法帮帮她啊？"

谢拾安没搭理他，面无表情地往前走着。

"欸，拾安，我跟你说话呢……"程真还想追，被乔语初一把拦下了。

"你看不出来吗？她现在心情不好，别惹她了，早点回家吧，嗯？"

程真总算是后知后觉地想起她爷爷那事了，吐吐舌头："我给忘了，该打该打，欸，你们怎么回啊？要不我送你们？"

乔语初把头盔扔给他，三两步追上谢拾安，两个人一起上了出租车："打车，你自个儿路上注意安全啊。"

严新远的这个电话是打给交警队的："什么？肇事的还没抓到吗？"

"虽然路上有监控，拍到了人的脸，但那辆摩托车是辆套牌车，锁定起来还需要时间。"

他抓了抓头发："拜托你们快一点，我们这边真的很需要钱来做手术。"

挂了电话之后，严新远才发现简常念就在不远处静静地看着他。

他走了过去，不知道怎么开口跟她说人还没抓到这个消息："常念啊……"

反倒是简常念笑了笑："没事，严教练，您也回去休息吧。今天谢谢您，我一个人在医院照顾外婆就可以了。"

"可是……"严新远还想说什么。

简常念摇了摇头，打断了他的话："真没事，明天不是还要训练吗？我撑得住，您放心吧。"

不知道为什么，严新远总觉得，就一个晚上的工夫，这孩子的神情坚毅得仿佛脱胎换骨了一般。

"唉，那好吧，有什么事就让医生给我打电话。"

他即将转身离去的时候，简常念又把他叫住了。

"对了，严教练，明天的训练，我就不参加了……"她说这话的时候虽然是笑着的，但比哭还要难看，"可能得跟您请个长假。"

"全国大赛下周就开打了，这时候请假不就相当于主动放弃了参赛资格吗？"

次日清早训练，少了简常念，有队友窃窃私语："家人住院也不能不管啊，是你，你怎么选？"

被问到的队友挠了挠脑袋："唉，我也不知道……训练吧，训练吧，严教练来了。"

谢拾安做着训练前的热身运动，跳起来狠狠一个扣杀把球砸到了墙上。

在他们紧锣密鼓地开展赛前特训的时候，简常念看外婆情况大致稳定了下来，抽空回了趟家。

推开院门，熟悉的景色，却再也没有人笑着迎接她了，她眼眶一热，险些掉下泪来。

她擦了擦眼角，看鸡鸭都饿得一直叫，先去打开篱笆门，剁了野菜和饲料拌在一起，撒在地上，看着它们满院跑，吃得欢快，小声道："吃吧，多吃一点。"

做完这些之后，她又跑回了里屋，到处翻箱倒柜，总算在衣柜的最深处找到了外婆藏钱的匣子，拉开一看，一大堆花花绿绿的票子。

简常念数了数，加上硬币，总共是三千多块钱，这些就是外婆全部的积蓄了。

匣子底下还压着一张黑白照片，小小的婴孩被老人抱在怀里。

那个时候的外婆还算年轻，也没有被生活压弯了脊梁，眼里还有明媚的光。

照片底下印着一行小字：摄于 1996.3.15。

这是简常念出生的日子。

她捧着这些钱，看着这张照片，潸然泪下，然而她知道留给她的时间不多了。

简常念拿袖子擦干眼泪，把照片放好，匣子回归原位，又在床头整理了一些外婆手工做的鞋垫，统统打包好。随后，她还整理了一下家里其他能卖的东西——今年新收的大米、地里的小菜等等。

做完这一切之后，她带了支笔，怀里揣着记事本，急匆匆地出了门。

十四五岁的孩子正是自尊心强、面皮薄的时候，外婆又常教导她凡事靠自己，能不求人就不求人，所以站在周沐家里，面对周沐父母复杂的目光，她还未开口，泪就掉了下来，磕磕绊绊地道："叔叔，阿姨……我实在是……没办法了。我外婆她……手术真的很需要钱……我，我给你们打欠条，以后一定会还给你们的。"

周爸爸皱着眉头抽烟，沉默不语。

乡里乡亲的，两个孩子又是从小玩到大，周妈妈看她这样，也有些于心不忍："孩子，不是叔叔阿姨不借给你……十万元……这……这对我们家来说……也是个天文数字啊。"

简常念听她这话，扑通一声就给跪了下去："叔叔阿姨，我知道，我不要那么多，你们能借多少就借多少，哪怕几十元、一百元，我一点一点去凑。求求你们了，我只有外婆这一个亲人了！"

"哎哟，孩子，这可使不得……"周妈妈见简常念这样，也红了眼眶，赶忙去扶她起来。

坐在里屋写作业的周沐再也听不下去了，扔了笔冲出来："爸、妈，乡里乡亲的，我也没少去常念家蹭饭，帮帮她，帮帮她外婆吧，求求你们了！"

面对简常念声泪俱下的恳求，以及自己女儿的求情，周妈妈还是动摇了，去卧室拿钱，周爸爸也跟了进去，虽然关着门，但争吵声还是传了出来："你疯了吧？！那么小一个孩子，谁知道她以后还不还得上这钱！"

"那你就忍心眼睁睁地看着人家走投无路吗？！"

"咱们家要是百万富翁，别说十万元，就是二十万元、三十万元，我闭着眼睛也给了！这钱给出去，人救不救得活还不一定，沐沐马上就要上大学了，学费、生活费，哪一样不花钱！"

周沐听到这里，冲过去拉开门大吼："你们别拿我当幌子！你们要是见死不救的话，这学我也就不上了！"

话音刚落，气极了的周爸爸给了周沐一个耳光，打得她倒退了几步。

简常念冲过去把人扶稳："没事吧……"

周沐呜呜地哭了起来，见女儿受委屈，周妈妈也不干了，死命捶打着周爸爸："你干吗打女儿？干吗打女儿？！你这个没出息的东西，有火，你冲我发啊！"

随后，周沐家搞得一片狼藉。

简常念一刻也待不下去了，她松开周沐，心怀愧疚地给周爸爸和周妈妈鞠了一躬，然后转身离去，边走边抹着眼泪。

她没走出多远，乡间小路上传来熟悉的呼唤。

她回头一看，周沐气喘吁吁地追了上来，脸上还带着巴掌印，把一个塑料袋塞进了她怀里："给，钱不多，但也是我们家现在能拿出来的最大限度了。"

塑料袋里是整整齐齐的一万块钱。

简常念泪落得更凶："谢谢……谢谢你……谢谢叔叔阿姨。我……我以后一定会还给你们的。"

那一天，简常念拖着磨出了血泡的双脚，挨家挨户地去借钱。农村人大部分不富裕，但愿意帮助她的人还是有，你一百元我一百元的，她也不嫌少，凑了一塑料袋。

谁于什么时间借给自己多少钱，她在随身带着的笔记本上记得清清楚楚。

她回到家已经是下午三点多了，镇上的市集已经快结束了，耽搁不得。

她顾不上吃饭，先把钱收好，然后匆匆把收拾好的大米、小菜，还有外婆手工做的鞋垫，以及家里养的鸡鸭关进笼子里，一起放到平板车上，推着车，又往镇上赶。

因为花样好看，针脚也细密，外婆做的手工鞋垫倒是最先卖完的。傍晚集市上人潮散去，简常念推着没卖完的东西又回到了家。

她要赶进城的末班车去医院，一天没吃什么东西，也早就饥肠辘辘了，也没时间去下一碗热汤面。她匆匆把今天卖东西得到的钱和借来的钱，清点整理好，装进书包里就出了院门去赶车。

到了医院缴费处，简常念将单子递进去："ICU 十五号床方怀英，交今天的住院费。"

医生看了一眼："十五号床，今天交过了呀。"

ICU 一晚上的花费不少，能这么帮她的，只有一个人——严教练。

她吸了吸鼻子，把缴费单收好，拖着沉重的脚步往住院部走。

她走到护士台前的时候，被人叫住了，是昨天参与抢救她外婆的一个护士姐姐："欸，你就是十五号床的家属吧，刚刚你教练来过了，这有东西给你。"

简常念走过去一看，是一个布袋子，里面装着饭盒，饭盒底下还压了张字条："照顾好自己，钱的事慢慢想办法。"

她捧着这温热的盒饭，坐在医院走廊的长椅上，一边吃，一边掉眼泪。

简常念饭还没吃完，护士来叫她，说是病人醒了，可以进去短暂地探视一会儿。

她把饭盒放在椅子上，抹了抹嘴站起身，就跟着护士跑了过去。

换好探视服之后，她轻轻地走到外婆身边，在床边跪下，握住了外婆因为常年干农活而变得粗糙的手。

"外婆……"简常念轻唤。

外婆躺在床上，浑身插满了管子，不能开口说话，只有眼珠子动了动，滚下泪来。

简常念轻轻替外婆擦掉眼泪，又拿棉签蘸了水去润湿她干燥起皮的嘴唇。

看着外婆满头的银发，布满老年斑的苍老面容，简常念颤抖着手，潸然泪下："外婆，您一定会好起来的……要坚持住啊，等您好了，我再慢慢解释给你听。到时候，您要打我还是骂我，我都认了，我什么都听您的，求求您了，坚持住……"

泪一滴一滴砸在两个人双手交握的地方，外婆似有所觉，微微动了一下手指。

简常念喜极而泣："外婆，外婆，您能听到对不对？医生说了，病人的意志力也是很重要的，您一定、一定、一定要坚持下去，我在这个世界上，只有您这一个亲人了。"

"时间到了。"护士进来催了。

简常念吸了吸鼻子，站起身："外婆，那我就先走了，改天再来看您。"

出来的时候，她正好撞见那天抢救外婆的医生，他把她叫到一边："你钱凑得怎么样了？"

简常念摇摇头，神色黯然。

医生心急如焚："唉，尽快吧！脑出血一分一秒都拖不得啊，错过了最佳手术时间，即使手术成功了，预后也是很差的。"

简常念刚刚止住的眼泪又掉了下来，给他深深鞠了一躬："我知道了，谢谢您，医生，在手术之前，无论用什么办法，请尽全力保住我外婆的命。"

医生把她扶起来，长叹了一口气道："救死扶伤，这是医生的天职，只要有一丝希望，我们就不会放弃。"

等人走后，她已经冷掉的盒饭吃了个一干二净，一边吃，一边琢磨着还有什么法子能赚钱。今天从乡亲们那里借的钱，加上去集市卖东西所得的钱，一起也不过区区一万五千块钱，杯水车薪，还差得远。

她想来想去，也只想到了一个人的名字。

她站起来，走向护士站："姐姐，我可以用一下你们的电话吗？"

护士头也没抬地写着东西："可以，你打吧。"

简常念循着记忆，按下号码，深吸了一口气才道："喂，曹大哥，是我。我……我家里出了点事，急需用钱，我……我想问问你，有没有什么赚钱快的门路……"

曹睿很早就辍学出来混社会了，一身的臭毛病，但为人仗义。他听她说了来龙去脉，有些可怜她，她又是谢拾安的朋友，因此想帮帮她。

他琢磨了一下："有个活，我觉得可以，就是可能会委屈你……"

简常念捂着听筒，立马道："没事，没事，不管是什么活，只要能赚到钱，我不觉得委屈。"

"那行吧，明天上午十点，你到立峰大厦来，我带你去打球。"

第二天一早，简常念早早就等在了立峰大厦门口，曹睿驱车赶到的时候，时间还早。

他摇下车窗玻璃，上下打量了她一眼："怎么穿这身就来了？"

简常念有些局促地站在路边，她还穿着外婆出事前穿的那身衣服，已经几天没换洗过了："我……"

曹睿从钱包里抽出钱，对着副驾驶座上的女孩子道："对面有商场，你带她去买几件衣服吧。"

这女生，她也认识，是俱乐部的前台，算是他的私人秘书。

女孩子应了一声，推开车门下车："走吧，我带你去逛逛。"

简常念有些不安地跟着女生一起进了商场，看着对方不时从货架上拿起光鲜亮丽的衣服往她身上比。

"我……我们这是去做什么呀？"

女孩子挑了几件短款上衣，统统塞给她："就是打球啊，就这几件，你去试试吧。"

简常念从试衣间出来的时候，女孩子眼前一亮："还不错嘛，再试试这件外套，还有短裙。"

简常念像个木偶一样被人摆弄了半天，总算选定了一套衣服，就连鞋子也换了双新的。

她看着镜中的自己，有些陌生。

"穿着吧，把旧的这些都包起来。"女生有些嫌弃地看了一眼被扔在沙发上的旧衣服，吩咐店员统统包起来，结完账之后拉着人回到了车里。

"你这头发，我给你弄弄，天哪，几天没洗了……"两个人坐在后座，女生一边帮她扎头发，一边嫌弃道。

曹睿手指敲击着方向盘，不时地看看手表："快一点，人估计要到了。"

女生给她扎完头发后，又手脚麻利地往她脸上打着粉底，一边画眉毛，一边道："待会儿见了老板，别哭丧着脸，笑一笑，球打得好，把老板哄得高兴了，钱自然少不了你的。"

一听到钱，简常念点了点头，这会儿就是让她去上刀山下火海，她也能一声不吭就冲过去。

看着一辆加长奔驰驶入地下车库，曹睿回头吹了声口哨："人来了，走。"

电梯上的数字不断变化着，简常念还是有些紧张，默默地吞咽着口水。

曹睿看了她一眼，知道她害怕，安慰道："你别怕，我一个大老爷们儿，不靠让女孩子喝酒来谈生意。今天见的这个老板，特别喜欢打羽毛球，尤其喜欢和职业选手打，只不过技术嘛，嘿嘿……"

话已至此，简常念算是明白了，为什么曹睿会说她可能会觉得有些委屈了。

电梯铃响，顶楼已经到了。

简常念深吸一口气，跟在曹睿后面走出了电梯。

在职业信仰和拿钱救外婆之间，她选择了后者。

第二天的训练，简常念还是没来。

办公室里。

梁教练："明天就要进行体能测试了，咱们的参赛名单还没提交上去，组委会在催了。"

听着外面跑操的口号声，严新远放下笔，搓了搓脸："让我再想想。"

看着他面前那张空白表格，梁教练也深深地叹了一口气："唉，怎么偏偏赶上这时候……"

跑完几圈的谢拾安脖子上挂着毛巾，坐在操场边上歇气，乔语初走过来，给她递了一瓶纯净水："今天常念还是没来训练。"

谢拾安抬手喝水的动作略顿了一下，面上波澜不惊，什么也没说。

乔语初在她身边坐下，也有些烦恼："我刚从严教练办公室门口路过，听见他们说什么参赛名单的事。本来凭常念的能力，争取进入首发阵容没问题，现在却……唉！今年赛制还改了，小组出线就不容易，我看团体赛又悬了。"

她话音刚落，谢拾安起身，往操场外走去。

"你干什么去？"乔语初追了两步。

"饿了，吃饭。"

在谢拾安去食堂吃饭的时间里，乔语初还是有些放心不下简常念那边的情况，手机又被收了，只能去走廊上的公共电话亭打电话。

她第一个电话打给了医院。

医院说简常念压根就不在医院里，昨晚后半夜就不见了。

乔语初问："她能跑去哪儿啊？"

"那我们就不知道了，我们只看护病人，不管病人的家属。"护士说罢，砰的一声就挂了电话。

乔语初还是有些不放心，第二个电话打给了周沐。

周沐正在回学校的公交车上，大致跟她说了一下昨天简常念回乡下借钱的事："她把家里能卖的东西都卖了，能借钱的人都借了一遍，还是差很多。因为这事，我爸跟我妈也大吵了一架，我也不知道怎样才能帮到她了。"

周沐的声音听起来也有些沮丧。

"那你知道她现在在哪儿吗？"乔语初问道。

周沐摇摇头："昨天她回去之后就没有再联系过我了。"

"要是她再联系你的话，你让她给严教练回个电话吧，我们都很担心她。而且全国大赛马上就要开赛了，她好不容易才走到这里，要不要参加还得跟她本人确认一下。"

周沐点点头："好，我知道了。"

人不在医院的话，多半是出去借钱了，关键是能借钱的人都借过了，简常念能去找谁呢？

周沐想了想，第三个电话打给了程真。

程真正躺在家里打游戏呢，用肩膀和脑袋夹着手机："没，她怎么可能找我。"

"也是。"乔语初想了想，准备挂电话了。

程真从沙发上坐起来："还没找到人吗？"

"对啊，马上就要举办全国大赛了，这个节骨眼上出事，我真担心她想不开啊。"

程真看一眼在书房工作的爸爸，压低了声音，道："关键是十万块钱也太多了，我现在被我爸管得特别严，不是训练，就是在家待着，我爸也早就不给我零花钱了。"

"你那还不是活该。"乔语初又毫不留情地嘲讽了他几句。

"行了，不说了，挂了啊。"

她挂掉电话之后，又自言自语起来。

"人能去哪儿呢？"

话音刚落，旁边有一只手伸过来又拿起了电话。

谢拾安按下一串数字，脸上没什么表情，只是语气有点冷："喂，曹睿，是我，人在哪儿？"

曹睿正在跟人谈生意，见有电话进来本想挂掉，但奈何一直响，颇有几分追魂夺命的架势，他只好跟人说了句"抱歉"，便出去接电话了。

"嘻，我还以为是谁呢！你怎么不用自己的手机打啊？"

"废话少说，我在训练，我问你，你现在在哪儿？"

曹睿有些心虚地看了一眼正在和大老板打球的简常念："你、你问这个干吗？"

"简常念是不是和你在一起？"

"我……"不等曹睿说什么，谢拾安斩钉截铁地吐出了两个字："地址。"

得到了准确地址的谢拾安转身就走。

乔语初追上去："欸，你干吗去？"

谢拾安顿住了脚步，看着她："你不是说要去跟她确认一下吗？"

乔语初不由自主地跟着谢拾安走了："可是下午还有训练……"

谢拾安躲开门卫，走到一处偏僻的墙边，这里墙矮，她踩在两块砖头上，手一撑就翻过去了。

"我觉得我们把人带回来，严教练应该会很高兴的。"

乔语初木着脸，跟着一起跑了。

"但愿如此。"

一局结束，一个西装革履的年轻人把简常念拉到了楼梯间，塞给她一些钱。

"给，球打得不错，下一把再多输几个球，尽量输得让老板看不出你是在让着他。"

在这待了有一会儿，简常念也算是看明白了，和她打球的那个大腹便便的中年人就是他们口中所谓的大老板，曹睿是给人牵线搭桥的，是年轻人想要大老板给他的公司投资，于是想方设法哄人家开心，至于曹睿又在里面捞了什么好处，那就不得而知了。

简常念心里苦笑，却还是收下了这笔钱。她想起前台小姐姐跟她说的，不要哭丧着脸，于是对人笑了笑，尽量让自己看上去乖巧可爱一些："好，谢谢老板，我知道了。"

话音刚落，楼上传来声音："小陈啊，小简上洗手间回来了没有啊？钱总还想再打一局呢。"

被唤作"小陈"的年轻人把她一推："去吧，好好表现。"

立峰大厦位于江城最豪华的商圈，顶楼十分开阔，不仅建了泳池，还铺了草坪，草坪的另一头就是羽毛球场，场边摆着桌椅和遮阳伞。

大老板虽说也是个羽毛球爱好者，但到底上了年纪，体力不如年轻人，打两个球就要停下来歇口气，让旁边的秘书给他按按肩，切点水果吃。

"不错啊，小简，人长得漂亮，球也打得好，还是职业选手吧，后生可畏啊！"

另几个人都笑着恭维他。

"我看钱总才是宝刀未老，那个杀球看得我眼花缭乱的，就算是世界冠军来了，也能过上几招啊！"

钱总哈哈大笑起来："瞧瞧小吴这张嘴啊，这就开始拍马屁了。"

"这怎么能算是拍马屁呢？要不是钱总忙，日理万机的，恐怕也早就是职业选手了！"

钱总被人捧得飘飘然，又开始吹嘘自己那几个在业余赛事里被人让球才得来的奖项："想当年，我那也是……"

曹睿见火候差不多了，又适时地给人续了杯茶："小简啊，是我们俱乐部的陪练，您要是喜欢，往后就多让她陪您打打球。"

"好，好，我今天啊，兴致来了，来、来、来，咱们组个双打，再来一局。"

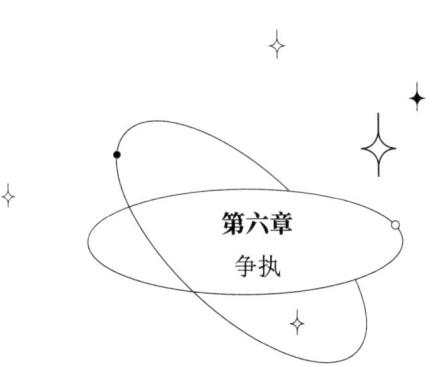

第六章

争执

　　谢拾安本以为曹睿把人叫去，也就是陪客户打打球之类的，却没想到是这个打法——拿钱让球。

　　偏偏对面肥头大耳的中年男人毫无自觉，他笑得满面红光，虚荣心得到了极大的满足。

　　"职业选手，也就那样嘛。"

　　简常念什么也没说，抬手又给人送了一个球。

　　那男的水平菜得谢拾安一根手指都能打赢，她看不下去了，少年心性一上来，只觉得自己的职业信仰受到了极大的侮辱，抬脚就要冲过去。

　　曹睿一把将人抓住："祖宗，我求求你了！这单生意谈了很久都没谈下来！"

　　"你就是这么帮忙的？"谢拾安的眼神冷到了极点。

　　"说好听点叫打球，说难听点，这和打假赛有什么区别？！"

　　天台不大，风把她的话隐隐约约吹进了简常念的耳朵里。

　　简常念浑身一僵，脸上的神情有点难过，想要发球的手就停了下来。

　　对面的钱总也留意到了这边的动静，直起身看着他们喊道："小曹啊，怎么了？"

　　曹睿回过头去道："没事，钱总，一个朋友来找我，您继续打球吧。"说罢，他又压低了声音，"小简她不也需要钱吗？你替她想想吧！"

　　谢拾安看了一眼简常念，那家伙压根不敢回头看她，再看看身上穿的是什么东西，大冬天的，穿短袖、短裙不冷吗？还在这陪几个老男人打球，再多待一秒，她都觉得自己要瞎。

　　谢拾安抿紧嘴角，一言不发地把曹睿的手拂开，转身就走，拉开天台的大门，摔在了墙上，发出砰的一声巨响。

谢拾安走了，简常念的心却一下子揪了起来，她犹豫再三，还是咬咬唇，放下球拍匆匆道了一句"钱总，失陪一下"，就追了上去。

"欸——"曹睿想拦，没把人拦住。

"拾安！谢拾安！"简常念追出去，总算在电梯间把人叫住了。

谢拾安的手停在了电梯按键上，迟迟没按下去。

简常念手撑着膝盖，气喘吁吁："你怎么来了？"

"我……"明明是谢拾安自己翻墙跑出来的，话到嘴边却变成了，"我是该庆幸严教练没亲自过来，还是该遗憾他没看见这一幕呢？"她冷冷地扯了一下嘴角，露出一个讽刺的笑。

提起严教练，简常念神色黯然，她知道严教练最不齿这些违背体育精神的事情，她也知道她让他们失望了。

看着谢拾安眼里的讽刺，简常念忍不住又红了眼眶。

她好不容易才得到谢拾安的认同，她不想让谢拾安觉得自己原来是一个没有道德底线和职业精神的人，所以拼命却有些无力地解释着："我……你相信我，我就做这一次。"

谢拾安转过脸去，强迫自己不去看她的眼睛："没钱，你可以去借，我、乔语初、程真、周沐、严教练，省队的每一个兄弟姐妹，难道不会帮你吗？"

这几天，简常念几乎没怎么合过眼，脑子里整天琢磨的都是钱的事，神经紧绷得随时都要断裂。

简常念听她说起这些，所有委屈袭上心头，眼泪唰地一下就流下来了，带着哭腔吼着："我借了！我变卖了我家里所有值钱的东西，去村里挨家挨户地借钱，跪在周沐父母面前求他们帮帮我，你以为我不想跟你们借钱吗？！大家每个月就拿那一点津贴，我不知道吗？！从我进集训队开始，严教练就一直在帮我，我不知道吗？！这不是五十元、一百元，这是十万块钱啊！

"我要是那种没心没肺、得寸进尺的人，我就是骗，也要把这钱骗到手，可是，我有良知，谢拾安，我有良知。"

"那你也不能……"谢拾安眼底闪过一丝复杂之色，默默地攥紧了双拳。

简常念哽咽着，自嘲道："我不能什么？我现在什么都能，只要能赚到钱，你别说让我去陪人打球了，就是让我像孙倩一样，我……"

话音未落，她的衣领就被人提了起来。

谢拾安盯着她的眼睛，眼角有些红，一字一顿道："你再说一遍。"

自从认识她以来，谢拾安在她面前所展现出来的都是一副冷漠淡泊的模样，偶尔也会有口是心非的时候，即使和秦扬他们打球，也是因为不服输的成分居多，从没有真正生气过，更何况是提着她的衣领质问了。

两个人离得近，彼时还有身高差，谢拾安拎她跟拎小鸡似的。

谢拾安漆黑的瞳孔里映出简常念心如死灰、破罐子破摔的模样。

简常念凄然一笑："我说了，只要有钱拿，现在让我做什么都可以。"

谢拾安攥着她衣领的手有些抖，咬着牙，忍住没一拳打过去："你现在马上跟我回去，全国大赛……"

提起全国大赛，简常念脑袋里那根弦彻底断掉了。

她一把将人推开，流着眼泪嘶吼道："什么全国大赛，我不参加了！什么羽毛球，我也不打了……我现在就想救我外婆。从小我爸妈就不要我，是我外婆把我从垃圾堆里捡回来，照顾我、保护我，她是我在这个世界上唯一的亲人了。谢拾安，你究竟明不明白？！"

突然的发力让谢拾安猝不及防，倒退了几步才站稳。

谢拾安看着她声泪俱下、歇斯底里的模样，一瞬间好像又回到了从前爷爷刚去世的那段时间。

心脏仿佛被亿万只蚂蚁啃咬，是一种熟悉的、隐秘的、酸涩的痛感。

谢拾安默默地咬紧下唇，她不再多说什么，转身按下了电梯下行键。

电梯门在简常念眼前关闭，她泣不成声，在曹睿出来找她的时候，又很快擦干了眼泪。

"我去洗手间洗把脸，马上就来。"

看着谢拾安从立峰大厦跑了出来，等在路边的乔语初立马迎了上去："这么快就下来了？"

她看着谢拾安空空如也的身后："人呢？"

谢拾安一言不发地招手拦下了一辆出租车。

乔语初赶忙追了上去："欸，你干吗去？"

谢拾安头也不回地钻进车里："回家！"

周沐下了公交车往学校走，这条路也是市里的繁华路段之一，又挨着车站，因此天气好、人流量大的时候，总有人摆摊出来做生意，其中不乏一些做兼职的学生。

她走着走着就有小贩迎上来。

"姑娘，看看水晶发卡，还有耳钉，都是刚进的货。"

"谢谢，不用了。"

周沐现在没心思看这些，摇摇头，避开人群继续往前走。

她没走两步，又遇上一家摆地摊卖 CD 光碟还有各种各样的辅导资料和图书的，放眼望过去，整条街上从衣服、鞋子到日用百货……卖什么的都有。

也不知道是哪根筋突然搭上了，周沐脑袋里灵光一闪，整个人都蹦了起来："想到了，我想到了！"

她一边往学校跑去，一边从兜里掏出手机给程真打电话："程学长，我想到了，我想到帮常念的办法了！"

她与程真耳语一番。

程真一听，也从沙发上弹了起来："可以啊，周沐。"

被夸奖了的人有些不好意思地笑了笑："我这就去动员我的同学们，那个……我也想问问你，愿不愿意帮……"

话音未落，程真一口就应了下来："那当然了，拾安的朋友就是我的朋友嘛！游泳队这边，你放心，我去动员他们！"

周沐由衷地笑了出来："谢谢你，程学长。"

挂掉电话的程真跑回卧室，先是把自己的书包腾了出来，装了几件玩具之后，发现已经满了。

他摇摇头："不行，有点小了。"

他想了想，又从床底下拖出一个行李箱打开来，往里面塞着闲置的漫画书、游戏光碟等等。

周沐一边往宿舍楼走，一边在自己的班级群以及羽毛球校队群里发消息。

"各位亲爱的同学，下午好，我是高一（三）班的周沐，迫不得已向你们求助。我的朋友简常念是滨海省羽毛球队的队员，她家境贫寒，从小和外婆相依为命，通过自己的努力，好不容易才进入滨海省队。眼看着全国大赛开赛在即，外婆却因为突如其来的一场车祸，重伤在床，肇事者逃逸，下落不明，光是手术费就需要十万元，实在是让一个贫困家庭无能为力，恳求各位好心人帮帮她，让她得以完成自己的梦想，也能和家人团聚。"她继续打字，"如果各位有闲置的物品，请送到女生宿舍208号寝室，我和我的朋友，感激不尽！"

她的消息发出去，犹如石沉大海，几个群都没有动静。

她叹了口气，继续往前走，捏在手里的手机却突然震了一下，她低头一看，是李佳佳，在校队群里问："闲置的毛绒玩具要吗？"

周沐赶忙打字回复："要的，要的，干净的都可以。"

过了一会儿，又有人回复，是上次和她们一起去辰星俱乐部的学长："我这里有些辅导书，都没做过。"

周沐笑起来，赶忙回复："可以的，谢谢学长。"

"你在哪儿？女生宿舍，我进不去的。"

"我在宿舍楼下等你。"

"好，马上就到。"

周沐在宿舍楼下等了一会儿，学长背着书包跑过来，把书包往她面前一放："给，这些都给你。"

她打开一看，震惊了，满满的全是书。

学长挠挠脑袋笑笑："有点沉，你拿得动吗？我没想那么多，看到消息就觉得应该帮帮你们，就全拿过来了。"

她试着拎了拎，虽然有点重，但她应该搬得动。

"没事，拿得动，谢谢学长啊，这些你都不用了吗？"

"我准备去艺考了，所以留着也没什么用，希望能帮到你们。"

学长转身离去的时候，她又冲着他的背影喊了一句："对了，学长，帮我给你的兄弟们说一声，如果有闲置的物品，也可以送过来啊。"

学长转过身，冲她比了一个"OK"的手势。

等吭哧吭哧地把书搬上楼，她拿出手机一看，群消息都爆炸了，不时弹出消息，看都看不过来。

她一一往下滑着。

"女生407宿舍有闲置物品，一会儿给你送过去。"

"等我，等我，309也有。"

"男生怎么办啊？"

不等她回复，就有热心的女生帮腔："送到宿管阿姨那儿，请她帮忙拿上来呗。"

周沐拿着手机，面对汹涌而来的同学们的善意，眼眶微红：太好了，常念，外婆有救了。

程真收拾好东西之后，给自己的几个兄弟打了电话："少废话，你就说帮不帮吧？"

电话里的男生声音懒洋洋的："十万块钱，那也太多了吧……"

"谁跟你要钱了啊？你家有什么不要的玩具、游戏机、光盘、书什么的，都给我拿过来，我一会儿去跳蚤市场上卖了。"

"行、行、行，破烂是吧，那我家可有的是啊。"

"滚，起码要干净、能用的，卖得出去的。"

挂掉电话之后，程真看着这满满一行李箱的闲置物品，在心里大致估算了一下价值，觉得是杯水车薪，但也聊胜于无，也不知道周沐那边动员得怎么样了。

他想了想，还是从床头柜上拿起了车钥匙，揣进了兜里，换好衣服出门。

程妈妈从厨房端菜出来："欸，马上就要吃饭了，你又去哪儿啊？"

程真挥了挥手："有点事，你们先吃，我一会儿就回来。"

他径直把车骑到附近的修理厂，这里也承接二手摩托车的买卖。

他跳下车，把钥匙甩给老板："就昨天那个价吧，不等了。"

老板看着他刚买不久的新车，也有些惊讶："确定了吗？你这可是才买几个月啊，不急的话，我再帮你问问有没有什么更好的价格。"

他摸了摸摩托车的车头，眼神有些留恋，这摩托车还是他十八岁生日的时候，爸爸送给他的礼物："确定了，你叫买主过来吧，我们当面交接。"

"行，那我给他打电话。"老板应了一声，跑去一边打电话了。

教练宿舍里。

严新远戴着老花镜，坐在台灯下，面前放着一张参赛名单。

一双：谢拾安、乔语初

二双：白冰冰、许佳

一单：张纯

二单：杨丽

这些都是早就定好的，只有三单后面还是一片空白。

他低头想写什么，写了一撇，就再也未能下笔，然后把那一撇狠狠地涂掉了。

得，又浪费一张纸。

他索性不写了，拿起烟斗点上烟丝，啪嗒啪嗒抽了半袋烟之后，还是拉开了抽屉，从里面取出了存折就要出门。

就在这时，敲门声响了起来。

他拉开门一看，是梁教练。

"哟，要出门啊？正好，我和其他几个助教一起凑了点钱，你给常念带去吧。"

面对梁教练递过来的信封，严新远有些错愕："这……"

梁教练也看见了他手里的存折，笑笑："我们几个工资不多，还要养家糊口，大伙也都尽力了，能帮一点是一点吧。"

严新远一巴掌拍在他的肩膀上："我替常念谢谢你们，也替滨海省队谢谢你们。"

乔语初跟着谢拾安回了家。

一进门，谢拾安就直奔爷爷上锁的书房，她也曾以为自己今生再也不会打开这扇门了，直到今天。

推开厚重的房门，灰尘和往事一起涌来。

爷爷熟悉的工作台上还有木屑，刻刀和金篆笔都凌乱地散落在桌面上。

书桌后面的墙上，刻着深深浅浅几道印子，那是爷爷每年为她量身高的时候画下的，线在她六岁那年就断了。

看她打开门，乔语初有些明白她想做什么了："拾安，其实不必做到这个份上……"

谢拾安翻找东西的手停了下来，她将手撑在桌面上，紧紧地抠着桌沿，肩膀有一丝颤抖。

乔语初知道她难受，轻轻揽过她的肩膀晃了晃："我们再想别的办法。"

谢拾安抬起头来，眼角有些红："其实……我都明白。"

失去亲人的痛苦，没有谁能比她更明白了。

乔语初一怔："所以你想帮她，对吗？"

谢拾安微不可察地点了一下头，乔语初道："那我帮你一起找。"

奈何爷爷去世之后，这间屋子就已经被人搜刮过一遍了。两个人找了半天，也没发现什么有价值的东西，唯一的半成品是爷爷工作台上的书签。

可半成品也不能拿出去换钱啊，书架、桌椅什么的倒是他亲手打造的，可太沉、太重，不好搬运，拿出去卖也不现实。

谢拾安站在原地思索了一会儿，脑中一闪而过那盏莲花灯，因为是小孩子的玩具，所以是唯一没有被她爸搜刮走的东西。

谢拾安从客厅的书架上拿起了那盏莲花灯，小心翼翼地拭去了上面的灰尘。

纵然万般不舍，但她看着爷爷遗像上笑眯眯的脸，在心底默默地道："爷爷，如果您在天有灵，知道您给我做的玩具，还能拿来救人的话，应该也会高兴的吧。"

晚自习。

周沐忐忑不安地跑去跟老师请假，学期末了，课程很是繁重，本以为班主任不会批准的，谁知道班主任看着她，长叹了一口气，在假条上签了字。

"你发在群里的，我也看见了，去吧，注意安全，宿舍熄灯之前回来。"

周沐感激地一笑，冲老师深深地鞠了一躬："谢谢刘老师。"

她和几个热心的同学一起把东西抬到校门口，程真早就叫好车在这里等着了："这么多啊！"

短短一个下午，周沐收到了很多热心同学送来的闲置物品，不仅有图书、音像制品，还有衣服、鞋子、包包、毛绒玩具等等。她的宿舍里实在是没有什么能装的袋子了，自己的行李箱都装满了，还借了几个舍友的行李箱来装东西，还是放不下。她只好跟宿管阿姨借了几个装垃圾的那种大塑料袋，才把东西都装下。

还好程真有先见之明，叫了一辆面包车。

周沐搭了把手，帮他把东西拎上车："也不知道能卖多少钱。"

"嘻，能卖一点是一点吧。"

"你们去哪儿卖啊？我也想去帮帮忙。"说话间，校羽毛球队的李佳佳也跑了过来。

"人民公园，你是想去帮忙，还是想……"趁着程真忙着抬东西的工夫，周沐压低了声音揶揄她。

李佳佳给了周沐一肘，把人推开："去你的，我呀，是真的想去帮忙的，费了好大工夫才说服我们班主任让我出来的呢。再说了，这么多东西，你们两个人卖得完吗？"

羽毛球队的学长也在帮忙搬东西，搭腔："就是，我本来也想跟你们一块去的，但你也知道，高三了，实在是不好请假……"

"没事，学长，你今天已经帮了我很大的忙。"

没有学长动员他们班上的同学，不可能在这么短的时间内凑到这么多东西。

"行了，就这些了吧？我们走吧。"

东西都装好了，程真跳上车，周沐和李佳佳跟学长告别后，也跟了上去。

"老板，您再仔细看看，这真的是谢赟先生的手笔。"

典当行老板琢磨着这盏莲花灯："像倒是像，可谢赟都过世十多年了，哪里还有他的真迹……"

"你看这里，有他的印章，这印章不传世，谁也伪造不了。他的每件作品都会刻印，印面大多是小篆阴刻，就凭这个就可辨真伪。"

老板把莲花灯翻过去一看："哟，果真有。"

可是，谢赟在世时，留下来的作品就不多，这个女孩又是谁，还把他的刻印习惯记得一清二楚。

"你是……"老板有些好奇。

谢拾安敛下眸子："您就说要不要吧。"

"要当然是要了，但你也知道，现在古玩市场不景气，谢赟也不是什么大家，至于真伪，我回头还得找行家验证一下，只能给你一万五，不能再多了。"

就冲那一句"不是什么大家"，谢拾安劈手夺过了他手里的莲花灯，转身就走。

老板抽着烟，乐呵呵地看着她——不出三秒，她肯定还会再回来的。

果然，谢拾安走到门口，停住脚步："两万，一分都不能少。"

谢拾安数好钱，准备转身离去的时候，又说了一句："虽然谢赟确实不是什么大家，但在我心里，他的每一件作品，都是这个世界上独一无二的珍宝。"

谢拾安出去的时候，乔语初也从旁边的银行里取完钱走了过来："这么快就好了？"

谢拾安点点头："走吧，我们去医院。"

"好。"乔语初伸手拦下了一辆出租车。

结束了一天的陪练之后，简常念如愿以偿地拿到了自己丰厚的薪水，虽说距离十万元钱也还差得远，但已足够支付住在 ICU 一天的费用了。

曹睿坐在车里，手里拿了一个信封，是朋友给他的介绍费。

他想了想，还是把信封递给了坐在后排的简常念："给，你那点钱应该也不够，拿去应个急吧。"

简常念有些许错愕："曹大哥……"

曹睿笑笑，没回头："你和拾安吵架的时候，我听见了，其实我想你的纠结和痛苦，她多多少少也能明白一点。"

听了他的话，她想起谢拾安家挂在客厅里的遗像，猛地咬紧了下唇。

当时自己是一时冲动，想都没想，话就脱口而出了，现在冷静下来，有些明白了："我……我知道她……她是关心我。谢谢你，曹大哥，我会跟她道歉的。"

曹睿回过头来笑了一下，挂挡出发："我认识她的时候，她比你还小一点，除了乔语初和程真外，也没什么朋友，挺乖僻的一个小孩。她能大老远地跑过来，我想她……应该真的很在乎你。"

算上今天自己赚的五千块钱和曹睿给她的一万块钱，加上之前借的，总共是三万块钱。

简常念揣着这些钱，到了医院，下了车就一路狂奔，冲向了医生办公室。

"医生，我筹到了三万块钱，能不能请您先给我外婆做手术，剩下的钱，我……"她推开门，话音未落，就愣在了原地。

屋里挤满了人，严新远、谢拾安、语初姐、程真和周沐，就连只有一面之缘的李佳佳都在。

"你们……"简常念还是有些回不过神来，她的目光从每个人的身上扫过，最后落到了医生的办公桌上。

花花绿绿的塑料袋里装满了钱，有五十元、一百元的，也有角票，还有一些硬币堆在一起。

简常念的眼眶立刻湿润了，她擦了擦眼角，也走上去把自己书包里的钱拿了出来放在桌上。

"医生，求求您了，先给我外婆做手术吧。"

主任医师站了起来，他看着这满屋子里的人如出一辙的恳切眼神，也不由得有些感动。

"你来得正好，我下午跟院里的领导们开了个会，报告了一下大致情况。院里的领导一致决定，先为病人动手术，后续会减免部分医疗费，明天上午我们会对病人做个全面的身体评估，如果条件允许的话，手术就安排在明天下午。"

简常念喜极而泣，冲着屋里的所有人深深鞠了一躬："谢谢，谢谢医生，谢谢严教练，谢谢你们。"

周沐看着她，像发现了什么新大陆一样："你这一身怎么说，嗯……有点清纯，还有点好看，平时怎么没看出来啊？"

谢拾安的目光也若有若无地看了过来。

也不知道为什么，也许是人多的缘故，简常念的脸有些热。她跑得匆忙，棒球服的扣子都没系上，赶紧扯住衣襟，把自己裹得严严实实的。

"你，你别胡说了。"

她有个毛病，一紧张就结巴。

周沐扑哧一下笑出声来，还想再说些什么逗逗她，乔语初走上前来揽住她的肩膀，带着她往外面走。

"没吃饭吧？走，去吃点东西。"

"可是外婆……"

程真帮腔："哎呀，我们都帮你去看过了，医院还给安排了一个护工照看着，你就放心吧！"

李佳佳："我可是下午饭都没吃就出来帮忙卖东西了，快把我饿死了。"

乔语初："没事，我也没吃呢，一会儿多吃点，让橙汁儿买单。"

程真满脑袋问号："为什么让我请客啊，我可是连我的摩托车都卖了，身无分文了啊。"

听着他们打打闹闹，谢拾安嘴角勾起一丝笑意，然而不知道为什么，她觉得后背有点发凉。

严新远的眼神杀气腾腾："还有心情吃饭，你们两个逃了下午的训练，我还没跟你们算账呢，回去给我好好写检讨！"

话是这么说，但还是严教练掏钱请这帮小孩子吃了饭。

简常念被朋友们簇拥着，最重要的钱的问题也已经解决，大家说说笑笑的，气氛还算轻松愉快。

简常念终于露出了这些天来久违的笑容。

对于他们的帮助，她很感动，但也有些好奇："你们都是从哪儿筹到那么多钱的？"

说起这个，周沐眉飞色舞："还是我聪明，看见学校门口有摆地摊的，就想起了我们也可以弄个跳蚤市场啊，反正每个人家里多多少少有一些闲置的物品，放着也是放着，还不如拿出来卖了，凑点钱呢。"

众人七嘴八舌地说起摆摊时的趣事，只有谢拾安安静地吃着饭，简常念把目光落到了她的身上。

简常念本以为和谢拾安吵过架之后，谢拾安压根就不会再理她了，谁知道谢拾安来了，还带来那么一大笔钱。

简常念心里有些愧疚，想尝试着跟谢拾安搭话："拾安……"

谢拾安放下筷子："我吃饱了，你们慢慢吃。"

说罢，她就起身出了饭店。

乔语初拉拉简常念："没事，让她一个人待会儿吧。"

饭吃得差不多了，严新远想了想，还是开了口："有件事，我觉得还是得通知你，明天下午体测，你的名字，我已经报给赛事组委会了，但现在情况特殊，明天来不来还是看你自己。"

简常念犹豫了一下，她知道，为了她的事，整个滨海省队上下帮了她不少忙，可外婆的手术也定在明天。

"我……"

严新远拍了拍她的肩膀。

"比赛还可以再来，家人只有一个，无论你做什么样的决定，我们都支持你。"

等他们要回去的时候，简常念还是悄悄地拉住了乔语初："语初姐，拾安她……哪来的那么多钱啊？"

虽然谢拾安入队时间早，一队的工资要比二队高一点，但又能多到哪里去呢。最近也没有什么比赛，拿不到奖金，她突然拿出来两万块钱，还是让简常念有点在意的。

乔语初欲言又止："她……"

"语初姐，拜托你了，我不想她因为我去做一些让自己觉得难过的事情。"

面对简常念真挚的恳求，乔语初还是松了口："好吧，好吧，她把她爷爷留给她的那盏莲花灯卖掉了。"

"什么？！"简常念一惊，觉得嗓子眼堵得慌，有些说不出话来。

她去过谢拾安家，知道那盏莲花灯对谢拾安而言，有着怎样的意义。

"其实，你也不用太往心里去，我想拾安她是明白你的。对她而言，爷爷去世之后，羽毛球就是她的全部，没有人比她更想赢了。上一届全国大赛的时候，拾安参加了多个项目，但因为别的队友发挥失常，我们只拿到了亚军。今年你来了，补上了这个缺口，我想她虽然没有开口说过，但心里应该也是很高兴的。至于我——"

乔语初耸耸肩，故作轻松地笑了笑："说不定这就是我能参加的最后一届全国大赛了。"

简常念的眼眶一下子就湿了，嗓子眼好像被什么东西堵住了，让她说不出话来："语初姐……"

乔语初看她这样，又拍了拍她的肩膀，安慰她："好了，你也别难过了。就像严教练说的，比赛可以重来，家人只有一个，不管你来不来，我们都是朋友，永远的朋友。"

简常念含着眼泪重重地点了点头。

严教练在催她们回去了，乔语初即将离去的时候，简常念又追着问了一句："对了，语初姐，你能不能告诉我，拾安她去的是哪家典当行？"

"正邦典当行，怎么了？"

简常念摇摇头，和她挥手告别："没事，你们路上注意安全，再见。"

谢拾安拉开车门，跳上去，乔语初也跟了上去。

"你刚和简常念说什么呢？"

乔语初打着哈哈遮掩过去："没，就劝她照顾好自己，开心一点之类的。"

和他们分开后的简常念并未回医院，而是逢人就问："请问一下，正邦典当行在哪里？"

乔语初走得匆忙，没有来得及告诉她地址，她也没有手机，用不了导航，就只能通过这种笨拙的办法去问路，好在还是有好心人告诉了她。

她坐上公交车，辗转几条街道才找到那家典当行。

夜深了，老板准备关门，突然有人从卷帘门下面钻了进来，把他吓了一大跳，还以为进贼了呢。

"谁呀？"他拿起店里的扫帚。

简常念赶忙摆着手："不、不、不，我不是小偷，我是想来问问您，下午是不是有一个女生来过，卖给您一盏莲花灯？"

老板见是个女孩子，放下手里的武器，但神色依旧警惕——难道那盏莲花灯是那个人偷来的，正主找上门来了？

"不认识，没收过。"

简常念走到柜台前，神色颇有几分急切："我是她朋友，那盏莲花灯是她爷爷的遗物，对她而言意义非凡。要不是最近出了点事，她肯定不会拿出来卖掉的，求求您了，暂时先不要出手可以吗？"

老板将信将疑地打量着她："你说遗物就是遗物了？钱我已经给了，这个东西现在就是我的了，卖不卖，我说了算。"

"我……"简常念掏了一下兜，身无分文。

她面有难色："我……我暂时没有钱，但我一定会想办法赎回来的，求求您了，先别急着出手好不好？这东西对我朋友来说，真的非常重要！"

老板看她挺真诚的，也说了实话："我实话跟你说吧，我已经联系好买主了，毕竟卖出去的东西就不是她的了。都这样的话，我还怎么做生意啊。你要是想要回去，拿钱来赎就行。"

"我……"简常念情急之下，把脖子上的吊坠扯了下来，就连给外婆治病筹钱的时候，她也没想过要卖它。

"我拿这个跟您换行不行？"

一看见这玉的成色，老板就瞪大了眼睛，从她手里接过去，拿到灯下细细端详着："不错，是块好玉，但……"

他看了简常念一眼，还想占点便宜。

简常念劈手夺过来，转身就走："不换就算了。"

老板赶忙追了出来。

"换、换、换，哎呀，别走嘛，我这就给你拿去。"

白捡了个大便宜的老板摸着那块玉，拿起来吹了又吹，喜形于色。

简常念如愿以偿地赎回了莲花灯。她临走之前，又看了那块玉一眼，心中五味杂陈。

她想了想，还是顿住脚步，给人鞠了一躬："老板，我知道，卖出去的东西请您留着并不现实，但我想说，人都有迫不得已的时候，如果有买家买它的话，请您留个联系方式，日后条件允许了，我一定会再赎回来的，拜托您了。"

老板本以为她只是个小孩子，没想到说起话来一套一套的，而且诚意十足。

在这里斡旋了这么久，老板也有些被打动了。

"行，你放心，我肯定给它找个懂行的人。"

"谢谢您。"

简常念微微点了点头，转身离去。

第二天一早，医生给外婆做了详尽的术前检查。检查结果出来的那一刻，简常念几乎要喜极而泣了，外婆的身体各项指标都符合，也就是说下午可以做手术。

她和医生一起把外婆送往手术室，在这个过程中，她一直紧紧握着外婆的手，不曾有片刻放开。

到了手术室门口，必须分别的时候，她眼底含着泪光看向医生："医生，拜托您了。"

主刀医生郑重地点头："你放心，我们会尽全力救治病人的。"

简常念这才松开外婆的手，目送着她被人推了进去。手术室的门关上了，红色的灯亮起。

简常念开始了提心吊胆。

她双臂环抱，站在手术室门口，焦急又不安地等待着。

嘀嗒嘀嗒，不知道时间过去了多久，身边的人来了又去，终于有护士看不下去，给她递了一杯温水，叫她去护士站里坐着等待。

她本想拒绝，护士劝她："去吧，脑部手术时间挺长。你要注意身体，外婆出来，你还要照顾她，而且手术室门口人来人往的，你站在那里影响也不好。"

简常念拗不过护士，也不想给人添麻烦，就跟着护士一起去了护士站。

护士给她找了张椅子坐下，正值下午忙的时候，护士站里也没几个人，都在埋头写着东西。

墙上的小电视还开着，正在播放着本地新闻，简常念的目光不由自主地被吸引了过去。

"观众朋友们下午好，欢迎收看午间三十分，接下来为您带来一则体坛快讯。一年一度的羽毛球全国大赛开赛在即，将于今日下午在滨海省羽毛球训练基地进行体能测试。据悉，此次全国大赛，我省将会派出十六名运动员参赛，他们中有上一届的亚军，也有刚入队的新人，让我们一起期待他们在全国大赛上的精彩表现吧！"

女主持人的嘴一张一合的，后面的话，简常念完全没在听，她的目光停留在了电视屏幕上的小窗里，镜头推得远，但她还是看清了那个人。

谢拾安穿着一身蓝白运动服，迎风而立，挺拔的身影像操场上的白桦树。

"对她而言，爷爷去世之后，羽毛球就是她的全部，没有人比她更想赢了。

"上一届全国大赛的时候，拾安承担了多个项目，但因为别的队友发挥失常，我们只拿到了亚军。

"今年你来了，补上了这个缺口，我想她虽然没有开口说过，但心里应该也是很高兴的。

"至于我，说不定这就是我能参加的最后一届全国大赛了。"

简常念的脑袋里反复回响着这几句话，不知不觉红了眼眶。新闻播完的时候，她猛地站了起来。

此次体测虽然是在训练基地举行，但为了避免作弊，赛事组委会还是安排了自己的裁判过来。因为第一站的比赛就在江城举行，除了滨海省队的十几名队员以外，还有其他队伍为了备战提前来了，所以，便都在这里一起测了。

裁判手里拿着参赛名单，挨个叫号。

"一号杨丽，二号王冰冰，三号苏洁。"

"到。"被叫到的人举手出列。

"四百米折返跑准备。"

…………

为了避嫌，严新远并不能去执裁，他只能站在教练办公室，透过玻璃窗，静静地看着他的学生们在操场上挥汗如雨，同时也在等一个人。

谢拾安也在等人，随着时间一分一秒过去，身边的队友陆陆续续去体测了，只剩下她一个人，她是倒数第二号。

裁判叫到她的名字："谢拾安。"

谢拾安心里知道简常念多半是不会来了，但还是面色如常地走了过去："到。"

做完全部体能测试之后，裁判满意地看着她的成绩单，写上了"全优"两个字，手里的花名册又翻过一页，纸上还有一个名字，但是候场区已经空无一人了。

他有些疑惑："简常念呢？人没来吗？"

他又喊了几遍，体测完的运动员们在窃窃私语，但没有一个人出来回答他。

众人面面相觑，终于，有滨海省队的队员举手回应道："裁判，简常念她……可能来不了了。"

裁判皱皱眉："怎么回事，不知道不来就视为弃权吗？"他看看手表，算了，时候不早了，正准备在她的名字后面写上"弃权"两个字的时候，有人拨开人群，气喘吁吁地冲了进来。

"报……报告裁判，一百零五号简常念报到。"

见她突然出现，滨海省队的人都围了过去。

"常念，你怎么来了？"

"常念，外婆好点了吗？"

"常念，我们都以为你不会来了，还以为今年又少一个人呢。"

…………

他们七嘴八舌地说着，但都是些善意而温暖的话语。

简常念笑笑："让你们担心了，外婆的情况基本稳定，所以我就赶过来了。"

当务之急还是体测，她说完后又冲着裁判深深鞠了一躬："裁判老师，我因为家里出了点急事，所以来晚了，很抱歉再占用您一点时间，请开始体测吧。"

严新远站在窗前，拿起茶杯喝了一口，脸上总算露出了一个久违的笑。

半个小时后，简常念以"良好"的测评结果顺利通过了体能测试。结束后，她顾不上和其他队友说话，到处找那个人的身影，想要跟她说声对不起。

操场上没有，小操场上也没有，食堂没有，宿舍没有，简常念转身跑向了训练室。

还没走到门口，她就听见训练室里传来了鞋底摩擦地板的声音。她轻轻推开门一看，果然，也只有谢拾安这个天才少女、训练狂魔，才会在严苛的体测结束后又跑来打球。

谢拾安练得专注，一直朝着墙壁抽球，丝毫没留意到已经有人悄悄溜了进来。

因为她用力过猛，一个球从墙面反弹到了门口，球筒里的球已经被打完了。

她俯身去捡，却早已有人替她拾了起来。

"给。"

她抬头一看，是简常念。

谢拾安状若无意地退后了两步，语气有点冷："你来干什么？"

阳光洒在了谢拾安的身上，简常念笑了起来："我来当你的最后一块冠军拼图。"

两个人面对面站立良久，还是谢拾安率先开了口，她嘴角扯起一丝轻蔑的笑意："呵，口气不小。"

简常念挠挠脑袋，故意装作听不懂。

"啊，可是某个人昨天不是特意去找我了吗？还被严教练罚了，其实，坦诚一点跟我讲，你想要我回来打比赛也没什么的，真的。"

"你……"谢拾安额角青筋暴突，就差拿羽毛球拍砸她了。

她退后一步，生怕被误伤，脸上笑眯眯的，但眼神很真挚："只要你跟我讲，无论什么时候，我都会来。"

"说完了吗？说完了就出去，别打扰我训练。"被人戳中心事，谢拾安耳朵有点红，但依旧是那一副波澜不惊的样子，拿着球拍往门外一指。

简常念总算是想起那盏莲花灯的事了："其实我今天过来不光是为了体测，还有……"

她去翻背包，糟糕，来得太急，把东西落在护士站了。

谢拾安皱着眉头看她到底能翻出什么东西来。

她尴尬地笑了笑："我忘拿了，改天再给你吧。"

话音刚落，训练室的大门被人撞开了，乔语初冲了进来，说话上气不接下气的："常……常念，严教练刚刚接到医院的电话，说……"

简常念的神色瞬间紧张了起来。

乔语初平复好呼吸，脸上露出了大大的笑。

"外婆的手术成功了！"

简常念愣在原地，瞪大了眼睛，有些不敢相信，片刻后，巨大的喜悦流遍了全身。她一蹦三尺高，然后抱着乔语初又哭又笑："太好了……太好了……语初姐……"

看着她们相拥在一起喜极而泣的画面，谢拾安嘴角也露出了一丝浅淡的笑意。

他们赶到医院的时候，警方也传来了消息，肇事者已经抓到了，只是肇事者的家庭情况也一言难尽——一家四口挤在城中村不过十几平方米的房子里，父亲瘫痪在床，妻子是个残疾人，患有侏儒症，孩子也才刚刚满月。他是家中唯一的劳动力，为了挣几百块钱，连续在工地熬夜了一周，疲劳驾驶才出的事故。

警察把人带到医院，男人戴着手铐跪在地上痛哭流涕："对不起，对不起，但我真的没喝酒，我太累了，就闭了一下眼的工夫……我家里还有老婆孩子要养，我害怕坐牢，所以就跑了。我不能进去啊，我进去了，孩子怎么办啊！"

男人的妻子也来了，背上背着孩子，也是不住地流着眼泪，向简常念磕头作揖求饶的。

夫妻俩都穿得破破烂烂的，女人背上襁褓里的婴儿脸上却是干干净净的，正睁着眼睛，好奇地望着这个世界。

简常念站在原地，浑身发抖，泪又不可抑制地滑落了下来，嘶吼道："你害怕坐牢，所以跑了，那我外婆呢？你有没有想过，要是没人发现她，她就那么躺在冰冷的马路上没了，你还有老婆孩子，可我是个孤儿啊！"

也许是争吵的声音太大，襁褓里的婴儿受到了惊吓，哇哇哭了起来。

警察看这情况估计是没法协商，只好先把人带走了。

乔语初拍了拍简常念的肩膀，给她递了一张纸巾。

护士来叫："病人苏醒了，可以进去探视了。"

简常念擦干眼泪，吸了吸鼻子，换上探视服跟着护士进去了。

因为刚做完手术，外婆暂时还只能住在 ICU 里，浑身上下插满了管子，只有眼珠能动，但好歹意识是清醒了，察觉到简常念的手握住自己的手的时候，还轻轻地回握了一下。

简常念喜极而泣："外婆，外婆，太好了，您能听见我说话吗？"

外婆看向了她，浑浊的眼睛里也有泪光在闪烁着。她好似想说些什么，但因为嘴里插着管子，什么也说不出来，神色有些急切。

简常念读懂了，把脸贴在她的手掌上，轻轻蹭着："外婆，您相信我，我没有辍学去干一些坏事，我之前没有告诉您，是因为怕您担心。在学校里，我一直过得不快乐，读的不是自己喜欢的专业，也没有熟悉的朋友。

"您知道的，我从小就喜欢打羽毛球，一有空就往村头跑。我向往赛场，也想像电视里的运动员一样拿世界冠军，所以，有这个机会，我就想去试试看。这三个月，我没有回家，是因为一直在集训。就在刚刚，我已经通过了羽毛球全国大赛的体能测试，这周末就要作为滨海省队的一员去参加比赛了。"

简常念吸了吸鼻子："很抱歉没有及时告诉您，但我真的只是想等一切都尘埃落定了再跟您说。我知道您想让我有一技之长，将来找个稳定的工作，不求大富大贵，但求吃穿不愁，安稳地度过一生就好。

"但那都不是我想要的，外婆，我只想打球。"

她说到最后，泪又掉了下来。

外婆动了动手指，想擦去她的眼泪。

老人的目光投向了病房外。

有几个人正透过玻璃窗向里面张望着。

简常念吸了吸鼻子，回过头去，看着朋友们笑了起来。

"外婆，这次的手术费也多亏了他们，中间那位是我们的教练，姓严。训练的时候，他可严厉了，但平时又对我们可好了。我能进入滨海省队，也是多亏了他。

"严教练左边那个是乔语初，队内的大姐姐，我们都叫她语初姐。她一直很照顾我，把我当妹妹一样看待。

"严教练右边那个叫谢拾安，队内的大魔王，技术很好，但脾气有点臭……"

简常念犹豫了一下，片刻后，她撞上谢拾安的眼神，隔着玻璃，反正谢拾安也听不见她在说什么。

她鼓起勇气道："是我最好的朋友。"

外婆的目光一一掠过他们，眼里闪动着感激的泪光，乔语初挥了挥手，严新远点了点头。

护士进来催促："时间到了。"

简常念隔着被子轻轻抱了一下外婆，起身："外婆，好好休息，您一定要听医生的话，快点好起来啊，我还等着您来看我比赛呢。"

接下来的日子，因为请了护工照顾外婆，简常念白天便能去训练了。她每天起早贪黑，赶第一班大巴车去训练基地，训练结束后，又坐最晚的一班车回到医院陪外婆过夜。

虽然上次大家一起筹集的钱还有一些剩余，但简常念也舍不得去医院附近的旅店开一间房，就在走廊的长椅上凑合一晚，偶尔医生值班室空着的话，好心的医生就会叫她进去躺在床上休息。

这几天，她一直想把莲花灯还给谢拾安，但都没有什么合适的机会。

一来训练紧张，她们也只有训练的时候才能碰头；二来训练一结束，她就得赶末班车回市里，好几次错过末班车，还是严教练送她回医院的。

她不想老是麻烦严教练。

日子就这么在汗水、泪水和笑声里一天天过去。

距离全国大赛的首战还有不到一天的时间。

上午的训练结束后，严新远抱来了他们今年的队服。

"来、来、来，一人一套，按照自己的尺码拿啊。"

简常念拿了小码的。她拆开包装，试了一下上衣，发现袖子有些短了，她又不信邪地比了一下裤子，竟然还没到脚踝。

她抱着衣服有些绝望："严教练，我的队服小了怎么办啊？"

严新远过来一看："哟，确实有点小了，这还是按照你集训的时候量的身高定做的呢，我找找有没有大一号的啊。"

严新远在箱子里扒拉了半天，总算找出一套大点的，递给了她。

"还不够大的话，可就没有合适的了啊。"

简常念拿出来试了一下，刚好合适。乔语初让她转了一圈，啧啧称奇："到底还是长身体的年纪，这才多久啊，又长高了一截。"乔语初比比自己的肩膀，"都到我这儿了吧，就是怎么光长个子，不长别的地方啊。"

乔语初一边说，同时目光若有若无地往她依旧平坦的胸前投去。

简常念恼羞成怒，追着人满场跑。

"这帮孩子。"严新远无奈地摇头，拍了拍手，"好了，今天上午的训练就到这里了，下午放假半天，大家自由安排时间。记住了，外出聚餐不许饮酒，碳酸饮料也不行，更不能乱吃东西。另外，注意安全，明早十点，咱们在这里集合，一起出发前往比赛场馆，听明白了吗？"

众人齐声喊："听明白了！"

"好，解散吧！"

严新远刚要转身离去，就被人叫住了。

简常念兴冲冲地跑到他跟前："严教练，你那里有没有比赛的门票啊？"

她虽然没参加过这种规格的比赛，但也知道，赛前主办方应该会给参赛队伍发放一些内部票的，她想要一张去送人。

严新远也猜到了她心中的想法，笑眯眯地说："想送人啊？"

她不好意思地点了点头："嗯，就一张，一张可以吗，严教练，求求您了。"

严新远痛快地答应了下来："行，一会儿去我办公室拿吧。"

简常念从严新远的办公室出来，本想直接回医院，正好撞上从门卫室取完快递出来的乔语初。

"欸，你这就走啦？"

简常念点点头："嗯，回去照顾外婆。"

乔语初边说，边把她往宿舍楼拖："外婆的情况不是都稳定下来住进普通病房了吗？而且还有护工看护着，时候还早，你回宿舍睡一觉，好好休息休息吧，看看你这黑眼圈。"

"还有你这发型，你这衣服，明天就要比赛了，不得拾掇拾掇，好几天没洗澡了吧。"

简常念拉起衣领闻了闻——哟，好像确实是这么一回事。

乔语初边走，边说得眉飞色舞："可别怪我没提醒你啊，明天会有电视台的过来，要是邋里邋遢，被记者拍到了，说不定会有热心网友做成动图，在各大社交平台反复播放呢。"

简常念："我这就去收拾。"

乔语初捂着嘴笑，看着她进了寝室："我那里有沐浴露和洗发水，一会儿给你拿过来。"

总算是洗去了这些天的疲惫，简常念觉得通体舒泰，就连训练造成的肌肉酸痛都缓解了不少。

她一边擦着头发，一边往床边走，看到了放在床上的队服。

她灵机一动——刚好宿舍里有镜子，不如穿上试试看？

上午的时候，乔语初说她长高了，她还没什么感觉，这会儿站到了镜子前，总算是后知后觉地发现了自己身体上的变化。

这三个月来，她都是在省队食堂吃的饭，因为配菜丰富，营养均衡，她拔高了个子，骨架也结实了，肩膀似乎也变宽了一点点，原本瘦下去的脸颊慢慢恢复饱满，面容有了一丝少女的神采。

再加上不断地去练体能，拉伸筋骨也改变了整个人的体态，简常念看上去挺拔精神多了。

她撩起衣服一看，腹部也练出了马甲线，摸起来皮肤很是细腻，但手感分外结实。

她又在镜子前转了一圈，看着队服后背印着的"滨海省队"四个字，傻笑了起来。

正巧有人来敲门，她跑过去开门，是乔语初。

"哟，不错嘛，就是你这头发还得再拾掇拾掇，刘海都遮住眼睛了。"乔语初乍一见她，也眼前一亮，把手里洗干净的苹果递给她。

她对着镜子一看，确实，自己本来就没什么钱去店里理发，平时在家都是让外婆替自己剪一剪的，算上集训的时间，也有三个多月没修理过了。

她把刘海扒拉上去："我自己拿剪刀剪剪吧。"

"嗐，这有什么难的，剪刀给我，我会。"乔语初三两下把手里的苹果啃完，把核扔进了垃圾桶里。

简常念端坐在镜子前，脖子上围着毛巾，乔语初拿着剪刀站在她身后，比了比："剪多长啊？"

简常念想了想："剪短吧，长发洗起来麻烦。"

"到肩膀可以吗？"

"好。"

看着黑发一缕缕滑落，简常念说："看不出来语初姐还有这手艺呢。"

乔语初拿着剪刀像模像样地剪起来："拾安小时候，我也给她剪过。"

简常念点点头："怪不得，语初姐，你和拾安是从小就认识吗？"

乔语初把她的脑袋摆正："欸，别动，我认识她的时候，她才六岁。那时，一直照顾她的爷爷去世了，父母也不怎么管她，一个六岁的小孩整日在街上流浪，很可怜。"

只是代入了一下，简常念胸口某个地方就隐隐作痛了起来："那后来呢？"

"后来是她爷爷的朋友，也就是咱们滨海省队的上一任主教练方教练，给她交的学费，让她重新回到学校上学。方教练忙，也不可能时时照顾着她，再说了，人家也有自己的家庭。

"拾安是一个爹不疼娘不爱的小孩，那时候经常被高年级的学生欺负。我家和她家是邻居，上下学路上，我经常能撞见她。"提起往事，乔语初也有些感慨，"那时候她的戒备心可强了，我跟在她身后一起走，想保护她，她还从地上捡石头来砸我呢。"

简常念的心情有点复杂，能让一个天真无邪的孩子害怕到有人出现在身后，第一反应就是保护自己，她一定过得很不容易："那后来呢，你们是怎么熟悉起来的？"

乔语初笑了笑，轻轻拿剪刀修剪着简常念耳后的碎发："因为，一根棒棒糖。"

彼时的谢拾安放了学也无处可去，家里也没有人给她做饭。她很饿，但没有钱，只能趴在面包店的橱窗上，看着里面各式各样的甜品，闻着甜腻的奶油香气，疯狂地咽口水。

有高年级的学生路过，拿糖果来引诱她："跪下来叫一声哥哥，我就给你吃啊。"

即使年纪小，还不懂事，谢拾安也知道随便给人下跪是不好的，可是她很想吃糖，这个人又多次欺负她，索性一不做二不休，上手去抢了。但到底体力悬殊，她被人推下了人行道，摔倒在马路上。

一辆摩托车驶了过来："欸，小心！"

千钧一发之际，谢拾安被人拎着后衣领提了起来，侥幸从车轮底下捡回了一条命。

她站稳后回头一看，穿着淡鹅黄色连衣裙的少女站在她身前，对那个男生咄咄逼人道："欺负人也得有个度吧，把人推到马路上，不知道会出车祸吗？！快走，再不走，告诉你们老师了！"

赶走男生的乔语初转过身来，摸了摸她的脑袋："你想吃蛋糕吗？可是姐姐今天没带钱欸，这样吧，这根棒棒糖给你，吃吧，吃了就不疼了。"

后来，谢拾安无论什么时候回想起这一幕，都觉得乔语初给予的，不光是一颗糖，还有一整个明媚的春天。

简常念一边听，一边心想着：原来她喜欢吃糖啊。

"好了，看看，怎么样？"故事讲完了，头发也剪好了，乔语初解开缠在她脖子上的毛巾。

简常念对着镜子左看右看："哇，语初姐，你这剪得也太好了吧，完全可以去当理发师了！"

乔语初也十分满意自己的作品，又抓了抓她的头发，总觉得哪里还可以再改进一下："啊，对了，你等等我，我回宿舍去拿卷发棒，再烫一下可能会更好看。"

话音刚落，她人就出了寝室，简常念想阻止都来不及了。

不多时，乔语初拿着卷发棒和吹风机一起回来了。

简常念的脸有些热："真的……没有问题吗？"

乔语初也大声喊："你就等着看吧！"

简常念原本平平无奇的发型被她这么一折腾，头发修到肩膀往下一点的位置，前短后长，又拿卷发棒稍微烫出了一点弧度，刘海也被修剪得又薄又漂亮，拿吹风机稍微吹了一下，让它自然地散落在额上，整个人看起来干净又利落，充满了少女的朝气蓬勃。

乔语初把她打量了一番——人果然还是要打扮一下的嘛，目光又落到了她的脸上："嘴唇很薄嘛，很适合涂口红啊。"

她浑身一个激灵，可不敢再让乔语初折腾了："不、不、不，就这样吧，我觉得挺好的了。"

上次在曹睿那儿穿了一天短裙，可把她累坏了，路都不知道该怎么走了。

看她这样，乔语初扑哧一声笑了出来："行吧，行吧，今天就放过你了。"

乔语初回到自己宿舍的时候，谢拾安正在做平板支撑，地上铺着瑜伽垫，面前还架着手机，正在播放羽毛球比赛的视频。

听见门响，她抬头望了一眼："你干吗去了，这么久才回来？"

乔语初故作神秘地笑了笑："明天你就知道了。"

看乔语初手里拿着吹风机、卷发棒就知道又去给人当发型师了，谢拾安略弯了一下嘴角："得了吧，你以前可没少把我的头发剪坏。"

"哟，你越长越大，嘴怎么也越来越毒了。"乔语初作势就要朝她的屁股踩下去。

谢拾安见势不妙，一个侧身翻滚，完美躲过，只是不小心撞掉了支架上的手机。

乔语初拿起来一看，是单打的视频："你今年还要报两项吗？"

今年全国大赛的赛程长且紧凑，第一周先打团体资格赛，确定小组出线队伍，第二周紧接着就是个人的单项比赛，采用单淘汰赛制，只有各项前十六名的选手，才能参加燕京的决赛。

如果同时报名双打和单打两项比赛的话，就意味着，在长达半个月的赛程里，谢拾安几乎没有任何休息时间，这对她的体能、技术、心理考验都非常大。

谢拾安一个鲤鱼打挺，从地上弹了起来："嗯，报名表严教练已经交给赛事组委会了。"

说起羽毛球，她眼里满满的都是意气。

"平江队有国手，我想和她碰一碰。"

不知道为什么，看她这样，乔语初有些感慨，有些羡慕，也有一丝淡淡的失落。

乔语初知道谢拾安早晚是要离她而去的，方寸之地囚不住羽翼日渐丰满的鹰。而她这些年不过是凭着一腔热爱和不断的努力走过来的，论起天赋，她既不如谢拾安，也不如简常念。

饶是如此，她也很开心能看到谢拾安不断地进步，最终站上她遥不可及的顶峰：

"都打过秦扬了，肯定没问题的。"

"秦扬算什么啊！我要面对的可是国手啊！国手，世界冠军！"

乔语初拿起一块毛巾朝谢拾安丢了过去："知道啦，知道啦，国手快去洗澡吧，臭死啦，洗完澡，陪我出去吃饭，我要饿死了。"

乔语初走后，简常念在宿舍里小憩了一会儿，这几天都是睡的椅子，很久没睡过这么舒服的床了，因此一睁眼，发现太阳都下山了。桌上的闹钟显示五点半，她赶紧爬了起来，收拾东西准备去赶大巴车。

她拉开书包一看，那盏莲花灯还在。

她猛地一拍脑门，哦，对了，差点把这事给忘了，得赶紧把东西给人送过去。

她抱着书包出门，走到门口，又猛地顿住了脚步——欸，要不等比完赛再给谢拾安吧。

简常念算算时间，全国大赛结束也差不多是农历新年了。

如果能拿冠军更好，双喜临门，如果不能拿冠军，有了这盏莲花灯，谢拾安也不至于太难受。

不知道为什么，下午听乔语初说完谢拾安的事之后，她的心里总有一丝酸涩的感觉萦绕不去，不知不觉就想让谢拾安开心一点，再开心一点。

简常念低头看着书包里的莲花灯，又折返了回去，把它放进带锁的储物柜里，钥匙装进兜里，这才转身离去。

简常念回到医院，路过主任办公室的时候，看见门虚掩着，轻轻敲了敲门，无人应答。

她推开门一看，屋里空荡荡的，挂在墙上的白大褂不见了，估计是主任查房去了。

她想了想，从书包里掏出那张内部票，又从笔记本上撕了一页纸，借主任的钢笔，唰唰唰地写了一行字后，和内部票一起压在办公桌上的笔筒下。

做完这一切后，她关好办公室的门，蹦蹦跳跳地去了病房。

从门诊回来的主任发现办公桌上多了一张纸，拿起来一看，清秀的字迹映入眼帘。

"尊敬的罗主任，您好，我是十五号床方怀英的家属简常念，滴水之恩，当涌泉相报，更何况是救命之恩，但手头又实在是有点紧，想来想去，也只有一张羽毛球全国大赛的门票可赠。知道您工作繁忙，所以票券的场次是通兑的，在工作之余，也要适当放松，祝您身体健康，阖家幸福美满——简常念敬上。"

主任摘下老花镜，看着这张门票，由衷地笑了起来，这可比锦旗什么的，让他欣慰得多啊。

简常念到病房的时候，外婆醒着，看见她进来了，虽然不能坐起来，但外婆脸上还是洋溢着笑容，同时看见她的新发型，有少许惊讶。

"外婆，您今天感觉怎么样啊？"简常念走到了外婆的床边，轻轻握住了她的手。

老人还插着鼻饲管，不能开口说话，只是微微点了点头，示意自己没事，目光却一直停留在简常念的身上。

简常念穿着新队服在病床前转了一圈，特意露出后背的"滨海省队"四个字指给她看。

"怎么样，外婆，好看吗？"

老人眼里溢出欣慰的光，又轻轻点了点头。

简常念显摆完，搬了张凳子坐在了病床前，握着她的手，和她絮絮叨叨地说着话："明天我就要去比赛了，第一次上场也不知道能不能发挥好。"

外婆手指动了动。

简常念摊开掌心，外婆在她的手心里歪歪扭扭地写下了两个字：加油。

她由衷地笑了起来，轻轻伏在外婆身上撒着娇："外婆，您一定要快点好起来，到时候去现场看我比赛，您还没看过我打比赛呢。只要有您在，我就觉得什么都不怕了。"

窗外夜色渐深，一轮圆月挂在了树梢上。

冬天的夜晚出月亮，明天一定是个好天气。

简常念睡着之前，在心里这样想着。

第二天上午十点，简常念准时赶到训练基地和她的队友们会合，一起坐上了大巴车，向比赛场地出发。

一进入江城体育馆内部，她就忍不住发出了惊叹："哇，好大！"

体育馆是座环形建筑，共有三层，他们现在正站在二楼的走廊上，往下望去，看台上已经坐满了人。比赛场地和观众席之间用围栏隔开，边上还架着几台摄像机，工作人员正紧张地调试着。

严新远把他们带到更衣室门口："好了，你们快去换衣服吧，五分钟后下楼在运动员候场区域集合，我在那儿等你们。"

他说罢，就去向赛事组委会提交今天的出场人员名单。

梁教练跟在他身侧："第一单真的要让简常念上吗？她没有大赛经验，我怕发挥可能会不稳定，要不还是往后挪挪，让她先看看别人是怎么打的。"

"养兵千日，用兵一时，就是要把她放在一单的位置上来磨炼磨炼，坐在台下看别人打，能看出什么来。这才是小组赛第一场，早点发现问题，早点调整，要是等到赛程过半再发现问题，可就真的来不及了。"

话是这么说，当听到裁判念到自己名字的时候，简常念还是有些错愕，拿着球拍的手不禁开始发抖。

正在做热身准备的谢拾安也停下了动作，眼里带着一丝不可置信，去问严新远："严教练，第一场不是说好让我先……"

严新远严厉地看了她一眼："服从安排，做好下一场双打的准备。"

"可是首胜……"谢拾安不服，还想再说些什么，被乔语初一把拉了回来。

"拾安，拾安，算了吧，出场名单一旦提交就不能再变动了，我们去准备比赛，嗯？"

严新远也知道首胜对一个团队的士气来说有多么重要，但他还是把这至关重要的一棒交给了简常念，原因无他，只因为他们今天的对手是平江队，队里有上一届的世锦赛冠军、国手尹佳怡。

因为出场名单必须在赛前提交，事前参赛双方谁都不知道对手今天会怎样排兵布阵，到了比赛当天才会揭晓。而出场名单一旦提交后，便不能再更改了，否则就视为弃权。

如果严新远没猜错的话，他们想拿首胜，对方也想拿，而在女子团体赛中，一名运动员在一次比赛中最多只能打一场单打和一场双打，而且还不能连场。这也就意味着，国手尹佳怡在打完这场单打之后，下一场的双打就不能再上场了。

如此一来，就给谢拾安减轻了很多压力。严新远并不希望自己的种子选手过早地暴露出实力，让其他参赛队伍摸透，那样不管是对整个滨海省队还是对谢拾安的单人项目来说，都不是一件好事。

至于简常念——

严新远把目光投向了她，她头一次站在镁光灯下被这么多人注视着，稍显局促。

即使失败，但如果能在和国手的比赛中悟到些什么，那对她来说也算是一件再好不过的事了。

全国大赛要开始了。

观众的欢呼声已经响了起来，平江队后边的座席上坐满了人，有不少人是冲着尹佳怡来的。

当得知自己今天的对手是尹佳怡的时候，简常念心里咯噔了一下，有些惴惴不安起来。

她拿着球拍的姿势稍显紧张和僵硬，不停地做着深呼吸，平复着剧烈的心跳。

正在她踟蹰的时候，观众席上传来了喊声："常念，加油啊！"

她回头一看，周沐竟然来了，旁边坐着的是程真，还有曹睿也冲她挥了挥手，以及上次在辰星俱乐部遇见的那个跟她打过球的女生，也坐在同一排。

几个人拉了一条横幅：滨海省队一往无前，冲冲冲！！

这些算是他们这边的观众了。

简常念微微湿了眼眶，嘴角勾起了一丝笑意，整个人放松了不少，管她是什么世界冠军，来吧！

这种级别的比赛，没有人会对对手掉以轻心，即使对方只是一个新人而已。她能从数以万计心怀梦想的年轻人中脱颖而出站在这里，一定程度上已经证明了她的优秀。

因此，尹佳怡一开始就没打算手下留情，她要速战速决。

在对手猛烈的攻势下，第一局简常念疲于奔命，很快就溃不成军了。

中间休息时，严新远手里拿着一瓶纯净水，言辞犀利地批评着她："你怕什么？畏畏缩缩的，外面广场上跳舞的大妈打得都比你好。世界冠军怎么了？你不要去想这些东西，除去光环，她不也只是个人吗？平时怎么训练的，你就怎么打！"

简常念点点头，脸上火烧火燎的，只觉得有些辜负了大家的期望，不敢看严教练的眼睛，也不敢看观众席。

休息时间快结束了，严新远把纯净水的瓶盖拧开，递给她："给，喝点水，第二局好好发挥。"

对面的尹佳怡也坐在休息区喝水，脖子上挂着毛巾。

教练问道："你觉得对面那个新人怎么样？"

尹佳怡今年刚满二十五岁，也算是国内女子单打的天花板级别人物了。

她看了简常念一眼，道："有点意思，虽然一直被我压着打，但有几个球也反击得很漂亮。"

尹佳怡的教练替她捏着肩膀松松筋骨："新人嘛，球技还是有点稚嫩。你第二局加油，一鼓作气拿下首胜。"

尹佳怡点了点头。

裁判吹响了口哨。

两个人同时起身，走向了赛场。

呼。

简常念轻轻吐出一口浊气，拿着球拍的手紧了又紧——

第二局，自己赢，就要进行决胜局的比赛；自己输，平江队拿下首胜——到了必须破釜沉舟的时候了。

尹佳怡率先发球，简常念交叉步后撤，预判出球的落点，侧身抬手给人送了回去。

尹佳怡也不甘示弱，迅速上网拦截，两个人在网前拼杀得有来有回。

也许是逐渐适应了比赛场地和比赛节奏，也许是听了严教练的话，觉得尹佳怡抛去冠军的光环，站在这里，和她就是在同一个起点上。

放下了心理包袱的简常念，接发球明显勇敢、果断了起来，不再畏首畏尾的。

有一个球，她找到了尹佳怡的破绽，打到了尹佳怡的反手位，尹佳怡后撤已经是来不及了。

羽毛球落地，电子记分牌亮起。

比分为1：0，简常念率先得分。

周沐从观众席上跳了起来，疯狂地摇着自己手里的拍手器："常念，干得漂亮，拿下她！"

程真的耳膜都要被她的喊声刺破了："这才第一个球，至于这么激动吗？！"

话音刚落，只见尹佳怡杀球得分。

程真恨铁不成钢，跳起来大声喊："搞偷袭，你！常念，你别给她机会，打！"

"……"周沐人都要麻了——到底是谁比较激动啊。

第二局开始，场上的局势有些变幻莫测，胜利的天平不再像上一场一样往尹佳怡这一边倾斜。

尹佳怡看着简常念，眼里有一丝意外，也有些欣赏。

有点意思啊，这个新人好像是个慢热型选手，现在才刚找到状态，像她这么年轻，又能和自己打得有来有回的运动员，已经很少了。

不过，欣赏归欣赏，球还是要好好打的。

轮到简常念发球，她想用高远球来控尹佳怡的后场，然后再找机会从侧边发起进攻，没想到意图很快就被人看穿了。

尹佳怡嘴角浮起一丝狡黠的笑，和她对打了几个高远球之后，突然拍子一晃，把球平抽了过来。

糟糕，假动作！

等简常念意识到这是个陷阱的时候，已经来不及了，对方抽过来的球速太快了，她想也未想，眼里只有那一道白色流星，身随心动，扑了过去救球。

结果整个人因为重心偏移险些摔倒在地，她左手撑在地上，右手持拍，把即将落地的羽毛球给铲了过去。

整个观众席发出了一阵不小的惊呼。

无论是尹佳怡的假动作，还是简常念堪称极限的救球，都可圈可点。

尹佳怡脸上浮起了得意的微笑，趁着简常念还来不及爬起来，反手就把球抽到了她的后场。

来不及了。

这个念头在简常念脑袋里一闪而过，索性就放松了身体往后仰去，咬着牙去够这个球。

她的球拍轻飘飘地擦过球的羽片，这个姿势并不能很好地发力。

虽然她把球勉强挑了起来，但它还没过网就落了地。

简常念抿唇，有些不甘心，但还是一个鲤鱼打挺跃了起来："再来！"

尹佳怡发球："虽然在同龄人里你也算是佼佼者了，但这场比赛我不会再给你机会了。"

"我不需要谁给我机会，我会自己找机会。"

即使面对对手强大的压制力，简常念也没放弃反击。她一有机会就进攻，完全放弃了防守的打法——就算死也要从对方身上咬下一块肉来。

她们打得正酣，场下的谢拾安目不转睛地看着。

在后面的单人赛上，谢拾安很有可能会撞上尹佳怡，不管怎么说，能提前熟悉一下她的打法也是好的。

乔语初拉了谢拾安一把，把手在她眼前晃了晃："别看了，双打马上就要开始了，裁判让我们过去准备呢。"

谢拾安回过神来，拿起球拍跟乔语初走到另一边的场地上，仍是恋恋不舍地回头看了一眼。

那边的比赛依旧在进行着，即使已经拼尽了全力，简常念还是毫无悬念地输了。当球落地的时候，记分牌也亮了起来——12：21。

尹佳怡胜。

她手撑在膝盖上大口喘着气。

过了一会儿，她放松下来，拿着球拍过来和简常念握手："没关系，你已经发挥得很好了，后面的比赛再接再厉。"

"谢谢。"简常念苦笑了一下，微微点头，和对方握手后便拿着球拍下了场。

第一场单打比赛结束。

乔语初抽空往那边瞥了一眼，简常念脑袋上搭着毛巾，垂头丧气地坐在休息区。

乔语初拿着球拍跃跃欲试："怎么样，我们要不要赢回来？"

谢拾安嘴角勾起一丝志在必得的笑意："2：0速战速决吧。"

在先丢了一分的情况下，第二场双打比赛就显得尤为重要，所幸谢拾安和乔语初不负众望，为队伍赢下了一个大场积分。

第三场单打比赛。

严新远这边派出了队里实力较强的王冰冰应战，平江队也派出了自己的种子选手，双方打得难舍难分，一直打了三局才决出胜负。

王冰冰以2：1险胜，又拿下了一分。

"赛点了，如果下一场双打再拿不下来的话，平江队今天就要输了，所以尹佳怡肯定会上场。"

严新远站在休息区，身边围着自己的队员，他冷静地小声分析着场上的局势，讲述着自己的战术。

谢拾安看了对面一眼："严教练，我……"

她想上去会会尹佳怡。

严新远摇了摇头："让杨丽她们上去练练手，你准备下一场的单打。"

"可是……"谢拾安极力想要争辩，球拍拿在手里，跃跃欲试的，"这一分对我们也很重要！"

严新远眉头一皱，在训练或者比赛时，他向来展现出来的都是自己严厉的那一面。

"赛场上服从教练安排！再有一次，你就给我滚出去！"

见他发火，众人都缩了缩脖子，不敢吭声。

只有谢拾安站在那里不动如山，背脊挺得笔直，咬着牙和他对视着，二人眼里都有些血丝。

这边动静不小，正在喝水的尹佳怡抬头望了望："哇，敢和教练呛声，胆子不小啊。"

就像严新远知道平江队有个尹佳怡并针对她制定了战术一样，平江队的主教练同样也把他们的情况摸了个七七八八。

"那是上一届全国大赛女子双打的亚军谢拾安，很小的时候就开始打球了，在江城被称为天才少女、训练赛大魔王。对了，她还打赢过秦扬，虽然是打擂台，最后还被警察找上门来了。"

尹佳怡嘴角勾起一丝兴味的笑，她虽然常年在国外训练，但国家队的人谁不知道秦扬是个什么德行啊——能打赢他，说明是个狠人。

"这么说，还是个刺头了。"

"可不是嘛，三天两头挨处分。"

尹佳怡毫不掩饰对谢拾安的欣赏和兴趣："教练，我想和她打。"

"今天不行，出场名单已经交上去了，我也不知道他们今天怎么会这么排兵布阵。按照我赛前的猜想，谢拾安应该是他们的主力队员才对啊。你好好准备下一场比赛，以后还会有机会的。"

听他这么说，尹佳怡只好无奈地点了点头："那好吧，我去比赛了。"

见他们互不相让，梁教练赶紧打圆场："哎呀，注意点影响，别让外人看笑话！"

乔语初也拽了一把谢拾安，低声道："拾安……"

谢拾安这才抿抿唇，不情不愿地道了歉："对不起，严教练，我去准备比赛。"

梁教练也把人拉走："行了，行了，你跟一个孩子赌什么气，再说了，还不是你不让她打。"

"我……我那是有自己的战术安排的！"严新远一口老血堵在喉咙，险些把自己呛着，但他也知道现在不是发脾气的时候，索性把手一摊，"烟袋给我，我出去透透气，眼不见心不烦。"

场馆禁烟，梁教练怕他烟瘾犯了，早早地就把他的烟袋收到了自己这里："这，好好的，要烟袋做什么？"

"这不是你让我消消气的吗？你放心，下场比赛开始之前，我肯定回来。"

"真是——"梁教练无奈，只好把烟袋还给了他，看着他逐渐走远的背影念叨着，"我看你比拾安也好不到哪儿去，一把年纪的人了，还这么让人操心。"

第四场双打比赛。

因为尹佳怡上场了，滨海省队的两位新秀不是她的对手，很快就败下阵来。

比赛结束后，两个人垂头丧气地走到严新远的身前。

"对不起，严教练，我们没能拿到这关键的一分。"

严新远拍了拍她们的肩膀，安慰道："没事，还有一场呢。"

他把兜底的这个任务交给了谢拾安。

这场比赛，她对战的是国青队的一位选手——为了此次全国大赛特意回到自己的家乡来应战，十八九岁能待在国青队的都是佼佼者，实力方面毋庸置疑。

因此，即使刚刚两个人还吵得脸红脖子粗，严新远在谢拾安上场前还是认真地叮嘱她。

"现在你明白我为什么要这么安排了吧？咱们队里今年新人多，有大赛经验的，只有你和语初，我不可能把底牌一下子全亮出来给别人看。"

严新远看她的衣领不小心卷起了，轻轻动手替她翻了出来，又抚平她肩头衣物的褶皱。

他的动作又轻又缓，像个慈爱的长辈一样叮嘱着："我把兜底的任务交给你，但也别太有压力，平时训练赛的水平发挥个四五成就足够了。"

上一次有人在她比赛前给她整理衣服，还是在六岁以前。这个瞬间，也不知道是她的错觉还是什么，她总觉得严新远看她的眼神像是在看自己的孩子，那样的期待又不希望她有任何压力。

由此，内心名叫亲情的那座冰山有了一丝丝裂隙。

谢拾安点点头，什么也没说，但神色明显认真了起来，拿着球拍昂首阔步地走上了赛场。

这一局一开始她就展现出了极强的进攻性，不过几分钟就拿到了控制权。在表现出了非凡的赛场统治力后，防守方面，她也做得滴水不漏，对面平江队的队员脸色逐渐难看了起来。

谢拾安轻轻松松拿下了第一局。

第二局她总算是想起了严新远跟她说的，要保存实力的事，于是刻意放缓了节奏，给了对手喘息之机。在抓到了机会之后，平江队的队员开始了疯狂的反扑。

谢拾安边打边撤，场上虽然看着难解难分，但实际上，双方的教练都看出来了，以她的实力，其实游刃有余。

"这个谢拾安，我一开始还以为她是秦扬那一挂的呢，没想到球打得这么好。看她控球控得这么好，我们多半是没戏了。"平江队的主教练看着看着，就开始连连叹气。

严新远脸上倒是一副习以为常的表情，偶尔谢拾安打了个好球，他会象征性地鼓鼓掌。

因为他知道，谢拾安的实力远不止于此。

第二局，在她的刻意放水下，还是以两分的微弱优势赢下了比赛，为滨海省队拿到了首胜。

队友都跑上去围着谢拾安欢呼，只有简常念一个人稍显落寞地坐在角落里看着她们的背影。

虽然比赛已经打完了，但简常念满脑子都还是刚刚和尹佳怡交手时的场景。

自从正式加入省队之后，她就重新拾起了自信，在训练赛的时候除了遇上谢拾安，跟其他人，自己都有一战之力，甚至状态好的时候，有些男生也是打得过的。可今天在尹佳怡面前，她输得太快了，被2：0干脆利落地打败了。如果能扳平一局，她的心里也能好受一点。

简常念埋下脑袋，深深地叹了口气，还未抬起头来，眼睛就被人遮住了。

背后传来熟悉的声音："当当当——猜猜我是谁？"

简常念嘴角浮起了一丝笑意，把周沐的手扒拉开："别装神弄鬼的，你的声音，我会听不出来吗。"

刚刚周沐从观众席上跑了下来，隔着围栏从后面挂在了她的脖子上："一点都不好玩，你就不能配合一下吗？"

她扭头看着周沐："你今天不是补课吗？怎么过来了？"

"你人生中的第一次正式比赛，我当然要来看看了。"

提起比赛，她脸上又有些失落。

她知道周沐他们来也是想为她加油，可她让他们失望了："我今天打得不好。"

"谁说的，你看看你第一场比赛就跟世界冠军对打呢！那可是尹佳怡！输给她也不冤啊。"

这安慰人的方式还真特别啊。

简常念心里一暖，冲周沐笑了笑："也是，谢谢你。"

"开心了吧？开心了的话，帮我个忙呗！"周沐从后面疯狂晃着她的肩膀。

她有一丝不好的预感："什么忙啊？"

周沐看向尹佳怡的目光带着一丝羞怯："我想要……"

简常念立刻大声拒绝："不可能，不可以，我已经输了比赛，你休想让我去求她要签名！"

"哎呀，常念，我的好常念！你就帮帮我嘛，求求你了——"周沐一边说，一边贴在她身上，抱着她的胳膊撒娇。

工作人员听见动静，跑来赶人了："那边的那位观众，请回到看台上去，不要靠近围栏。"

周沐吐吐舌头，跑走："那我就先走了，下午的课是真的逃不了了，你自己加油啊，我改天再来看你比赛，还有，别忘了我的签名！"

被她这么调侃一番，简常念输掉比赛的失落感倒是减轻了许多。

简常念冲着她的背影龇牙咧嘴地喊："你想得美。"

话是这么说，一天的比赛结束后，简常念还是跑去了平江队，在人堆里找到了尹佳怡，鼓足勇气，递了一个笔记本过去："那个……我有个朋友很喜欢你，你可以给她签一个名吗？"

尹佳怡似是没料到简常念会来找自己，神色微怔。按理说，她把简常念打得挺惨的，少年人的自尊心很难让人低声下气地来求对手。

她的队友拉着她就要走："佳怡，走了，滨海省队的，别理她。"

简常念脸上的表情有点受伤，正准备将递出去的笔记本收回来，尹佳怡顿住了脚步，从自己的背包里翻出了笔，接过她手中的笔记本唰唰唰签了一行字。

尹佳怡写的是：加油，未来可期。

落款：尹佳怡。

简常念看着这行字会心一笑："谢谢你，前辈。"

尹佳怡脸上露出一个微笑："希望下次还有机会和你交手。"

简常念坚定地点了点头："会的，如果有下一次，我不会再输了。"

尹佳怡不置可否，点了点头，转身离去。

签名插曲结束后，一行人又回到了训练基地。今天男队和女队都获得了胜利，严新远一高兴，吩咐食堂做些好菜，晚上一起聚餐。

累了一天，大家都饥肠辘辘，还没开饭就早早地坐在了食堂里。

乔语初给大家分发着餐具："一、二、三、四、五……不对啊，怎么还多了一副碗筷，谁没来啊？"

众人面面相觑，简常念的舍友看了一眼自己身边没人："常念没来。"

"她人呢？你们看见了吗？"

众人摇头。

"回基地后她就不见了。"

正好菜刚端上来，严新远把筷子放下："你们趁热吃，我去找她。"

他起身离去的时候，谢拾安接了一句："严教练，人如果不在训练室，就是在小操场。"

他点点头，离开了食堂。

乔语初给了谢拾安一肘："行啊，这么了解人家。"

谢拾安面不改色地把盆子里的大鸡腿夹到了自己碗里："我只是不想有人耽误我吃饭。"

见她动筷，乔语初也不甘示弱："欸，给我留一个。"

严新远刚走到训练室门口，就听见里面传出了砰砰的击球声。他探头一看，简常念一个人在这里反复练习着接发球。

随着鞋底摩擦地板的声音，她发梢上的汗水也一滴一滴地砸在了地板上。

严新远轻轻敲了敲门："小简啊，吃饭了。"

简常念闻言，回头看了一眼，手上动作没停："严教练，我不饿，你们先吃吧。"

"人是铁，饭是钢，明天还有比赛呢。"

他走过来拍了拍她的肩，她这才放下手里的球拍，跟着他一起往外面走。

她看着他略有些佝偻的背影，不知道为什么，心里有些不是滋味："严教练，我今天发挥得不好。"

严新远倒也没瞒她："说实话，我今天就没有想过你会赢。"

"那您还……"简常念有些不解，既然知道这场比赛毫无悬念地会输，还把她安排在了第一场上。

"有时候从强者身上吸取经验，比一场比赛的输赢重要得多。"严新远回头，目光中似有深意。

简常念眸中一亮，仿佛一下子被点醒了一样："严教练，严教练，今天比赛的录像出来了吗？我……我想借来看看。"

严新远也笑了起来："可以倒是可以，不过得先吃完饭再说。"

简常念痛快地答应，脸上又挂上了明亮的笑："好！我现在十头牛都吃得下！"

"你再不跑快一点，肉就要被他们吃完了。"

到底还是个孩子，一听这话，简常念吱哇乱叫着跑走："啊啊啊，严教练，我先走了，谢拾安、语初姐，你们给我留一口啊！"

留是不可能给她留的，趁她没来，谢拾安又夹了几块肉放进自己碗里。

要不是乔语初给她提前打好了饭菜，说不定她再晚来一点，米饭都没了。

简常念一边狼吞虎咽，一边含混不清地说着："呜呜呜，谢谢语初姐。"

吃完饭后，本该回去休息的谢拾安并未回到宿舍，而是去了严新远的办公室。

她轻轻敲了敲门："严教练。"

"进来，什么事？"

谢拾安犹豫了一会儿，还是开了口："我想跟您借一下今天比赛的录像看看。"

严新远正坐在桌前写着东西，闻言，抬头看了她一眼："那可真不巧，常念刚刚来借走了。"

"这样啊……"谢拾安点点头，就要转身离去，"那我就不打扰您了。"

严新远盖上钢笔的笔帽，笑了笑："你就没什么想跟我说的吗？"

"我……"谢拾安噎了一下，知道他是指今天比赛时当着那么多人的面跟他呛声的事，于是小声道，"虽然……但比赛也赢了不是吗？"

他摇摇头，老花镜后的眼睛看着她，目光祥和而又真诚："我不是说这个，我是说——信任。"

她怔了一下，逐渐抿紧了嘴角。

"我知道你想赢，作为主教练，我也是一样的。我希望你能信任我，不要质疑我做的任何决定，要把我看作是你同一个战壕里的战友，而不是敌人。因为我和你们的目标是一样的，那就是站上更高的领奖台。"

"严教练……"她淡漠的神色有了一丝波动。

随着相处时间越长，严新远越能看明白，谢拾安就像是简常念的相反面。

简常念天真、纯粹，无论什么时候，心里总是敞敞亮亮的，像个小太阳，不经意间就能感染到别人。

而谢拾安沉默寡言，不苟言笑，也许是小时候的经历让她变得敏感多疑，而且不喜欢被管教、被规劝，不是那种会墨守成规的人，心里也藏着很多秘密。

只是，她坚硬的外表下，偶尔也会流露出一丝丝温情，像藏在冬雪下悄悄冒头的迎春花，也正因为这样，才显得更加难能可贵。

她终于低下头，再次给他诚恳地致歉："我不应该质疑您的战术，也不应该在那么多人面前反驳您，以后不会了。"

"团体赛的时候，以团队利益为重，到了单人项目，有你大放异彩的时候，还怕遇不到国手吗？"

严新远笑笑，看着她的眼里似有深意："不过，你这样我倒是想起了一件事，既然你这么想和国手比赛，那为什么前几届有推送名额的时候，你不去国青队深造？"

谢拾安也没想到他会问这个，窗外夜色深沉，一室寂静，落针可闻。

她的呼吸滞了滞："我……我有自己的规划。"

"无论是怎样的规划，千金难买少年时，对于运动员来说，更是如此。"

谢拾安郑重地点头："我知道了，严教练。"

她准备转身离去的时候，又被人叫住了。

严新远指指桌上放着的创可贴："那个，拿走。"

谢拾安一怔，旋即反应了过来，看向自己手肘上的一块小伤口，那是今天在比赛时因为救球摔了一跤蹭破的。这点小伤，她压根没放在心上。

严新远不仅看到了，还记得清清楚楚。

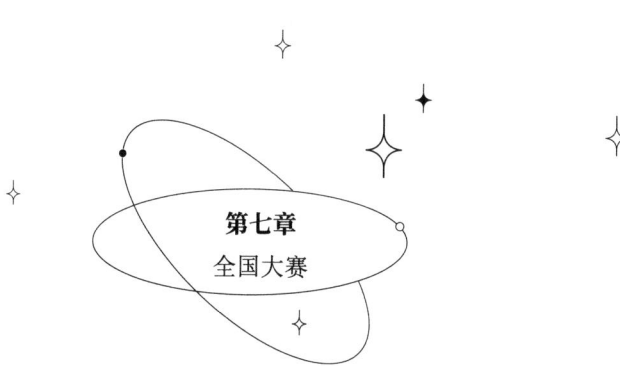

第七章

全国大赛

　　从办公室出来之后，谢拾安本想直接回宿舍休息，但心里还是挂念着那盘录像带，不把尹佳怡今天的比赛看完，她有些抓心挠肝的。

　　谁让对方在比赛的时候，她也在比赛呢，根本无暇分心去观察战况。

　　可录像带在简常念那里啊。

　　谢拾安上了楼梯，又下来。

　　算了，算了，就求她这一回。

　　一切都是为了比赛，嗯，就是这样。

　　谢拾安成功用这个理由说服了自己去找简常念。

　　要看录像的话，除了教练办公室，那就只有一个地方了——训练室。放假的时候，严新远偶尔也会在那里放一些电影给他们看。

　　谢拾安还没走到训练室，就听见里面传来了鞋底摩擦地板的声音。

　　简常念一边看录像，一边挥舞着球拍，看着尹佳怡的动作，一遍遍地去抠自己的细节，纠正自己没有做好的地方。

　　有时候尹佳怡的动作太快了，摄像机都难以捕捉到，她不得不停下来，然后慢放好几遍仔细琢磨，然后，在这个过程里，她的内心难免生出了一丝挫败感。

　　不愧是国手，无论哪个方面，尹佳怡都无懈可击，不是她短时间内可以琢磨明白、能赶上的。

　　地上落满了羽毛球，又是一筐球被打完了。

　　简常念手撑在膝盖上大口喘着气，汗水顺着发梢滴落在地上。她咬着牙，看着屏幕上的尹佳怡，有些不甘心，又站直了身体，准备下一轮发球。

谢拾安迎着冬夜的雾气和露水走了进来。

"你这么练，除了能让自己肌肉酸痛，明早起不来床之外，没有丝毫用处。"

"那你说……"简常念正练得专心呢，猝不及防被人打断，有些不耐烦地回头，见是她，立马收敛了起来，换了另一副"狗腿"的语气，"怎么办啊？"

这下好了，既然她问，谢拾安就名正言顺地走了进去，在地板上坐了下来，正对着大屏幕："即使是同一个人，每场比赛的打法也不可能完全一样，但无论是什么打法，总会有些下意识的习惯，不是一朝一夕能改过来的。这些小习惯可能是她的优势，也会成为她致命的弱点。"

简常念恍然大悟地点了点头，谢拾安这话的意思是让她专心致志地去看比赛，不要一边看，一边打。

她看着谢拾安，突然有点回过味来了："不对啊，我输了比赛，你居然没讽刺、挖苦我，还好心来教我，太阳是不是打西边出来了啊。"

谢拾安木着一张脸，皮笑肉不笑的："其实我准备了很多类似'食堂打饭阿姨都没你抖得厉害'之类的话，如果你想听……"

"欸，可别——"简常念赶紧打住，发现她虽然是在跟自己说话，但眼神一直黏在投影上。

简常念眼睛转了转，拿着球拍绕了一圈，故意在她身前蹲了下来："我说你今天怎么这么好呢，原来是想看尹佳怡的录像啊。"

谢拾安脸色阴晴不定，嫌简常念挡视线："说完了吗？说完了就让开。"

"那可不行，这可是我先借的，除非……"简常念一下子从她眼前跳到她身边，挨着她盘腿坐下，"我们一起看。"

简常念体温高，两个人的膝盖紧挨着，只隔了薄薄两层运动裤。

谢拾安浑身不自在，往边上挪了挪："你离我远点。"

简常念得寸进尺："就不，就不，就要挨着你。"

救命。

眼看着简常念整个人都要贴上来，谢拾安头皮发麻，就要逃了。

简常念一句话就把她定在了原地："真的不想看吗，哎呀，那我就只好一个人研究研究了，说不定以后的比赛还能用得上呢。"

谢拾安又退了回来，乖乖坐好，只是整个人脊背挺得笔直，浑身散发出一种生人勿近的气场。

简常念没忍住，扑哧一声笑了出来，惹来对方狠狠一个眼刀，同时比了一个划脖子的动作。

她很识趣地收了声，乖乖在谢拾安身边坐好，不再去故意骚扰对方。

两个人像好学生一样并排坐在一起，训练室里只开了几盏壁灯，昏黄的光线照下来，给她们的身上蒙了一层柔和的光晕，投射在地板上的影子看起来像互相依偎在一起了一样。

简常念偶尔有看不明白的地方，会轻声提问。

谢拾安有一搭没一搭地和她聊着。

墙上的时钟一分一秒走着，直到夜深。

录像放完了最后一帧。

简常念已经很久没问过她问题了，遥控器在简常念那边，她想叫简常念关掉录像，偏头一看。

那个人闭着眼睛，脑袋一点一点的，看上去是困极了，突然整个人就向她倒了过来。

刹那间，谢拾安也没多想，用手挡在了她的脑袋和自己的肩胛骨之间，轻声道："醒醒，回去睡吧。"

简常念靠在一片温软上，猛然惊醒，鼻尖萦绕着谢拾安袖口淡淡的洗衣粉香气。

简常念意识到自己竟然靠着她睡了，正想赶紧站起来，谁知道坐久了，腿有点麻，整个人失去了平衡，一头向她的怀里栽了过去，情急之下，谢拾安还拦腰环抱住了她。

谢拾安："……"

简常念："……"

四目相对的时候，谢拾安的眼神冷得像要杀人，一字一顿道："起、来！"

意识到自己的脑袋正埋在人家胸口的时候，简常念尴尬得脸红到脖子根："啊啊啊，对不起，我腿麻了，真的站不起来，不是故意的。"

话音未落，谢拾安轻轻扯了一下嘴角："哦，是吗？"

她说着话，伸手拎着简常念的后衣领，把人扯开。

简常念眼中溢出了绝望的光："求你了，别放手，我的腿没知觉……"

话还未说完，谢拾安又冲她笑了一下。

——简直是天使的面孔，恶魔的笑容。

简常念头皮发麻，下一秒，整个人浑身一轻。

谢拾安转身离去，身后传来惨绝人寰的哀号："啊——谢拾安，我又不是故意的，你殴打队友，我要去告诉严教练！"

从地上爬起来的简常念一瘸一拐地追上来，一脸"你完了"的表情。

谢拾安淡淡地瞥了她一眼："难道不是我在帮你缓解腿部发麻吗？"

"你、你、你，你这个人，简直不讲道理，混淆黑白，小肚鸡肠，斤斤计较……"

谢拾安皮笑肉不笑地看着她，她每说一个词，就掰一下手关节，活动着手腕。

她见势不妙，连滚带爬地上了楼梯，这下腿脚倒是利索多了，一边跑，一边回头虚张声势道："你……你给我等着，早晚有一天，我会打败你的！"

她跑得倒是快，根本不给谢拾安追上来再给她一脚的机会。

等人跑远，谢拾安嘴角露出了一丝愉悦的笑意，转身回了自己的寝室。

因为这几天赛事紧张，为了保证有充足的睡眠，简常念没有办法再跑去医院陪床了，好在医护人员都知道她家的情况，分外照顾她外婆。

这天出发去赛场之前，她特意跑到走廊上的公用电话亭给医院打了个电话。

接电话的是熟悉的护士姐姐，她拜托人家把手机拿到外婆的床前，她想跟外婆说说话。

护士拿起自己的手机："你等一下啊，我给你回拨过去。"

过了几分钟，电话又响了起来。

听筒里传来布料摩擦的声音，以及护士姐姐的声音："欸，对，您的手不要动，我给您拿着就行了。"

简常念知道外婆在听，笑了笑："外婆，听护士姐姐说您已经能进点流食了，真好呀。您在医院一定要听医生的话，按时吃药，好好吃饭，争取早日康复，我比完赛就去看您。"

外婆含糊地说了一句什么，她没怎么听清楚，只听见了一个"放心"。

她笑起来："欸，您也放心。"

"简常念，我们该出发了。"

简常念回头一看。

走廊尽头阳光倾泻而下，乔语初背着背包，冲她远远地挥了挥手，谢拾安手插在兜里站在乔语初身边。

"来了。"简常念捂着听筒应了一声，又叮嘱了外婆一句，便匆匆挂掉了电话，向队友跑了过去。

接下来几天的比赛，整个滨海省队上下拧成了一股绳。本次小组单循环赛采用了"一号位固定逆时针轮转法"来确定比赛顺序，交过手的队伍在第一阶段不会再碰到第二次，所以他们避开了尹住怡这个劲敌，一路有惊无险地挺进了小组赛半决赛里。而平江队在积分榜上遥遥领先，已经提前取得了决赛资格。

在这种情况下，滨海省队今天和南津队的这场比赛就显得尤为重要。如果赢了，他们就能获得第二个决赛资格，明天和平江队争夺东部赛区唯一的一个出线名额。如果输了，他们只能遗憾收场，团体赛就止步于此了。

因此，滨海省队每个人都打起了十二万分的精神。

南津队的主教练是严新远还在打职业时的队友，赛前两个人在走廊上遇见，互相握手寒暄："真巧啊，没想到退役了还能和你做对手啊。"

"谁说不是呢，想当年在国家队的时候，咱俩打球，你输了还哭呢。"严新远皮笑肉不笑的。

对方脸上也是同样的表情："那么久远的事就别提啦，等我们赢了比赛，我请你吃庆功宴，你可一定要来赏脸啊。"

"哪里，哪里，是我请你才对。"

…………

虽然彼此都是在笑着，但不知道为什么，简常念总觉得有火星在噼里啪啦地四溅。

两个人又唇枪舌剑地斗了几句嘴，看时间不早了，才各自带队离去。

刚一转身，严新远就变了脸色："这个老东西话里夹枪带棒的，你们今天别给我手下留情，狠狠地揍他们！"

众人齐声应了："是！"

简常念三两步跑到他身边，好奇地问："严教练，你跟他有什么过节吗？"

他仔细想了想："过节嘛，倒是没有，就是年轻的时候老在一起比赛，都是争强好胜的人，习惯了。"

说话间，他们已经走到场上的休息区，比赛即将开始。

严新远伸出手，其他队员的手纷纷覆盖了上来。

他看着这一张张稚嫩的面庞，掷地有声道："我虽然已经不能上场打比赛了，但我的心还和你们在一起，我未完成的梦想就交给你们去实现了，加油，各位！"

"加油！加油！加油！"

声音铿锵有力。

大家的手分了开来。

老将站在台下，年轻人承载着他的期望走上了属于他们的战场。

比赛正式拉开帷幕。

这一场比赛对于整个滨海省队来说尤为重要，周沐早早就跑来观赛了，还拉上了她校队的同学们一起来当啦啦队。

简常念的目光往观众席上一扫，看见了程真，还有曹睿，就连医院的罗主任也来了。

她由衷地一笑，冲着他们微微点了点头，拿着球拍上了赛场。

医院里，护工替外婆把病床摇了起来。

老人颤巍巍地拿起了遥控器，但不会用，按了几下也没打开电视。

护工见了，过来帮她："想看哪个频道啊？"

老人虚弱地笑了笑："想看看俺孙女的比赛。"

要论综合实力的话，南津队虽然没有国手，但各项排名都在全国前列。

他们的队伍中，有拿过全国荣誉的体育生，也有国家队现役成员，可以说是人均国青队的水平，和这样的一支队伍比赛，难度可想而知。

严新远这边的排兵布阵，第一单让谢拾安上，顺利拿下了首胜，鼓舞了士气。

第二场双打，杨丽和她的伙伴惜败给了对方。

第三场单打，严新远看了一眼对面的几个人，把目光放到了简常念的身上："常念，你去吧。"

简常念深吸一口气，站起来："好。"

南津队的教练拍了拍自己队员的肩膀，低声道："那是个新人，比赛经验不多，你放开了打，不要有任何顾虑，多和她打拉扯，消耗她的体力。如果能拖到第三局，就好打了。"

这个队员点点头，拿着球拍走上了赛场。

严新远也在对简常念做最后的嘱咐："老将经验足，但未必有你敢打敢拼，充分发挥自己的优势，找到机会就杀球，攻她防守薄弱的地方，争取两个回合就拿下比赛，尽量不要让她拖到第三局。"

简常念面色严峻地点了点头。

第三场。

如果她能赢下这场比赛，滨海省队将以 2 ∶ 1 领先，接下来的一场双打，谢拾安和乔语初出马，多半是没什么悬念就会赢，决赛资格就唾手可得了。

想到这里，她暗自咬牙，拿着球拍的手紧了又紧，她一定要努力为队伍抢到这个赛点。

然而，比赛一开始，她就落在了下风。对手的攻势十分凶猛，仗着自己有身高优势，一直疯狂地压着她的头顶打。

她疲于奔命，有些喘不过气来。

即使已经使出了浑身解数，她还是以 15 ∶ 21 的比分输给了对方。

她拿着球拍回到休息区。

严新远递了一瓶矿泉水给她，有些恨铁不成钢："你跟她打什么头顶啊，打对角线才是你的优势！扬长避短不知道吗？！"

简常念一抹嘴角的水渍，目光如炬："我知道了，严教练，这一局我一定好好打。"

"去吧，别紧张。"

严新远把她手里的矿泉水又拿了回来。

第二局一开始，对手故技重施，一直吊着高远球打。

简常念交叉步后撤，嘴里振振有词，小声念叨着："冷静、冷静，她一定有破绽的。"

白色的流星即将坠落，她并步起跳，长臂伸展，目光如炬，一边防守，一边观察。

左半场没有破绽，右边也没有，那就只有——

她嘴角露出一丝笑意，在对方的球挑过来的时候，快速冲到网前，抬手就是一个直线杀球。

过快的球速甚至让对手都没看清球的落点，白色的鹅羽就已经坠地了。

电子记分牌亮起——11 ∶ 9。

简常念暂时领先，双方休息一分钟。

对滨海省队来说，这一小分非赢不可，否则这个大场就要放掉了。

简常念自知身上的担子不轻，上场之前一直不断做着深呼吸。

比赛到了这个阶段，除了考验选手的技术以及教练战术层面上的博弈外，更重要的是个人的心理素质。

即使是严新远，也只能说是尽力去帮她调整，主要还是看她自己。

坐在一旁的谢拾安看着她拿着球拍的手一直在微微发抖，想了想，站起来走过去给她递了一瓶水。

谢拾安只说了两个字："有我。"

即使这一场输了，下一场还有她的双打呢。

无论什么时候，她看上去总是一副不慌不忙、坚不可摧的模样。简常念笑了笑，接过她手里的矿泉水，拧开瓶盖，喝了一口，然后一抹嘴角，朗声道："我上场了。"

接下来的比赛，双方又打起了拉锯战，简常念凭借着极强的韧性和绝不服输的精神，比分一直没拉开太大的差距。

对手也展现出了强大的个人能力，一直和她打得有来有回。直到赛点的时候，对方才出现一个失误，她顺势以 21 ∶ 19 拿下了比赛。

最后一球落地的时候，她手撑在膝盖上大口喘着粗气，后背汗湿了一大片。

对面的人也没好到哪儿去，是被队友扶下去的。

严新远递给简常念一条白毛巾："给，擦擦汗，只剩最后一局了，别紧张，放松打。和她拉扯对角，别给她机会控你的后场，稳赢。"

平江队的主教练也在对自己的队员进行最后的指导："把握好自己的节奏，和对手拉开距离，别被她拿到控制权，稳一点，没有把握的球不要发。"

"听明白了吗？"

两个人同时点头。

"明白。"

严新远拿走简常念手里的毛巾，和她击了个掌："好，去吧，加油！"

最后一局，命运之战。

她赢，拿下关键的一分，滨海省队进入小组赛决赛；她输，虽然还有一单一双两场比赛，但不可控的因素就多了起来。

对南津队来说，更糟糕的是，这场比赛他们必须赢，如果输了的话，下场双打对阵谢拾安和乔语初的组合，基本没什么胜算，他们在全国大赛上的征程就只能止步于此了。

因此，为了荣誉，为了胜利，为了站上更高的领奖台，双方都必须拼尽全力，去争夺这关键的一分。

第三局一开始，就陷入了漫长的拉锯战里，甚至比上一局还胶着，打到10∶11时，才休息。

到了这个时候，其实拼的就是双方的体能还有意志力。全国大赛打到这个阶段，除了一些国手外，其他人水平都是差不多的，没有绝对的孰强孰弱，主要还是看在场上的状态和发挥，而教练布置的战术，在这个时候也帮不了太多。

所以，休息的时候，严新远也没跟简常念说太多，免得给她太大的压力。

很快，比赛就紧锣密鼓地又开始了。

观众席上的周沐把助威道具捏得紧紧的，看上去表情比简常念还紧张："怎么办？感觉常念一直被压着打啊，我感觉她好像有点体力不支了。"

坐在旁边的曹睿到底打了多年的羽毛球，经验丰富，看人这方面眼光也很毒辣："其实双方都有点体力不支，你看比分一直咬得很紧，基本就是你一分我一分，没有拉开太大的差距，现在就看谁能坚持到最后了。"

17∶18。

18∶18。

18∶19。

19∶20。

简常念暂时落后一分，轮到对方球员接发球，周沐绝望地用拍手器遮住了眼睛："呜呜呜，我不敢看了，出结果了，你们告诉我一下，我好想想怎么安慰她……"

话音未落，全场欢呼。

简常念用一个漂亮的反手切球扳平了比分——20∶20。

程真激动得从座位上跳了起来："太牛了吧！周沐，你快看啊，比分追平了！"

周沐回过神来，也疯狂地摇起了拍手器，声嘶力竭地为简常念喊加油。

按照赛事规定，双方比分相同时，一方需超过对手两分才算获胜，而当双方比分均为二十九分的时候，率先取得三十分的那方获胜。

接下来的这几个球，牵动着体育馆内所有观众的神经。

20∶21。

21∶21。

21∶22。

22平。

随着记分牌每亮一下，周沐也在座位上疯狂地反复坐下又站起，感觉自己下一秒就会晕过去。

二楼的走廊上站着一群人，是今天没有比赛的平江队，他们也来观赛了。

尹佳怡背着包趴在栏杆上，看着场上的比赛，眼里有些惊讶："我一直以为滨海省队最强的是那个谢拾安，没想到这才几天时间，简常念进步得如此之快。"

要知道对手可是国青队的种子选手啊，而简常念只是一个初出茅庐的新人罢了。

主教练站在尹佳怡旁边："看来我们得回去准备一下和他们的决战了。"

尹佳怡目不转睛地盯着场上的局势。

"23：24。"

"24：24。"

"24：25。"

…………

有队友惊呼："这是要一直打到三十分吗？！"

最后几个球，周沐紧张地屏住呼吸，为简常念捏了一把汗。严新远也站了起来，皱着眉头观察着场上的局势。

打到现在这个阶段，可以说两个人都是凭借着过人的意志力在坚持了。

她们的每一次极限救球，总会引来现场观众阵阵欢呼，球不落地、绝不放弃的竞技精神，也深深感染着现场的每一位观众。

大家都在紧张地等待着最后的结果。

"25：26。"

"26平了！"

"27平！"

"滨海省队的这个新人小将好厉害！"

"南津队的也不差啊，你看，她人都摔倒，飞出场外了，还在救球！"

"滨海省队的要赢了吗？！"

"没有，没有，还在打！那个球过网了！！"

"接住了！接住了，那个新人居然把那个极限的网前球接住并杀了回去！"

"28平！"

在简常念接住那个角度刁钻的网前球并杀球成功的一瞬间，周沐跳起来扯着嗓子尖叫："常念，牛！"

程真在她一旁拿出早早就准备好的喇叭，带头喊："滨海省队——"

比赛第一天时，靠近滨海省队这边的观众席上只有寥寥可数的几个人，到现在居然有一大半观众了。

大家一起声嘶力竭地喊："加油！！"

旁边的看台上也传来了不甘示弱的声音："南津队——"

"加油！！！"

一时间，整个场馆彻底沸腾了起来。

为简常念摇旗呐喊的，有她熟悉的朋友、朝夕相处的队友、悉心教导她的老师，还有坐在病床上的外婆，以及更多被她感染到的素不相识的观众。

她眼眶微湿，此时此刻，只有一个念头——她一定要赢，要打进决赛，绝不能让这些对她抱有期待的人失望。

29：29。

最后一球了，轮到她发球。

她扬起了球拍，长臂伸展，侧身起跳，准备用一个绝杀来结束这场漫长的拉锯战时，就在球拍击中羽毛球的那一刹那，她听见了一声细微的线断裂的声音。

啪——

简常念神色剧变，扬起来的手已经来不及收回去了，眼睁睁地看着球因为失力歪歪扭扭地飞向了网前。

不——

简常念内心在嘶吼，就要准备扑上去。

记分牌亮起。

29：30。

南津队胜。

全场寂静了那么一秒钟，南津队那边的看台上传来了惊天动地的欢呼声。

尹佳怡咂舌："有点可惜啊。"

主教练："是有点可惜，但运气也是实力的一部分，我们走吧。"

尹佳怡点了点头："好。"

一行人离开了体育馆。

"怎么会这样……"周沐不可置信地瞪大了眼睛，看着赛场上的简常念一直站在原地，不肯下场，举着球拍不停地指给裁判看，神色焦急地在解释些什么。

裁判摇摇头，面不改色地示意她先下去。

严新远见势不妙，走了过去。

一见到他来了，简常念开口就带了一丝哭腔："严教练，我……不是我……我球拍的线断了……那个球……"

因为着急，她有些语无伦次。

严新远把手放上她的肩膀，安慰她："没事，先下去，后面还有两场比赛呢。"

裁判也道："如果对执裁结果有什么不认同的地方，请在比赛结束后向赛事组委会提出申诉。"

简常念看了看严新远，他对她点了点头，她这才含着眼泪不情不愿地下了场。

乔语初本想过去安慰安慰她，但双打马上就要开始了，只能在从她身前走过的时候，拍了拍她的肩膀道："没事的，还有我们呢。"

简常念低着脑袋，轻轻点了一下头，算是回应。

她坐在这里，听着观众的呼声，还有队友的安慰，越想越不是滋味，拿毛巾揩了一下眼角的工夫，面前突然出现了一瓶矿泉水。她有些错愕，顺着来人白皙的手腕看上去，是谢拾安。

见她半天没反应，比赛时间又要到了，谢拾安冷着脸把矿泉水扔进她的怀里，丢下一句"麻烦"就跑去比赛了。

那天仅剩的两场比赛，谢拾安和乔语初不负众望地赢了，目前双方成绩变成了2：2，最后的一场单打就显得尤为重要了。

严新远的目光一一扫过自己的队员，谢拾安、乔语初刚上过场，不能再上。张纯虽然实力不错，但对战国青队的选手还是有些吃力的，至于简常念，她现在的体能和状态都不适合再打了，那就只剩下杨丽。

所有人的目光都投向了她，她顿时感到压力山大——她也是今年刚入队的新人。

严新远走过去拍了拍她的肩："放松打，把比赛拖入决胜局，就还有得打。"

杨丽反复做着深呼吸，给自己加油鼓劲，点了点头，准备好了之后，就拿着球拍上了赛场。

尽管杨丽也拼尽了全力，但很遗憾，在先输一局的情况下，第二局又以18：21的微弱之差输给了对方。

记分牌亮起的那一瞬间，就意味着他们以东部赛区第三名的成绩止步于本届全国大赛了。

全场都在为南津队的胜利而欢呼。

滨海省队一行人悄悄退了场。

简常念浑浑噩噩地上了车，来的时候，大家欢声笑语的，返程的路上却没有一个人说话。

整个车厢里一片死寂，气氛压抑而沉重。

一直到在食堂吃饭的时候，他们的坏情绪彻底爆发了。

起因是杨丽让张纯帮她打一个鸡腿。

可能是大家心情都不怎么好吧，张纯就接了一句："比赛都输了，还有心情吃。"

杨丽摔了餐盘，正好掉到了简常念的脚下。

"你什么意思啊？！我又不是故意输的，我为了救球，膝盖都磨破了，难道你看不见吗？！"

"那你什么意思啊？不是你最后一个上场的吗？！要是你赢了，我们会止步于此吗？！输了比赛还有脸在这摔摔打打地发脾气，有病吧你！"

"我就奇怪了，今天输的又不是我一个人，你们干吗都把矛头指向我？我没努力吗？简常念不也输了吗，还输得那么离谱！你怎么不去怪她啊？！要是你们都赢了，还有现在这些事吗？！我们早就进决赛了！"

一听她这话，今天打双打的另一组队友也不乐意了，上来推搡着她："你这话什

264

么意思啊？就你一个人努力了，我们没有努力吗？也不知道是谁打得那么烂，以0：2输给南津队，人家简常念好歹还打到了第三局呢。"

几个人"话不投机半句多"，也不知道是谁先动的手，很快扭打在了一起。有人想上去劝架，也被劈头盖脸砸来的米饭汤汁弄了一身，一片狼藉。

简常念站在原地，慢慢红了眼眶，突然扔了餐盘，转身拨开了人群，往门口跑去。

谢拾安刚从门口进来，冷不防被撞了个趔趄，低头的那一瞬间，她好像看见简常念哭了，眼睛红得跟兔子一样。

她还没回过神来，有人喊道："严教练来了！"

严新远甫一进来，就看见队员们撕扯在一起，桌子、椅子倒了一地，餐盘扔得到处都是，心里那股无名火直冲上头顶，径直把手里的保温杯摔在了地上。

砰的一声，仿佛平地一声惊雷。

所有人停住了动作，噤若寒蝉。

"太不像话了！看看你们哪里还有运动员的样子，还吃什么饭，别吃了！全体都有，操场上集合，两百个俯卧撑准备！！！"

有人窃窃私语："严教练，我可没打架啊。"

严新远指着她鼻子就骂："你不是滨海省队的吗？！她们不是你的队友吗？！看见队友打架在一旁袖手旁观，还有理了？只要你现在立刻滚蛋，就不用受罚了！你一天还在这里，就是这个集体里的一员，一人犯错，全体受罚！"

"现在，我给你们十分钟的时间，把食堂收拾干净，桌椅恢复原状。十分钟后，我在操场等你们，我会掐着秒表计时，迟到一分钟，加一百个俯卧撑。"

在他凌厉的注视下，所有人动了起来。始作俑者杨丽和张纯也不敢再吭声了。杨丽一边抹着眼泪，一边把掉在地上的餐盘一一捡了起来。

严新远转身离去，掀帘出门的那一瞬间，也许是被气得狠了，也许是被冷风一激，不住地咳嗽了起来。

梁教练过来扶他："你看你，让你少抽点烟。"

严新远摆摆手，示意自己没事："还不是……咳咳……被他们气……"

"没事就好，我去找常念吧。"梁教练道。

严新远又使劲咳了几声，嗓子眼里的痒意总算是止住了。

"还是我去吧，关于今天比赛的申诉还没写完，得赶在明天中午之前交给赛事组委会。"

梁教练连连点头："好，那我现在就去写。"

训练室里没人，那她应该是在小操场了。

严新远还没走近，就听见了低低的啜泣声。

简常念靠着双杠，抹着眼泪，哭得一抽一抽的。

他想了想，还是发出了一点声音，踩着落叶走了过去。

听见有人来了，简常念立马用袖子擦干眼泪，抬头勉强对他笑了笑："严教练，您怎么来了？"

严新远一跃上了双杠，拍了拍旁边的位置，示意她也上来。

他倒没拐弯抹角，直接跟她说了："虽然输掉了比赛，但这只是你职业生涯里的第一场全国大赛，以后还会有的……"

话音未落，他就被简常念带着哭腔的声音打断了："可是，对于语初姐，还有严教练您来说，都不是第一场啊。今年……今年是我们最有希望的一次，还有拾安……她那么想赢，可是我……"

简常念说到这里，泣不成声："打完比赛，我根本不敢看她的眼睛。

"严教练，我没有技不如人，我是……输给了自己。"

听她说起这些，严新远的神色也有些复杂，他知道自己已经年过半百，体力、精力一年不如一年，还能再带几届球员，纯粹是看天意。而乔语初也处在一个很尴尬的阶段，如果再打不出成绩，很可能就要直接退役了。

虽然简常念嘴上不说，但其实心里跟明镜似的，所以今天在赛场上才会那么拼命。她不仅仅想赢得荣誉，还想守护教练和朋友。

即使他阅人无数，也带出了不少优秀的球员，但也鲜少遇见像她这样心思至纯至善的。

严新远迟疑了一会儿，看她哭得厉害，还是把手轻轻地放在了她的背上，像哄小孩子那样，缓慢而又有力地轻轻拍着。

"作为主教练，比赛失利，我也有责任，可是作为长辈，常念，我知道你已经尽力了，所以，我不怪你，我想她们也是一样的。"

严教练越是这样说，越让她难过自责，汹涌而来的愧疚和挫败感彻底淹没了她。

简常念哭得一抽一抽的，冒出了鼻涕泡泡。

严新远笑眯眯地看着她，突然问道："小简啊，打球的时候，你快乐吗？"

她一怔，泪痕还挂在脸上："只有打球的时候，我才什么都不用去想，只是我好像谁也赢不了……"

"虽然在训练的时候，我一直在跟你们强调，这一周之内要达成某某目标，但偶尔，放下功利心，去享受比赛给你带来的快乐，就够了。

"这只是一次全国大赛，总有一天，你会在世界舞台上大放异彩的。"

简常念的眼泪又啪嗒啪嗒地掉了下来。

"可是，我让您失望了。"

"怎么会，你是最让我骄傲的学生。"

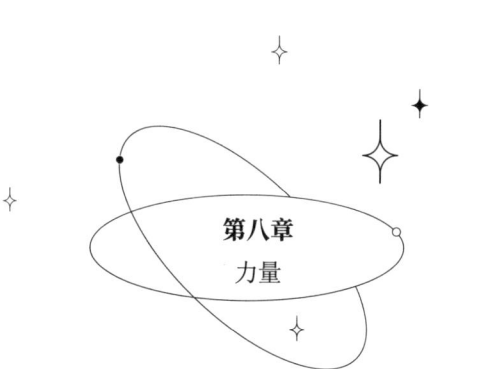

第八章

力量

南方冬天的夜晚，气温低，湿度大，即使衣服穿得厚，也抵挡不住透骨的寒意，更何况手还要撑在冰冷的塑胶跑道上做俯卧撑。

身体好不容易积攒起来的热量化成呼出的白气凝在每个人的睫毛上，再被冷风吹散，寒意浸透全身，不多时，他们就都发起抖来。

有人哭着喊："严教练，我做不了！"

"做不了也行，你告诉我今天是谁先动手打人的，就可以不用做了。"

张纯把眼睛一闭，话就要脱口而出的时候，严新远下一句话把她死死地定在了原地，动弹不得。

"按照省队的规定，打架斗殴者一律开除，但法不责众，只要你供出来是谁先动手的，大家都可以不用做了，但那个人要离开滨海省队。"

她咬着牙，看了一眼杨丽，对方也在死死咬着牙坚持着，除了汗水，还有眼泪一滴一滴地掉落在了跑道上。

一片寂静，没人搭腔。

严新远负手而立："行，都不说是吧，那就每人再加一百个。"

杨丽受不了这种折磨了，手掌被坚硬的跑道硌得钻心地痛，也不想让其他人跟她一起挨罚。

她闭着眼睛，流着眼泪喊："报告教练，是我——"

话音未落，她的话就被张纯接了过去："报告教练，是我先动手的！"

杨丽一怔，抬起头来，有些不可置信地看着她："不，教练，是我，是我先找碴的，您要开除就开除我。"

更多的声音加了进来——

"教练，我也有错，我也动手了。"

"教练，您罚我吧，不要开除她们。"

简常念也快要坚持不住了，闭着眼睛喊："教练，我输了比赛，最该罚，您罚我吧。"

…………

严新远看着眼前这些稚嫩的脸庞，她们都不想让自己的队友离开，而主动承认错误，不知道为什么，他的眼眶也有点湿了。

他脱了外套，放在一边："我知道，今天输了比赛，大家心情都不好。作为主教练，我没有安排好战术，这是我的责任，没有教会你们团结友爱，也是我的责任。

"教不严，师之过，所以我和大家一起受罚。"

他说罢，就俯身趴了下来，和他们一起做着俯卧撑。

严新远到底年纪大了，做不了几个就感到十分吃力，嗓子眼里一灌风，又咳了起来。

众人纷纷急了，爬起来围在他身边，要把他扶起来："严教练，严教练，您别这样，我们知道错了，认罚就是了……"

严新远抬头，一声厉喝把所有人赶了回去："这是命令，谁让你们爬起来的，我们是一个集体，错了，大家一起受罚，谢拾安——"

谢拾安站了起来："到。"

"你来数数，什么时候做完两百个，什么时候休息。"

"是！"

自从那个夜晚开始，滨海省队的训练条例里多了一条不成文的规定，那就是，无论比赛输赢，禁止责怪队友，一起分享胜利的喜悦，失败也要一起扛。

做完两百个俯卧撑后，大家爬了起来，互相搀扶着，每个人的脸都被风吹得通红通红的，还喘着粗气，一把鼻涕一把泪的。

严新远最后一个站了起来，穿上外套。

梁教练写完申诉过来操场看看，顺便叫他们去吃饭。

"今天大家都辛苦了，食堂准备了羊肉汤，喝了驱驱寒吧。"

人群这才爆发出一阵小小的欢呼，三五成群地结伴往食堂走去。

梁教练和严新远落在后面。

"申诉写完了吗？"

"已经传真过去了。"

"好，我去给裁判长打个电话。"

"先吃饭吧。"

严新远笑笑，拍掉衣服上的灰尘："回办公室边干活边吃吧。"

吃饭的时候，简常念一直偷偷去瞟谢拾安的背影，好几次想跟她搭话，话到嘴边又咽了回去。

她虽然嘴上不说，但心里应该也是很难过的吧，要不然，刚刚做俯卧撑的时候，就不会那么拼命了，比她们每个人还多做了五十个，纯粹是在发泄。

简常念吃完饭，回到宿舍，想了想，还是把锁在柜子里的那盏莲花灯拿了出来。

舍友看她有要出门的意思："这么晚了，还不休息啊？"

简常念笑笑："嗯，有点事，马上就回来。"

虽然不是同一个宿舍，但都在同一层楼，简常念对谢拾安的生活习惯也算是了解得七七八八了。

谢拾安会在每天训练结束后再加练一个小时左右，回到宿舍会立马去洗澡，如果不出意外的话，这个时间点，自己应该能在从浴池回宿舍的必经之路上等到她的。

浴池在一楼的水房旁边，简常念下楼才发现，不知道什么时候开始，外面下雪了，北风呼呼地刮着，雪粒子飘了进来，落在了她身上。

简常念往走廊里站了站，抱紧胳膊，来回蹀着步取暖。

等了不多时，身后传来了脚步声，简常念回头一看，谢拾安披散着长发，左手提着袋子，踩着拖鞋走了出来，从浴池里带出来的雾气将她的面容氤氲得模糊不清。

简常念快步迎了上去："拾安。"

谢拾安顿住脚步，神色淡淡的："有什么事吗？"

"没……我就是想来跟你道个歉，我今天发挥得不好……"

她话还未说完，就被人冷冷地打断了："如果你是想来说这个的话，那就不必了，我本来也没抱多大希望，以后我会打好我自己的比赛。"

谢拾安虽然这么说，可眼神骗不了人，比赛输了的时候，她分明是有一丝难过的。

简常念神色黯然，勉强笑了一下，把藏在背后的莲花灯递了出去："我知道，现在说什么都没用了，但我想你能开心一点。"

谢拾安看清简常念手里的东西后，一怔："你……"

见她半天不接，还有些不可置信的样子，简常念抓起她没有拿东西的右手，将东西塞进了她的掌心里。

"我本来是想等我们拿到冠军的时候再给你一个惊喜的，但现在……"简常念笑笑，吸了吸鼻子，放开她的手，"就祝你在个人项目中取得一个好成绩吧。"

简常念说罢，就转身离去。

谢拾安怔怔地看着手中的这盏莲花灯，不用去看背面的印章，爷爷做的东西，她只需要看一眼就知道——这是真的，不是赝品。

她有点动容，嗓音有一丝颤抖："你……你是从哪里弄来的？"

简常念回头，笑了笑："用我的玉坠子换回来的。"

既然她身上有值钱的玉坠，那为什么当初外婆住院的时候不拿出去换钱？

简常念看出了谢拾安的疑惑，道："我很小的时候，大概三四岁吧，和几个小伙伴在我家附近的水库边玩，不小心失足落水了，这块玉坠就是救我的那位叔叔遗落下来的。那位叔叔把我救上来后，没有留下姓名就走了。外婆说我们要好好保管这块玉，兴许有一天他会回来拿，但这么多年过去，一直没有人来找过。"

原来是这样。

救命恩人留下来的东西对她来说也是意义非凡吧，她不忍拿玉去换钱，却舍得去换莲花灯。

谢拾安眼里溢出了一丝感激："谢谢。"

简常念挠了挠脑袋，见她这样，反倒有些不好意思地笑了："不用谢，因为你也帮了我很多，而且爷爷的遗物，对你来说很重要吧。"

谢拾安穿得很薄，头发也是半湿不干的。

简常念看了一眼外面的天，雪越下越大了。

"你……要不要跟我一起回寝室啊？外面很冷欸。"

谢拾安点点头，快步跟上简常念，想也没想就脱口而出了："等拿下冠军，我把奖金给你，你再去把玉赎……"

话说到一半就戛然而止了。

即使拿到个人项目的冠军，他们也没有机会争取团体赛的冠军了，又谈何奖金，想赎回玉肯定是不可能的。

她敛下眸子，自知失言："对不起……你等我攒够钱。"

简常念连忙摆手："不、不、不，是我要还你们钱才对……"

夜色渐深，两个人边走边聊，从浴池到宿舍短短的几步路，却好似走了一生那么漫长。

"拾安，你真的很想赢吗？"

"嗯，我爷爷也喜欢打羽毛球，我的启蒙老师就是他。我想打给他看，让他知道这些年我一直在做自己喜欢且擅长的事情，从未放弃过。"

"那拾安，你等等我吧，再给我一点时间，明年，明年我一定拿下一个冠军。"

"啧，大言不惭。"

见她不信，简常念大呼小叫起来："真的，我说真的，明年我们肯定能拿冠军，不光是全国大赛的冠军、尤伯杯的冠军、世锦赛的冠军，明年不是还有奥运会吗？！"

"还奥运会，真是'蛤蟆跳进秤盘里——不知道自己几斤几两'吗？"

"你、你、你……你给我闭嘴！"

简常念扑上去勒她的脖子，两个人打打闹闹的，就到寝室了。

互道晚安之后，她们各自进了房间。

屋里其他人都睡着了，谢拾安把那盏莲花灯轻轻放在了书桌上，躺下来就刚好能看见。

她手枕在脑袋下，慢慢进入了梦乡，输掉比赛后好像也没有那么难过了。

其他人都睡着了，办公室的灯还亮着。

严新远坐在火炉边上，吧嗒吧嗒地抽着烟，在等赛事组委会的回电。

一片寂静之中，电话铃声突兀地响了起来，已经睡着的梁教练一下从躺椅上弹了起来，就要冲过去接电话。严新远一把把话筒拿了起来。

"欸，是我，什么？！"

话还未说几句，他脸上就露出了欣喜的笑。

"好，好，谢谢裁判长，我们一定好好准备明天下午的加赛！"

梁教练听他这么说，也喜形于色地跑到办公桌前："有加赛了？"

严新远挂掉电话，拢了拢即将滑落的大衣："对，赛事组委会连夜看完了录像，确认简常念最后那个球是因为球拍脱线导致球没过网，并非人为因素，而且他们研究之后，发现我们即使输了一个大场，但目前的积分还是和南津队相同，再加上我们还赢过平江队，胜负关系上占优，从理论上来说，也是我们晋级决赛。但这样又对南津队有些不公平，因此决定明天下午加赛一场，确定最终的晋级名额。"

"太好了，那我们还等什么，赶紧研究战术吧，来。"梁教练一把拉过椅子坐了下来，在桌子上铺开了纸。

严新远吧嗒吧嗒两口抽完烟，此时此刻也睡意全无，精神抖擞了起来："明天的比赛，我们一定要赢。"

在得知他们还需要打一场加赛，只要赢了就能得到这个晋级名额的时候，所有人都欢呼了起来，冲过来把严新远围在中间："严教练，我们什么时候打啊？"

严新远笑笑："下午就打，还是在江城体育馆。"

有队员按捺不住："那还等什么，我们现在就过去吧！"

众人一阵哄笑。

"你看看表，现在才上午九点。"

这个队员挠了挠脑袋，有些不好意思地笑了起来："我太想再打一次了，昨天没有发挥好。"

严新远看着他们，眼里始终都有笑："昨天的比赛，大家都累了，今天上午就休息吧，下午两点咱们准时在这里集合出发。"

听了这话，简常念率先摇头："不、不、不，严教练，我们还是继续训练吧，不累的。"

也有队友附和——

"对啊，严教练，我们可以坚持。"

"昨天已经输过一次了，我们不想再输了。"

他的目光一一扫过她们的脸，谢拾安、乔语初都点了点头，每个人眼里都是如出一辙的对胜利的渴望。

严新远笑起来，吹响了挂在脖子上的哨子："好，那就全体都有，一百个蹲起，热身运动准备！"

到了下午，临出发去比赛场馆的时候，谢拾安好似突然想起了什么，让司机等她几分钟，自己又回了一趟宿舍取东西。

到了比赛场馆，南津队已经早早地来备战了，双方教练在休息区遇见，互相握手寒暄。

严新远脸上笑眯眯的："庆功宴吃早了吧，我们居然是一样的积分，免不了再打一场了呢。"

南津队主教练气得牙痒痒，但又无可奈何："不就是加赛，昨天怎么赢你们，今天还是怎么赢，反正都是庆功宴，早吃晚吃都无所谓。"

"那就赛场上见了。"

严新远松开他的手，回到自己的队伍里。

今天的简常念被安排在第一个出场，临上场前，她低头看着自己的球拍，仔细摸着边边角角，又抠了抠线，看是否结实。

这神经兮兮的模样倒有些好笑。

谢拾安拿起包里的球拍走了过去："给，用我的吧。"

虽然赛事组委会会为选手提供比赛专用的球拍，但要论起质量和手感，肯定没有自用的好。

她的这支球拍也是托程真花高价从国外买回来的，一直有在保养，用了几年，也从没断过线。

简常念一怔："你……"

谢拾安以为她在担心磅数和自己没球拍用了："我还有一支，磅数和你昨天用的球拍差不多，你拿去用吧。"

谢拾安球拍上的商标，简常念也曾在高端体育用品店里见过，价值不菲。

她咽了咽口水，小心翼翼地接了过来："那……那我打完比赛就还给你。"

谢拾安点点头，转身离去。

乔语初坐在一边，给谢拾安递了瓶水，揶揄道："你刚刚回去就是为了拿这个？行啊你，全部身家都借出去了啊。"

想当初谢拾安想买这个球拍，可是攒了半年的工资加上赛事奖金才勉勉强强凑够的，她一直都很珍惜，除了正式比赛，其他时候都不会拿出来用。

她被噎了一下，想起那盏莲花灯，心里柔软，可偏偏还是要嘴硬："我……我是为了滨海省队，我可不想看到昨天那种情况再次发生，害得我们输掉比赛。"

今天的体育馆里没有观众，没有媒体，也就没有人来为他们加油助威。即使如此，双方队员还是拼尽了全力，比赛一直鏖战到了第五局，才分出了胜负。

谢拾安以干净利落的0∶2战胜了来自国家队的选手，赢得了这场加赛的胜利。

裁判宣布比赛结果以后，对手走过来和她握手："你很强，希望下一次能在国家队见到你。"

她笑笑，和人轻轻握了一下手，便放开："谢谢。"

尘埃落定的时候，所有人都好似松了一大口气，纷纷冲过去抱在了一起："太好了，太好了，我们进决赛了！！！"

严新远看着她们兴奋的样子，嘴角又挂上了那种惯常的和煦的笑，眼眶却微微湿润了。

太好了，总算是皇天不负有心人，就像他昨天跟简常念说的一样，他始终坚信着，总有一天，这群少年一定会在世界舞台上大放异彩的。

他拿袖子揩了一下眼角的工夫，就被简常念拉了过去："严教练，快来，合影留念了！"

乔语初蹲在前面，旁边围绕着她的队友们，严新远站在最后。

"一、二、三，茄子！"

一群人冲着镜头明媚地笑了起来。

咔嚓一声。

乔语初按下快门，时间定格在了此刻。

距决赛只有两天的备战时间，平江队是块难啃的骨头，谁也不敢放松，都在加班加点地训练。严新远除了要抓平时的训练外，还要熬夜看平江队之前的比赛录像，抓紧时间复盘，制定战术。

梁教练甫一迈进办公室，就被刺鼻的烟熏了出来："咳咳……不知道的还以为咱们房子被烧了呢，你就不能通风换气吗？"

严新远一只手握着烟杆子，一只手忙着翻动手里的文件，头也没抬："这不是顾不上吗？你开，你开。"

梁教练一边嫌弃着，一边还是捏着鼻子走进去，打开了窗户："你这烟就不能少抽两口吗？"

这下子，严新远总算是抬起头来看了他一眼："提神，醒脑，要不，你也来一口？"

"得了，得了，我可不抽。"梁教练没好气地把手里的箱子重重地放在了桌子上。

"这是？"

"尹佳怡近五年来打过的所有国内、国际比赛的录像带，我可尽力了啊，只能找到这些了。"

严新远喜出望外，噌一下就站了起来："太好了，我现在就看，研究一下她的打法！"

在严新远和梁教练熬夜看录像带的时候，谢拾安也没休息。这一天的训练结束后，她又一个人留到了最后。

乔语初洗完澡回来一看，床上还是没人。

她想了想，还是披上了外套，出门去找谢拾安。

训练室里灯火通明，地板上散落的都是羽毛球，她站在中间，不停地对着网的那一面抽着球。

她又是一个跳杀，落地的时候，也许是体力不支，也许是踩到了羽毛球，脚下一滑，整个人往后仰去。

"欸，小心——"

简常念看她要摔倒，即将推门而入的时候，早有人一把扶住了她。

是乔语初——从后门进来了。

"你怎么来了？"谢拾安回头，见是她，唇边挂上一抹浅淡的笑意。

"洗完澡回去，看你床上还是没人，这都几点了，你是铁打的吗？"

谢拾安摇摇头："对战尹佳怡，我得做好充分的准备才行。"

不过，听她这么说，自己倒真的有点累了，索性就借力靠在了她的怀里，不想起来。

乔语初又好气又好笑："不是说不累吗？现在这又是闹哪样？"

谢拾安索性闭上了眼睛，完全放松了身体："你别动，让我靠会儿就不累了。"

扶着她背的姿势还是有些不保险，乔语初怕她摔倒，无奈地叹了口气，把人轻轻翻了过来，让她靠在自己的肩膀上放松："真是拿你没办法。"

被拥进熟悉的怀抱里，谢拾安还没来得及高兴太久，就看到了站在门外的简常念。

她神色如常地站直了身体："你来干什么？"

也不知道为什么，虽然只是一句很平常的问话，但简常念觉得她的语气里有一丝丝不满。

"呃……我……我想还球拍给你，去了你宿舍，发现你不在，就过来了。"

谢拾安不在意地点了点头："后天不是还有比赛吗，你继续用吧。"

简常念喜出望外："啊，真的……可以吗？"

乔语初走过去揽上她的肩膀："哎呀，你就留着用吧，这个人可不止这一支球拍，收集了好多呢。"

简常念目瞪口呆："这……这么有钱吗？"

"啧，那都是从牙缝里抠出来的，宁愿不吃饭，也要买装备，你可不能跟她学啊。"

谢拾安把球拍架上肩膀，一只手拎着包，走到简常念身边时，故意把她撞了一下："回去，睡觉了。"

"欸，等等我啊。"乔语初揽着简常念的肩膀追了上去。

在她们回到寝室准备休息的时候，尹佳怡也在宿舍里做着平板支撑。刚趴下去没多久，扔在一旁的手机铃声响了起来，她本不予理会，但看了一眼，屏幕上跳动的是教练的名字，只好坐起来接电话。

"喂？"

"我们决赛的对手变了，是滨海省队。"

尹佳怡瞳孔一缩，也有些吃惊："他们打加赛了？"

"对，鏖战五局，拿下了南津队，其中谢拾安打的一单一双两场比赛，均以2：0闪电战抬走了国家队的种子选手。"

尹佳怡嘴角溢出一丝笑意："教练，请安排我和她对战。"

主教练的声音听起来有些疲惫："我也是这么想的，她打的那两场比赛的视频，我已经发到你邮箱了，抓紧时间研究一下吧。"

尹佳怡点点头，挂掉了电话："好。"

挂断电话之后，屏幕上弹出了一个熟悉的猫猫头像。

尹佳怡给她的备注是"N"。

N："这么晚还没睡啊？"

她一边单手撑在瑜伽垫上，一边打字回复："你不也还没睡？怕是紧张得睡不着了吧？"

对方发来一个冒火的表情："怎么可能，我一定会赢的。"

隔了一会儿，N又打字："倒是你，听说今年的对手很强哦。"

"那又怎么样，我可是国手啊，国手。"

对方回复得很快："我很期待和国手的一战，所以，你可千万不要输哦。"

尹佳怡看着这行字，嘴角浮起了笑："我也很期待和天才少女一战，燕京见。"

"燕京见。"

决赛前一天晚上，简常念还是跑去电话亭给外婆打了个电话，听筒里外婆的声音很轻快，说自己又吃了好几碗饭，已经能下地走路了。

她由衷地笑了起来："太好了，外婆，您一定要听医生的话，多走动走动，有利于身体康复。等我从燕京回来，就去接您出院，咱们一起回家过年。"

外婆脸上也溢出了笑，只是眼眶微湿："欸，外婆这边一切都好，医生、护士也都很照顾我，倒是你，什么冠军不冠军的，外婆只希望你照顾好自己，注意身体，平平安安，健健康康的。"

窗外夜色渐浓，在她和外婆通着电话的时候，训练室里灯火通明，谢拾安还在继续打球。

严新远在对她进行最后的特训，只见他腋下夹着一筒球，旁边还放了一个筐，筐里全是羽毛球。

他一只手持球拍，将球扔了出去，在空中挥拍击球，模仿着尹佳怡从各个角度发起的进攻。他可以不用接谢拾安打回来的球，她却必须接住他发过去的每一个球。

"好，不错，右边。

"速度加快。

"下午食堂没给你饭吃吗？你是在打太极还是在打球呢？！

"都说了让你注意右半场的防守空缺，赛场上可没人提醒你！

"你就要以这样的水平去挑战尹佳怡吗？看看你现在的样子，漏了多少个球了？！"

即使谢拾安的发挥已经非常出色了，他发过去的大部分球能接住，但他对她的表现还不是很满意，仍旧在激励她。

她咬着牙坚持着，汗水流进了眼睛里，也顾不得去擦一下，全神贯注地盯着他的一举一动。

一筒球打完了，梁教练又换上新的。

第二筒、第三筒、第四筒……

地上放着的大筐里的所有球都打完了，梁教练和助教又抬了一筐球过来。

严新远体力不支，换下去休息，梁教练来当她的陪练，又是一筐球打完了。

谢拾安手撑在膝盖上，大口喘着气，后背的衣服全湿了，整个人像从水里捞出来的一样。

严新远休息够了，拿着球拍，又走到了她的对面："怎么，这就不行了？

"就凭你现在这个状态还想打赢尹佳怡啊？我看你跟我们几个老家伙打都够呛。"

听了这话，谢拾安猛地咬牙，抬头看了他一眼，眼里都是血丝，喘着粗气道："我……我没有休息时间，要不然……"

"累了？"严新远明知故问。

"我可以让你休息啊，但这个点，你猜尹佳怡睡了没？"

不出意外的话，尹佳怡应该也跟她一样，在加班加点地训练。

她咽咽口水，重新直起了腰，目光如炬："再来。"

严新远回头冲梁教练喊了一声："老梁，给她换一支三十一磅的球拍。"

球拍磅数越高，弹性就越小，对球的落点以及线路控制也就越精准，但正因为弹性低，对使用者的手腕力量要求就非常高了。

即使是国家队的成员，一般使用的球拍磅数也就在二十九到三十磅之间，像简常念那样刚入队的、发力不好的队员，磅数都会低一些，身体负担没那么大。

梁教练给球拍装上了传感器，递了过来。

谢拾安把球拍拿在手里，点了点头："开始吧。"

严新远看了一眼梁教练，对方示意测速已经准备完毕了。

他从扔第一个球开始就一直在喊。

"加速！加速！加速！

"跑起来！

"尹佳怡可不会跟你打这种慢吞吞的球！

"你也看过她所有的比赛录像了，她就是铁板一块，没有任何弱点，无论是进攻、防守，还是反击都无懈可击。

"你想赢她，没有任何捷径，只能硬碰硬！

"她最快的球速是三百四十七千米每小时，是在去年世锦赛上创下的纪录，如果你能超过她的最快速度，那么，或许这一战，还有可能赢！"

随着他的语速渐快，扔出去球的速度也越来越快了起来。

一筒球打完，助教立马换上新的，迎面飞来的白色鹅羽让人眼花缭乱。

谢拾安的动作也很快，拿着球拍在场上飞转腾挪着。她不时地跳起来杀球，测速仪上的数字在不停跳动着。

梁教练嘴里振振有词："二百六十一、二百八十、三百，快了，快了，加油啊……"

除了刚开始还能听见严新远的声音，打到现在，她满心满眼都只有迎面飞过来的羽毛球，其他什么都听不见、看不见了。

她的脑子一片混沌，心里却有一个念头越来越清晰：她要赢！

她抬手，跳起来，杀球，一下比一下跃得高，一下比一下更用力。

球拍击打在球身上发出的有力的砰砰声响彻了整个训练室。

测速仪上的数字还在跃动着。

梁教练的表情有一丝紧张，也有些高兴。

"三百一十一、三百二十了！加油啊！"

谢拾安咬着牙，又跳了起来。

严新远手里也只剩下一个羽毛球了，又是一筐球打完了。

关键时刻。

他神色凝重地把这个球高高扬了起来。

呼、呼、呼……喘息声越发粗重，胳膊也越来越抬不起来。

她浑身都像是散了架似的，脑子一片混沌。

她努力想要看清球，眼前却骤然出现了一片白光。

小孩手里拿着奖杯，脖子上还挂着奖牌。

老人蹲下来摸了摸她的脑袋："我们拾安长大以后肯定是世界冠军。"

"爷爷……"谢拾安喉头微动，眼眶微湿，老人牵着小孩的手逐渐走进了黑暗里。

白光散尽之后，一道白色流星迎面而来。

没错，她要成为——世界冠军！

她睁开眼，神色清明，嘴角噙着一丝志在必得的笑意，并步后撤，高高跳了起来，用尽全部的力气，把那个球打了回去。

羽毛球掉在地上，发出了砰的一声响，又弹了起来，在地上滚了几下才停下来。

梁教练看着测速仪上的数字，喜出望外："三百五十千米每小时！！！已经超过了尹佳怡在世锦赛上创造出来的纪录，拾安你……"

他话音未落，她手里的球拍落了地，闭上了眼睛，整个人脱力地往后倒去。

严新远一个箭步冲过了网，把人扶稳，靠在了他的怀里。

梁教练也赶紧跑了过去，满脸焦急："这是怎么了？拾安，拾安，我去叫队医！"

严新远伸手探了下她的鼻息，呼吸均匀，又在她眼前晃了晃手，她还是无动于衷。

他一把将人拽了回来，压低了声音道："嘘，不用去了，她太累了，睡着了。你给语初打个电话，让她过来把人带回宿舍去睡吧。"

乔语初过来的时候，谢拾安躺在了休息区的皮凳上，身上还盖着严新远的外套。

乔语初蹑手蹑脚地走到谢拾安身边，轻轻晃了晃她的肩膀，见她还是一动不动，眼底有些担心："拾安她……"

"没事，睡着了，估计一时半会儿醒不过来。"严新远道。

乔语初看训练室里满地散落的羽毛球，估计得有几大筐的量了，怪不得把人累成这样。

乔语初点了点头，蹲下身，打算把人背起来，严新远搭了把手："可以吗？要不还是我送你们回去……"

乔语初用力站了起来，笑："没事，今天您也累一天了，早点回去休息吧。再说了，女寝室您也不方便进去。"

严新远点点头，要不然也不会叫她过来了："那好，你们路上慢点，我就先回去了。"

乔语初看了一眼落在地上的外套："欸，严教练，您的衣服。"

严新远把外套捡起来，又给她背上的谢拾安披上了，把人裹得严严实实："外面风大，别着凉了。"

等出了训练室，他在刺骨的北风中被吹得瑟瑟发抖，一边搓着胳膊，一边跑。

梁教练跟在他身后："拾安这个成绩可是破了尹佳怡的纪录啊，要不要……"

虽然冷风瑟瑟，但严新远还是满脸喜气："不用，先别跟羽协汇报，这可是一道撒手锏啊，咱们就要打她个措手不及。"

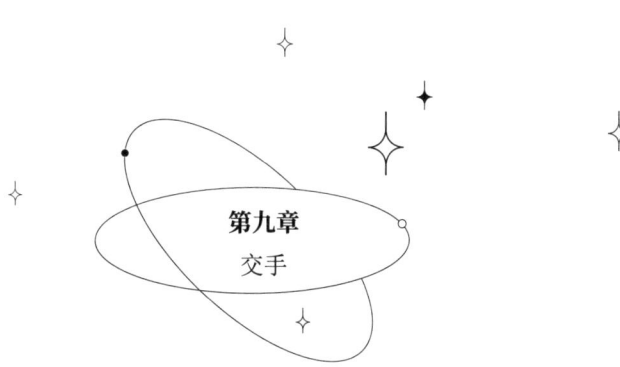

第九章

交手

　　回宿舍的路上，也许是被冷风一吹，谢拾安瑟缩了一下，皱着眉头哼唧了一声。

　　乔语初察觉到了，失笑："冷啊？"

　　熟悉的声音，熟悉的气味，熟悉的体温。

　　谢拾安迷迷糊糊地应了一声："嗯。"

　　乔语初喘口气，迈上台阶："再坚持一下，马上就到宿舍了。"

　　从前乔语初背她是很轻松的，现在不过是上个楼梯，就让自己出了一身汗。

　　乔语初有些感慨："听严教练说，你的最高球速已经超过尹佳怡了？我们拾安真的是长大了呢。"

　　谢拾安嘴里嘀嘀咕咕的，也不知道在说些什么。

　　乔语初顿住脚步，又仔细听了一下，才发现她说的是："明天……请假……"

　　乔语初失笑，又背着她往前走："好，明天早上我给你请假，但下午的决赛，你可不能不去啊，我会叫你起床的。"

　　乔语初说着，拿脚尖轻轻顶开了宿舍的大门。一室昏暗，室友都睡着了，发出了均匀的呼吸声。

　　乔语初蹑手蹑脚地走到谢拾安床前，把人放下来，就在她准备转身离去的时候，却被人一把攥住了手腕。

　　谢拾安闭着眼睛，语气又急又快："不要离开我！"

　　做噩梦了吗？

　　乔语初被惊了一下，蹲下身来，把她的手从自己的胳膊上拿了下来，握在掌心里："没事，我在。"

得到安抚的谢拾安眉头逐渐舒展了开来，乔语初又陪她坐了一会儿，见她确实睡得沉了，才把她的手轻轻放进被窝里，替她掖好被子。

起身离去的时候，乔语初又起了一点坏心思，捏了捏她的鼻子："说你长大了，可有时候又像个小孩子，晚安，小屁孩。"

谢拾安不满地哼唧了一声，抱着被子翻了个身。

乔语初失笑，在黑暗中爬上了自己的床。

第二天下午，决赛比赛现场，人山人海。

电视台也来进行现场报道："经过激烈的角逐后，东部赛区目前只剩下平江队和滨海省队两支队伍，来争夺唯一的出线名额。现在，比赛即将开始，让我们一起拭目以待他们的精彩表现吧！"

距离开赛还有不到十分钟。

尹佳怡做着热身运动，抽空瞥了一眼旁边的休息区，谢拾安还是没来。

原则上，如果没有什么特殊情况，迟到五分钟就算是自动弃权了。

有队友也发现了这个问题，沾沾自喜道："该不是一听说今天要跟佳怡打，就不敢来了吧？"

耳尖的滨海省队队员听到了，立刻反驳道："有什么不敢的？不就是一个尹佳怡，国手那都是外人叫的，哪有人自己给自己脸上贴金的！更何况，你又不是尹佳怡，得意什么。"

论起呛人的功夫，杨丽也是队里数一数二的。

对面平江队的队员急了："你……不就是使了一点小手段才晋级决赛的吗？谁知道你们背地里给裁判灌了什么迷魂汤，要不然早就淘汰了，还能站在这里说三道四的。"

"你说什么？什么手段？！你再说一遍，我们是堂堂正正赢的比赛！"

还没开打，双方就已经火药味十足了，要不是都在裁判眼皮子底下站着，早就撸起袖子打起来了。

一片喧嚣中，清晰而有力的脚步声从上面的楼梯传了下来，谢拾安一步步走到休息区，放下背包，挂好选手证，裁判刚好吹响了哨子。

广播响了起来，比赛正式开始。

她走过去，在人群中找到了尹佳怡，伸出手："滨海省队，谢拾安，不好意思，起得晚了，很期待今天和你的交手。"

尹佳怡微微一笑，缓缓地回握住了她的手："我也是。"

虽然赛前他们已经做了充足的准备，但今天注定是一场艰苦卓绝的战斗。平江队，除了有尹佳怡这样的国手外，主力队员大部分是国家队现役成员，实力不可小觑。

在滨海省队接连输掉前两场之后，解说员都忍不住笑道："看来我们的新人小将们，还是有一点紧张啊，不过能和尹佳怡交手，也是难得的机会了。"

平江队的球迷们已经开始提前庆祝了——他们吹起了口哨，拉上了横幅，站起来欢呼着。

虽然还有三场，但在滨海省队先丢两分的情况下，要想完成"让二追三"不是一件容易的事。更何况，尹佳怡还有一场单打没打呢。平江队只要再赢下一局，就能晋级全国总决赛了。

观众席上的欢呼声震耳欲聋，他们都在为平江队加油。

严新远把他的队员们聚到了一起，大家肩膀挨着肩膀，头抵着头。

老教练一字一句道："前两场都看明白了吗？虽然输了，但什么国家队、国手，也并不是没有弱点和失误。他们的主力队员都上过场了，体力也消耗得差不多了。

"接下来，咱们平时怎么训练的，就怎么打，把这当成是一次普通的训练赛就行了。他们就是你们的陪练、助教、冠军路上的试金石！

"外界都说我们是来军训的，要想打败有尹佳怡所在的平江队是一件不可能的事。我们偏偏要打破这个偏见，创造一个奇迹给他们看看！

"有没有这个信心？！"

大家抱在一起，每个人的脸上都洋溢着灿烂的笑，朗声道："有！！！"

严新远带头喊："滨海省队——"

"加油！加油！加油！"

三声之后，各自散开。

简常念拿着球拍上了赛场。

她今天被安排在第三场单打上场，对战的是国家队的一名现役选手。如果这场比赛再输了，那就真的彻底没机会晋级了，因此，她打起了十二万分的精神来对战。

梁教练拿着一个文件夹站在严新远身边，看着场上的局势，紧锁着眉头："这场比赛太重要了，应该让拾安上去的。"

严新远看着简常念的身影，不疾不徐道："尹佳怡都没上场，急什么？再说了，我相信常念，相信我们滨海省队的每一个队员。"

简常念一边跳起来杀球，一边嘴里振振有词道："为了严教练。"

砰的一声，球落在中场，对手来不及回防。

简常念得分。

她拿着球拍快速跑到了后场，又是一个扣杀。

"为了拾安。

"为了语初姐。

"为了外婆。"

每说一句，她不是大力平抽，就是扣杀，还没见过这种一上来就不断发起猛攻的，对手明显有些蒙，跟不上她的节奏，被她接连得分。

记分牌上的数字已经变成了 15 ∶ 20。

最后一个球了。

简常念高高跳起，抬起了手臂："为了自己，我要——拿冠军！"

随着话音落下，球也落了地。

是一个角度刁钻的网前球，对方错误地判断了球的落点，以为不会过网，谁知道球竟然轻飘飘地飞了过来，她再想上网拦截的时候，已经来不及了。

白色的鹅羽擦着她的球拍落地。

简常念拿着球拍转身比了一个加油的手势。

严新远也站起来为她鼓掌。

第二局马上开始。

平江队的主教练在数落自己的队员："连个初出茅庐的新人都打不过，我看你是越活越回去了，真的是，不管怎么样，第二局给我赢回来，听明白了吗？！"

这位队员神色凝重地点了点头。

严新远拍了拍简常念的肩膀："第一局发挥得不错，就要那么打，别给机会给人拉你后场，反手去抽她。她的速度没你快，你要一鼓作气拿下这局。"

她点了点头："我发现我好像不怎么紧张了，不紧张的话，头脑就会清晰很多。"

严新远把人放开："多打打就不紧张了，去吧。"

她又点了点头，拿着球拍上了赛场。

在她们比赛的时候，谢拾安一直在休息区做着热身运动。她颠完两百个球之后就立马拿起了握力器，锻炼手臂力量，随后又拿起拉力绳进行拉伸。一组做完之后，她活动了一下筋骨，把器材放到了旁边。

"我去下洗手间。"

乔语初看了她一眼，立马又把目光投向了赛场上　　简常念和对手打得正酣。

"好，快去快回。"

她从隔间出来以后，在盥洗台旁边洗手，从最里面的隔间里传出声音。

"不就是一个新人吗？肯定打不过我们的，陈芳妲可是国家队的。"

"就是，他们拿什么跟我们打啊，最好的成绩就是全国大赛的亚军，连我们佳怡姐的一根手指头都比不上，等我们回去啊，说不定就赢了。"

"我可不希望打得这么快，我还想和那个谢拾安碰一碰呢。"

············

隔间的门被打开，几个人从里面走了出来。尹佳怡看见谢拾安，愣了一下，然后神色如常地走到盥洗台前，拧开水龙头，冲她笑了笑："这么巧，又遇到了。"

谢拾安退开一步，拿纸巾擦干手上的水："是很巧，不过比赛结果可能要让你们失望了。"

几个人脸色一变："你什么意思，是说陈芳姐会输吗？"

谢拾安微微一笑，把纸巾扔进垃圾桶里："这不是正符合国手的意思吗？"

她话音刚落，广播响了起来："滨海省队简常念以2：0战胜平江队陈芳，下一场比赛即将开始，请各单位迅速回到备战区准备比赛。"

尹佳怡脸上的表情稍微有一丝意外。

她甩了甩手，起身："没关系，多打一场就多打一场，希望你的队友们下一局依旧发挥出色，这样我们才能在最后一场遇上，不是吗？"

谢拾安转身离去。

"一个忠告，轻视敌人会吃亏的。"

第四场双打，严新远视线扫过一圈，简常念刚上过场，不能再打，谢拾安要保留体力应付最后和尹佳怡的决战，但是这场双打又绝对不能输。

他咬咬牙："杨丽和张纯……"

乔语初往前迈了一步："严教练，我去吧。"

严新远一怔，似乎有些犹豫，乔语初斩钉截铁道："张纯第一场单打上过了，对方肯定有所防备，但是，他们对我知之甚少。我是老队员，我有信心为咱们队拿下这关键的一分。"

听她这么说，他毫不犹豫地答应了下来："好，你和杨丽过来，我跟你们说要怎么打。"

第四场双打一开始，乔语初和杨丽就展现出了极强的韧劲，无论对手怎样快攻快杀，始终都破不了她们的防线，而乔语初最擅长的就是打防守反击。

她充分利用自己老到的经验，细致入微的观察能力，一次次化解了对方的攻击，然后再找到对方的破绽，给杨丽的杀球制造机会。

经过这段日子的特训，滨海省队每个人的能力都得到了极大提升。而且，从集训开始，几乎每天都有单双打训练赛，她们彼此之间，不光是对手，也是队友，日积月累下来，默契非凡。

她们先是不疾不徐地防守，然后逐步控制比赛节奏，最后发起猛烈的进攻。

这就是严新远制定的计划。

乔语初和杨丽顺利拿下了第一局。

严新远手里拿着一瓶矿泉水，也顾不上喝，还是满的，在给她们指导战术："第二局，放了就放了，保存体力，留着打第三局的比赛。把比赛拖入决胜局之后，切记一定要速战速决，不要给她们反应的时间。因为她们对你们的印象还停留在第一局时的防守反击战术上，你们偏偏要和她们打一个快攻快杀，出其不意！"

两个人郑重地点了点头。

严新远拍了拍她们的肩："好，去吧。"

"好，接下来我们看到的就是滨海省队对阵平江队的第四场双打比赛的第二局，由乔语初、杨丽对战赵文静、陈思雨。"

电视台在进行现场直播。

男解说员继续介绍道："我们都知道，赵文静是国家队一队队员，去年拿下了全英锦标赛的女子单打铜牌，而陈思雨则是国青队的种子选手，在之前的比赛中表现得也是非常亮眼的。这样的两个人组合在一起，居然被对手先拿下一分，还是令人有些意外的。"

另一名解说员接道："虽然滨海省队在去年全国大赛上的最好成绩只拿到了女子双打的亚军，但今年的表现，大家也是有目共睹的，可以说是东部赛区的一匹黑马了。而且，女双亚军中的一位选手，现在就站在场上呢。"

"要知道，全国大赛可是有来自全国各地的三十四支代表队参加的，其中不乏国手，虽然只是块银牌，但含金量也算是非常高了。"

两个人解说间，比赛进入了尾声。

"陈思雨最后这个杀球，漂亮！"

"让我们恭喜平江队拿下第二局的胜利。"

全场欢呼。

乔语初拿着球拍下了场，谢拾安走上前去给她递了瓶水，轻声道："累吗？"

她摇摇头，拧开瓶盖，喝了一口："还好，严教练让我们保存体力。"

决胜局了，观众都兴奋起来，为两支队伍叫好的声音都快把顶棚掀开了。

只有谢拾安静静地看着她，眼底有一丝担忧。

乔语初往谢拾安身上靠了过去，揽上她的肩膀，语气分外认真."你放心，不管用什么办法，这一局，我都会赢。哪怕是跪在地上，我也要把球铲过去，毕竟，我们说好的不是吗？一起拿一次冠军。"

谢拾安点了点头，伸手和乔语初拉钩："我相信你。"

第三局一开始，就连向来懒懒散散的周沐都坐直了身子，紧张地盯着场上的局势。

她有个毛病，那就是一紧张就喜欢掐大腿，此刻也拧了拧大腿上的肉，谁知道居然没一丝感觉。她再一使劲，坐在旁边的程真嗷的一声惨叫着跳起来，饮料都打翻了。

他一脸的痛不欲生："你干吗掐我啊？"

周沐这才反应过来，掐错人了，于是赶忙道歉，但不知道为什么，又有一丝好笑：

"对不起，对不起，我……我不是故意的，我是看比赛太紧张了……就会这样……"

程真木着一张脸："下次早说，我换个位置。"

周沐看他的饮料洒了，把自己的递了过去，笑容明媚又灿烂："对不起嘛，我下次会注意的。喏，给你喝我的好了，别生气了。"

程真一怔，缓缓接了饮料，用吸管吸了一口，心里想：还……还蛮好喝的。

算了，看在饮料的分儿上，他就原谅她了。

少年心里这么想着，还没等他回过神来，又是一巴掌拍在了他的胳膊上。

他一口饮料还没咽下去，就被呛得全喷了出来。

"程真，你快看啊！我们先拿到赛点了！！语初姐好棒！！！"周沐还在疯狂地摇着他的胳膊，一回头，见他脸色铁青，不住地咳嗽着。

"啊？你这是怎么了？"某个人丝毫没意识到自己的错误，一脸发蒙。

程真摆摆手，总算缓过来，能说话了："没……我去下洗手间。"

再待在这里，他怕周沐的"无影爪"拍下来，自己就直接被拍死了。

"好，那你快去快回，比赛马上就要开始了。"

去洗手间简单清理了一下衣服之后，他再回到看台上的时候，比赛已经进入了白热化阶段。

严新远一直站在场外，眉头深锁，目不转睛地盯着场上的局势。

"最后一个球了，比分咬得很紧啊，已经变成20∶19了。"

"究竟是滨海省队拿下比赛最后的胜利，还是平江队扳平比分，让比赛有了更多的悬念呢？"

"看杨丽最后的这个发球，发得漂亮，直接攻击陈思雨的后场，把陈思雨的头顶盖住了。"

"乔语初跟拍，接上进攻。"

"赵文静的回防速度很快啊，这个平抽的角度，我怎么感觉杨丽的右半场有点危险啊。"

"来了，来了！刚刚那个是假动作！杨丽危险了，乔语初在左边，这个球，来不及接了！"

解说员话音刚落，谢拾安就猛地从椅子上站了起来。

简常念也瞪大了眼睛。

只见乔语初像一道闪电一样，从左半场奋不顾身地扑向了那个球。

这样瞬间的爆发力，其实是很考验身体综合素质的，她咬着牙，额头上冒出了豆大的汗珠，在离那个球的落点还有些距离的时候，猛地蹬地起跳，在半空中甚至停顿了那么一秒。

就是这一瞬间，她长臂伸展到自己的极限，拍面的前半部分刚刚好接到了羽毛球。

乔语初使出了自己最后的一丝力气，从喉咙里发出了一声嘶吼，把球给砸了过去。

谁也没想到，向来球风稳健的人，速度会这么快，会这么不要命。

在看到那个球擦着网落地的瞬间，乔语初脸上露出了一丝笑，然后就重重地摔在了地上。

手腕传来一阵剧痛，她痛苦地蜷缩在了一起。

杨丽赶紧跑了过去，大声呼唤着："语初姐，语初姐，你没事吧？！队医呢，队医！"

队医拎着药箱赶到，滨海省队的队员们统统围了上去。

队医轻轻抬起乔语初垂在身侧的右手，只是一个细微的动作，就让她满头大汗，痛哼出声了。

"落地的时候用手撑了吧？"

乔语初点点头，眼眶有些红。

"来不及卸力了，就用手撑了一下。"

在那样高速运动的状态下摔倒，她还用手去撑，多半是伤到骨头了。

队医脸色凝重，但这么多人在这里，严新远只是说："能走吗？跟我去医务室处理一下。"

乔语初点点头，严新远赶紧扶了她一把，吩咐道："快，常念、张纯，你俩跟着一起去，什么情况一会儿回来告诉我。"

"好。"

简常念点了点头，和张纯一左一右地搀扶着她。

谢拾安抓着她另一只胳膊没松，一直皱着眉头，紧抿着嘴角，一言不发。

乔语初回过头来笑了笑："没事的，拾安，你看，我做到了，我说能赢就能赢吧。你放心，我去冰敷一下，一会儿就回来了。我回来的时候，希望能听到你的好消息。"

谢拾安这才不情不愿地撒了手，目送着她们离开。

在他们忙着关心乔语初伤势的时候，平江队那边向裁判提出了要求看回放的申请，因为他们觉得乔语初刚刚那个球碰到网了。

杨丽不服："什么碰到网了？我在旁边看得清清楚楚，那个球过界了，是你们技不如人，没有接住！"

"什么叫技不如人，我看你们就会耍些小聪明，来啊，堂堂正正地比一场啊！"

听了这话，谢拾安扔了手上的毛巾，猛地起身，大踏步就冲了过去。严新远赶紧拦在双方队员中间："拾安，他们要看回放就让他们看，我相信语初。"

裁判也走了过来，口哨就含在嘴里，看着他们，脸色严肃。

严新远低声道："最后一场比赛了，你忘了语初刚刚是怎么说的了吗？别在这个时候让她失望。"

谢拾安紧绷的身体这才放松了下来。

杨丽也大声道："我也相信语初姐。"

"还有我，我们都相信语初姐。"

"她不会犯规的。"

其他人也都围了上来，附和道。

裁判见双方都同意查看回放，这才点了点头："主教练跟我过来主席台这边，其他人稍作等待。"

摄像机拍下了清晰的画面，慢放镜头里，发现那个球过网的时候确实没有擦到网，大概隔了几厘米，横空飞过去的。

严新远放下了悬着的一颗心，冷笑着离开："有这个工夫关心别人犯没犯规，不如多提高自己的技术。"

平江队的主教练面子上有些挂不住，拿球拍拍了两下自己的队员："不是说人家犯规了吗？还不嫌丢人啊，给我下去！"

严新远回到自己的队伍，张了张嘴，想说些什么。谢拾安正往自己的球拍上缠着手胶。

"严教练，就不用安排什么战术了，我不会保留实力，也不会刻意留着体力先输一局，我要全力以赴，让他们心服口服。"

她说着，看了一眼对面的尹佳怡，彼此目光相撞的时候，无形的火花四溅，战意汹涌。

严新远点了点头，把手放上她的肩膀，笃定道："好，你尽管放开手去打，不论输赢，你都是我们的骄傲。"

谢拾安的嘴角露出了一丝笑意，轻轻点了点头，拿着球拍上了赛场。

短暂的休息时间结束后，解说员又道："哇，这真是一场令人难以置信的比赛，在先输两局的情况下，滨海省队居然扳平了比分。下一场单打由尹佳怡对阵谢拾安，尹佳怡的名字，相信大家都是如雷贯耳了，世锦赛、尤伯杯、亚锦赛、全英公开赛……她的身上有太多冠军荣誉了。

"而谢拾安在上一届全国大赛的时候，和自己的搭档乔语初打败了老将孙雪和蒋文，爆冷拿下了银牌，实力同样不可小觑。

"且看谢拾安能否承担起这个'让二追三'的重任，带领滨海省队杀进全国总决赛，现在，比赛正式开始，让我们拭目以待！"

在比赛激烈进行着的时候，医务室里，乔语初以外套落在休息区为借口，支开了张纯。

简常念还站在这里，寸步不离地跟着她，神色颇为担忧："医生，语初姐的手究竟怎么了？接下来的比赛还能打吗？"

队医看一眼坐在病床上的乔语初。

乔语初轻轻摇了摇头，用眼神示意他先不要说。

队医在心底叹了口气道："没事，只是扭到了，你去把冰袋拿进来吧。"

"好。"听了这话，简常念稍微放心了一点，屁颠屁颠地跑去外面的房间里找冰袋了。

乔语初这才低声道："谢谢您。"

队医轻轻捏了一下她的手腕，现在已经肿得老高，他稍微一碰，她就冷汗直冒。

"伤到骨头了，我建议你接下来的比赛就不要参加了，好好住院休养。"

乔语初咬牙，忍着剧痛，摇了摇头："不行，全国大赛正是关键的时候，我不能……"

队医打断了她的话："对于羽毛球运动员来说，腕关节本来就是容易受伤的部位，在积年累月的训练中，本身就有一定程度的损伤。如果你真的想要继续打比赛的话，那我建议你在总决赛前的这段日子里，一定要好好调养。"

乔语初沉默半晌，总算是点了头。

队医打算带她去医院的时候，她又抬起了头，眼里有一丝恳求："麻烦您先帮我固定吧，我想看完这场比赛，再去医院。"

医者父母心，队医被她气得半死："我知道这场比赛对滨海省队来说非常重要，但是你也不能不顾自己的伤吧！"

她摇了摇头，嘴角浮起一丝虚弱的笑意，眼睛却在熠熠发光："这场比赛对于拾安来说，也很重要，我想留下来见证她人生里的每一个重要时刻，无论输赢与否。"

谢拾安为这场比赛付出了太多。

如果赢了，她一定希望台下为她鼓掌的人群里站着自己；如果输了，自己还可以第一时间去安慰她。

在她们训练期间，队医一直随队，也算是为数不多的了解过她们付出过怎样努力的人。

他知道这样对她的伤情并不好，但还是妥协了："那好吧，比赛结束后，一定要跟我第一时间去医院做进一步的处理。还有，我现在帮你瞒着其他人，但这个情况必须让严教练知道。"

乔语初点了点头："好，麻烦您了。"

谢拾安和尹佳怡的这场比赛，后来在网络上获得点击量超过千万，成为国家队复盘必看的视频之一，也拉开了她在世界舞台上大杀四方的序幕。

她和尹佳怡的球风其实有一点像，都是打快攻快杀的选手，攻势大开大合，一旦抓到机会，就能一鼓作气拿下比赛，终结比赛的能力非常强。

只不过，她比尹佳怡年轻，这可能是她唯一的优势，也是尹佳怡致命的弱点。

因为年轻，所以敢打敢拼，没有包袱。

谢拾安就像一台机器一样，不停地发球、接球、平抽、杀球，完全不给对手任何喘息之机。

第一局，双方打到 19 ：21 才分出胜负，尹佳怡险胜。

第二局，谢拾安火力全开，一路高歌猛进拿下了二十一分，双方仅有两分之差，尹佳怡遗憾落败。

第三局一开始，本以为经过了前两局体力消耗的两个人会打得稍微慢一点，谁知道谢拾安一上来就在快攻快杀，逼得尹佳怡只能严防死守。

谢拾安在场上拿着球拍，就像拿着一把出鞘见血的剑，所到之处，势要得分，每挥一下拍，清晰有力的挥拍声回荡在整个场馆里。

她发丝微扬，意气风发。

就连解说员都忍不住感叹："谢拾安的速度也太快了吧，要不是有慢放镜头，完全看不清她的动作。"

"可以说这一场是东部赛区打到现在为止，最精彩的一场了，完全就是一场视觉盛宴。"

"说实话，一开始知道谢拾安的对手是尹佳怡的时候，我们都不看好她，但打到现在，她完完全全地用自己的实力征服了我们二位解说员，还有现场的观众朋友们。"

"谢拾安能否逆袭战胜国手，滨海省队能否让二追三、创造奇迹，就看这最后一个球了！"

"目前的比分是 19 ：20，谢拾安暂时落后！"

"尹佳怡这个球接得漂亮，反手平推上网。"

"守住了！谢拾安这个极限救球，反应速度也太快了吧！"

"尹佳怡的头顶被人压住了！一个极限救球反而让谢拾安重新掌握了赛场上的节奏！精彩！"

"谢拾安虽然年轻，但关键时刻，有一颗强大的心脏啊！"

"一个多拍，现在彼此都不急着进攻，都在找对方的破绽。尹佳怡很有耐心啊。"

严新远站在场外，不停地按着手里的圆珠笔，替谢拾安紧张着。

看台上的观众们都屏声静气，忘记了欢呼，生怕发出一点声音会影响到她们。

所有人都在等着最后的结果。

白色流星飞了过来。

谢拾安高高扬起球拍，嘴角噙着一丝笑意。

爷爷，您会在天上看着，保佑我的，对吧？

她挥拍击球，落地得分。

记分牌亮起的瞬间，犹如在平静的湖面投下一颗炸弹，全场沸腾。

周沐嗓子都要喊哑了："啊啊啊，拾安，你就是最棒的！！！"

程真在一旁疯狂摇动着滨海省队的队旗："滨海省队——"

"加油！！！"

他身后的观众们一起声嘶力竭地喊着。

谢拾安的队友们都站到了一起，大声为她加油鼓劲："拾安，加油！！！"

乔语初站在二楼的看台上，遥遥看着她的背影，也在心底为她鼓劲。

"漂亮！惊天逆转！！谢拾安居然扳平了比分，接下来的两分就至关重要了，究竟鹿死谁手，且让我们拭目以待！"

轮到谢拾安发球，也许是好久没打过这么激烈的比赛了，尹佳怡竟然无意识地咽了一下口水。

谢拾安留意到了，嘴角勾起一丝恣肆的笑意，高高扬起了手臂："这场比赛，我打得很痛快，希望你也是。"

"来了，尹佳怡收吊，谢拾安撤到后场，拉开了距离。"

"这个多拍，我怎么觉得尹佳怡的进攻路线被人控制住了呢。"

"尹佳怡反击了！这个直线进攻很突然啊！"

白色流星迎面飞来，谢拾安在后场，转瞬间，已回防，长臂伸展，把球给垫了回去。

尹佳怡瞅准了她防守薄弱的左半区，看似要平推上网，结果只是虚晃了一枪，猛地就是一挥拍。

反手位，谢拾安来不及转身的。

尹佳怡嘴角露出了一丝志在必得的笑意，然而，还没等她高兴太久，笑容就僵在了脸上。

谢拾安原地转身，根本就没给尹佳怡任何反应的时间，反手位变成了正手位，预判了她的预判。

这一球落地，就连解说员都忍不住惊呼了起来。

"这个回手挥拍，也太漂亮了！谢拾安完美预判了尹佳怡的预判，让她根本来不及回防！！"

"这个球不仅需要精准的预判，还要有过人的技术，以及强大的核心力量支撑，才能打出来。"

"目前比分21∶20，又到了赛点了，且看谁能再拿分，还是说要一直打到三十分才能分出胜负？"

尹佳怡的球迷们也在为她加油。

"尹佳怡——"

"加油！"

"平江队——"

"加油！"

"滨海省队——"

"加油！"

"谢拾安——"

"加油！"

程真也不甘示弱地带头扯着嗓子喊，双方的助威声响彻云霄。

轮到谢拾安发球。

她嘴角轻扬，意气风发。

"结束了。"

话音落地的那一刻，她动了。

"双方在互相拉扯高远球。"

"尹佳怡快速上网，杀球！"

"谢拾安也不甘示弱，这是要和她硬碰硬啊！"

谢拾安高高跳起，气流扬起了她蓝白色的队服，发丝在空中飞扬着，最后一个杀球，没有任何技术含量，只有纯粹的力量和速度的比拼。

白色流星高速旋转着，像一柄利剑直冲尹佳怡而来，她漆黑的瞳孔里那抹白色越放越大。

尹佳怡咬着牙，抬手去接，巨大的冲击力从球拍传到掌心里，震得整只手臂微微发麻。

她不自觉地往后退了一步，这一卸力，导致击回的球并没有过网就落了地。

白色的羽毛球在地上滚了几下，出了界。

全场安静了那么一秒钟，然后爆发出了欢呼。

谢拾安高高举起了右手，转过身去，向全场观众示意。

解说员也站了起来，激动道："这个球，尹佳怡并没有接住！"

"双方鏖战三局，一直打到了二十二分才分出胜负，这是一场无与伦比的精彩对决。在谢拾安的身上，我看到了尹佳怡过去的影子，也看到了我们国羽的未来。"

他说到这里，稍微顿了一下，耳麦里传来了赛事组委会的声音。

解说员听完之后，脸上惊喜交加："我们刚刚得到消息，现场的红外测速仪确认，谢拾安的最高球速已经达到了三百五十千米每小时，刷新了尹佳怡在世锦赛上创下的女子单打世界纪录。"

"从今天开始，我可以说，世界羽坛上又冉冉升起了一颗新星。'金鳞岂是池中物，一遇风云便化龙'！"

"让我们恭喜谢拾安，恭喜滨海省队，拿到了东部赛区唯一一个出线名额，成功晋级全国总决赛！"

这一番话彻底点燃了现场，直播平台上的点击量瞬间过了百万，弹幕也在不停地变化着——

"谢拾安，牛！"

"恭喜谢拾安，恭喜滨海省队。"

"国羽后继有人了。"

…………

谢拾安的名字也一夜之间冲上了"热搜"。

不知道为什么，听着耳边的欢呼，看着眼前发生的一切，周沐竟然有一点想哭。

她一边抹着眼泪，一边为谢拾安鼓掌庆祝："呜呜呜，太好了，我们终于进总决赛了。"

简常念眼眶微湿，裁判宣布比赛结果后，她就第一个冲上去抱住谢拾安了。

其他队友也纷纷围了过去，大家把谢拾安举了起来，抛向了半空，一起欢呼着，雀跃着，流下了激动的泪水。

严新远站在场外，看着这一幕，眼眶微湿，嘴角却溢出了欣慰的笑。

还没高兴太久，他就被简常念拉了进来，大家一起抱住他的大腿，想要把他举起来。

"欸，你们这帮小兔崽子，还无法无天了，敢动教练，回去给我等着！！！"

乔语初站在二楼的看台上，扑哧一声笑了出来，笑着笑着，眼角就有了泪花。

太好了，拾安，真的，太好了。

一切尘埃落定，她也就放心了。

乔语初吸了吸鼻子，伸手抹掉脸上的泪水，对站在身后的队医道："走吧，我们去医院。"

赛后记者采访，谢拾安头一次面对这么多"长枪短炮"。

记者问她："打败了尹佳怡，现在有什么感想吗？"

她举起刚刚拿到的奖杯，朝着镜头深深一鞠躬："我想感谢我的教练、队友、滨海省队上上下下的所有人，这份荣誉是大家共同努力的结果。

"非常感谢。"

结束赛后采访后，滨海省队众人并没有去吃饭，而是马不停蹄地赶往了医院。

骨科门诊。

医生正给乔语初的手腕缠着绷带，轻声道："近期不要做剧烈运动……"

话音未落，门就被人撞了开来，谢拾安带着一身寒意闯了进来。

众人面面相觑。

乔语初赶紧站了起来，道："拾安，你怎么来了？"

谢拾安径直走到她身边，把人仔仔细细地瞧了一遍："打完了，我来看看你。"

身后的简常念举起手里的奖杯晃了晃："当当当——我还带来了奖杯呢，语初姐看到这个，肯定就不疼了。"

乔语初"呀"了一声，上前轻轻抚摸着奖杯底座刻着的那行金色小字，目光眷念。

——第十九届羽毛球全国大赛东部赛区第一名。

真好。

严新远也走了进来："比完赛，我们就赶过来了，你的伤情怎么样？"

队医和医生交换了一个眼色。

"扭到了，只要最近不剧烈运动，就没什么事。"

严新远松了一口气："那就好，那就好，都累一天了，大伙一块去吃点东西吧。"

乔语初揽着谢拾安的肩头往外走："严教练安排了什么好吃的啊？"

"牛肉火锅，你不是早就想吃了吗？"

"你不提还好，你一提，我都快饿死啦。"

乔语初虽然是在笑着的，但谢拾安总觉得这笑容底下掩藏着些什么东西，她敏感又疑心重："真的……没事吗？"

乔语初松开她，在原地转了一圈："你看我现在不是好好的吗？"

谢拾安认真地看着乔语初的眼睛："我是说，你的手。"

乔语初又借着揽她肩膀的动作，掩去了眼底一闪而过的难过："你放心吧，在总决赛之前，我肯定能好起来的，到时候咱俩还要大杀四方呢。"

简常念跳了起来，跑到她们前面，乐呵呵的，没什么心眼："我同意！拾安一个人就能打过尹佳怡，再加一个语初姐，十个尹佳怡也打得过啊！"

也亏得她在这里插科打诨，乔语初扑哧一声笑出来，谢拾安脸上也露出了一丝淡淡的笑："别拍马屁了，今天差点也没打过。"

在她们渐行渐远的时候，严新远并未跟上去，而是和队医落在了后面。

一行人从医院出来，乔语初上了车，才发现程真和周沐也在，颇有些意外："你俩怎么也来了？"

"我们来看看你啊，再说了，今天你们比赛能赢，也多亏了我这个啦啦队队长，嗓子都喊哑了。"程真调笑道。

"哎呀，你就别贫嘴啦，语初姐，你的手怎么样了？"周沐看着她手上的绷带，关切道。

乔语初找了个位子坐下来，笑笑："没事，就是扭了一下，过几天就好了。"

谢拾安也在她的旁边落座："我看橙汁儿想来看望你是假，蹭饭是真吧。"

"嘿，你比赛的时候，我可是一直在为你加油助威啊，还把我们游泳队的全喊过来了，吃你们一顿饭怎么啦？"

简常念笑眯眯地望着他。

周沐也眨巴眨巴眼睛看着他。

程真一头雾水："干、干什么？"

简常念环视一圈："车上没位子了。"

"啊——那为什么是我让啊？"程真话音未落，就被坐在旁边的周沐和另一边的谢拾安拽了起来。

周沐、谢拾安，还有简常念，三个人异口同声道："因为你是多余的那个啊。"

这时，严新远跳了上来，坐到最前面的副驾驶座，回头看了一眼。

"人都齐了吧？"

有队友举手笑道："报告，还多了一个。"

严新远回头看见程真蹲在车里，也笑了："没事，也算是熟人，一起吃个饭吧，扶稳啊。师傅，开车吧。"

城市的灯光流过眼底，车厢里忽明忽暗的，谢拾安把脑袋轻轻靠在了乔语初的肩膀上。

乔语初偏头看向她："累了？"

她的睫毛扑闪着，似睡非睡。

"嗯。"她低低地应了一声，思来想去，还是有些不放心，轻轻抱住了乔语初的胳膊，像倦鸟归巢一般，迫切地想要一份来自乔语初的肯定，"我还是很担心，你真的……没事吗？"

乔语初认真地看着她，车厢外的霓虹灯光滑过，清澈的瞳孔里映出了彼此的模样。

乔语初轻轻笑了笑："拾安，我什么时候骗过你？"

从小到大，乔语初对她可谓是有求必应——做不到的事绝对不答应，但答应的事一定能做到。

她等的就是乔语初这句话。

她的嘴角露出了笑意，重重地点了点头："嗯！"

乔语初用没有受伤的那只手摸了摸她的脑袋，让她靠在了自己的肩膀上："你放心，我答应你的，一起拿一次冠军，这是我们的梦想，就是我死了，也非得实现不可。"

"别胡说。"

谢拾安抱紧乔语初的胳膊，也只有在乔语初的面前，她才会偶尔流露出孩子气的那一面。

"一次怎么能够，我们还要拿很多很多个冠军呢。"

"好，很多很多个冠军。"乔语初拖长了声音道。

到了饭店，一下车，谢拾安就借口要去洗手间，消失在了众人的视线里。

乔语初一边走，一边频频回头："我们不等她了啊？"

周沐推着人往前走："哎呀，我们先进去呗，都饿半天了。"

"我怎么觉得你们今天都神神秘秘的……"

乔语初嘴角含着一丝笑意，在众人的簇拥下推开了包厢门，灯光亮了起来。

桌子上摆着鲜花和气球，背景墙上挂着彩带，写着：生日快乐。

"呀——"乔语初吃惊了一下，眼眶微湿，最近她一直忙着训练，现在才反应过来，原来今天是她的二十六岁生日啊。

简常念和周沐在她的身后拿出了早就准备好的喷花筒，飘飘洒洒的彩条和亮片从半空中坠落。

每个人的眼眸都是亮晶晶的。

"生日快乐。"

"语初姐，生日快乐。"

"最近训练太忙了，但是大家都还记着呢。我就寻思着，等打完比赛，再给你惊喜。"严新远道，让开了门口的位置。

音乐响了起来，在"生日快乐"的歌声里，谢拾安推着蛋糕车，缓缓走了进来。

烛火跃动，她的脸上满是温柔的笑意。

"生日快乐，我想这个东部第一，对你来说，才是最好的生日礼物。"

看着被镶嵌在蛋糕上的奖杯，乔语初捂着嘴，泪水无声地滑落了下来。

她冲着大家，深深地鞠了一躬："谢谢，谢谢拾安，谢谢常念，谢谢周沐和橙汁儿，谢谢严教练，谢谢你们，谢谢所有人。"

"语初姐，快许个愿吧。"简常念提议。

乔语初轻轻闭上了眼睛，半晌之后，徐徐吹灭了蜡烛。

程真好奇："许的什么愿啊？"

周沐吐了吐舌头，冲他扮了个鬼脸："愿望说出来就不灵了。"

菜上齐，沸腾的锅底映得每个人脸上都红扑扑的，乔语初端起了酒杯，虽然装的是饮料。

"今天比赛能赢，严教练功不可没。这些日子以来，我们什么时候起床，他就什么时候起床，我们睡了，他还没睡。现在借着我生日的这个由头，我提议，我们一起敬他一杯吧。"

众人纷纷起立，酒杯碰在了一起。

"严教练，您辛苦了！"

话音刚落，简常念又似想起了什么，从自己的包里翻出了一个保温杯。

"对了，这是我们大家一起凑钱买的，严教练之前那个保温杯不是因为生我们的气而摔坏了吗。"

她挠挠脑袋，有些腼腆地笑了起来，把保温杯递到了严新远的面前。

"这……我怎么能要你们的东西……"他还在推辞。

大家七嘴八舌的——

"严教练，您就收下吧。"

"这是我们大家的一点心意，我们以后再也不会打架、埋怨队友了。"

严新远看着面前这一张张稚嫩的脸，心想：何其有幸能遇见你们。

他又举起了酒杯，眼眶微湿："要说辛苦，大家比我更辛苦，我只不过是做了自己该做的事。这杯就敬一直在努力，从未放弃过的你们，同时也祝大家前程似锦，未来可期！"

所有人的酒杯再次碰在一起。

谢拾安嘴角含着笑意，自信又笃定地道："总决赛，拿下！"

"拿下！！！"

咔嚓一声，周沐拿着拍立得，记录下了这美好的一刻。

年轻人的生日聚会，最后一项总少不了抹蛋糕，大家顾忌着乔语初手上的伤，没太放肆，只象征性地抹了几下。至于谢拾安，她就没那么好运了。

被简常念、周沐和程真联起手来攻击，她忍无可忍，直接端起了蛋糕，杀气腾腾地冲了过去。

几个人不住地往乔语初身后躲，在包厢里玩老鹰捉小鸡似的，闹腾了很久，直到夜深人静。

周沐要回学校了，大巴车则要直接开回训练基地，在明天短暂的休整之后，他们将前往燕京封闭训练，备战总决赛。

饭店门口。

周沐把拍出来的相纸递给简常念："常念，我们之前说好的，你的每一场比赛，我都会去现场给你加油的，但是马上就要期末考了，燕京我……"

她话音未落，简常念走上前去抱了抱她："没关系，我会带着你的那 份鼓励去努力的，等我从燕京回来，你不说考个年级第一，年级前十应该没问题吧。"

周沐破涕为笑，也回抱住了她："那当然，虽然我不能去现场，但是我会在电视机前为你加油打气的。"

另一边的程真也在和谢拾安她们告别。

"燕京的比赛，我就不去了，后天就要启程去海西集训，准备明年春天的全国游泳锦标赛。"

谢拾安伸出拳头："那时候我们也打完了，我会拿着冠军奖牌，去看你的比赛的。"

程真微微一笑，和她对拳："加油。"

乔语初拍了拍他的肩膀，上车："加油。"

周沐准备拦出租车回学校的时候，一辆单车停在了她面前，程真单脚撑地："走啊，我送你回去。"

周沐奇怪道："你居然没跟他们一块回训练基地？"

"我后天去海西集训，直接从机场走。"

程真拍了拍车后座，示意她上来："很晚了，再不走，宿舍就要关门了。"

"哦，好。"

周沐捏着他的衣服，小心翼翼地跳上了车。

两个人迎着夜风一路疾驰，桥下是奔腾的江水，桥上是川流不息的车流。

在周沐的印象里，程真虽然学习好，游泳也强，但好像一直以来都没有什么上进心的样子，突然听他说要去集训，还有些意外："那个，你怎么突然要去……"

他笑了笑，车骑得很稳："不瞒你说，我学游泳也是我爸让我学的，自己没多喜欢，但今天看见语初姐和拾安在赛场上那么拼命，那么多人为她们欢呼鼓掌。

"我突然有一种'如果是我站在那里就好了'的感觉，便也想当一次选手，而不是观众。也就是那一刻，我想我虽然没有那么喜欢游泳，但也不是那么讨厌，我想去试一试，看自己究竟能做到哪种程度。去集训，也是我刚刚才下定的决心。"

听他说到这里，周沐也笑了起来："真好呀，你们都有自己想做的事。"

程真回头望了她一眼："你没有吗？"

周沐摇摇头："我喜欢打羽毛球，可是自己好像没有那个天赋，并不是只要喜欢就能干成所有事的。"

程真看她脖子上挂着拍立得，随口那么一夸："怎么会，你的羽毛球水准在业余选手中也很棒啊，怎么能去跟拾安那种大魔王比呢。而且，今天你给大家拍的照片都很好看，他们都很喜欢呢。离高考还有两年，你可以慢慢想自己要做什么。"

周沐心里一暖，拿起挂在自己脖子上的相机："那你呢，我给你拍的那几张，你喜欢吗？"

程真一愣，笑了笑："喜欢，很好看的，平时和兄弟们出门，他们给我拍的都是丑照。"

周沐扑哧一声笑了出来："今天没有相纸了，改天，改天我给你多拍几张吧。"

话音刚落，她又猛地想起他要去集训了："啊，不对，你要去集训了，那就等你集训回来，啊，还是不对，集训完，你就要去比赛了。"

虽然漫长的寒假中不能见面，令她有一点沮丧，但她还是笑着鼓励了他："集训加油，比赛加油啊！如果有空的话，我一定会去看你的比赛的！"

程真也笑了起来。

过了桥就是一段下坡路，少年的衣摆被夜风扬了起来："你也是，考试加油啊！"

周沐重重地点了点头："嗯！"

话音刚落，车头一个转弯，后座摇晃了一下，周沐有点害怕，"呀"了一声，紧紧地拽住了他的衣服。

他笑道："没事，害怕的话就抱着吧。"

夜色里，少女的脸微微一红，拽着他衣服的五指轻轻松了开来，一点一点地向前圈住了他的腰。

回程的路上，大家都筋疲力尽了，车厢里响起了均匀的呼吸声。

谢拾安也靠在乔语初的肩上昏昏欲睡。

简常念借着车厢外不时闪过的霓虹灯光，一张张浏览着周沐给她的照片，有乔语初戴着生日帽吹蜡烛的，有程真被抹了满脸蛋糕的，有她和周沐的搞怪自拍，还有滨海省队的大合照。

她翻看到最后，发现照片不只是生日聚餐时拍的，竟然还有一张谢拾安在赛场上的单人照片。

谢拾安高高跳起，白衣飞扬，长臂伸展，意气风发，是她最后绝杀尹佳怡的那个球时，周沐按下快门拍的。

不知道为什么，简常念起了一丝想把这一刻永久留存下来的心思。

她看看坐在前面的谢拾安的后脑勺，睡得正香，又左右看了看，无人留意她。

她做贼似的，轻轻拉开了背包拉链，取出日记本，把这张照片夹了进去。做完这一切后，她长舒了一口气，掌心里甚至出了一层薄薄的虚汗——可比她在赛场上紧张多了。

第二天，滨海省队放了一天假，进行了简单的休整，简常念也趁这个时间去了趟医院看望外婆。

她拿这个月的工资和赛事奖金交了欠医院的部分医药费。

窗口收银的工作人员都认识她了："我们院长说了，钱不急着交，先治病救人要紧。欸，对了，你的那场比赛，我看了……"

小姐姐一脸欣羡："谢拾安是不是和你一个队啊，可不可以帮我要一张她的签名照啊？"

简常念想到谢拾安的冰块脸，立马瑟缩了一下，打着哈哈把话题绕过去了："行，我改天问她要。"

她回到病房，把手里拎着的水果放下，拉开窗帘，看了一眼外面的天气，是个大晴天。

"外婆，今天外面天气好，我们下去走走吧。"

她把外婆扶上了轮椅，推着轮椅下了楼，两个人沿着医院公园里的羊肠小道，慢慢散着步，沐浴在阳光里。

走着走着，外婆看见有小孩在草地上奔跑，也有穿蓝白病号服的病人在家属的陪同下散着步。

外婆回头看了一眼她："常念……"

她会意："您想起来走走是吗？"

外婆点了点头。

简常念扶着外婆慢慢起身，在两棵树之间走了几个来回之后，她尝试着松开了手，面向外婆退后了几步，向外婆再次伸出手："外婆，试试看，慢慢走，到我这里来。"

将近一个月的卧床时间，让老人的四肢都有些僵硬，失去了助力之后，更是举步维艰。

简常念耐心地鼓励着她："外婆，别急，一步步来，加油啊，您一定可以的！"

一步、两步、三步。

老人虽然走得很慢，但步伐很稳。重新握住外婆的手的时候，她忍不住欢呼起来，一把抱住了外婆："太好了，外婆，太好了，您终于可以下地走路了！"

简常念的心情就如同此时此刻的阳光，她坚信，没有什么风雨是过不去的。

她们的未来也会像今天的阳光一样灿烂。

难得休息一天，谢拾安还是没闲着，跑到训练室打球。

她和助教打得有来有回，乔语初在旁边坐着，手里拿了瓶水，看着她的背影，也不知道在想什么。

严新远在乔语初旁边坐下："不回家吗？"

乔语初闻言，回过神来，低头看着自己手上的绷带，摇了摇头："不了，回去怕我妈担心。"

身为运动员，伤病是常有的事，可每次这都成了妈妈劝自己退役的理由，乔语初并不想在这个节骨眼回家面对她。可乔语初不说，并不代表妈妈不知道，毕竟实时直播，清晰地拍到了自己摔倒的画面。

乔语初放在一旁的手机不停地亮着屏，又熄灭，跃动着的都是同一个称呼：妈妈。

她早就把手机调成了静音模式。

严新远拍了拍她的肩膀："别担心，我在燕京还有一些人脉，有几家医院的康复科医生水平非常不错，国家队的队员们受伤了，也是在那里调养的。到了燕京，我们再好好看看。"

乔语初脸上露出一个感激的笑，眼眶有点红："谢谢严教练，让您为我担心了。"

"嗐，应该的，你别看我是主教练，可你比起我来更像是一个大家长，总是像姐姐一样无微不至地照顾着他们，咱们滨海省队离不开你。"

乔语初心里一暖，因为伤病而有些沮丧的眼里，重新焕发出了神采。

她重重地点了点头："嗯，我会加油的，严教练。"

严新远又拍了拍她的肩，起身离去："接电话吧，别让妈妈担心。"

第二天，全员准时从机场出发，令简常念有些意外的是，居然还有球迷前来送行。

作为队内头号种子选手，比赛中又打败了尹佳怡，谢拾安自然是风头无两，最受青睐，怀里的鲜花、礼物还有信，多得都拿不下了。

严新远把她的行李箱拉了过来，在前走着，梁教练在旁边开路："让一让，我们的飞机要晚点了。"

头一次坐飞机的简常念有些兴奋，也有些好奇地四下望着，然后就听见有人喊了她的名字："常念、拾安、语初姐，你们要加油啊！"

她回头一看，周沐和程真还有曹睿，以及俱乐部的那个女孩子都站在一起。

简常念跳了起来，冲他们挥手："好，你们也要加油啊！"

谢拾安也背对着他们挥了挥手告别，走向了安检口。

简常念一上飞机就有些好奇地动来动去，左摸摸右看看。很快，空姐就过来请她系好安全带，她这才老老实实地坐在座位上。

等飞机起飞，巨大的轰鸣声响起，简常念往下看了一眼，飞机越飞越高，地上的建筑物逐渐变成了密密麻麻的蚂蚁，她倒抽了一口凉气，没来由地害怕起来。

尤其是颠簸那一下产生滞空感的时候，她更是抓紧了扶手，整个人僵硬地坐在座椅上，动都不敢动。

谢拾安坐在她旁边，察觉有异："你恐高啊？"

她咽了咽口水，"以……以前没坐过飞机。"

谢拾安脸上露出一丝"原来如此"的微笑。

简常念："……"可恶，好像又被取笑了呢。

过了一会儿，旁边传来一阵窸窸窣窣的声音，谢拾安从自己包里翻出了一个眼罩，递给她："闭上眼，就不怕了。"

三个小时后，一行人顺利抵达燕京，入住了国羽训练中心配套的运动员公寓。

简常念一推开门，就被震惊到了，干净明亮的房间，两张单人床，冰箱、空调、洗衣机、微波炉等家电一应俱全，阳台也十分宽敞。

一眼望出去，楼下就是操场，远处高楼大厦林立。

简常念扔了行李箱，把自己摔在床上："哇！这也太舒服了吧！怪不得都想来国家队呢！"

严新远把行李帮忙拎到了门口："两个人一个房间，自行安排，今天下午休息，明天早上六点集合开始训练，都听明白了吗？"

"明白了。"众人齐声应道。

严新远转身离去的时候，又冲着乔语初点了点头道："你收拾好了，来楼下大堂找我。"

乔语初知道这是准备带她去见康复医生，于是点了点头："好，严教练。"

等两个人进了房间，谢拾安把手里拿着的礼物都放在了桌上："严教练要带你去干吗啊？"

乔语初往床上一躺："啊，真舒服，好久没睡过大床了。还能干吗啊，去看康复科医生。"

"在江城不都看过了吗？还是说……"谢拾安有些忧心忡忡地看着她的手腕。

她坐起来，有些兴奋："听说这个医生是留美归来的，经常给国家队的一些顶尖运动员做康复训练，名气很大，也很难约，多亏了严教练的人脉，才能约到。我虽然只是小问题，但去看看还是有好处的。"

"是吗？那还真是挺厉害的，距离决赛也只剩下半个月的时间了，你早点好起来，我们才能一起拿冠军啊。"听她这么说，谢拾安也放下了心来。

说者无心，听者有意。

在谢拾安背过去收拾床的时候，乔语初低头看了看自己的手腕，悄无声息地叹了口气。

乔语初收拾完东西，下楼去找严新远会合，远远地看见他和一个中年男人坐在大堂的沙发上，相谈甚欢。

她赶紧跑了过去："严教练，我来晚了。"

见她来了，严新远站了起来，介绍道："没事，也没等多久。我给你介绍一下，这是国羽女单主教练万敬，万教练，他是我的同门师弟。"

乔语初走上前去和他握手："万教练您好，我是滨海省队的乔语初。"

"你好，你好，我看了你的那场比赛，打得很猛嘛。你们滨海省队今年这个成绩可是令我们刮目相看啊。"

"行了，行了，就别在这儿商业互吹了，正事要紧！"严新远赶紧把两个人寒暄的话头止住。

万敬白了他一眼："嘿，说两句话也不行啊，你是怕我挖人啊？这么久没见，你还是这么个急脾气。"

"我还不知道你，恨不得把全世界羽毛球打得好的人都拉到你们国家队去，我让你帮我约的人，你约了没？"

两个人一边走，一边斗嘴。

乔语初扑哧一声笑了出来，跟了上去。

万敬带他们上了自己的车，系好安全带，挂挡出发，一边打着方向盘，一边道："接到你的电话，我立刻就去约了金医生，也幸亏你们来得早，等到年底，他就要回M国了。"

万敬从后视镜里看了一眼乔语初，见她一直盯着自己的手腕，安慰道："别怕，到时候好好做个检查，让金医生看看，他治愈过骨科的很多疑难杂症，更何况只是轻微骨裂。"

乔语初轻声道："我就是怕赶不上总决赛，影响大家的成绩。"

严新远回头看了她一眼："没有什么影响不影响的，我们是一个集体，就算输了，也绝不是一个人的原因。而且时间还长，有机会慢慢调整，心急吃不了热豆腐。"

今天的燕京难得没有堵车，他们很快便到了国际医院。万敬停好车，便带着他们往骨科门诊走去。

到了导医台前，他们询问护士，才得知金医生目前不在门诊，在康复中心指导病人做康复训练。

一行人又沿着走廊往里走，拐了个弯，穿过一片草坪，写有"康复中心"四个大字的建筑便到了。

透过玻璃门，乔语初好奇地往里望了一眼，穿白大褂的黑发医生正弓着腰，扶着一个七八岁大的小孩在屋里蹓着步，那小孩的腿上装着义肢。

他不时地蹲下身去调整义肢。

万敬走过去，轻轻敲了敲门："金医生，打扰了。"

被唤作金医生的人回过头来，热情地冲他们笑了笑，把小孩子交给一旁的护士照顾，又轻声嘱咐了几句，才走出来，和万敬握手寒暄："万教练，好久不见。"

"好久不见。这位是我的师兄——严新远，这位是乔语初，就是你今天的病人了。"

之前只听说他经验十分丰富，乔语初还以为是个年过半百的老教授呢，没想到看上去竟然这么年轻，还十分英俊。

她不由得多看了他几眼。

对方热情地冲她伸出手，爽朗地笑了笑："你好，乔小姐——金顺崎，很高兴认识你，你也可以叫我金。我们去那边的诊疗室吧，让我看看你的手。上次治疗时的影像资料带了吗？"

"啊，金医生，你好！我带了，稍等一下。"

一连串的问题让她有些措手不及。又听他说要影像资料，她忙不迭地去翻自己的背包，奈何一只手怎么也不方便，拉链拉不上来，资料撒了一地。

她俯身去捡，却早有一只手替她——拾了起来——金顺崎上前一步，替她拉好了背包拉链。

她稍显错愕，抬头看了他一眼，这才惊觉，他的瞳仁居然是琥珀色的，给人的感觉就像今天的天气一样，温暖、和煦。

这就是第一次见面时，金顺崎给她的感觉。

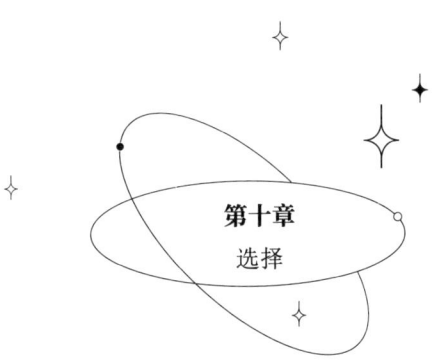

第十章

选择

金顺崎把人带到了自己的诊疗室："请坐。"

乔语初在办公桌对面落座："手给我看看。"

她顺从地伸出了自己的右手。

金顺崎一边小心翼翼地拆着绷带，一边道："我要拆了哦，可能会有一点痛。"

不知道为什么，乔语初觉得他的语气有一点像是在哄小孩子，忍俊不禁："金医生对待患者都这么温柔吗？"

金顺崎戴着口罩，头也没抬，只是眼睛里一直有笑意："也不是，只是对待女士和小孩子会特殊些。"

"金医生大胆操作吧，我不怕疼的。"

闻言，金顺崎抬头看了她一眼，右手拿着骨科专用的小锤子："那我就先把打的石膏敲掉了哦。"

乔语初点了点头："好。"

即使他的动作已经尽量轻柔了，但乔语初还是默默咬紧了下唇，额头冒出了豆大的汗珠。

他不时观察着她的表情，加快了手上的速度，等石膏完全拆下来，他也好似松了一口气。

尽管只是拆石膏，就疼得她倒抽了一口凉气，但她还是不想让气氛太过严肃，也不想让站在一旁的严新远担心，开玩笑道："怎么疼的是我，看上去金医生也很难受啊？"

金顺崎扯了医用消毒湿巾把她手上残留的石膏粉末擦干净，从手腕到掌心："虽然没有经历过，但从医这么多年，也经手了不少病例，对于患者的心情多少能体会到一些。"

乔语初只是随口一问，却没想到他回答得这么认真，微微一怔，在心底感叹。

这位金医生真是人长得帅气，性格还温柔，对待患者的时候又充满了同理心。

也许连她自己都没意识到，她看着金顺崎的目光里隐隐有一丝欣赏。

"好了。"

接着，金顺崎又拿起了她的片子，夹在阅片灯前端详着。

她愣愣地收回手："欸，这就完了？"不是还没触诊吗？

金顺崎头也没回，仿佛能读懂她内心在说什么一样："在替你擦掉石膏灰的时候，已经摸过骨骼了。"

乔语初脸色微微一红，不再吭声。

半晌，金顺崎摘下眼镜："这是什么时候的片子了？"

严新远抢先一步道："两天前的。"

"再做一个CT（电子计算机断层扫描）检查吧，两天前的伤势和现在的会有一些细微的差别。"他坚持要她再做一个CT。

这是她对他的第三个印象：严谨和务实。

等到了放射科，她摘下了身上的所有金属物件，一个人走了进去。

金顺崎和严新远他们都站在外面，看着电脑上逐渐出现的图像，他皱起了眉头。

严新远看着他的表情，有些担心："怎么说？"

"如果要见效快，可以做一个微创手术，拿身体其他部位的骨片补上开裂的位置，但肯定不如身体自然愈合的效果好。"

乔语初拍完了片子，走到门口，刚好听见他们的对话："自然愈合的话要多久？"

金顺崎看了她一眼，坦诚道："三个月内不能进行剧烈运动。"

她摇摇头："不行，太久了，我们半个月后就要比赛了。金医生，还是手术吧。"

即使不用医生说，严新远也知道手术会给人留下后遗症，他插了一句道："比不比赛不重要，关键是要彻底治好。"

金顺崎摊了摊手，意见不统一，他表示无奈。

乔语初敛下眸子，片刻后又坚定了起来："金医生，我想和您单独谈谈。"

"好吧，这边请。"金顺崎率先出了门，引她到了会客室。

"茶还是咖啡？"片刻后，他后知后觉过来，运动员是不能随便喝外面的饮料的。

"对不起，这儿有瓶装纯净水。"他从吧台里拿了一瓶矿泉水递给她，并拧开了瓶盖。

乔语初一只手接过，微微一笑："谢谢。"

两个人在沙发上落座，金顺崎倒也没废话，开门见山道："老实说，我觉得你们教练说得对，我也不建议你做手术，因为长年累月的训练，不断地用手腕去发力，本就导致你的腕关节骨密度要比正常人低一些。手术治标不治本，不是长久之计，而且也会留下一些后遗症，比如腕关节红肿胀痛、容易骨折之类的。"

乔语初握着这瓶水，一直没喝，低头用左手指尖不停地在瓶身上画着圈。

她轻声道："我知道，我这个年纪结婚都算是晚婚晚育了，更何况是作为运动员。我的职业生涯也不知道还剩下几年，但我想在有限的时间里，再和我的同伴们一起拿一次冠军。"

她抬起头来，眼眶有点红，嗓音发颤，却掷地有声："所以，请您给我做手术吧，不管是什么样的后遗症，我都承受得起。"

金顺崎看着她良久，能托关系前来向他求访的患者大部分已经被病痛折磨得生无可恋了。

他还从未在一个女生脸上看到过如此自信又坚毅的神情，她谈起自己梦想的时候，浑身仿佛在发光。

金顺崎心里微微一动，扯了张纸巾给她。

她这才意识到自己不知道什么时候落下了几滴眼泪。

她慌里慌张地接过来："啊，抱歉，失态了。"

金顺崎摇摇头："没什么好抱歉的，你很勇敢，大部分人应该会选择那种比较保守的治疗方案，很少有患者一上来就要请我给他做手术的。"

乔语初擦着眼角，破涕为笑："当运动员就要有破釜沉舟的勇气啊。"

金顺崎微微前倾着身子，认真地看着她："虽然我很欣赏乔小姐的这种勇气，但作为专业医生，我还是不建议你做手术。"他又补了一句，"如果你还想延长你的职业生涯的话。"

他说完这句话后，她就陷入了良久的沉默。

今天早已超过了他平时面诊的时间，但不知道为什么，他还是想跟她多说几句话，安慰安慰她："我理解乔小姐说的那种没有拿到冠军的遗憾，但人生真的有圆满吗？"

"我在学习中文的时候，老师曾告诉过我一个成语——失之东隅，收之桑榆。现在所失去的，未必不会在将来补回来，不必急于一时。

"更何况，我想，相对于比赛，你的教练、你的父母，还有你的同伴们，应该都更在乎你的健康一些。"

乔语初左手攥紧了裤腿，终于抬起头来，看了他一眼："那金医生，如果不做手术，保守治疗的话，我还能打多久呢？"

这个问题难倒了金顺崎，经验老到的骨科医生选择了皱着眉头，不答。

乔语初苦笑了一下："您看，您也无法给我一个准确的答复，我自己的身体状况，自己清楚——年纪增长，状态下滑，伤病，即使不做手术，我也打不了几年了。"

"那为什么不在最后的时间里，尽最大的努力，在现在的位置上发光发热，去拼一把呢？"

金顺崎知道，这个外表看上去温柔的女孩子，其实内心像火一样滚烫，像金刚石一样坚硬。

他劝不动她。

他留下自己的名片："既然你都这么说了，我也没必要再劝你。但哪怕只是微创手术，躺上手术台的那一刻，对于患者来说，就充满了无限的未知和风险。如果你真的考虑清楚了，可以随时来找我。"

乔语初拿起名片，感激地冲他一笑，转身离去："谢谢您，金医生。"

他却又把她叫住了，他站起身，双手插在白大褂兜里，胸前挂着工牌，面容英俊，身材挺拔："对了，乔小姐，有句话我还是想反驳你，二十六岁也并不算是晚婚晚育的年纪。"

她微微一怔，有些不解其意："啊？"

金顺崎耸了耸肩："因为我已经三十六岁了，还是单身呢。"

乔语初回到训练中心的时候已经是傍晚了，三个人一块去食堂吃饭。

简常念端着餐盘走在前面，国羽训练中心的食堂是自助式的，各种中西菜式一应俱全，流水一样从窗口送出来，简直是让人目不暇接，光是看着，口水都要流出来了。

谢拾安跟在乔语初的后面，看她想吃什么，就夹起来放到她的餐盘里："医生怎么说？"

"说可以做手术或者保守治疗，让我回来考虑好了再去找他。"

乔语初隐去了她和金顺崎谈话的大部分内容，只挑了无关紧要的跟谢拾安说。

谢拾安点点头，挑了她喜欢吃的菜放进餐盘里："手术肯定有风险吧？"

"没，就是一个微创手术，见效快，又没什么风险，保守治疗还要好久，我可受不了那个折磨。你看，吃饭都要人帮忙。"

谢拾安笑笑："这有什么，我喂你也可以啊。"

"可别，我还没到七老八十呢。"

简常念占好了位子，冲她们招手："拾安、语初姐，这边。"

乔语初拉着谢拾安往那边走："走吧，走吧，又不是喂猪，这么多够吃了。"

三个人吃完饭后，简常念看时间还早，便怂恿她们出去逛逛。

谢拾安："不去，我要去训练室打球。"

简常念便拉住了乔语初的袖子，软磨硬泡地撒娇："语初姐，天天打球，人都傻了，好不容易有休息时间，我还没来过燕京呢。"

谢拾安额角青筋暴突，心想着，虽然相处时间不长，简常念倒是把橙汁儿那一套学得淋漓尽致。

她鸡皮疙瘩掉了一地："你能不能好好说话？"

乔语初忍俊不禁："上次来的时候，没住这边，听说附近有个后海，夜景很好看呢。"

谢拾安："……"

于是本来说着不去的人，还是当起了跟屁虫，看着她们的背影暗暗磨牙——

简常念，你给我等着，单打撞上我的时候，我非得打哭你不可。

走在前面的简常念莫名打了个喷嚏，后背一阵发凉。

从训练中心出发，坐公交车不过几站路就到了乔语初口中所说的后海。

一下车，简常念才明白，原来后海并不是海，而是由几片水域一起组成的一座巨大的人工湖，湖边都是商业街、仿古建筑，店铺林立，什么糖葫芦、爆肚、卤煮、豆汁儿，各种各样的老燕京小吃应有尽有。

行人摩肩接踵，霓虹闪烁，酒吧里的音乐声震耳欲聋，一片人间烟火气息。

简常念边走边看，不时发出惊叹，见路边又有卖糖葫芦的，实在忍不住，掏钱买了三根，回首递给她们一人一根。

乔语初让谢拾安先帮她拿着，自己拿着手机边走边拍："现在我们来到了燕京的后海，好繁华啊……"

镜头转了一圈，又回到了自己的脸上，乔语初拿着手机往身后拍，简常念刚好咬了口糖葫芦。

"嗯……好硬，我的牙！"

她捂着嘴，疼得直叫唤，惹得乔语初哈哈大笑起来，就连谢拾安脸上也有一丝淡淡的笑。

"没事吧？来，我们一起拍张照吧。"

三个人站在银锭桥上，肩膀挨着肩膀，头抵着头，留下了最无忧无虑的笑容和最美好的时光。

过了银锭桥，再往里走，行人渐渐少了起来，酒吧的音乐声却逐渐大了起来。

不远处的酒吧门口围着一群人，不时有嘻嘻哈哈起哄的声音传了出来。简常念还以为又是什么好玩的，兴奋地拉着人跑了过去。等挤进人群里，她才微微一愣。

原来竟然是表白现场。

"我能感受到，我们的心在慢慢靠近，磁铁正负极相吸是常理，反过来却不是那么容易，但是我愿意越过这些阻力，去毫无保留地爱你。

"请问你愿意和我在一起吗？"

旁边站的大部分人是两个人的亲友，在他们的鼓励下，对方终于被打动了，红着脸轻轻点了点头。

两个人紧紧地抱在了一起。

简常念懵懂地看着眼前发生的一切，不知道为什么，一颗心也在扑通扑通乱跳。

乔语初把她拉了出来："走吧，走吧，你还小，非礼勿视。"

谢拾安跟在后面，洞若观火，看出了她脸上的一丝尴尬。

谢拾安状若无意地那么一问："你会觉得这样奇怪吗？"

乔语初回头看了她一眼："有一点吧。"

谢拾安敛下眸子，轻声道："那如果我说……"

音乐声太大，她说了什么，两个人都没听清。

乔语初问道："你说什么？"

谢拾安摇摇头，走到她们前面："我说有点累，回去吧。"

回住处的路上，车上空位不多，谢拾安在最后一排的角落里坐下。她又戴上了耳机，恢复了以往的沉默寡言，歪着脑袋靠在座椅上，看上去有些疲倦的样子。

简常念跟她说话，她也没理，看着车窗外飞速掠过的街景，不知道在想些什么。

第二天，滨海省队上下又投入到了紧张的训练中，只不过就连简常念都能看出来，谢拾安有些心不在焉，队友发的好几个球，她都没接住。

一场比赛结束后，严新远把她叫到了一边："你怎么回事？知不知道后天单打比赛就要开始了，这次虽然尹佳怡没报名，但还有很多不可小觑的对手。燕京队的金南智，香岛队的成艺舟，以及国家队的一众老手，经验不知道比你丰富多少倍，不要以为你侥幸赢了尹佳怡一次，就志得意满，可以不用训练了。"

谢拾安敛下眸子："知道了，严教练，我会尽快调整好的。"

既然她不愿意说，严新远也就没多问，拍了拍她的肩膀，道："去吧，我看你的表现。"

一场训练赛打下来，乔语初也看出了她状态不佳，准确地说，是从昨晚回来就开始了，但直接去问她，她肯定是不会说的。

相识这么多年，没人比乔语初更了解她。

等人走到场边休息的时候，乔语初给她递了瓶水："是累了还是水土不服啊？"

谢拾安摇摇头，没接，捡着地上的羽毛球。

乔语初就知道，她情绪低落多半是跟自己有关了，但自己最近好像也没惹她生气啊，唯一发生在她们俩之间可以称得上事的，就是她的手伤了。

乔语初以为她还在担心自己："你放心，我已经给金医生打过电话了，下午就去医院，等做完手术，我们就又可以一起打球了。"

听乔语初这么说，谢拾安才抬头看了她一眼。

乔语初上前一步，把早就准备好的棒棒糖递给谢拾安："出发之前带的，知道你爱吃，但是马上要比赛了，必须控糖，一天最多一根，不许多吃。"

她的掌心里躺着的是熟悉的棒棒糖。

谢拾安冷漠的面具被一点一点地击碎了，她的心也像这糖的味道一样，又酸又涩。

她缓缓伸出手，把糖拿了过来，攥在手里。

乔语初摸了摸她的脑袋："虽然不知道你在气什么，但你现在最要紧的是好好准备比赛，嗯？

"别让我担心，也别让严教练失望。"

这下谢拾安终于看着乔语初的眼睛，认真地点了个头："我知道了，我会好好备战的。"

"那我就放心了，可以安安心心去住院啦！"

听她说要住院，谢拾安心里又是一紧："住院，你……"

乔语初怕谢拾安误会，赶紧解释："虽然只是个微创手术，但也有一些必要的检查要做，术后也需要留院观察几天。"

"那你什么时候回来？"

"下周团体赛之前，我肯定会回来的。"

闻言，谢拾安总算是稍稍安心了一点。

乔语初见她还是板着一张脸，上手捏了捏她的脸颊："喂，我都要去住院了，还不给姐姐笑一个啊？"

谢拾安满脸不情愿，退后几步躲开乔语初的魔爪："起开，也就大几岁，叫什么姐姐。"

"大一岁也是大好不好？"乔语初低头看看手表，见时间不早了，该出发去医院了，谢拾安也要继续训练了，"我走了啊，这几天你照顾好自己，燕京干燥，记得多喝水，晚上睡觉盖好被子，别着凉了。"

她絮絮叨叨地说了许多，最后道："还有，等我回来，能看见某个人拿冠军吗？"

单打赛程短，基本上一天就要打好几场比赛，等单打的项目全部结束，才会轮到团体赛决赛。

谢拾安脸上终于露出了一丝笑意："嗯，冠军奖杯就是给你的出院礼物。"